全國高等院校古籍整理研究工作委員會資助項目
上海大學211工程第三期項目『轉型期中國的民間文化生態』資助項目

乾嘉詩文名家叢刊

張寅彭 主編

王文曾集

朱洪舉 點校

人民文學出版社

圖書在版編目(CIP)數據

王又曾集/朱洪舉點校. —北京:人民文學出版社,2012
(乾嘉詩文名家叢刊)
ISBN 978-7-02-008939-0

Ⅰ.①王… Ⅱ.①朱… Ⅲ.①古典詩歌—詩集—中國—清代 Ⅳ.①I222.749

中國版本圖書館 CIP 數據核字(2012)第 009752 號

責任編輯 葛雲波
裝幀設計 柳 泉
責任印製 張文芳

出版發行 人民文學出版社
社 址 北京市朝内大街 166 號
郵政編碼 100705
網 址 http://www.rw-cn.com

印 刷 北京智慧源印刷有限公司
經 銷 全國新華書店等

字 數 500 千字
開 本 880 毫米×1230 毫米 1/32
印 張 22.25 插頁 2
印 數 1—3000
版 次 2015 年 7 月北京第 1 版
印 次 2015 年 7 月第 1 次印刷

書 號 978-7-02-008939-0
定 價 86.00 圓

乾嘉詩文名家叢刊總序

張寅彭

歷史概而言之，就是由時間貫穿起來的人和事件。文學則是用凝聚和刻畫的特有方式來呈現歷史的一種形式。而對於歷史也好文學也好，感受和認識反過來又需要時間。例如唐代文學的價值，就是在當代人和宋明以後人持續的感受中被認識的；宋代文學的特徵，也是在當代人及明清以後人的贊成與反對中逐漸被廓清的。明清文學的被認知歷程自然應該也是如此。惟距今時間尚不遠（尤其是清代文學），故對其面貌和性質的認識，目前仍還處在探究的過程之中，尚未達成如同唐宋文學那樣的共識程度。當然，如從根本上來說，對於文學和歷史的體認，又總是不可能窮盡的，永無停止的那一刻。

此次編纂『乾嘉詩文名家叢刊』，就是嘗試認識清代文學特徵的一次新的努力。

清代文學由於距今較近，較多地受到諸如晚清以來所謂『新學』的影響〔一〕，以及西式生活方式流行等現實因素的干擾，一直並非正常地處於主流研究及普徧閱讀的邊緣。在諸種體例中，小說、戲曲等或以俗文學之故，尚能稍受優待，詩、文等正統樣式則最為新派人士所排擊，如『桐城派』、『同光體』

〔一〕民國以來學者多視清代學術為高峰，文學為小丘。其論最典型和影響最大者，莫如梁啟超《清代學術概論》，其有云：『清代學術在中國學術史上價值極大，清代文藝美術在中國文藝史美術史上價值極微，此吾所敢昌言也。』

等文、詩派別，多被置於負面的地位，誤會至今未能盡去。直至近三十年，對於清代詩文的正面研究，方才漸次開展。

如再就詩、文之體進一步細究之，則清初和晚清兩個時期之作，以能反映家國變故、社會動盪的緣故，其遇又稍優；惟中葉乾隆、嘉慶兩朝，或又以『國家幸』之故，作為文學時期反而最受漠視，詩、文作家能被新派文學觀詮釋的，可謂寥若晨星。故今欲研究有清一代之詩文，宜其從世人相對較為陌生的乾嘉時期入手乎？

乾隆朝歷六十年，嘉慶朝歷二十五年，前後凡八十五年，約占全部清代歷史的三分之一。這是中國傳統社會的最後一個盛世。此後歐西文明長驅直入，中華文明遂不復純粹矣〔二〕。作為文學創作的外在生成環境，這一『傳統盛世殿軍』的特殊性質，使得乾嘉時期文學最後一次從內容趣味到技法形式仍然整體地保持着傳統樣色，其內在所有的發展變化，都仍屬固有範疇內部之事。而在這一點上，詩、文以其正統性，較之其他體例顯示得尤為典型。這個最大的時代社會性質最終投射予文學的影響，不論是積極的還是消極的，無疑都是最值得關注的。它使乾嘉詩文而不是此後的道咸同光文學，平添上文學史最近一塊『化石』的意義。

另一個方面，與此義形同悖論的是：事實上國家的幸與不幸，對文學的好壞又並不具有決定的意義。文學寫作是個人之事，文學作品的價值最終取決於作者個人。詩人的至情至性，無論『幸』與

〔二〕此用余英時之說。見其《試論中國文化的重建問題》等文。

『不幸』，才更關乎作品的成敗。而國家的盛衰與否，反而是退居其次的因素。在現實層面上，國家幸，詩人也可以不幸；而詩人又可能將現實的『不幸』，轉換超越為文學的『幸』，這才是永恆的。這也才可以解釋堪稱中國文學最上品之一的《紅樓夢》何以產生於此一盛世時期的事實。本時期袁枚、汪中、黃景仁等詩家文家的現象，莫不如是。縱覽全清一代詩史，前期的錢謙益、吳偉業、王士禛，以及後期的龔自珍、鄭珍、陳三立，也莫不如是〔一〕。

這一個末期盛世的詩、文作品數量和作者數量，如以迄今容量仍為最大且最具一代整體之觀的詩文總集《晚晴簃詩匯》和《清文匯》為據，作者即已達一千七百餘家之多，詩七千六百餘首，文近二千篇〔二〕，比例占到四分之一以上。而實際的總數目，按照柯愈春《清人詩文集總目提要》的著録，乾隆朝詩文家達四千二百餘人，詩文集近五千種；嘉慶朝詩文家一千三百八十餘人，詩文集近一千五百種。這是目前最為確切的統計了〔三〕。這個龐大的數量表明其時詩文寫作風氣

〔一〕蔣寅曾提出一個清代最傑出詩人的十人名單：錢謙益、吳偉業、施閏章、屈大均、王士禛、袁枚、趙翼、黃景仁、黎簡、龔自珍（見其《清代文學的特徵、分期及歷史地位》一文，載其《清代文學論稿》）。余則稍有不同：前期牧齋、梅村、漁洋，中期隨園、簳石齋、兩當軒，晚期定庵、巢經巢，末期散原、海藏，亦為十人。說詳另文。

〔二〕徐世昌輯《晚晴簃詩匯》約從卷七十至卷一一二為乾隆時期，録詩人一千二百餘家，卷一一三至卷一二九為嘉慶時期，録詩人五百五十餘家。此據正文統計，原目人數標示有誤。又沈粹芬等輯《清文匯》，乙集七十卷録乾嘉兩朝作者四百八十餘家，文一千九百六十餘篇，今以作者詩、文往往兼善，故不重複統計。

〔三〕參見柯愈春《清人詩文集總目提要》（二〇〇一年北京古籍出版社）。

的普及，應該是不在話下的〔一〕。

普及之餘方有精彩多樣可期。此時論詩有『格調』、『性靈』、『肌理』諸説並起，論文有桐城派創為『義理、考據、辭章』之説，駢文亦重起文、筆之爭，一時蔚為大觀。更有一奇文《乾嘉詩壇點將録》，將並世近一百五十位詩人月旦論次，分别短長重輕，結為一體，雖語似遊戲，然差可抵作一部當代詩的史綱。此文今署舒位作，實乃其與陳文述等多人討論之作也〔二〕。凡此皆屬未及染上道光以後新習之見識，宜成為現代閲讀及研究的基礎。

本叢書第一輯所選各家，驗之《點將録》，如畢沅為『玉麒麟盧俊義』，錢載為『智多星吳用』，王昶為『入雲龍公孫勝』，法式善為『神機軍師朱武』，彭兆蓀為『金槍手徐寧』，楊芳燦為『撲天雕李應』，孫原湘為『病尉遲孫立』，王曇為『黑旋風李逵』，郭麐為『浪子燕青』，王文治為『病關索楊雄』，皆為天罡或地煞首座；惟王又曾未入榜，則又可見此文或亦不無疏失矣。

上述十餘位，加上此前已為今人整理者如袁枚（及時雨宋江）、蔣士銓（大刀手關勝）、趙翼（霹靂火秦明）等所謂『三大家』，以及黄景仁（行者武松）、洪亮吉（花和尚魯智深）、舒位（沒羽箭張清）、張問陶（青面獸楊志）等人，庶幾形成一規模，可為今日閲讀研究乾嘉詩文者提供一批基本的文獻。而為避免重複出版，袁枚等遂不再闌入，非未之及也。

〔一〕袁枚《隨園詩話》十六卷，録詩人近二千家，對當年作詩普及的現象，更有直接的記載。
〔二〕詳見拙文《汪辟疆〈光宣詩壇點將録〉與晚清民國舊體詩壇》。

整理標準則以點校為主。底本擇善而從，如彭兆蓀《小謨觴館集》取有注本等。無善本者則重編之，如畢沅有詩集無文集，其文則須重輯之；王文治亦無文集，今取其《快雨堂題跋》代之；王曇集別本甚夥，此次不僅諸本互勘，且考訂編年，斟酌補入，彙為一本；諸如此類。同一家之詩、文集，視其篇幅，或合刊，或分刊。各家並附以年譜、評論等資料，用便研讀者參看。其他校勘細則，依各集情形而定，分别弁於各集卷首。

乾嘉時期，詩文名家衆多，至於第二輯的繼續整理出版，則請俟來日。

作於上海大學清民詩文研究中心

前言

王又曾（一七〇六—一七六二），字受銘，號穀原，浙江秀水人。乾隆十六年（一七五一）受一等特賜舉人，官內閣中書。乾隆十九年（一七五四）進士，官禮部主事、刑部主事。詩與錢載齊名，宗黄庭堅，『務縋深鑿險，不墮臼科』。與錢載、朱沛然、陳向中、祝維誥相唱和，時稱『南郭五子』。作詩力求『捐棄塵壒，毋一語相襲取』（《清史稿》），與萬光泰、汪孟鋗、汪仲鈖等人同被稱作秀水派。又曾卒後，其子王復（字敦初，號秋塍）將其詩集交與好友刊出，此即《丁辛老屋集》。

關於《丁辛老屋集》，目前發現到的共有三個版本。一是乾隆四十年新安曹自鋈編訂的二十卷刻本，一是國家圖書館善本書庫所藏鈔本，一是乾隆五十二年秀水王氏鄢陵官舍十二卷刻本。

在以上三個版本中，時間最早的當屬乾隆四十年新安曹自鋈編訂的二十卷刻本。此版本有金兆燕的序和曹自鋈的跋，並有『新安楊肇增至川、曹鳳元石臞同校』字樣。該刻本成書時間較早，收詩較多，且未有他人刪改，曹自鋈云：『嗣君敦初以其集示余，余反復讀之不厭，深懼鈔本零落，不足以永其傳，乃授之剞劂氏，凡兩月而工竣。就先生手定，自壬子迄辛巳，計詩一千三百餘首，離為十七卷。外有詞四卷，先為橙里江君梓於邗上，茲復加刪訂，併作三卷，附於詩後，共二十卷。』此刻本相對於另外兩個版本而言，最為接近王又曾《丁辛老屋集》之原貌，但徐世昌輯《晚晴簃詩匯》録王昶語云：『休寧曹農部自鋈選刻其詩，子復再刻之，皆不及十之四五，其全集六百餘番，予曾點定，今尚存其家。』

可見乾隆四十年的二十卷刻本仍距全集原貌尚遠。

比曹忍庵編訂二十卷刻本完成時間稍晚一些的當為國家圖書館善本書庫所藏鈔本。鈔本文字乃以楷體寫於紅格稿紙之上，書寫者恐非王又曾本人，因未見其題款或印章。此本有大量草書寫成的删改評定文字，鈔本扉頁有『少宗伯公評定丁辛老屋集』字，錢載曾任禮部侍郎，文人喜尊稱禮部侍郎為少宗伯；另外，畢沅為《丁辛老屋集》十二卷刻本所作序中有如下文字：『君之詩曾梓於新安，為卷二十，然抉擇不甚精，令子復又乞籜石閱定，此本凡詩十卷，詞二卷。』籜石，乃錢載之號，可見删改評訂文字作者為錢載無疑。吳應和、馬洵於《浙西六家詩鈔》中云：『比部遺集曹忍庵編刻於前，籜翁删改於後。』檢錢載《蘀石齋詩集》，在卷三十四中有詩題為《小庭桃樹作花，翁編修方綱、朱編修筠、曹贊善仁虎、程選部晉芳、姚秋曹鼐過飲，翁編修有詩并及余，正月以來，為丁辛老屋、厚石齋編次遺集，奉答二首》，此詩作於乾隆三十九年；在卷四十八中有詩題為《校王五丁辛老屋集鈔本寄還其令子攝知縣事復於鄢陵》，此詩作於乾隆五十二年，可見錢載對此鈔本删訂時間當在乾隆三十九年正月至乾隆五十二年之間。

鈔本扉頁有『舊為魏大令攀龍藏本，後歸味義根齋以畀余，道光壬寅臘月廿又五日識』幾字，以行草書率意寫成。魏攀龍，曾任江西進賢縣知縣，乾隆四十九年左右在任。扉頁中所寫『味義根齋』，乃董正揚書齋名。董正揚，字眉伯，號曇柯，泰順人，嘉慶壬戌進士，授贛南安府大庾縣知事，有《味義根齋詩稿》。鈔本第一頁『丁辛老屋集』字下鈐二印，印文為『臣光焴印』、『寅昉』，可知為藏書家蔣光焴藏書印。蔣光焴（一八二五—一八九二），字繩武，號寅昉，亦號吟舫、敬齋，曾將數十萬卷書籍藏於衍芬草堂。另外鈔本内有兩處印章，印文為『吴正有號』，吴氏生平事蹟難考。

鈔本中錢載詩評文字並不多，如《寒夜讀孟郊詩》眉批：『兩不字正無礙。』《題拓本元祐黨籍碑後》眉批文字：『此是人家揭去之第一層，不可存也，寧少毋多。』《正月三日遊靈谷寺宿道公方丈次其除夕六首韻並示玉潛長老》眉批：『亦苦趣，苦極。』《味初齋藤花盛放梁山舟沖泉招同讌集花下用朱竹垞先生紫藤花下醉歌同查上舍弟嗣瑮賦詩韻》眉批：『對則便生趣，對則便藏拙。』《放舟紅橋步上平山堂小憩萬松亭》眉批：『此中又稍露本相矣。』《出湓浦口望黄梅五祖諸山》眉批：『清空自然，且存。何以在京師竟自説自道，不成材料耶？』《金壇道中曉行》眉批：『奇。』《六月六日集緑谿莊驟雨涼甚限冰字二首》眉批：『都是寫熟了，其氣尚清，自然一路。』《同汪澄齋彡石祝明甫看菊分效唐人體得劉眘虚潯陽陶氏别業韻》眉批：『詩須復古，詩須自作。一條路上有兩個人，一是剽竊，一是杜撰。剽竊是復古，杜撰是自作。若不剽竊杜撰，而復古自作，則可矣。然尚未必傳。工夫深，書卷多，天稟好，局面大，則自然傳矣。韓公、白公、歐陽公、蘇公非惜墨如金，當不能所以難。』在鈔本中，關於詩歌評論方面的基本就是以上這些文字了。

鈔本中錢載的文字主要是有關刪訂方面的意見，如《偶圃招同錢七蘀石緑雨莊納涼》詩，有眉批文字：『必再刪此兩韻方可。』鈔本此詩中『睡還膩清席，起後汗盈臉』及『客來卸衣帽，跌宕弗拘檢』兩句被用筆勾掉；《天姥峰棗樹歌》詩有眉批文字：『勉強存此。』《四日雨阻靈谷方丈疊前韻》詩有眉批文字：『只此疊韻不妨，若刻之，疊韻非佳集也。』在鈔本卷一頁眉處有如下文字：『第一卷刪去幾首，只得十三頁矣。丁未五月再定。凡改字不可不依。凡刪處不可姑息而仍再入。』鈔本第五卷卷尾有眉批文字：『此卷好，今刪定可十四頁，以上悉照所刪取改寫刻，而字體必嚴校。』在鈔本書尾有如下文字：『校正字體是第一件。校對用古人題目是第二件。初見於題目之人書姓，第二次即不書姓。而諸友俱集，有初見之者，則同書姓。還留心幾十遍矣。然仍須刻板之前，再加意對清。至於詩之未淨者，今亦少矣。其所存者，大概可以見人矣。竟刻，不必更疑。』『今則重複者少矣。然後所有者，皆其所有矣。亦未嘗不可觀也。題目俱妥當矣。其刪去如原稿中所亂抄者，付與學舌者，作應酬才子之詩料。』秀水王氏鄢陵官舍十二卷刻本與這些文字有很大關係，十二卷刻本中的詩作大多乃遵錢載刪改評訂文字而刻。鈔本上面有大量錢載刪批的文字，我們亦可由此本略窺錢載詩學主張，故此本不可簡單地視之為一般鈔本。

在三個版本中，時間最晚的是秀水王氏鄢陵官舍十二卷刻本，此本刻於乾隆五十二年，有畢沅和吳泰來的序。此本是一個選本，吳應和、馬洵輯《浙西六家詩鈔》王又曾卷所依底本即為此本。此本文字大多參照鈔本中錢載的刪改意見而刻，如《寒夜讀孟郊詩》原詩為：『冷絮疊破襖，肩脊潑水寒。油凍缸燄細，逼照形影單。坐嘶草蟲聲，天地為不寬。一讀齒牙楚，再讀心骨酸。嗟嗟孟夫子，生罹憂患端。凍餓老且死，一尉同不官。歌詩止禮義，鐫刻厥肺肝。亮由時命爾，詎謂性所安。悲余齒三九，強顏長弗歡。早作失恃兒，銳鏃中心鑽。閱冬喪所偶，淚勝鰥魚彈。有腸業寸裂，何暇九曲盤。緬追昔賢軌，陋巷甘瓢簞。賤貧吾故物，歧路行何難。懼茲盛年歲，而為苦痛攢。將類火煎炙，終先神髓乾。男兒畢生事，艱大訖蓋棺。千絲恥徒黑，兩頰喟暫丹。高蒼能玉女，且繫東紅丸。』鈔本中很多句子被劃掉，一些字被改掉，因此在十二卷刻本中則變為以下文字：『敗絮肩脊高，頗忍潑水寒。凍油光燄細，偪照形影單。坐嘶草蟲聲，天地為不寬。嗟嗟孟夫子，一尉同不官。亮由時命爾，詎謂性所安。悲余齒三九，強顏長拗歡。早作失恃兒，銳鏃中心攢。有腸業寸裂，腸那九曲盤。緬尋聖之軌，陋巷瓢與簞。賤貧實故物，行路夫何難。懼以年歲盛，而罹憂患端。千絲豈徒黑，兩頰亦暫丹。』這些文字與鈔本中此詩刪訂後的文字是一致的，可見十二卷刻本是鈔本錢載刪批意見的體現，錢批鈔本是十二卷刻本最重要的參照底本。

但十二卷刻本的底本並非衹有錢載評訂的鈔本，因有些詩歌在鈔本中收入，而十二卷刻本中並未收入，如《題吳山元慶山房壁》、《贈會稽商寶意司馬二首》、《尋吳波亭故址不得》、《白衲葊在萬竹中》、《度楓樹嶺下瞰天竺寺薄暮由南麓冒雨歸靈隱》、《題明史後絕句》、《倪隨葊總戎述觀大龍湫五色彩虹之異率賦此詩》、《坐不繫舟看桃花》、《池上獨立望鍾山》、《荅蘀石都下見寄》、《三月十七日集金圃新齋步至法源寺看海棠同賦》（二十卷本題為《春暮同人集金圃同年新居步至法源寺看海棠各賦七古一首》）、《集嘉樹齋題六和塔佛說四十二章經拓本二十四韻》（二十卷本題為《四月二十日集嘉樹齋觀六和塔宋人書佛說四十二章經拓本各賦五言排律二十四韻》）、《奉送梁薌林夫子得請侍養南歸》（二十卷本題為《送錢唐相國梁夫子請養旋里》）、《將移寓大司空汪夫子第山舟沖泉招同諸公飲味初齋再疊前韻四首》、《諸草廬編修屬和雙頭同心芍藥繡纓二詩即次其韻》、《七夕宿直》、《乞晴江畫蘭辱並寫墨梅大幅見遺賦謝》（二十卷本題為《乞晴江畫蘭辱並寫墨梅見遺賦此報之》）、《祇陀林看秋色》、《循石門澗曲折屢渡村犁水極田野林麓之趣入古松徑上至修竹坪轉憩報國寺看鉢盂峯》、《宿天池方丈》、《金壇道中曉行》、《送蘆涇同年入都並簡都下諸故人二首》。

另外，十二卷刻本中選入的一些詩歌，錢批鈔本與二十卷刻本均未收入，如《由金雞嶺度屏風關途中寒甚》，但這類情況極少見。

三個版本綜合比較來看，錢批鈔本與十二卷刻本大多乃二十卷刻本詩作删改後之文字，或有詩作不選；或有長詩被删改為短詩；或詩中字句變動，甚至改動痕跡較大。同時鈔本及十二卷刻本所依底本並非僅為乾隆四十年的二十卷刻本，因為有些詩作衹在鈔本中有，十二卷刻本與二十卷刻本均未收，屬於此類的有以下詩作：《酷暑作》、《瞻園磨盤山》、《次韻荅夏培叔雨後見寄》、《臘月廿四日重集保安寺街寓舍遲蘀不至同用蘇公和孔君亮郎中見贈韻》、《喜桐石至得家書未及走面先之以詩兼簡松巘東皋蘆涇》、《送蘆涇假省南歸即次留別韻》、《送周犀舟歸杭》、《三月朔日清明同人登陶然亭值雨用壁間田退齋韻二首》、《十一月十七日獨赴西苑直遇風感作三首》、《題龔酌泉小景》、《貧女吟》、《入蔣氏廢圃》、《尋郎官湖故址》、《宿馬陵店同厚石作》、《再次厚石韻》、《集汪氏水亭看荷花禁體得魚字》。另外，《和方廉水上舍移寓崇文門東述懷二首》中的一首亦衹有鈔本收入。

本書以乾隆四十年二十卷刻本為底本，同時對校錢批鈔本與乾隆五十二年十二卷刻本。本書詩作分卷主要依照乾隆四十年二十卷刻本，若有二十卷本未收之詩，則依此詩所作時間以及在其它版本出現的先後次序分別補入各卷之中，並在校勘記中說明。另外，本書還録吳應和、馬洵輯《浙西六家詩鈔》中對王又曾詩作的評論文字。此書流傳至日本，有日本京攝五書常嘉永六年（一八五三）刻本、日本嵩山堂明治三十六年（一九〇三）黄紙本以及明治三十九年鉛印本。嵩山堂本有日人近藤元粹之評語，因王又曾詩作多以瘦硬奇崛為宗，故近藤元粹多有不解之評，本書為存外邦一家之言，亦將近藤評語附録於後。

本書根據詩稿文字以及其他文獻，對王又曾交遊情況及主要事跡編訂了一個簡要年譜，附於書尾，同時附諸家對王又曾詩作的評論文字，以供讀者參考。不當之處，敬請方家指正。

朱洪舉

例言

一、《王又曾詩集》以乾隆四十年新安曹自鋈編訂《丁辛老屋集》二十卷刻本爲底本，校以國家圖書館善本書庫所藏錢載删批鈔本，以及乾隆五十二年秀水王氏鄢陵官舍十二卷刻本。

二、爲簡省計，『校勘記』中『乾隆四十年新安曹自鋈編訂二十卷刻本』簡稱為『二十卷本』；『乾隆五十二年秀水王氏鄢陵官舍十二卷刻本』簡稱為『十二卷本』；『國家圖書館善本書庫所藏錢載删批鈔本』簡稱為『錢批本』。

三、詩集序文原無題目，為標示不同版本序文之異，分別以『二十卷刻本序』、『十二卷刻本序』稱之，並以版本早晚安排其先後次序。詩集後附曹自鋈跋文，因出自二十卷刻本，故以『二十卷刻本跋』稱之。

四、詩中所出現之俗體字及異體字，一般在無歧義前提下改為通行字，並以尊重版本原貌為原則，不同版本用字若有區別，則在『校勘記』中標出。

五、詩集將吳應和、馬洵編《浙西六家詩鈔》中有關詩作點評文字附於詩後，以供參詳。吳應和、馬洵編《浙西六家詩鈔》簡稱為『浙西六家詩鈔』。

六、詩集分卷主要依照乾隆四十年二十卷刻本，若有二十卷本未收之詩，則依此詩所作時間分別加入各卷之中，並在『校勘記』中標出說明。

七、根據詩稿文字及其他文獻，詩集後附一簡要年譜，以助讀者了解詩人交遊情況及生平主要事跡。同時附諸家評論文字以及近藤元粹評點，以供讀者參考。

目録

丁辛老屋集卷二

丁辛老屋集卷三

壬戌

丁辛老屋集卷四

癸亥

丁辛老屋集卷五

甲子

丁辛老屋集卷六

丁辛老屋集卷七

丙寅

丁辛老屋集卷八

丁辛老屋集卷九

庚午

辛未

丁辛老屋集卷十

壬申

丁辛老屋集卷十一

癸酉

丁辛老屋集卷十二

乙亥

丁辛老屋集卷十三

丁辛老屋集卷十四

丁辛老屋集卷十五

丁辛老屋集卷十六

丁辛老屋集卷十七

丁辛老屋集卷十八

丁辛老屋集卷十九

丁辛老屋集卷二十

二十卷刻本序

金兆燕

乾隆辛未之春，天子南巡至於浙江，穀原比部以諸生召試，行在賜中書舍人。是冬，入京供職。余以計偕居都門，時相過從，疊有唱和。然以作舉子業，應禮部試，未暇索其全集流覽之也。穀原於甲戌登第，改官西曹。余時屢躓，公車往來僕僕，形跡愈疎。後穀原請養南旋，復於江淮之間，時得繼見。然川涂悤遽，得以樽酒論文者亦無多日。穀原歿後，每於友人處得其零章斷句，未嘗不珍如珙璧，什襲而藏之。穀原之子敦初負奇才，能紹家學。新安曹君忍菴與敦初交好，酷嗜穀原之詩，索刊其集，以公同好。今年冬，敦初至揚州，捧是集，索序於余，余讀之數日始竟。穀原為人瀟灑，塵壒之外，一言一笑，皆有天趣。其詩不專一家，然真趣流溢，頗似其人。後之人讀穀原之詩，即可知穀原之人矣。明年春，敦初將入新安，以是集與忍菴校讎付梓。吾知挈榼提壺朗吟是編於天都峰下，必有猿吟鶴唳與雲海松濤間發者。惜余不得連袂其間，一為秋菊寒泉之薦也。乾隆四十年歲在旃蒙協洽嘉平月全椒金兆燕序。

十二卷刻本序

畢沅

余自癸酉、甲戌間與老友穀原比部同居京師，其時過從無間者，為蘀石宗伯、竹君學士、述庵方伯諸人。蘀石素與君齊名，而竹君、述庵則又余兩人同歲生也。官事多暇，銷寒避暑，輒共聯吟。然君每一篇出，則人皆斂手下之。蓋君才本大，而約之以歸於切實；氣最盛，而斂之以底於和平。削膚廓而見性情，汰塵腐而存警策。於漢魏六朝及唐宋諸家外，能融會變化，自成一家，而世之貌為李杜韓蘇者卒莫能及焉。至於取材於衆所不經見，用意於前人所未及，發此又君之所獨到，而亦吾黨所共推者也。余嘗謂國朝之詩，浙中最盛，而浙中又莫盛於嘉禾，竹垞先生以沈博絕麗之才，主東南壇坫最久，不五十年而君與蘀石繼之，此三家者，均足以信今而傳後，可謂盛矣。君之詩曾梓於新安，為卷二十，然抉擇不甚精，令子復又乞蘀石閱定。此本凡詩十卷，詞二卷，今年復官河工，余檄攝鄢陵縣事，因刊之于官署。刊成，請序於余。余自維少即以詩文為性命，迨與諸君交，而所業日以勤，所聞日以廓，自謂可長此友朋過從之樂。乃忽忽三十年，君與竹君已皆物故，蘀石亦老疾家居，惟余與述庵尚羈官守，而述庵又遠宦滇南，舊時之友，無一得共讌談而聯硯席。序君詩，竟又不禁有成連鼓琴、向生聞笛之感也。鎮洋畢沅。

十二卷刻本序

吳泰來

秀水王秋塍明府哀其尊甫穀原先生遺集，釐定為十二卷。將校刊於鄢陵官舍，而以序言屬余。既卒讀，喟然歎曰： 美哉，洋洋乎其牢籠萬象而麾斥八極也。可以驚風雨，泣鬼神，求諸古人成法，未嘗以一字規橅，而神明規矩，動與天合，其斯為精深華妙之詣乎！ 詩生於情，而寓於境。大抵廊廟之才，足以黼黻休明，而澄思渺慮，以窮夫天地山川雲物之變，則不若山林閒曠之士有獨得焉。此昔賢所以有窮而後工之論也。先生以續學巨儒，屢躓場屋。乾隆辛未之春，恭應南巡召試，名擢高等，遂登秘閣。甲戌成進士，改官比部。任事未幾，即請急歸里，築丁辛老屋於長水之上，閉戶著書，若將終身。而家貧多累，又復奔走大江南北，以筆耕自給。論者謂先生才望卓絕，已被特達之知，而為郎白首，未得窺承明著作之廷，以大展其夙負，重為惋惜； 而不知先生曠懷高寄，視廊廟山林之遇，絕無芥蒂於胸中。故其出也，若鴻儀鳳翥，偶然表見； 而沉冥不返，又幾於遯世無悶之君子。今集中篇什，大率皆登山臨水懷人感舊之作，造物者殆嗇其遇以昌其詩也。窮而後工，其信然歟。余與先生忝僑札之契，自通籍以迄於今，生平出處，大約相彷； 而垂老饑驅，流宕於中州河洛之間，益與先生晚節相類。則今日序先生之遺詩，能無感慨於中而不能自已哉！ 長洲吳泰來。

丁辛老屋集卷一

丁未

避暑福城寺水閣〔一〕

身是閒雲任卷舒，藥鐺茶筅靜相於。眼明沙觜將雛鴨，塔影橫來浴自如。

【校記】

〔一〕據錢批本及十二卷本補。錢批本繫於丁未年，十二卷本繫於戊申年。

戊申

投壺二首〔一〕

鼓吏催將定幾巡，多煩奉矢樂嘉賓。罰觥只恐論無算，妙伎誰為郭舍人。

驍箭連花的自殊，未誇豹尾與狼壺。也知遊戲同賓射，新格何如涑水圖。

【校記】

〔一〕據錢批本及十二卷本補。

和朱大偶圃冬日村居〔一〕

葉脱見低屋，村深無近隣。荒畦生野菜，小徑夾寒筠。曝背林曦午，頹顏盞蟻新。不緣霜雪晚，高臥動兼旬。

【校記】

〔一〕據錢批本及十二卷本補。

乙酉

城南僧舍〔一〕

嫩緑陰陰念佛烏，新波汩汩聽經魚。椶團瞌睡通禪觀，撥實春愁付六如。

【校記】

〔一〕據錢批本及十二卷本補。

庚戌

雨後入萬蒼山〔一〕

百里曳船篷，案容濕將暮。未辨高下形，那識近遠趣。踈磬沈湖天，懸流明澗樹。一穿嶺上雲，忽曠沙天〔二〕路。芒鞋滑不前，指點煙生處。

《浙西六家詩鈔》評：「殊有畫理。」

【校記】

〔一〕據錢批本及十二卷本補。

〔二〕天，錢批本作「頭」。

蕈〔一〕

雨餘蒸宿腐，朵朵出泥香。露滴逾教滑，沙黏故自黃。烹鮮需助爊，配食每先嘗。一箸儂憐劇，山村味不忘。

【校記】

〔一〕據錢批本及十二卷本補。

辛亥

悼室二首〔一〕

機斷金捐罫臂盟，書床一痛失良朋。薄營齋奠君休唾，此是心耕舌織成。

齏粥光陰擲少年，附身荆布只羸全。空奩檢點抛殘淚，使盡人間質庫錢。

【校記】

〔一〕據錢批本及十二卷本補。

集回谿草堂〔一〕

一蠟剪座隅，風逼光不燦。初寒席頻促，中暖幘獨岸。荒城雨雪深，敢懷貧士歎。身同蟄蟲蟄，心匪亂絲亂。

【校記】

〔一〕據錢批本及十二卷本補。

壬子

陳乳巢餉貢墨用山谷謝黃從善司業寄惠山泉韻〔一〕

墨磨人匪人磨墨，伯充勸人莫學書。松煙萬竈信癡惑，向來所寳皆魚珠〔二〕。一朝致此白雲腴，黑光湛湛兒眼如。便恐好事乞醉帖〔三〕，筆床徑載鴛鴦湖。

【校記】

〔一〕陳，錢批本及十二卷本作『陳二』。鈔本及十二卷本繫於己酉年。

〔二〕向來，錢批本及十二卷本均作『何況』。

〔三〕便，錢批本及十二卷本作『祗』。

對鏡篇〔一〕

奩開一方鏡，歲久暗如漆。曉來持自照，眉眼無髣髴。上有蛟螭蟠，斑駮前代血。錦匣綴珠璣，鞶帶其纏結。古物詎弗寶，迺遜新銅質。新銅亦何佳，明奪三五月。秋水入芙蓉，美人自妍悅。薰豈金煙清，洗寧玉水潔。徒以輝光在，頻用紅巾拂。吁嗟新銅好，永與暗鏡訣。

【校記】

〔一〕錢批本及十二卷本未收此詩。

題翁莊壁

借得莊窩覓睡方，勝於結夏老僧床。欹扉山月為誰白，灑面竹風無主涼〔一〕。後嶺雲閑秋墜影〔二〕，壓波花重夜吹香〔三〕。柳陰拉客撐單舸〔四〕，衝起沙鷗雪一行。

《浙西六家詩鈔》評：『三四一聯，饒俊逸之致。』

【校記】

〔一〕主，錢批本及十二卷本作『次』。

〔二〕閑，錢批本及十二卷本作『疎』。

〔三〕『壓波』句，錢批本及十二卷本作『前湖花遠夜流香』。

〔四〕柳陰拉客，錢批本及十二卷本作『何人掠岸』。

古意酬吳興茅湘客〔一〕

明豔西家女，盈盈待聘初。容顏矜絕代，居處嘆無廬。心豈聞琴誤，身猶跨鳳虛。妝成愧時世，無果擲羊車。

【校記】

〔一〕錢批本及十二卷本未收此詩。

贈湘客〔一〕

落落窮巷士，意氣寡所匹。不隨雲際鴻，頗笑褌中蝨。西風薄甕牖，日暮但擁膝。苦吟亦何為，酸嘶等秋蟀。邂逅風雅宗，跌宕宮商律。氣吞雲夢九，才壓建安七。諧如紫瓊琴，清比朱絃瑟。瑰詞敷茫洋，險境破幽鬱。郊島酷寒瘦，對此汗而慄。嗟彼贋亂真，蕪穢賴梳櫛。不有挽頹手，將令洪波泆。大雅別源流，名賢遞作述。往往中衰運，乃有幾輩出。雲錦爛七襄，簫韶陳八佾。鬱鬱金陀坊，信美芝蘭室。元聲渺追攀，高坐卓韓筆。

【校記】

〔一〕錢批本及十二卷本未收此詩。

同錢蘀石泛舟過朱偶圃〔一〕

綠雨莊西路，淒然綠又深。水高舩到檻，逕暗筍成林。有婦能供具，持杯任苦吟。泠泠絃外奏，不必動瑤琴。

【校記】

〔一〕錢批本及十二卷本未收此詩。

沈大蓉村過飲〔一〕

擾擾喧競場，滄蕩得幾箇。有舌爾僅存，無面人不唾。洒窻霜氣白，照壁燈花大。嘲戲客憑之，排遣理則那。由來千秋人，畢世長轗軻。

【校記】

〔一〕據錢批本補。

題拓本元祐黨籍碑後〔一〕

君不見熙豐之間青苗行〔二〕，諫官御史紛力爭。宰相不肯用端士，群邪汹汹禍亂生。元祐太后舊宸斷，司馬相公獨侃侃。新法剗除舊政興，諸賢接跡交襄贊。皇天安在祚宋祧，放逐詎足懲蘇苗。古來去惡等去草，根株不剪難薅穮。嗚呼蔡京重當國，豺虎狐狸滿庭塞。洛蜀遘難脣齒寒，死者貶官生者劾。奸臣哆口稱皋夔，肆厥憤毒形於辭。端禮殿前東壁下，文頗字倒鑱之碑。蔽賢之惡髮莫指，善類削絕國脉死。乾坤正氣誰拄撐，祇爾安民好男子。吁嗟若輩徒倡狂〔三〕，黨人姓氏千秋芳。即今凜凜動精魄，拜跪摩挲心激昂。仆碑威蹟亦徒爾〔四〕，半壁金甌旋看毀。朝廷相相治亂基，無使共吸穢青史。

【校記】

〔一〕『拓本』，錢批本無。錢批本繫於甲寅年，十二卷本未收。

〔二〕『君不見』，錢批本無。

〔三〕若，錢批本作『爾』。

〔四〕威，錢批本作『滅』。

癸丑

寒夜讀孟郊詩〔一〕

冷絮疊破襖〔二〕，肩脊潑水寒〔三〕。油凍缸醆細〔四〕，逼照形影單〔五〕。坐嘶草蟲聲，天地為不寬。一讀齒牙楚，再讀心骨酸〔六〕。嗟嗟孟夫子，生罹憂患端。凍餓老且死〔七〕，一尉同不官。歌詩止禮義，鐫刻厥肺肝〔八〕。亮由時命爾，詎謂性所安。悲余齒三九，強顏長弗歡〔九〕。早作失恃兒，鋭鏃中心鑽〔一〇〕。閱冬喪所偶，淚勝鰥魚彈〔一一〕。有腸業寸裂，何暇九曲盤〔一二〕。緬追昔賢軌〔一三〕，陋巷甘瓢簞〔一四〕。賤貧吾故物〔一五〕，歧路行何難〔一六〕。懼茲盛年歲〔一七〕，而為苦痛攢〔一八〕。將類火煎炙，終先神髓乾。男兒畢生事，艱大訖蓋棺〔一九〕。千絲恥徒黑〔二〇〕，兩頰喟暫丹〔二一〕。高蒼能玉女，且繫東紅丸〔二二〕。

【校記】

〔一〕 錢批本及十二卷本繫於壬子年。

〔二〕 冷，錢批本及十二卷本作『敗』字。疊破襖，錢批本及十二卷本作『肩脊高』。

〔三〕肩脊，錢批本及十二卷本作『頗忍』。
〔四〕油凍缸，錢批本作『凍油光』。
〔五〕逼，錢批本及十二卷本作『偪』。
〔六〕『一讀』二句，錢批本及十二卷本無。
〔七〕『生罹』二句，錢批本及十二卷本無。
〔八〕『歌詩』二句，錢批本及十二卷本無。
〔九〕弗，錢批本及十二卷本作『拗』。
〔一〇〕鑽，錢批本及十二卷本作『攢』。
〔一一〕『閱冬』二句，錢批本及十二卷本無。
〔一二〕何暇，錢批本及十二卷本作『腸那』。
〔一三〕追，錢批本及十二卷本作『尋』。昔賢，錢批本及十二卷本作『聖之』。
〔一四〕甘瓢，錢批本及十二卷本作『瓢與』。
〔一五〕吾，錢批本及十二卷本作『實』。
〔一六〕歧，錢批本及十二卷本作『行』。行，錢批本及十二卷本作『夫』。
〔一七〕『懼兹』句，錢批本及十二卷本作『懼以年歲盛』。
〔一八〕『而為』句，錢批本及十二卷本作『而罹憂患端』。
〔一九〕『將類』四句，錢批本及十二卷本無。
〔二〇〕恥，錢批本及十二卷本作『豈』。

〔二一〕喟，錢批本及十二卷本作『亦』。

〔二二〕『高蒼』二句，錢批本及十二卷本無。

題蘀石為汪謙谷畫山茶二首〔一〕

鶴頂新紅鞞翠鬟，春風吹暖到人間。夜寒細搗丹砂顆，分與羣仙共駐顏。

盎盎春心暖吐蕤，魂消谿館鬭茶時。水仙操與梅花弄，正爾知音未較遲。

【校記】

〔一〕錢批本及十二卷本未收此詩。

飲朱翁子墓下〔一〕

罷浴景初夕，火雲殊未退。散步雲水鄉，負手僧幾輩。高松冷作濤，風力振其內。微涼愜酒坐，墓草肯吾貸。歸樵隔煙唱，閒犬過橋吠。塔鈴語無時，頻勸一尊酹。為詢墓中人，此酒飲可再？

【校記】

〔一〕錢批本及十二卷本未收此詩。

曉起池上看荷花〔一〕

露葉自高下，風花猶兩三。情應怨初旭，態或帶微酣。曉鏡羞回照，秋心澹欲含。波香看不足，買棹大江南。

【校記】

〔一〕錢批本及十二卷本未收此詩。

棄釵嘆〔一〕

貧家生女妖嬈態，雲髻雖殊缺簪戴。鍊銅作釵插髻心，比似黃金一般愛。一朝身入羅綺叢，寶帳捧出紅芙蓉。量珠買笑歡未足，日日妝梳換新目。鳳頭龍角矜時宜，問着銅釵渾不知。人情美惡空顛倒，銅釵未變花容老。

【校記】

〔一〕錢批本及十二卷本未收此詩。

梅花下作〔一〕

更無人處拓窻看，合算渠儂耐夜寒。多謝一弦雲罅月，卻彎疎影射闌干。

【校記】

〔一〕據錢批本及十二卷本補。

甲寅

丁家山〔一〕

維舟枯藤陰，磴道踏石卵。欄綴花瑣細，樹滴翠深淺〔二〕。放眼四角亭，憩足八窻館。湖光一鏡平，峰色雙眉斷。幽險盡刻露，煙霞紛組纂。誰將要領闢，頓覺耳目罕〔三〕。吻燥石泉解，衣垢天風澣。底須窮高深，素懷良易滿。

【校記】

〔一〕錢批本及十二卷本繫於癸丑年。

〔二〕『樹滴』句，錢批本及十二卷本作『樹藏烏睍睆』。

〔三〕『幽險』四句，錢批本及十二卷本無。

哀憐婦〔一〕

隣有盛某者疾且革，妻某氏禱於神，誓以身代。未幾，盛竟起，某氏以病死。

十五盈盈奉君子，誓願同生復同死。郎身如金妾如月，本擬金堅月無缺。妾生倚郎持門戶，郎病將危妾心苦。郎身惟重妾身輕，百請神前神作主。妾死郎慎勿悲酸，百歲相期見黄土。嗚呼！孝子代親妻代夫，誰謂巾幗非眉鬚。

【校記】

〔一〕錢批本及十二卷本未收此詩。

撥悶三首〔一〕

赤烏飛上火雲端，揩眼扶頭已數竿。白汗也來霑冷客，清風緣底避炎官。倦麾紫拂抛千縷，狂乞元冰嚼一丸。深甑愁兼蝨喙鬧，那容殘夢到槐安。

歷落嶔崎百不能，耽閒愛睡病相仍。煙霞癖染徒燒艾，筆墨緣疎漫逐蠅。默數吟髭攢似戟，強揩瘦骨峭於冰。清齋斷酒圓蒲穩，身似禪堂粥飯僧。

漠漠樓陰罨水關，北窻移簟滲塵顔。豆棚戲蝶黏黄蕊，桐井吟蟬響碧灣。幾日涼風蘇肺病，由來陋巷當名山。蕭然萬竹圍深塢，憶殺臨谿屋數間。懷西谿舊遊也。

【校記】

〔一〕錢批本及十二卷本未收此詩。

池上晚立〔一〕

徘徊榆莢陰，溪光淡將夕。緩帶散煩燠，涼颸透鹿綌。的皪珍蔆紅，翩翻露荷碧。時見鷗兩三，沙際矯輕翮。露頂恣夷猶，曷用加巾幘。嗟爲城府居，塵勞苦形役。

【校記】

〔一〕錢批本及十二卷本未收此詩。

岳忠武王墓〔一〕

靈宫巋立儼忠魂，肅肅南枝落照昏。石馬荒榛猶陣血，陰崖白骨亦君恩。千秋冠劍朝城闕，每夜風雲鬱墓門。父老至今餘痛哭，江山禾黍自中原。

【校記】

〔一〕錢批本及十二卷本未收此詩。

西湖獨酌懷蘀石〔一〕

枉抛西子又經年，濃殺鄉情盡客憐。圓鏡淨揩妝閣外，雙鬟飛插酒壚前。箏絃嘈雜關塵夢，聞隣舫理箏。楓葉兜圍省醉緣。愁絕南屏鐘動後，獨吟人坐共吟船。

【校記】

〔一〕錢批本及十二卷本未收此詩。

偶圃招同錢七蘀石綠雨莊納涼〔一〕

入秋暑未退，侵曉勢即裧。睡還膩清席，起後汗盈臉〔二〕。被葛出郭門，南湖摘菱芡。偶圃靜著書，桑下短扉揜。客來卸衣帽，跌宕弗拘檢〔三〕。村居味率真，詎非貧士儉。水檻插釣竿，竹房撤臥簟。炎日不敢逼，坐若雪崖广。人生葆白璧，逐熱苦自玷。兩三冷交外，焉足挂褒貶。

《浙西六家詩鈔》評：『語意高簡，迥出塵外。』

【校記】

〔一〕據錢批本及十二卷本補。

〔二〕『睡還』二句，十二卷本無。

〔三〕『客來』二句，十二卷本無。

汪七謙谷招集華及堂同擣石詠蒲〔一〕

碧沼盤靈芽，丹泉滃交汊。深潛黿蛇護，一出泥滓卸。北窗吟倦餘，午枕夢回乍。疎雨吹溟濛，素心辱邀迓。為我并刀截，颯爾林飈下。緐絲結繾綣，彎臂弄嬌奼。涼漪肺葉澆，餘液舌根瀉。豈惟沆瀣如，雙屐騰太華。

【校記】

〔一〕據錢批本及十二卷本補。

乙卯

詠櫻桃花〔一〕

輕陰池館雨調酥，楚楚新妝的自殊。豔骨柔難禁燕剪，繁心細更怯蜂鬚。歌翻樂府愁深淺，月滿華林夢有無。一顧當筵從記取，報君百顆盡珍珠。

【校記】

〔一〕錢批本及十二卷本未收此詩。

讀南華經二十八首〔一〕

茲辰風日美，散髮敞南軒。浮光蕩煙翠，眾草萋以蕃。水流花復開，陋巷如深山。朝菌發其姿，鸒鳩鳴相驩。物情瀹來往，感此娛目前。聚糧適千里，消搖且窮年。會心無可說，緬與莊生言。

至人在天地，俯仰隘八荒。冥心合造化，吹氣成陰陽。嗟彼鯤與鵬，尚局天池旁。二蟲又何知，飛飛搶榆枋。人生苦有待，知短不易長。天遠無至極，仰視徒蒼蒼。之人不可遇，之德誰能詳。斥鷃笑相顧，聊復同翱翔。

未論九萬里，逼計八千歲。不見藐姑神，吸風乘雲氣。冰雪琢肌膚，綽約誰與儷。凝神出四海，萬物絕疵癘。遊戲水火精，粃糠堯舜帝。猗嗟聾瞽俗，聞之怪且誹。斯人今奚適，焉能同此世。

真人吸元氣，四瀛以為樽。云何五石瓠，而不可飲醇。縱情任大化，拍浮江湖濱。瓠落良可惜，聊為砭愚人。巧拙觀所用，此事非強分。不然洴澼絖，何以張水軍。

言有無何鄉，亦在廣莫野。大樹榮冬春，寂寞世所捨。與之兩無為，逍遙臥其下。不愁斤斧傷，寧戚顧盼寡。無用吾與汝，撫琴心獨寫。

昔者支離叔，觀化冥伯邱。偃然寢巨室，百哭不回頭。死生為晝夜，天地為春秋。誰知南面樂，萬古一髑髏。人物遞相化，黃輗生九猷。出入大造機，茲理信然不。人間自勞苦，此樂焉可求。

詩禮初發蒙，臚傳由大儒。小儒強剽竊，尚未解裙襦。椎頤別其頰，奚傷口中珠。外物不足恃，茲言儻聞諸。銚鎒動春雨，草木過半蘇。聰明塞其竇，勃谿生空虛。我聞任公子，投竿東海隅。餌以五十犗，期年迺得魚。寄言輇才子，無為守鯢鮒。

半夜夢方覺，翏翏天籟人。嗒焉見真君，授我環中法。百年同大夢，彭殤一呼吸。虵蚹與蜩翼，微形焉可執。曼衍和天倪，邈與溟涬合。夢亦蘧蘧周，覺亦栩栩蝶。夢覺本強分，幻影安得拾。今者吾喪我，寤言誰與答。

井鼃難語海，夏蟲難語冰。曲士昧道妙，力與螽蛆爭。天地一稊米，毫末為邱陵。小大互胚腪，蹢躅觀眾情。南方有鵷雛，六翮橫滄瀛。鴟鴞毋相嚇，逝將返冥冥。

時當六國季，楊墨塗正塞。心思逐無涯，離叛先聖德。養生失其主，善惡一為匿。至哉庖丁言，奏刀不以力。經首與桑林，聲容妙難測。刃遊窾郤間，神遇混沌域。緣督可盡年，百骸胥受職。保身以養親，俟聖而不惑。

君勿笑承蜩，承蜩審錙銖。執臂若槁木，處身若橛株。我指與物化，掇之如拈枯。壹志凝衆神，內外無偏圖。為誰鞭其後，一返木雞初。

萬物競世用，材為知己伸。光彩豔衆目，趣入憂患門。散木寄櫟社，百圍空輪囷。匠石去不顧，壽將千萬春。不材誠大祥，材則尋斧斤。美哉支離疏，彼豈非神人。

黃帝攜元珠，南登昆侖邱。遺之在中路，三索終焉求。曷為聰明盡，始與象罔謀。得之直俄頃，其樂同天遊。離朱與喫詬，試問有此不？

螳螂捕寒蟬，異鵲顧而喜。材與不材間，真形尚難恃。東海有鷾鴯，翂翐奚足擬。進退迺綽然，其智究終始。道岸渺無涯，愈往不能止。送者自崖返，君自此遠矣。

元君將畫圖，衆史羅右左。紛然受揖立，筆墨事碎瑣。一史獨後至，忘人亦忘我。儃儃走就舍，解衣槃礴臝。萬事不入心，擺脫衆史夥。是真得畫神，元君果曰可。

萬物幻生死，一氣聚散之。喻道在屎溺，臭腐方神奇。瞳焉新生犢，不以故自持。槁骸死灰間，無心入於機。不聞捶鉤者，此道為世資。

貧人阨窮巷，槁項捆草屨。一朝悟萬乘，車徒隘閭里。問君何能爾，將無舐其痔。吾聞千金珠，深在九重水。龍睡有時寤，得之詎云喜。窮達夫如何，知命迺為貴。

大塊載我形，勞佚寧拘拘。誰能善終始，躍出天地爐。倏然有所適，蟲臂鼠肝歟。為雞復為彈，輪馬亦可娛。畸人侔於天，旦宅何為乎。觀其所以乃，庸詎知有吾。安時而處順，玆理非怪迂。諒哉臨尸歌，嗟來有以夫。

泠泠七條絃，響徹霖雨中。霖雨有時歇，歌哭安所終。嗟嗟子桑戶，十日斷朝饔。良友暫裹飯，聊充俄頃供。命也知奈何，誰令丁我躬。勸君無廢詩，廢詩亦終窮。

鳧脛續則憂，鶴脛斷則悲。仁義本多方，曾史非駢枝。固必以膠漆，正必以纆徽。奚云決與齕，遂至泣且啼。其言太矯激，夷跖豈等夷。亡羊乃博塞，庶為楊墨規。

流人遠適越，歲月悲侵尋。去人滋以遠，思人滋以深。矧彼逃虛空，鼪鼬同呻吟。親戚斷謦欬，快絕聞足音。一笑狗馬對，聊為俗耳鍼。

大隗不可見，七聖乃皆迷。問塗襄城野，始獲知具茨。異哉彼小童，日車駕雲螭。翱翔六合外，奚事天下為。牧馬去馬害，一語萬世規。遊神於無方，再拜稱天師。

虞帝有羶行，三徙於成都。百姓乃蟻慕，遂至鄧之墟。耄期不得息，曷為議卷婁。勢利相媚悅，豕蝨而暖姝。神人底可學，舉世溷賢愚。得計江湖間，嗟嗟子非魚。

大哉蝸牛角，實建蠻觸國。一戰伏萬尸，浹旬兵氣息。游心本無窮，梁魏豈能域。一吷劍首吹，誰與大人德。

人皆有七竅，視聽食息焉。渾沌獨無有，所以渾沌全。儵忽謀報德，試鑿應手穿。七日渾沌死，憂患輒紛然。慎勿自彫琢，彫琢傷其天。

逍遙扶搖枝，鴻蒙自拊髀。東游宋之野，雲將乃大喜。誠知叟何人，而云不得已。掉頭吾弗知，僊僊乎歸矣。

聖人死已久，讀者聖人書。味哉輪扁言，其斯糟魄夫。道在甘苦間，不疾復不徐。得手應諸心，有口不能攄。吁嗟老斲輪，詎非聖之徒。

言作采真遊，近在逍遙墟。有田以自食，有圃以自娛。苟簡則無餒，不貸則無需。良時或暫出，一宿乎蘧廬。

《浙西六家詩鈔》評：『《讀南華經》二十八首，茲取二首（《井鼃難語海》及《半夜夢方覺》），以概其餘，隱括《逍遙》、《齊物》諸篇，寓言託興之辭，融作韻語，亦復超超玄箸，而曹忍庵謂逼肖淵明《讀山海經》，恐比擬不倫。』

【校記】

〔一〕錢批本及十二卷本繫於丙寅年。

題元遺山詩集後二首〔二〕

庾信頭顱雪滿圍，傷時傷事足歔欷。干戈掃蕩留才子，禾黍叢殘竄布衣。遺山有『今是中原一布衣』句。燈炧歌闌塵劫換，天荒地老夢華非。可憐醉殺長安酒，不抵思鄉一涕揮。

蕭蕭走馬傍長楸，一代聲華剩楚囚。野史盡煩供樂府，劫灰飛不到中州。亂來花草銅駝淚，夢裡家山渭水流。血漬模糊難卒讀，打窗寒雨颯窮秋。

《浙西六家詩鈔》評：『此二首從原本選入，語語切題，不作浮辭空響，神完氣足，洵是七律正宗。』

【校記】

〔一〕錢批本及十二卷本未收此詩。

題蘀石為吳大樵史畫水仙〔一〕

夫君舊譜水仙吟，珍重冰絲一寸心。未信成連誰箇是，海天畢竟有知音。

【校記】

〔一〕據錢批本及十二卷本補。

謙谷贈椶竹杖〔一〕

抱得勞相問，抱杖問其父母，見《呂氏春秋》。衰年稱我翁。扶持煩彼相，腰腳健春風。入手橫紅玉，憑肩替短僮。量來過七尺，云是最高椶。

【校記】

〔一〕據錢批本及十二卷本補。

題姚六研北聞湖櫂歌後〔一〕

月子彎彎愴舊緣，笠檐蓑袂別三年。把君詩比鮫人淚，一串珍珠脫手圓。

【校記】

〔一〕據錢批本及十二卷本補。

團扇〔一〕

規取機中素，同心最得名。團圞寧有恨，懷袖幾多情。君意秋風冷，妾身秋月明。愁來渾自障，半面也羞呈。

【校記】

〔一〕據錢批本及十二卷本補。

鏡〔一〕

豈必青金鑄，晶瑩一魄圓。有心常渾渾，無物亦懸懸。水月觀身法，風塵養晦年。何知鑒臧否，君自有媸妍。

《浙西六家詩鈔》評：『何等精切，何等沈静，非學養兼到不能有隻字。』

【校記】

〔一〕據錢批本及十二卷本補。

紙帳〔一〕

裁綴高麗繭，張來竹榻寬。梅花渾自遶，蝴蝶不知寒。清豈流蘇配，廳當白氎看。黄紬木棉絮，穩睡日三竿。

【校記】

〔一〕據錢批本及十二卷本補。

酬吳與茅丈湘客不嫁惜娉婷之作〔一〕

十七八媌娥，芳心繫女蘿。高梳一尺髻，自畫雙尖蛾。洛浦瓊為佩，盧家燕並窩。寄聲諸姊妹，可奈小姑何。〔二〕

悄坐鉤簾下，明妝霽鏡心。生良家絶代，歌一曲千金。照影鸞同隻，量愁海共深。端防誤廝養，蹋地轉沉吟。

【校記】

〔一〕本首據錢批本及十二卷本補。丈，十二卷本無。

〔二〕十二卷本未收此首。

簡⿰扌葦石〔一〕

弱歲耽柔翰，詞場噉小名。風騷先屈宋，醇古到劉嬴。頗覺酸鹹別，渾忘篆刻輕。新秋當乙巳，奇服得籛鏗。一面即膠漆，相憐猶弟兄。大家堅壁壘，各自豎旄旌。一字頻商榷，終篇互騭評。晝哦忘景匿，宵坐達參橫。暇即過橋覓，常同穿巷行。綠溪搜水石，偶圃倒瓶罌。煙雨亭亭擢，鴛鴦灎灎晴。月階聞蟋蟀，風柳見倉庚。餘興繙詞譜，閒工賭弈枰。祇應商會合，豈復論枯榮。記踏南山翠，俱浮澉水清。沙凹沈釣綫，岩罅露松棚。茶磨煙霞款，鷹窠日月迎。溟濛辨蛟蜃，縹緲指蓬瀛。便有里隣隣約，兼之雞黍情。漁樵非溷跡，沮溺豈傭耕。多累愁家室，長貧念鼎烹。當春初應律，得氣爾先鳴。改歲書正月，揚鞭走玉京。今皇繼鴻業，盛事攬羣英。校録需揚子，摛毫待長卿。身名從此達，歌頌及時賡。前輩知皆是，中聲莫與爭。不材慚粢棁，甘分侶鷗鵜。聚散悲無定，雲龍意自縈。由來手指異，誰謂局心平。

【校記】

〔一〕據錢批本補。詩題中『⿰扌葦』字，原作『⿱⺮⿰扌韋』，今為與它本一致，故改。

貧女吟〔一〕

貧家女，女難為。生來不愛新花樣，自小常梳高髻兒。西家已入宮裏笑，東家不在牆頭窺。牛羊有欄雞有塒，龜蝸有殼蛛有絲，盛年不嫁須何時。

【校記】

〔一〕據錢批本補。

蠟梅〔一〕

夜來微雪絡冰猊，山麝臍薰徹骨奇。莫是白家癡老媼，凍梨顏色解吟詩。

【校記】

〔一〕據錢批本及十二卷本補。

丙辰

蕭山縣〔一〕

郭門穿一棹，民俗半漁樵。板屋襟沙觜，泥城帶嶺腰。荒雲低作雨，小水暗通潮。我意憐詞客，幽魂不可招。

【校記】

〔一〕錢批本及十二卷本未收此詩。

雨過二觀齋飲丁香花下〔一〕

詩脾清潤喜金鹽，醲碧甆香瀹翠尖。坐久儘知天護惜，蜜官花賊不教黏。五茄皮一名金鹽，乳巢製新芽以代茗飲。

【校記】

〔一〕據錢批本及十二卷本補。

舟中見新月〔一〕

七月初三夜，一鉤渾爾光。斜添煙柳色，微助釣篷涼。弓影虛彎羿，眉痕定畫張。玉妃喚何事，有客怨昏黃。

【校記】

〔一〕據錢批本及十二卷本補。

新昌曉發〔一〕

僕夫催夙駕，馱夢出前林。殘月荒多白，明河近覺深。亂蛩醒客耳，飛瀑淨秋心。不用老藤杖，騰身天姥岑。

【校記】

〔一〕據錢批本及十二卷本補。

天姥峰棗樹歌

我聞天台山高一萬八千丈〔一〕，獨有天姥之峰與之亞〔二〕。十年夢到今始遊〔三〕，揀取濃陰息塵駕〔四〕。仰看棗樹勢無偶〔五〕，繁枝峭蒨盤空架〔六〕。清飈泠泠鎮自吹，赤日杲杲那敢射。老僧謂此壽數百〔七〕，獨據峯顛歷冬夏〔八〕。不知何年雷火劈，摧折不死神力霸〔九〕。自是山靈有呵護〔一〇〕，老葉蒼條堅不卸〔一一〕。渡江昨日趨山麓，觸暑屢遭僕夫駡。塵埃漲眼量斗揮〔一二〕，却喜清涼此間借〔一三〕。濃煙冪䍥寺門深〔一四〕，積蘚蒼涼罊泉瀉〔一五〕。開花幾閱東海塵，結子曾供太真笲。吾生不願安邑侯，長歌纂纂奚悲吒。婆娑嶺月漸灑襟，天女闔扉宿其舍。金庭芝草如可采，七尺藤枝石橋跨〔一六〕。

【校記】

〔一〕 我聞、高，錢批本及十二卷本無。

〔二〕 獨有，錢批本及十二卷本無。

〔三〕 始，錢批本及十二卷本作『果』。

〔四〕 『揀取』句，錢批本及十二卷本作『六月塵氛初息駕』。

〔五〕 仰看棗樹，錢批本及十二卷本作『棗樹一株』。

〔六〕 繁枝峭蒨，錢批本及十二卷本作『杈枒古榦』。

〔七〕 老，錢批本及十二卷本作『山』。

〔八〕 『獨據』句，錢批本及十二卷本無。

〔九〕 『不知』二句，錢批本及十二卷本作『雷火劈之力獨霸』。

〔一〇〕 山，錢批本及十二卷本作『神』字。

〔一一〕 堅，錢批本及十二卷本作『都』字。

〔一二〕 『觸暑』二句，錢批本及十二卷本無。

〔一三〕『却喜』句，錢批本及十二卷本作『却來樹底清涼借』。

〔一四〕羃䍥，錢批本及十二卷本作『笠覆』。

〔一五〕蒼涼，錢批本及十二卷本作『根芽』。

〔一六〕『金庭』二句，錢批本及十二卷本無。

同天台陳拜君宿曇華亭

芝砌瑤林碧露淒，瀑聲遠自數峰西。玉龍驚起一雙鶴，飛去月明何處棲。時拜君吹笛亭上。

觀石梁瀑布歌

桐栢山，環九峰，蓮花玉女堆青紅。瓊臺雙闕峩峩以夾立，中有一條萬古如雪之長虹。珠簾七十二，一一鳴笙鏞〔一〕。千盤萬折勢交匯，掛下絕壁聲轟轟。石梁徑廣不盈尺，恐是東方青帝所騎之蒼龍。舊鬣一吸衆壑應，紅泉絡繹相撞舂〔二〕。砅巖兮磕磕，觸石兮淙淙，倒翻江海浮蒼穹〔三〕。寒聲遙應尾閭急，碧景上照台星空。噴雲灑霧潤數里，六月艸樹春丰茸。炎官熱屬燒不斷，無乃落自天河中。其下老蛟窟，颯灑聞腥風。雷霆轟割醒兩耳，盡洗蓬勃磈礧之心胸〔四〕。團團一方鏡，照徹千芙蓉。紫鸞白鳳出鳴舞，彈以琴筑歈以簫。玉京之客丹邱翁，對此且盡琉璃鍾。黃山白嶽行復踐，布襪青鞵與子同。

【校記】

〔一〕『珠簾』二句，錢批本及十二卷本無。

〔二〕『舊鬣』二句，錢批本及十二卷本無。

〔三〕『倒翻』句，錢批本及十二卷本無。

〔四〕『噴雲』八句，錢批本及十二卷本無。

下灘作

七十二灘新漲流，猛飛柔艣迴添愁。乍經黃石朱顏改，可道三年一笑留。絕壁雲荒唬怪鳥，斷陂砂大睡烏牛。歸心比似江潮急，直到曹娥廟不休。

歲暮述懷二首〔一〕

天低風緊得春遲，靜闔柴門寡所思。詩草無靈空祭汝，歲星相伴到窮時。從知虛耗除無益，看爾癡獃賣與誰。數日東君來有腳，試將消息問南枝。

比隣絲竹沸於蟬，貧士光陰靜似仙。缸面結冰龜坼兆，竹丫脫葉鳥張拳。鼎鐘詎奪山林性，牛馬難酬粥飯緣。還汝蓬蒿掩燈坐，深宵磨剔蠹魚涎。

《浙西六家詩鈔》評：『三四語，予每至除夕輒吟誦之，為先生分謗。』

【校記】

〔一〕據錢批本及十二卷本補。

丁巳

夢綠詩二首 並序〔一〕

壬子初夏宿綠谿莊〔二〕，夢一道人自稱白松居士〔三〕，贈余絕句〔四〕：『攜君入座愛君才，略話三生庾信哀。谿上小軒題夢綠，那年春盡見君來。』忽忽六年矣，偶憶前塵〔五〕，感而賦此〔六〕，真乃夢中說夢也。以詩中有夢綠軒，遂題作『夢綠詩』〔七〕。

把袖驚看青淚新〔八〕，酒闌香燼倍關人〔九〕。君如華表歸來鶴，我是昆明劫後塵。絳蠟燈前尋舊夢，紫桐花下說殘春。一彈指頃三生事，只未消磨現在身。

青衫寥落枉鬚眉〔一〇〕，枕穴槐根悔教遲〔一一〕。杳杳仙凡空自隔〔一二〕，茫茫桑海竟難期〔一三〕。芙蓉別後應無主，蝴蝶飛來不記誰。見說尊前渾抵夢，三山歸日是醒時〔一四〕。

《浙西六家詩鈔》評：『五六兩句說夢，妙無痕跡。』

【校記】

〔一〕錢批本及十二卷本繫於乙卯年。

〔二〕初，錢批本及十二卷本作『孟』。綠谿莊，錢批本及十二卷本作『綠谿小築』。

〔三〕道人，錢批本及十二卷本無。白松居士，錢批本及十二卷本作『白松居士者』。

〔四〕贈余絕句，錢批本及十二卷本作『贈余絕句云』。

〔五〕偶憶前塵，錢批本及十二卷本無。

〔六〕感，錢批本及十二卷本作『憶』字。

〔七〕『以詩』二句，錢批本及十二卷本無。

〔八〕青，錢批本及十二卷本作『漬』。

〔九〕酒闌香燼，錢批本及十二卷本作『隣雞咿喔』。

〔一〇〕寥落，錢批本及十二卷本作『何苦』。

〔一一〕枕，錢批本及十二卷本作『蟻』。

〔一二〕杳杳，十二卷本作『歷歷』。

〔一三〕竟難，錢批本及十二卷本作『暫相』。

〔一四〕『見說』二句，錢批本及十二卷本作『谿上綠蔭濃似夢，歸乎有日是醒時』。

同乳巢薴石偶圃小集錢香樹先生齋中即席分賦〔一〕

一雨愜老晴，沿門草新茁。嘉茲菱莧招，同心四三挈。籬腳黃吐葵，蒼牙綠垂橘。興劇飛江湖，談深碧簪笏。老輩故自恬，大雅迺彌質。詎當壞砌蛩，突和清廟瑟。諸君況拔俗，畢竟遞頑頡。鄙人恥城下，一鼓未吾竭。良宵逼三五，白露洗華月。請果澉上期，吟筇卓荒凸。時訂遊澉浦。

【校記】

〔一〕錢批本及十二卷本未收此詩。

題餘舫〔一〕

閒身天地沙鷗似，借得谿堂暢遠襟。白日儘吹殘雨冷，碧梧高坐一蟬吟。狂來飛動江湖思，懶極生疎禮法心。枕上紅酣秋夢闊，窈然三十六陂深。

【校記】

〔一〕據錢批本及十二卷本補。《浙西六家詩鈔》評：『燕居時，人人有此意態，卻無人道出。』

中秋後一日陪錢香樹先生曉村乳巢偶圃集擲石回谿草堂詠盆中佛手柑得霽字〔一〕

涼風颯廣軒〔二〕，妙香動虛砌。噴鼻悟一觀，刮膜獲雙霽。佶曲同拳聯〔三〕，纍垂若疣贅〔四〕。屈信詎世情〔五〕，指點非凡諦。把臂來栴檀，騰身入舍衛〔六〕。我頑不佞佛，觸手世網繫。愛此嶺嶠姿，老氣結根蒂。恍聞一指彈，洞見大千世〔七〕。苔階坐圓蒲，祇樹忝半偈〔八〕。嗤彼楓亭客，但齧千顆荔。

【校記】

〔一〕詩題，錢批本及十二卷本無『曉村乳巢偶圃』；『蘀石』作『藥房先生』。

〔二〕風，錢批本及十二卷本作『雨』。

〔三〕『佶曲』句，錢批本及十二卷本無。

〔四〕若疣贅，錢批本及十二卷本作『詎世情』。

〔五〕『屈信』句，錢批本及十二卷本無。

〔六〕『把臂』二句，錢批本及十二卷本無。

〔七〕『恍聞』二句，錢批本及十二卷本無。

〔八〕忝，錢批本及十二卷本作『參』。

祝豫堂歸自馬蘭峪同香樹先生蘀石偶圃賦〔一〕

至後大雪厚一尺，城西報我有歸艇。莊窩小別欻五年，倒屣相尋濕塗濘。骯髒握手昔顏在，但有新霜欲垂領。示我新詩代口述，篇篇豁朗絕畦町。憶昨癸丑之冬日在斗，提鞭北走氣何猛。袖中賦草三大禮，蒲牢一吼百獸屏。正逢天子新踐阼，柄用儒術恭搢珽。內外大官共薦剡，明光起草爭馳騁。用而為虎退為鼠，抗之則雲抑則井。娉婷不嫁子心惻，俳優而試吾齒冷。銜淚卻跨蘆溝橋，陟險遠上盤山嶺。長城之下饑驅來，夜夜關門虎蹄打。風沙颯颯坐懷古，塞草陵花寫莊靚。歸心一縱箭破縞，暫解塵韁息蓬梗。屋旁隙地任鉏菜，架上破書堪汲綆。雖處貧賤聖所恥，獲遭太平生即幸。何妨韓愈怯柳劉，未見華歆勝管邴。舊雨矧逢南郭合，長驅誰許中原並。臭味差憐投漆膠，英雄終必酬牲鼎。倘嘲鵬鷃恐未然，但逐雲龍定獲請。軟紅十丈急湔袚，臘釀方醲須酩酊。

【校記】

〔一〕錢批本及十二卷本未收此詩。

酬吴樵史二首〔一〕

窮臘冰雪壯，川塗浩洋洋。潛鱗有暗泣，翳羽罕高翔。豈不念離索，夢寐升君堂。朝來剖雙鯉，中有書數行。相思淚盈把，盡化明月璫。感此纏綿意，百讀情慨慷。尚恐懷袖隔，鏤之心腎腸。歲華有時既，令德矢弗忘。〔二〕

盛年欻云邁，去者不復今。攬鏡無昔顔，觸事無昔心。幽憂日以積，吾〔三〕懷焉可任。榮名信為寶，痼疾難自鍼。懿哉同心言，朱絃汎清音。既用解離緒，兼之舒憤襟。至誠欲有報，愧乏雙南金。君子善服食，得酒勸酌斟。

【校記】

〔一〕詩題，錢批本及十二卷本題作『酬樵史』。

〔二〕 錢批本及十二卷本未收此首。

〔三〕 吾，錢批本及十二卷本作『我』。

戊午

酷暑作〔一〕

酸寒何至禍成基，自歎身宫厄太奇。排難誰為天下士，切膚空任里中兒。那尋黄鵠飄摇地，但誦青蠅豈弟詩。漫笑王通未聞道，一言息謗是吾師。

【校記】

〔一〕 據錢批本補。

張穆畫馬行〔一〕

垂楊過雨吹郊牧，洗刷權奇出天育。鐵橋畫馬蓋有神，纖離紫燕下筆親。一匹連錢五花白，一匹拳毛深鐵色。硉矹紛攢白象蹠，蜿蜒迴露神龍脊。春寒宛頸鳴不驕，仰視閶闔方騰驍。良材本合天仗獻，可惜昂藏走荒甸。方今四海盛太平，白首不睹煙塵驚。鐵橋畫此蓋有以，華山之陽出卷裡。我聞此老好劍兼好詩，更於畫馬神工施。乾坤漂泊丹青賤，死後聲名徒爾遍。嗚呼！男兒學藝漫絕倫，君不見韋少府曹將軍。

【校記】

〔一〕錢批本及十二卷本未收此詩。

西泠送拜君還天台

憶覲天姥顏如雪，手把浮邱袖共登。細雨青氈投試院，西風黃霰打秋燈。犀觥團語心逾赤，蝸角爭名僕漸冰。好在曇華亭畔月，為余問訊石橋僧。

《浙西六家詩鈔》評：『下第失意人一味岑寂，而胸次高曠者自有託興之處，不必於言外見其微有怨尤。』

張瓜田歸自睢陽香樹先生招同諸君用少陵寄題江外草堂詩韻〔一〕

臘月澤腹解，有客歸浩然。久別獲新覿，快於合流泉。張君本桑者，瓜田自號芧村桑者。十畝性所便。畫一水一石，心賞曠自延。饑來驅之出，出必四三年。破硯力甘旨，守道彌復堅。昨詔徵山林，巨網布大川。一試不見收，輒溜汴水船。高上荆山頂，抱玉日醉眠。浮生跡顯晦，未屬蒼蒼天。規行希寸進，艱於逆風牽。生菜雜蜆韭，味壓椒盤先。但飲置餘事，過眼皆雲煙。一物荷恩慈，幸保膚髮全。明年君倘出，挈辦青行纏。盛年缺祿養，顧影空自憐。

【校記】

〔一〕錢批本及十二卷本未收此詩。

食黃雀〔一〕

禾田熟垂穎，翾飛飽其嗉。我衣猶未綿，爾雀已披絮。昨夜西南風，舉網獲無數。焉得麻姑爪，腸胃剔爬屢。融脂拌糖霜，配劑必合度。翠罌貯什伍，缸面酒深注。包匭可致遠，色味隔年住。食用緩火蒸，勿令近鹽醋。腴美存真香，咀嚥費久哺。涼秋菱芡登，飣餖固有助。酒邊百不思，涎流愜一箸。空盤無餘想，但笑王黼庫。

【校記】

〔一〕據錢批本及十二卷本補。

送朱石蘿鄭鏡渟偕計北行兼簡祝豫堂〔一〕

回思童稚追遊地，彈指星霜二十年。黽勉論文遭白眼，蹉跎生計各青氈。雷驚忽迸春泥筍，吟苦誰憐夜雨肩。倘遇故人相問訊，為言病劇日高眠。

【校記】

〔一〕據錢批本及十二卷本補。

張瓜田為畫石梁觀瀑圖因屬狄君寫小影置其前賦二首〔一〕

能畫張徵士，佳山足臥遊。渾拖綠玉杖，重過赤城秋。昨夢真彈指，新霜已上頭。煩君寫寒瘦，我見亦生愁。

排悶惟耽飲，新來肺病添。力愁腰腳減，貌可笠蓑兼。入剡君能共，看山僕未嫌。石梁舊行處，七十二珠簾。

《浙西六家詩鈔》評：『一氣盤旋，白端交集。』

【校記】

〔一〕據錢批本及十二卷本補。

煮雪詞〔一〕

昨夜荒園聞折竹，布被蒙頭寒瑟縮。朝來亂斲階前玉，折腳鐺中煮難熟。竹丫松卵添續續，十指不溫煙出屋。煙出屋，蟹生眼，一片松濤瀉深盌。一盌兩盌饑腸暖，街頭米貴糴且緩。君不見紫貂帳下酒如海，轉瞀朱門別人買〔二〕。

【校記】

〔一〕 錢批本及十二卷本繫於丁巳年。

〔二〕 『君不見』二句，錢批本及十二卷本無。

丁辛老屋集卷二

己未

正月十六夜集春暉堂分賦〔一〕

佳辰召客重傳柑，夜領姮娥擘畫簾。紅襭細生銀盞面，暖雲高捧玉蘭尖。醉時懽笑醒時失，愁裏年華夢裏添。仍恐拋燈風驟至，與君齊向燭花占。

【校記】

〔一〕據錢批本及十二卷本補。錢批本無『正月』二字。

二月二日硤石枕上聞鷽〔一〕

十年慣伴夜烏栖，硤有烏夜村。酒渴山樓夢已迷。不分金衣重款客，為儂嘑到日初西。

【校記】

〔一〕 據錢批本及十二卷本補。

花朝懷朱冰壑探梅鄧尉四首〔一〕

鶯飛草長綠楊多，去到江南喚奈何。四百紅橋隨意泊，魚鱗槳動鴨頭波。〔二〕

春光漸要出山來，翠閣丹崖次第催〔三〕。髣髴一聲胡搗練，小桃也趁早梅開。

想像沿谿逐冷禽，一葫蘆酒一囊琴。茸衫氈帽尋詩處，惜不提鞭並馬吟。〔四〕

信腳定登光福塔，拖筇還過虎山橋。無人賭畫旗亭壁，可喚雙鬟譜洞簫。〔五〕

【校記】

〔一〕 詩題『四首』，原作『三首』，據錢批本及十二卷本補入一首，故改。錢批本及十二卷本『朱』後有『三』字，『四首』作『二首』。

〔二〕 錢批本及十二卷本未收此首。

〔三〕 丹崖，錢批本及十二卷本作『朱橋』。

〔四〕 據錢批本及十二卷本補。

〔五〕 錢批本及十二卷本未收此首。

桐華歌 有序〔一〕

月令季春之月桐始華，昌黎《寒食日出遊》詩『桐華最晚今已繁』是也。今歲余客紫微山下，曹氏齋前高桐一本，六月始作花，感其得氣過晚，輒邀樵史同作。

推窗坐清曉，碧宇開塵匳。修桐百尺蔭層閣，繁花瑣細飄筠簾。亂葉騰飆激涼籟，深枝礙日吟清酣。白黄狎獵不可數，時聞蘚石鏗遺簪。今年梅黄雨最久，六月已破猶霡霂。昨夜小暑雷不驗，赤烏侵曉窺重檐。空齋豈辨蘭蕙馥，惟餘毒熱肌膚砭。狂香豔態久塵土，迢迢遠夢生秋嵐。桐華律應季春瑄，濛濛寒食陰江南。何為爾生獨不早，翻被毒口嘲趨炎。桐乎桐乎吾語汝，得非有意矜孤忺。不然天工太奇詭，變置早晚誰能甘。敷荂布蕚雖複爾，後時榮耀寧悲慚。吁嗟我生不及汝，朝吟暮啃無相嫌。絃桐徑欲就汝鼓，兩頭缺月生纖纖。

【校記】

〔一〕錢批本及十二卷本未收此詩。

曉起友人折荷花兩枝見貽賦二絕句〔一〕

綠窗鬆几罩桐陰，涼思江湖入夢深。清曉雙娃來枕畔，累儂三日對渠吟。

山泉翠杓注哥窯，便臥屏風看頰潮。依約波明香遠夕，何人扶我上蘭橈。

【校記】

〔一〕錢批本及十二卷本未收此詩。

冰壑訂遊天台余不果同行略述前遊以為導〔一〕

扁舟夜弄鑑湖月，一霎飛帆臨剡溪。詰朝衝炎謁天姥，森森綠樹清猿嗁。雲房澗戶歷百所，石梁未到陰淒淒。砑然一潭吼地底，毒暑凜欲披羔麑。曇華亭上剛一宿，方法丹邱教餐玉。醴泉瑤草黯然別，雙闕瓊臺空跂足。天台陳君有仙骨，飽飲赤城霞萬斛。蕭然坐我谿閣頭，盡日千峯環破屋。炎風趣我還渡江，越山點點趨船窻。枯筇惜未支華頂，遠夢迢遙今莫降。故人招我穿芒屩，我被塵牽俗難藥。九峯次第挈陳君，第一先登摘星閣。

【校記】

〔一〕錢批本及十二卷本未收此詩。

夏夜飲樵史茗香閣同用韓公山石韻〔一〕

半歲翛欻棲紫微，披襟屢見螢火飛。梅黄雨止時輒作，樓前桐實垂已肥。毒暑關門坐赤腳，襬襶客過何妨稀。似聞米價驟踴貴，年豐卻顧妻兒饑。饑驅寧免寄他食，釣竿莫得操荊扉。即時殷勤一盃酒，空庭竚月煙開霏。醥醆餖飣蔆蕅刷，萑席底取膻葷圍。盆池小蓮雖未坼，早有芳氣襲我衣。只此林邱謝簪冕，豈非天馬脱靮鞿。後夜花開更召我，我來期先衆鳥歸。

【校記】

〔一〕據錢批本及十二卷本補。

和樵史食芥心〔一〕

山居樵史性薑桂，年過知非愈辛辣。掉頭肯汙劉輿膩，勿笑廣文飯粢糲。平生嗜芥尤成癖，朝夕不能衆味奪。譬如孔氏食必薑，爾爾蓋在神觀豁。晚菘早韭亦兼愛，非時那使園丁割。仰青六月方鬱陶，夸父逢之甚於渴。大臠肥炙自快臆，一餉只博蝨蠅活。豈如青芥莖葉美，冰齒何嘗縮其頞。連溪菡萏行冒花，出海蟾蜍漸窺闥。晚涼與我同見招，七簪先將鈍根拔。謀稻雖嗟雲際鴻，銜魚直任沙邊獺。料錢三百甕黃虀，玉豉金鹽儘希濶。

【校記】

〔一〕據錢批本及十二卷本補。

簡拜君

髣髴尋君赤城下，回頭已是四年期。月同瀑布飛梁看，酒向槐花小店釃〔一〕。剡裏青山戴逵宅，雨中秋樹鄭虔祠。新霜易點相思髩〔二〕，遥溯西風乞紫芝。

【校記】

〔一〕釃，錢批本作『灑』。

〔二〕髩，錢批本及十二卷本作『鬢』。

和樵史醒後忽聞蟋蟀

秋氣夢先覺，客懷風易緊。單衾抱寒冰，殘餤耿荒燐〔一〕。稍稍露螢閃，踈踈井梧隕。此時聞候蟲，淚下不可準。

【校記】

〔一〕『單衾』二句，錢批本及十二卷本無。

秋曉枕上聞風雨〔一〕

隱隱寺樓鐘，寥寥柵門犬。單衾寡餘溫，殘夢忽已緬。颯然風雨集，綿密不得剪。一聲一涼緒，俄頃抽萬繭。去念感難割，來憂浩彌舛。險思劍棧傾，怵惕想平衍。即恐青銅鏡，照我顏髮變。怛焉成坐起，枕上淚猶泫。

【校記】

〔一〕錢批本及十二卷本未收此詩。

曉雪

窗戶驚飄瞥，林園皓已盈。遙峰割輕素，宿火陷微明。市遠停人蹟，雲荒得雁聲。因之稻粱念，併憶笠蓑清〔一〕。

【校記】

〔一〕憶，十二卷本作『以』。

庚申

送沈丈退翁遊僊居二首〔一〕

僊居吾仿像，因去訊孱顔。曉日三江渡，清風萬竹山。經聲朝暮動，簾影古今閒。忽憶天台道，芝花滿目斑。

好蠟謝公屐，還過天姥家。苔皴丹篆字，雨裛碧桃花。隱客尋文遁，清詩徧永嘉。石橋五年夢，將去到曇華。

【校記】

〔一〕據錢批本及十二卷本補。

湘客招同盧敬甫鄭鏡渟錢擇石探春郊外翼日赴招則湘客他適矣因偕三君出西郭遊姚園過真如寺遂至頂尚書墓下歸途醵飲村店敬甫賦古詩五章余為成五律八首〔一〕

五色社公雨，上番花信風。春衣單袷換，詞客兩三同。巷曲鵝黄映，橋迴鴨綠通。言過習池飲，好去拉山翁〔二〕。

先生杳何適，杖履信悠哉。風牖展殘帙，賓階生綠苔。梅花愁欲盡，鷽語恰相催。且過城西驛〔三〕，將船一溯洄〔四〕。

異代尚書宅，重來十載殊。林花還識主，客面已添鬚。石斷抽荒篠，沙明浴野鳧。水周堂半畝，寸寸長青膚〔五〕。

迤邐招提境〔六〕，霏霏翠潑陰〔七〕。蠡雷花院午，松雨影堂深。鳥去裴公島，煙寒祇樹林。恒沙凡幾劫，一種歎升沉〔八〕。

忽曠村南逕，徘徊過古墳。穹碑麄辨字，灌木鬱參雲。請下先賢拜，長懷舊史文。不知鄉父老，誰省記遺聞。〔九〕

事業尊前輩，文章愧後賢。優游聊復爾，憑吊各淒然。適野誰攻短，乘春且放顛。酒旗青一角，遥辨已流涎。〔一〇〕

杖頭錢百箇，盡數買村醪〔一一〕。一醉復何有，百年還自豪。王孫草為毯〔一二〕，稚子筍堪糟〔一三〕。便置臨溪宅，魚鰕細細撈。

此客狂猶昔，諸君樂未央。孤村生片雨，小郭隱斜陽。後約期寒食，題詩報葛疆。祇應重醉日，花重酒壚旁。〔二〇〕

【校記】

〔一〕 詩題，錢批本及十二卷本『湘客招同』前有『茅』字；『翼日赴招』作『翌日赴之』；『則湘客』作『則』；『賦古詩五章』作『有詩簡湘客』；『五律八首』作『五首兼簡鄭錢』。

〔二〕 『言過』二句，錢批本及十二卷本作『習池隨地有，借語拉山翁』。

〔三〕 過，錢批本及十二卷本作『並』。驛，錢批本及十二卷本作『馹』。

〔四〕 洄，錢批本作『回』。

〔五〕 寸寸，錢批本及十二卷本作『賸得』。

〔六〕 境，錢批本及十二卷本作『轉』。

〔七〕 『霏霏』句，錢批本及十二卷本作『湖天未定陰』。

〔八〕 『鳥去』四句，錢批本及十二卷本作『又至尚書墓，真成柏下林。青編誰不朽，即事有升沈』。

〔九〕 錢批本及十二卷本未收此首。

〔一〇〕 錢批本及十二卷本未收此首。

〔一一〕 數，錢批本及十二卷本作『以』。

〔一二〕 為，錢批本及十二卷本作『如』。

〔一三〕堪，錢批本及十二卷本作『初』。

〔一四〕錢批本及十二卷本未收此首。

三月一日湘客招同盧敬甫錢蕣石陳匏村重遊姚園主人陳維新留飲竟日敬甫用余探春八首韻紀事余輒次和敬甫古詩五章並呈諸君〔一〕

十日不出郊〔二〕，愁思紛莫理。招邀煩老輩，提挈及賤子〔三〕。朋隨屐齒折，楊柳又青矣。沙頭喚單舸〔四〕，言往姚園艤〔五〕。漾漾半篙綠，沿洄興何已〔六〕。嘉茲五六人，可以浴沂水。羣鷗宛道余〔七〕，矯翮幽篁裡〔八〕。

老樹已萌綠，連堤亘丰茸。池波動新縠，滃滃以溶溶。草暖臥孤犬，花深驩數蠭。瓌瓏百點翠，疑割飛來峯。羣行腳力健，不藉九節筇。主人況解事，清茗石上供。咄嗟命盃勺，徒憾遲相逢。〔一二〕

白蜆飣畫榼，青絲籠偏提。獻酬雜主客，諧謔鋤町畦。我身役破研，連年走東西。有孤里社飲，空使心顏低。茲辰愜歡會，庶知物我齊〔一三〕。盍歸乎王孫，芳草日萋萋。矧聆〔一四〕達人語，明明花霧披。

種樹望結實，不在陌與阡。任達貴率真，不在幅與邊。君看尚書宅，斷手知何年。儵欻閱人代，亂水當階穿。出岫願為雲，在山願為泉。感此共歎息，揮盃益連連。獨醒雖自貶，陳自署所居堂曰『獨醒』。破飲復陶然。〔一五〕

穿林耳鷓鷵，睇野分略礿。春風亦醉人，底用千萬酌。桃花嫣然笑，梅蕋冷可嚼。兩翁致傲兀，諸子亦善謔。襟袖各淋漓，厓邱左右着。畢竟恣游盤，那插塵坌脚。為問濠梁魚，何如莊惠樂。〔一六〕

【校記】

〔一〕詩題，錢批本及十二卷本「湘客」前有「茅」；「維新」、「八首」、「輒次」、「古詩」無。十二卷本「事」作「之」；「五章」作「五言韻」。

〔二〕郊，錢批本及十二卷本作「城」。

〔三〕「招邀」二句，錢批本及十二卷本無。

〔四〕喚單舸，錢批本及十二卷本作「單舸喚」。

〔五〕言往，錢批本及十二卷本作「寺畔」。

〔六〕「漾漾」二句，錢批本及十二卷本無。

〔七〕翚，十二卷本作「白」。

〔八〕裡，錢批本及十二卷本作「裏」。

〔九〕錢批本及十二卷本未收此首。

〔十〕「茲辰」二句，錢批本及十二卷本無。

〔一一〕矧聆，錢批本及十二卷本作「落落」。

〔一二〕錢批本及十二卷本未收此首。

〔一三〕錢批本及十二卷本未收此首。

西湖雜詩六首〔一〕

搓酥雨潤綠楊汀，擘絮雲堆紫翠屏。好景應須排日看，鶯花分管十三亭。

巾子西偏瑪瑙東，閒堂花落澗流紅。秋蟲解得裹樊厄，也直湖山養相公。

綠蔭幽草淨慈西，慧日峰腰落照低。不待吟成百五十，落花一夜滿前谿。

一泓龍井合蒿萊，山鬼啾啾哭辯才。辯才投老龍井，趙清獻贊曰：『師去天竺，山空鬼哭。』行盡九谿十八澗，南屏纔送晚鐘來。

到日鶯花瞥眼更，石泉槐火話三生。詩人誰似張員外，閒傍青山荷鍤行。

十四鴉頭歌竹枝，劇憐蘇白是吾師。鐵厓諸老俱風調，謾賭江波一處詞。

【校記】

〔一〕詩題，錢批本及十二卷本作『西湖二首』。第一、四、五、六首未收。

題吳山元慶山房壁〔一〕

一螺濃翠涌春城，寂歷仙宮閟鳳笙。樓閣重開新畫幅，湖山不改舊鐘聲。靈潮捲處江風緊，鐵笛橫時海月生。借我華陽巾兩角，黃庭朗誦到天明。

【校記】

〔一〕十二卷本未收此詩。

題里中楊氏所藏畫冊十一首〔一〕

顧愷之畫

暇日會稽山下過，千巖萬壑心胸羅。即看數筆松亭子，荀衛曹張奈爾何。

孫位刈稻圖

秋老黄雲覆滿陂，腰鐮肩擔故嫌遲。兩翁生及開元盛，不入春陵一首詩。

王洽墨山

浮嵐颯颯雨聲麄，仄徑沉沉樹影鋪。誰解畫聲兼畫影，酒人王墨本江湖。王墨見《唐名畫録》，以善潑墨山水故名。

參寥子畫

無多水石即林泉，枯淡生涯劇可憐。不娶不官何計是，浮家合上五湖船。昌祐初不婚宦。

趙幹春景

水亭如笠漾粼粼，煙柳風花欲暮春。頭白年年車馬客，青山祇管捕魚人。

范寬棧道

崢嶸一綫入蠶叢，霜落巴渝萬樹紅。騾背行人齊仰首，可能髀肉博英雄。

米友仁春山

磵邊小彴竹邊樓，澹冶煙雲佔一邱。讀罷南華春向盡，不知門外有羊求。

澹軒老人枯荷

一片涼波雨淅淅，數莖水草風絲絲。紅衣落盡蓮房結，此老苦心誰得知。

錢選醉李白

頭白長安謁帝宮，釣鰲有餌自言工。可憐安李剛相值，分付朝廷醉眼中。
不獨知章愛謫仙，禁中曲宴每宣傳。即當替戾秋鈴雨，只換瑤臺月下篇。

梅道人畫

吾鄉山水仲圭妙，墨汁淋漓師巨然。愛爾自圖林屋趣，秋窗開向魏塘偏。

【校記】

〔一〕 錢批本及十二卷本僅收録其中『澹軒老人枯荷』一首，題為『澹軒老人畫』。十二卷本繫於辛酉年。

又題畫册十二首〔一〕

宋道雪景

雪山如處士，垂頭日僵卧。其下澄寒溪，朝夕不得過。凍樹擺欲死，狂飆屢驚呵。籬腳千琅玕，昨夜摧幾箇。生煙忽山均，寸寸瓊屑裹。眼明沙口罾，仿像漁翁坐。天公戲真狂，吾廬乃獨破。朱門未可干，蓬蒿自寒餓。

王靄松根高士

海蚪舞修榦，鱗鬣動槮莿。風吹月色古，雲亂濤聲邈。迴絡藤百尺，遠映山一角。箕踞爾何人，芝顏丹所渥。巾舄逼羲熙，山泉不受濁。堅坐閱人代，桑海移晦朔。但除蒼髯叟，眼中俱齷齪。綽然悟名理，曷用麈柄捉。

錢選雙仙採藥

白雲蓊欲來，山色時有無。蚓流鳴石齒，虵蔓蟠松鬚。荷鉏者誰子，采采窮朝晡。粲然顧而笑，美好儕靈姝。芝苓掇且佩，赤腳凌天衢。嚼蕊飲飛流，挽仰隘中區。金庭熟我夢，簾水盤盤趨。石橋不重跨，悵然披此圖。行厲白木鑱，請與二子俱。

馬遠松泉

一雨百泉響，琤琮瀉瑪瑙。匯注千丈崖，呼洶澌灝灝。崒然蒼松枝，獨立簸風纛。聲趨萬壑流，雲濤互翻倒。矮屋襟陂陀，密篠翳棼橑。蔽虧松泉間，塵坌不煩掃。沉冥契真宰，可以喻吾道。足知箕潁儔，未嘗恨枯槁。我欲絃枯桐，清音激秋昊。何必東皋子，掩關誦莊老。

陳居中鬭茶圖

名士愛佳茗，勝於愛姬姞。碧蔭澄几篁，涼飆刷巾襪。甆甌及銅銚，風爐共煎喫。聲雜蛙蚓沸，眼試魚蟹密。枯腸亮鮒涸，燥吻劇鯨渴。決勝恥城下，叢笑盧仝七。淄澠瀉缾中，那復辨毫末。唯江次乳泉，桑苧徒作述。康谷亦妄耳，南零非第一。曷為冒水厄，轟狂類饕餮。差勝園紅羣，沉湎淹舜日。

趙仲穆雙松水榭

霜氣日已厲，林中辨鴉舅。高軒面蒼寒，曲檻俯清瀏。左右飛雪雲，雙龍盤蚴蟉。落葉掃鹿砦，涼煙濕魚笱。颼颼蘆葉戰，忽復響窻牖。水深易秋陰，不覺風雨驟。黽勉歲寒節，誰是同心友。不有短彴橫，微徑焉可取。

唐寅放翁詩意

讀書一茅宇〔二〕，寂寥惟古懽。孤抱本昭曠，諸峰日蒼寒。攜杖一蕭散，中林恣游盤。吟蟲協陰律，牝壑發哀彈。寤彼運行速，感此遲暮歎。山空叫饑狖，日暝戢歸翰。物情競滿腹，吾亦加我餐。理愜境方澹，守貞神迺完〔三〕。寧不惡衰歇，徒榮非所安。逍遥謝霜露，知音良獨難。

陳汝言茅葊

谿色佳有餘，陰陰散清樾。空園韻踈篁，荒徑冒綠髮。不見林中僧，旌幢但孤揭。惟應支許儔，蕭條清興發。日暮攜素琴，石橋竚明月。

楊升雪山樓閣

轆轤斷晨汲，朔風饕寒威。別館三十六，魚鑰連朱扉。神明起偃蹇，四面彤雲霏。迢迢未央鐘，窅窱穿重闈。闃然啟飛闥，排山白崔巍。唐中與太液，澒洞噴珠璣。玉蝀印輦跡，千林交芳菲。䯔硊兩虯榦，欲化銀龍飛。中天絲管脆，讌賞羅嬙妃。金爐錟篤耨，縹緲浮簾衣。淅瀝間踈韻，飄瞥流清輝。際晚光益潔，開闔何皚皚。極睇但一色，焉能辨郊畿。吁嗟菰蘆士，忍寒守空磯。

趙幹青綠谿山

天水江南秀，愛寫江南山。十日畫一石，亭亭列煙鬟。眾壑溢乳竇，匯為清泠灣。其上羅慘碧，好鳥聲其間。婀娜芳華燁，靉靆春雲閒。邃人崖際厂，野彴通彎環。水檻面溪綠，日弄雙白鷴。孤蹤樵牧涸，幽抱珪組刪。九衢十丈埃，何由潑孱顏。尚恐值游冶，著書勤閉關。

顧閎中譚禪

吾口役粥飯，打包類行腳。未離文字禪，苦遭塵土縛。咄爾圖中僧，神槁味何泊。袈裟蔭椶櫚，朱碧光綽約。對坐一道人，清瘦矯孤鶴。了契無言旨，心眼俱廓廓。迴向混沌初，不受七日鑿。沙彌及童子，斂衽屈雙蠖。但聞木樨香，身世兩無着。平生嘲涪翁，綺舌難可藥。枯禪參死灰，浮華盡刊落。安知忘機心，漢陰有真樂。底事覓無生，迢迢入廬霍。

馬文璧春谿靜釣

回谿碧玉淨，泱泱駛清瀏。一行白鷺鷥，飛出低崦口。紅衣兩漁師，雙艇划左右。何必比漁屋，相逢便相耦。水暖魚盡上，一釣四十九。沉沉北固影，澹冶落吾罶。東風晚來急，吹暝深堤柳。欸乃一聲歌，前村可沽酒。

【校記】

〔一〕錢批本及十二卷本收録其中兩首：『唐寅放翁詩意』，題為『唐子畏小幀』；『馬文璧春溪靜釣』，題為『馬文璧小幀』。此二首十二卷本繫於辛酉年。

〔二〕茅，錢批本及十二卷本作『茆』。

〔三〕『物情』四句，錢批本及十二卷本無。

同人過偶圃不值醵飲分韻得屏字〔一〕

淹旬守瘧鬼，白晝闗窻櫺。出郭展清眺，病骨方一醒。淨綠滑如笏，屢折葭蘆汀。中洲鬱蒼翠，樹樹堆煙屏。芙蓉已含蕾，鏡心立亭亭。所思渺何許，徒言折芳馨。園丁解款客，纜我沙坳舲。竹枝搶溝潦，瓜蔓纏籬扃。朋息愜幽曠，冷語青莎廳。蕩口摘菱角，溪漘拎魚鯹。此時木瓢酌，遠勝雙玉瓶。矧茲歲豐屢，秋穀黃垂町。吾腹餓亦得，幸獲婦子寧。雲中有孤雁，迴刷江海翎。翱翔命儔侶，曷用飛冥冥。聊乘夕波霽，歸艫軋明星。

【校記】

〔一〕錢批本及十二卷本未收此詩。

過沈茗源春暉堂詠盆中黃山松〔一〕

我屋漏雞柵〔二〕，毒暑尤難蹲。揭來此茗話，祓滌眼耳根。森森窗戶涼〔三〕，颯覺秋濤歎。突見蒼鬚虬〔四〕，豢此黃沙盆。寒心抖鱗甲，生氣扶脽臀。勁榦有屈伏，怒作柯條繁。偃蹇終莫上，悠悠信乾坤。黃峰三十六〔五〕，一一幽怪屯。有根韞苓珀，有枝攀猱猿。移來傍階砌〔六〕，鬱紆軫朝昏。火雲矧燋炙，囏難道彌尊。君看五尺銕，寸寸霜雪痕〔七〕。主人劇珍愛〔八〕，奚啻千璵璠。謂是大父手，得之故老孫。白頭數衰徂，茲叟巋獨存。梅雨長新翠〔九〕，蒼然潑南軒〔一〇〕。絕倒賈胡髯，不類頭陀髡。科頭坐主客，畢景清吹喧。邈然空巖底，咫尺雷雨翻〔一一〕。時有韋少府〔一二〕，便乞東絹礬〔一三〕。

【校記】

〔一〕詩題，『過沈茗源』，錢批本及十二卷本作『沈大茗原』。十二卷本繫於辛酉年。

〔二〕漏，錢批本及十二卷本作『陋』。
〔三〕森森窗戶涼，錢批本及十二卷本作『窗戶涼森森』。
〔四〕突，錢批本及十二卷本作『乃』。
〔五〕黃，錢批本及十二卷本作『山』。
〔六〕『一一』四句，錢批本及十二卷本無。
〔七〕『火雲』四句，錢批本及十二卷本無。
〔八〕珍愛，錢批本及十二卷本作『愛惜』。
〔九〕翠，錢批本及十二卷本作『葉』。
〔一〇〕潑，錢批本及十二卷本作『自』。
〔一一〕『絕倒』六句，錢批本及十二卷本無。
〔一二〕有，錢批本及十二卷本作『無』。
〔一三〕便，錢批本及十二卷本作『那』。

紫陽山雜詠二首〔一〕

蟾蜍石

本與玉兔偶，三五吐華澤。一從落人間，姮娥頻淚滴。

龍窟

洞宅深無底，腥風草木殷。漫噓雲一寸，遮盡越王山。

【校記】

〔一〕據錢批本及十二卷本補。

臨平道中〔一〕

暖翠圍桐扣，新泉溜寶幢。蘋花明浦水，竹粉落船窻。呼婦晴鳩午，將雛錦鴨雙。釣竿閒便斬，不必富春江。

《浙西六家詩鈔》評：『此與前篇皆工煉句煉字法。』

【校記】

〔一〕據錢批本及十二卷本補。

題偶圃介石圖即送其謁選北上〔一〕

扶風著徇吏，洛蜀首稱妃。勃興得兒董，經綸勢交匯。九江起甲科，廟食尊一代。父兮陽蔡長，不叡隸資與龔黃隊。吁嗟撫字勞，此事自我輩。務使學官立，勗以土物愛。葱犧腹必果，孝弟躬勿怠。休息，揠刷賴別裁。朱君富經術，濟物切肝肺。射策元年春，曉露渥霑霈。張目荒飽徒，當食輒嗟嘅。謂言百姓命，寔倚守令在。長養弗得力，盍早自投劾。儻違六二吉，定獲盱豫悔。感激為此圖，磊落見節概。行將吏風塵，此意敢蒙昧。天子柄儒生，眥郎頗芟刈。公等百十人，以為郡縣賚。

【校記】

〔一〕據錢批本及十二卷本補。

秋日田家作三首〔一〕

距郭纔一舍，邈然曠情寓。密疇含層颸，遠港矯輕鷺。時雨軫農功，桔槔斷宵戽。伊豈寡婦利，萬物咸用豫。相將淬鐮鎛，築場候時穫。寥寥牧豎唱，門掩牛羊暮。

月出古原上，延望青洋洋。村巷犬聲厲，髣髴華子岡。皇天順作息，筋力庶已康。剡茲穀屢稔，穫秫盈我箱。麴糵亮斯了，臥聞新醡香。

不登長吏堂，安識長吏尊〔二〕。租稅幸早納，里胥絕打門。熙然率其孥，不異彼雞豚。稍稍輸廩粟，女嫁男亦婚。客至儼巾襪，咄嗟呼盤飧。洵哉口腹果，禮義所由敦。奈何服儒服，翻為衣食奔。

【校記】

〔一〕十二卷本繫於辛酉年。

〔二〕 長吏，十二卷本作『縣官』。

辛酉

睢州蔣烈婦湯氏詩

望夫一片石，萬古誰攀援。婦也毓華胄，厥惟尚書孫。緬昔高祖母，罵賊殉國恩。孩提喪厥恃，父訓窮根源。婉娩嬪于蔣，白首期新婚。奉案朂我夫，務使道義敦。所天欻遘疾，怛焉泉淚奔。不恤百身贖，一身安用存。親愛劇周防，所志終弗諼。僂指未亡期，慘澹五朝暾。睢陽昔喪亂，巡遠道何尊。南八義不屈，志士甘喪元。婦也孱女子，勇決過育賁。忠臣與烈婦，千載同一原。

題曹嶼遄授經圖〔一〕

典籍出人間，廓然漢儒力。專門各命氏，罕儷康成特。建武迄建初，異議屢興革。詭曼紛根荄，吾道莠而棘。朱普秦延君狂注解，徒貽局明忒。甚者徇榮祿，持作科甲弋。故知古學盛，必秉家世則。庶幾橋仁滿昌徒，賢聖仗羽翼。秘藏不久薶，河平詔親勅。父子領校同，鴻生未之或。熊熊大乙藜，萬古光不熄。降自晉唐宋，箋疏益蕃殖。正義縱昭宣，讖緯塗尚塞。所以大儒生，是正出胸臆。先生擁萬卷，身作蠹魚蝕。鐙前垂白頭，揩眼細字識。巾箱力謄抄，歲讀期必刻。傳經伏生能，教兒謝公亟。箕裘視書倉，如農服先穡。長盛宏前規，少翁衍世德。旦晚窮根源，邈覯興衆式。叩以五十難，剖析日逞昃。齒冷官祿勸，欲免詎可得。方今重實學，六藝罔顛踣。溫室羅羣書，實待手拂拭。矧茲傳業在，得弗藉潤色。偉哉經神名，曼與金石勒。生慙戴侍中，座鮮重席飾。探道恥章句，雅復愛盧植。庶竊鯉庭訓，解我異同惑。謂令嗣孺巖孝廉。

【校記】

〔一〕錢批本及十二卷本未收此詩。

偕乳巢蘀石汎飲西湖晚登南屏至壑葊憩山亭觀摩厓家人卦〔一〕

箬篷迅於梟，拍拍出煙汊。一鏡動演瀁，千螺堆婭姹。是時殘暑斂，霽景豁臺榭。芙蓉色已弄，菡萏衣半卸。頻來熟壚女，濁酒缾滿貰。剝芡數囊遊，頭顱互嗟訝。沙脣白鷺翹，寺角斜曛射。碕岸散筇屐，荒塗導檿柘。曠如歷平疇，涼風逗穲稏。無田可歸耕，長鑱我安藉。袖寒空翠澆，屨濕鳴泉瀉。曲磴升窅窱，短壑迫巇罅。屹巘猛虎張，盱瞑老虯架。危彴藤欲墜，飛步不敢跨。失道蕭艾間，尋磬獲僧舍。聳見南山亭，腳力庶言罷。一片石面削，斗起足驚詫。家人卦誰鑱，力恐巨靈借。淋漓蛟螭纏，怵惕風雨化。當裁白地錦，覆以十丈帊。詰屈愛窺幽，彳亍慮催夜。山響孤竪唱，雲破一樵下。湖濱落雁初，林外昏鐘乍。解纜謝山靈，來朝媿塵駕。

【校記】

〔一〕 錢批本及十二卷本未收此詩。

理安寺〔一〕

羣峭陰停午，泉聲落上方。松門開雪竇，竹屋壘龕房。暖涌香雲白，晴飄法雨涼。璇題懸處濕，龍象有輝光。

【校記】

〔一〕 錢批本及十二卷本未收此詩。

翁家山

數理踏龜背，沿流倏已緬。蹭蹬躋深竹，不知前路轉。巉巉指村煙〔一〕，高下帖懸棧。雲根幾株松，籬落一聲犬。山深征稅薄，時平虎豹善。盡脱弓弩衣，驅兒服溝畎。何時買耕犢，負鋤足雙繭。蝸廬便可安，茅茨不煩翦。

【校記】

〔一〕 巉巉，錢批本及十二卷本作『岧岧』。

龍井〔一〕

雨剝襄陽字，沙沉一片雲。一片雲石半仆土中。湫流常不息，靜極竟無聞。風細交篁翠，苔香過麝羣。裹芽應就此，煎喫到斜曛。

【校記】

〔一〕據錢批本及十二卷本補。

秋夜詞〔一〕

一葉琤然響壞廊，數番暗雨吊寒螿。秋聲廿點還零五，并作蕭齋一夜涼。

【校記】

〔一〕據錢批本及十二卷本補。

張伯雨墓〔一〕

荒碣沉霾五百年，空山一鶴語蒼煙。魂依葛令燒丹灶，名掛茅君小洞天。亂世江湖聊自放，平生虞趙定誰賢？玉鉤橋下寒泉碧，也合祠堂配水仙。

《浙西六家詩鈔》評：『句句著實，又極自在，應是此題絕唱。』

【校記】

〔一〕十二卷本未收此詩。

邱莽〔一〕

一盌琉璃下，醒然萬慮蘇。竹寒搖佛頂，潭淨浴僧鬚。林壑居然美，陰晴迥自殊。不知巖際雨，流到下方無。

《浙西六家詩鈔》評：『屬對工細。』

【校記】

〔一〕據錢批本補。

飛來峯〔一〕

聳聳靈鷲翼，厥惟竺國大。何年最小峯，飛來寺門外。隱轔迭蔽虧，巑岏互鉤帶。中虛或如離，上缺乃若兌。青紅間碧綠，松栝雜杉檜。芝花吐璘彬，瑤草披晻藹。癡黃與顛米，蟄筆不能繪。有時風過頂，萬竅生清籟。惝怳來霓裳，步虛聲綷縩。洞穴凡幾折，仰面漏雲靄。照見石狀殊，一一仙人蛻。手掬地下泉，泥沙亦醃䣐。人間自秋暑，此地寒已太。單衣凜肌粟，塵慮庶雲汰。泊然天地初，邈與精靈會。延首南北高，歎息茲遊最。

【校記】

〔一〕十二卷本未收此詩。

蚤飯邱菴度後岡至楊梅塢憩興福教院遂登上天竺還至靈隱晚入韜光菴〔一〕

單床夢方覺，晨鐘霎已動。澹月陷西嶺，初暘微暡曚。少選露氣收，捎捎竹丫重。山僧早飯客，筍稚配菽湩。同心七八子，一一屐齒勇。信腳騰山腰，健於出繭蛹。時屬秋澇餘，苔磴滑復冗〔二〕。仄行枝壓帽，深入泥沒踵。前登轉後卻，十步迺九悚。一山老蛟坼，奔泉駭流汞。□□百仞窪，餘勢怒猶洶。尋煙下村隖，松寮恰填空。欲搒南渡碑，慮蚤灌莽壅。枯筇未言疲，興劇得蜀隴〔三〕。遂攬天門秀，樓閣煥旦竦。此曹惰耕作，穢托清淨種。不知五代季，蔓延誰作俑。翦之不能盡，譬鳥細生氄〔四〕。時方汰裁寺僧。威遲翫風篁，靈鷲翼而拱〔五〕。諸天陰崢嶸，羣峭突巃嵸〔六〕。山光自幽美〔七〕，吾道從倥傯。再果山中期，摩厓掃荒茸〔八〕。挈攜上弢光，窈窕歸雲擁。笑拍洪厓肩，去向雲外聳〔九〕。

【校記】

〔一〕楊梅塢，錢批本及十二卷本作『楊梅隖』。

〔二〕『時屬』二句，錢批本及十二卷本無。

〔三〕得蜀，錢批本及十二卷本作『蜀得』。

〔四〕鳥，錢批本及十二卷本作『為』。

〔五〕而，錢批本作『可』。

〔六〕『諸天』二句，錢批本及十二卷本無。

〔七〕山光，錢批本及十二卷本作『名山』。

〔八〕『再果』二句，錢批本及十二卷本無。

〔九〕『笑拍』二句，錢批本及十二卷本無。

曉坐冷泉亭

夕息山頂月，達曙魂耿耿。寥然聞天雞，下界鐘猶靜。遵塗耳風竹，一步一迴領。萬翠入孤亭，離離逗人影。霧釋日尚翳，半規吐東嶺。空潭匯澄深，悠悠去來永。琤潺醒毛骨，單裳詎知冷。太虛洵匪緬，纖磕奚待屏。遊情忽自失，歸思復不整。邈憶夜來夢，猶落招提境。

《浙西六家詩鈔》評：『清絕似樊榭。』

和乳巢看菊花三首〔一〕

碎葉零霜滿近皋，黄花開日益蕭騷。閉門冷過重陽信，那憶嘗新五色餻。

暴冷天公失意人，一枝瘦艷轉加親。白衣門外誰相欵，請整先生漉酒巾。

自許幽姿足傲霜，籬笆好與護斜陽。無須重話秋深淺，白趁西風笑一場。來詩有『無須重話秋深淺，霜後風前一現身』之句。

【校記】

〔一〕錢批本及十二卷本未收此詩。

陳匏村招同陳乳巢錢蘀塘蘀石泛飲南湖〔一〕

秋水下鳴艫，商歌飄采菱。島煙雙立鷺，林磬獨歸僧。酒愛村酤續，盤宜水族登。今宵湖畔月，不待酉時升。

【校記】

〔一〕據錢批本及十二卷本補。錢批本繫於庚申年。

丁辛老屋集卷三

壬戌

謙谷招過華及堂看桃花鄭鄭圃先有詩見待即席賦酬二首〔一〕

小試鴨頭水，來看人面花。煙催寒食近，春許小園誇。勝序題襟合，懽場酒戶加。諸君真好事，遲我到昏鴉。

今舊雨無賴，短長謌莫停。鶯花閒即主，湖海獨愁醒。把袖驚鬚白，移鐙倍眼青。憑闌思影事，清夢在莎廳。憶與謙谷聯榻於茲將十年矣。

【校記】

〔一〕錢批本及十二卷本未收此詩。

紫玉硯歌〔一〕

紫玉之嫩春之煙，紫玉之輭春之醠。琢為硯材見者愛，何翅向好六寸瑄。形如一十二三月，光雖未盈體勢圓。青花白葉縱殊質，馬肝豬肝相後先。黑眉黄眼鳳味好，羅紋刷絲龍尾妍。昔賢所寶詎不貴，差嫌非滑即太堅。今茲溫潤欲脫手，鮫人暗泣彈珠蠙。深池瀦水湛湛爾，寬腹蓄墨便便然。感君撤贈意繾綣，酒經茶録勤注箋。吁嗟人壽不滿百，汝筭直欲過彭籛。巧偷豪斂遞藏棄，不見銅雀之瓦五鳳甎。且如吾家右軍風字硯，後人猶賣三萬錢。古物豈免有缺蝕，精靈萬劫光流傳。汝雖後出必一遇，但恨時無蘇老與米顛。若準子雲身後例，知我定復知汝賢。我今倚汝活口腹，生理祇憑尺寸田。惜哉遇我汝命薄，漂泊已落江山船。行當抱汝急歸去，掇拾細字終殘年。

【校記】

〔一〕錢批本及十二卷本未收此詩。

富陽縣〔一〕

半壁漏斜照，沿江柳色寬。漁樵山市雜，鵝鴨郭門寒。人語訛東越，謌聲沸亂彈。便思乘汐信，飛艫到嚴灘。

《浙西六家詩鈔》評：『風俗景物的是富陽，漁樵十字佳句可摘。』

【校記】

〔一〕錢批本及十二卷本未收此詩。

送乳巢入都〔一〕

名山自合忍饑寒，達者何妨索一官。況是故鄉居不易，比年米價勝長安。

【校記】

〔一〕據錢批本及十二卷本補。

五月三日晉江倪生兄弟餞余西湖〔一〕

水蘸飛綿柳，山含過雨雲。移船忽南浦，把盞覺離群。念爾弟兄別，愁教主客分。榴花紅可折，款語蕩斜曛。

【校記】

〔一〕據錢批本及十二卷本補。

桐江

草樹澆蓬翠〔一〕，峯巒瞥眼青〔二〕。來探群壑秀，一上合江亭。細雨烏犍立，閒沙白鳥停〔三〕。隱君如可訪，佳句乞吾靈。

《浙西六家詩鈔》評：『前四句一氣赴題，格調甚高。』

【校記】

〔一〕草樹，錢批本及十二卷本作『樹色』。

〔二〕峯巒，錢批本及十二卷本作『嵐光』。青，錢批本及十二卷本作『經』。

〔三〕閒，錢批本及十二卷本作『虛』。

自桐廬至瀧中四首〔一〕

桐江風俗半樵漁，漁弟漁兄比屋居。正值梅黃新漲後，百錢拎得兩鰣魚。

江上千峯千髻鬟，山間流水清潺潺。隣船看我如看畫，身着浮嵐暖翠間。

舶趠風來五月寒，藥苗筠粉淨江干。銀砂巷口漁叉響，一隻鸕鷀飛過灘。

大青大綠如畫本，一曲一折似天工。客子懽朝復懽暮，長年愁水又愁風。

【校記】

〔一〕 詩題，錢批本及十二卷本作『自桐廬至瀧中』，收此詩最後一首。

經釣臺下作

地迥湍聲急，峰迴石氣青。高臺凌莽蒼，之子颯精靈。把釣人千古，披裘爾獨醒。清風標隱節，豐碣耀巖扃。河洛誰興主，東南自客星。狂奴輕帝腹，佳婦愜仙娙。去矣金刀漢，歸哉白寉丁〔一〕。君臣是朋友，山水可門屏。藥草香成霧，鸕鷀曬滿汀〔二〕。江河尊大澤，天地屹孤亭。晚唱樵人合，斜陽牧豎停。灘危愁上水，風正快揚舲。初服姱蘭蒞，天涯媿梗萍。長懷竹如意，一為折芳馨〔三〕。

《浙西六家詩鈔》評：『對起四句老練得勢，江河十字莊重，結用謝皐羽作子陵陪客本題固有餘韻悠長。』

【校記】

〔一〕 寉，錢批本及十二卷本作『鶴』。

〔二〕 滿，錢批本及十二卷本作『一』。

〔三〕 一，錢批本及十二卷本作『直』。

梭船小女歌〔一〕

梭船小女十歲餘，日日弄船如弄梭。船梢把舵辨風色，邪許學得青篙拏。灘危溜急挽不上，敢與風力爭贏虛。眼明手捷觜吻利，對客儼以成人居。自訴前年阿母死，阿爺憐將置船裏。江行風水多苦辛，生女應須當生子。嗚呼年歲盛壯身蹉跎，有父不養子則那，奈汝梭船小女何。

《浙西六家詩鈔》評：『感觸傷懷自責抑何沉痛，詩必有為而作乃佳。』

【校記】

〔一〕據錢批本及十二卷本補。

常山道中感興〔一〕

治生愧無術，侵星望塵走。踸踔貪蚤涼，草露濕襟肘。須臾日漸出，血色大如斗。連山凸以圓，盤盤露好醜。山行沸蟲蟻，絡繹相擔負。問之爾何營，商賈什八九。於利競刀錐，譬物頻蠅狗。獲必歲三倍，畜可家百口。農收半豐歉，爾道永康阜。腰纏樂莫樂，勝於綰黄綬。我攜一束書，酸寒溷其後。空憐僕夫頓，肩背汗如酒。豚蹏祝篝車，無乃顔面厚。我聞史公言，貧賤寔羞垢。菽薑韭千畦，種橘栗千畝。其道雖纖嗇，富在侯王右。行篋貨殖書，俾世儒者守。生計儻可遂，飽食恣噎嘔。無須給官祿，亦可安夭壽。饑驅酬粥飯，不如死甕牖。

【校記】

〔一〕據錢批本及十二卷本補。

舟中雜興四首〔一〕

回放江門一櫂開，澄鮮萬綠霽黃梅。離離帆影風雲接，滾滾灘聲日夜催。豈為炎蒸廢清嘯，不因潦倒罷深盃。明朝飛上秋屏閣，暫喚西山爽氣來。

三旬旅食渺天涯，暑閣篷窻漏箭遲。吴楚繇繇非遠道，乾坤落落信吾之。無情錯恨投書渚，有命那憑薦福碑。颯覺山雷吹地轉，滿船風雨到來時。

濕雲濃樹送迢迢，如此谿山未寂寥。雨洗嵐光清似越，風吹灘水險於潮。雙龍昔藉張華鑑，一榻今煩徐孺招。休續吾家滕閣序，愁來詩筆恐蕭騷。

鄉里難乘下澤遊，依棲未免歎沉浮。那能結屋香爐頂，且去讀書章貢樓。向子全家猶有累，謝公雙屐本無求。平生未愛西江派，骯髒清詞動越謳。

【校記】

〔一〕詩題，錢批本及十二卷本作「舟中遣興」，收此詩最後一首。

入彭蠡口四十韻〔一〕

東南數巨浸，震澤實雄霸。誰知吴楚間，乃讓彭蠡駕。嘉名錫宫亭，雲夢洞庭亞。輪指九州內，若兄弟姻婭。萬壑瀦一區，坤輿費撐架。漭瀁三百里，包絡絕纖罅。積水不得地，汎濫詎可壩。大哉神禹功，兩手為輸瀉〔二〕。湖光環四郡，我見亦云乍。若令吞八九，腹果恐不化〔三〕。漸當會佳境，風月浩無價。匡廬遙映蔚，勢欲相淩跨。大孤當中央，髮髻弄嬌姹。康郎與落星，支流互鞅靶。及其析九派，次第泄腰胯。白晝騰蛟螭，殘夜燭臺榭〔四〕。神女來娉婷，老魅恣嗚咤。怒浪激為山，嵯峨幻高下。轟然走雷霆，穉孺悉驚嚇。乾坤不可製，神鬼安所藉〔五〕。當其風浪細〔六〕，一方雲錦帊。風止浪亦平，奩鏡出新研。我來六月朔，炎風正吹夏〔七〕。涼雨忽飛灑，赤日亦停射〔八〕。孤帆坐天際，遙村辨煙柘。模糊沙洲曲，寒罾掛漁舍。髣髴嫩涼景〔九〕，便想淹日夜。此邦歲再稔，灌溉足耕稼。不見仲夏末〔一〇〕，綠雲堆穲稏。韭薤澆數棱，魚蝦撈一汊。樸俗洵可居，於此了昏嫁。一飽志願畢，底需祿米借〔一一〕。男兒縛名利，勝於觸機擭。百慮無一償，徒遭末俗罵。不如縱江湖，身閒永休假。釣不必渭潁，耕不必隴灞〔一二〕。涼分白鷺沙，跡溷田公蠟。長耽魚鳥歡，永與朋好謝。津市米價廉，濁酒勤自醡〔一三〕。醉來拍銅斗，浩歌聲啞啞。

【校記】

〔一〕詩題，錢批本及十二卷本作『入彭蠡口』。

〔二〕『嘉名』十二句，錢批本及十二卷本無。

〔三〕『若令』二句，錢批本及十二卷本無。

〔四〕『白晝』二句，錢批本及十二卷本無。

〔五〕『轟然』四句，錢批本及十二卷本無。

〔六〕當其，錢批本及十二卷本作『洎乎』。

〔七〕風，錢批本及十二卷本作『飈』。

〔八〕『涼雨』二句，錢批本及十二卷本無。

〔九〕『遙村』四句，錢批本及十二卷本無。

〔一〇〕『灌溉』二句，錢批本及十二卷本無。

〔一一〕『樸俗』四句，錢批本及十二卷本無。

〔一二〕『釣不』二句，錢批本及十二卷本無。

〔一三〕『津市』二句，錢批本及十二卷本無。

登滕王閣〔一〕

飛閣參雲上，危梯賈勇升。江湖生仿像，吳楚惜乘凌。城郭煙為界，峯巒翠作層。東南形勝在，詞賦主賓能。一序無端絕，三王偶共稱。佳辰誰置讌，舊國邈思滕。蛺蝶空傳畫，蛟龍詎可罾。空天響雷雨，三伏罷炎蒸。名蹟留吾輩，天涯此擔簦。物華歌舞歇，潭水古今仍。羈旅那無酒，登臨況得朋。乾坤正棲泊，俯仰激豪膺。

【校記】

〔一〕錢批本及十二卷本未收此詩。

阻風松湖渡散步短述〔一〕

江湖足風濤，淹留動晨夕。暑月衣裳單，秋氣颯已迫。碕岸翳葭筠，村塗散輕策。高禾垂新膸，卑潦縮荒磧。青草上牛宫，斜陽帶雞柵。南音聽未審，嬉然看遠客。皇天愛筋力，時雨灑霡霂。妻孥慣豐年，終歲罔蹙額。萬物各生意，吾道恒苦瘠。征帆久滯淫，輾轉為形役。

【校記】

〔一〕錢批本及十二卷本未收此詩。

筠州竹枝詞十二首〔一〕

一規春洞夜飛灰，碧落堂深翠作堆。極睇半空煙雨外，鳳皇瞥下子墻來。
踏青聯臂法華莽，新漲華陽浸蔚藍。好夢應須乞雷祖，碧雲一朵插西南。
山中梅尉好幽棲，湖水湔裳不貯泥。越女休誇天下白，儂家也住若耶谿。
廢圃空傳淬劍池，仙人官府到今疑。風清月曉白蓮影，莫是明香幻現時。
五風十雨儘官租，不記龍君姓幸無。枉唱迎神送神曲，小奩底用蜚蛇姑。
錦江宛轉彩虹舒，十五航低坐釣魚。卻怪官蛙朝暮聒，移家合傍藥湖居。

小浮邱畔碧荷圓，爭比儂家並蒂蓮。烏鵲橋欄郎並倚，今年待月復明年。

由來嫁娶不離村，未羨仙姑白寉翻。但祝郎心似爊石，與儂到底得溫存。

成佛昇天兩處虛，漆燈準待沈彬居。因過福地燒香坐，偷念吳鸞細字書。

遺蛻盲仙幻短筇，浮雲觀外有雲封。霜朝雪夜年時記，那得冰天戲兩龍。

太守堂空百卉殘，可憐穠豔倚欄杆。大家抛卻閒鍼綫，來看重陽賞牡丹。

三閭廟口草花香，騷屑蘭茳最斷腸。聘取江南蔡夫子，好將詞賦教兒郎。

【校記】

〔一〕詩題，錢批本及十二卷本作『筠州詞七首』，本詩第三至第六首、第十首未收。

徐孺子亭

我愛徐高士，清風季世真。名流盡傾蓋，群盜爾何人。煙鳥穿亭莽，風篁掃榻塵。躬耕此間樂，愧負太平身。

東軒三首 並序

宋蘇潁濱先生謫監酒稅筠州，以稅司敝不可處，乃假部使者府就廳事之東，構軒曰東軒，其自記以為種松二本〔一〕，竹百箇，為燕休之所是也。高安縣治廳事之東有屋三楹，亦稱東軒，余適置榻其間，庭中高槐一本，椶櫚、芙蓉待其旁〔二〕。北窻下則芭蕉雜卉，映蔚几簟，頗堪銷暑〔三〕，昔潁濱苦於官守，晝坐市區，課尋尺暮，歸輙倦寢，旦則復出，終不能安於所謂東軒者，每用以自咲。余之所居，雖荒率不及古人，而閒適則頗謂過之，得詩三首〔四〕。

匝月臥江航，炎暑酷深甑。突兀見此屋，褰裳發清興。槐葉高拂雲，踈蟬滿遙聽。椶櫚映芭蕉，交扇塵眼醒。其餘雜華藹〔五〕，瑣細侍妾媵。縣官急催科，惡草沒過脛。我來勑薙人，芟除露石逕〔六〕。頓爾腰腳舒，漸覺心神瑩。盃茗涼一呷，午食愜餖飣。攤書就窻間，垂頭吟至瞑。

瞑吟復曉吟，幽鳥助鳴哢。曠然會高興，柔翰時一弄。白晝赤雙腳，譬馬脫銜鞚。我心雖匪石，朝夕自磨礱。昔賢此遷謫，蘙難搆茆棟。手栽竹與松，聊云息倥傯。惜哉縛官守，日日監酒甕。閒來一高唱，雲中見鳴鳳。舊蹟倏已陳，嘉名乃濫貢。時無東坡老，誰與相伯仲。

同夢復同夢，坡老來筠州。前生業分定，一飽何所求。眷茲林壑美，浩然千里遊。官齋庋閒暢，晨夕聊淹留。古人骨已朽，其道常千秋。平生所歷境，後世為爬蒐。不謂後世賢，惟曰崇前修。吁嗟今之人，生而不自謀。春秋旦暮間，蟪蛄與蜉蝣。黽勉懷初服，對酒不願酬。

【校記】

〔一〕以為，錢批本及十二卷本無。

〔二〕待，錢批本及十二卷本作『夾侍』。

〔三〕暑，錢批本及十二卷本作『夏』。

〔四〕『昔潁』以下，錢批本及十二卷本無，十二卷本作『為之賦詩』。

〔五〕華，錢批本及十二卷本作『荂』。

〔六〕除，錢批本及十二卷本作『藴』。

寄錢曉村明府豐陽〔一〕

隔歲傳君赴吉州，三年不見劇離憂。偶來白隺峰頭望，徑欲神螺頂上游。可道參商終異處〔二〕，會看章貢必同流。綠谿鐙火迴谿月〔三〕，依約前盟記海鷗。

【校記】

〔一〕詩題，錢批本及十二卷本作『寄錢四曉村豐陽』。

〔二〕異，錢批本及十二卷本作『各』。

〔三〕鐙，錢批本及十二卷本作『燈』。

竹牀二首〔一〕

斷節支持健，刳心布置虛。醉眠愁骨瘦，吟坐得風疎。未許狂吹笛，惟堪懶擲書。孝先游頗倦，成壞定何如。

不有椶藤縳，寧教筦簟施。疎便穿膝易，輕任曬頭移。綠玉支難穩，王荆公石枕句：『端谿琢枕綠玉色』。青奴配卻宜。終宵搖客夢，何處送鄉思。

【校記】

〔一〕錢批本及十二卷本未收此詩。

代書詩三十韻簡謙谷〔一〕

孟夏我有適，別思桐谿深。谿堂夜相過，美酒一再斟。欵曲露真性，觸我危苦心。上言高堂老，髮短不復簪。下言孩提幼，門户力不任。亦知在家貧，雖貧無嶇嶔。不聞行路難，視古猶視今。感君纏綿意，勝佩雙南金。欲別不忍遽，送我出皂林。浩然竟西上，逆溯錢江潯。時方梅雨盛，古驛紅榴陰。江海俯澒洞，山林揖簪岑。首擷桐君秀，瀧中遞幽尋。時睇嵐翠際，飛出雙雪禽。明度玉龍脊，鱗鬣寒森森。舸子打三槳，暑臥遭燔燖。推篷罕佳境，連山同覆鬵。風便入彭蠡，庶以豁煩襟。舟師輕波濤，掛席自吚吟。晨夕取咲樂，閩粵紛南音。狂飆斗驚簸，幾遭魚腹沉。匝月達筠州，官廨榛莽侵。已苦地卑濕，況乃連秋霖。未免愁結轖，欲語口已瘖。丈夫遠求友，忠信神亦歆。未可守鄉里，乾死隨書蟫。涼風動江國，日夕聞疎碪。豈不骨肉念，兼之朋好欽。一省別時語，涕淚流涔涔。臨書不自檢，離緒抽作紝。

【校記】

〔一〕錢批本及十二卷本未收此詩。

郤簡匏村即次其贈別原韻〔一〕

半生蠖屈甘窮閻，黃齏白粥饑未厭。與君握手膠漆黏，勝啖薑蔗辣且甜。論詩五夜追清嚴，高齋堅坐新盃添。街南街北同熙恬，不遣別思生眉尖。昨朝西上江風纖，一梭縈迴拋鏡匳。歷歷行店搖酒簾，提壺取醉忘滯淹。子陵釣渚生圓蟾，方干隱居茆蓋苫。清風一一俗狀砭，徑欲招共分吟籤。夜深露濕青笠檐，推篷孤唱魚龍潛。宮亭六月無暑炎，白波旦晚噴絮鹽。西山崚嶒恣眺瞻，牽俗惜未匡廬兼。筠州多筠青潑簾，官齋苦雨鳴漸漸。無人來鬪豪鋒銛，興酣日晷一丈縑。預想寒臘晨光暹，片帆東下江波沾。煩君遲我梅花崦，遠夢未果儕鰜鶼。靈均廟口時窺覘，今世那無賣卜詹。

【校記】

〔一〕錢批本及十二卷本未收此詩。

題湘客贈別新樂府六曲後二首〔一〕

仙呂新詞拍遍清，離觴燭淚一時傾。愁心無那江潮送，抵唱陽關第四聲。『分付愁心與去潮』，曲中尾聲句也。

玉茗堂前一瓣香，梨園弟子近傳芳。檀痕掐遍真珠落，腸斷婁江俞二孃。湘客有《雙仙會》新樂府將付梨園婁江女子，俞二孃酷嗜臨川《牡丹亭》曲子，腸斷而死。臨川有詩云：『畫燭搖金閣，真珠泣繡窻。如何傷此曲，偏只在婁江。』蓋紀實也。

【校記】

〔一〕錢批本及十二卷本未收此詩。

夢遊廬山歌

平生五嶽跡未到，一覩天姥開心顔〔一〕。昨朝鼓柁彭蠡口〔二〕，牽率未得登廬山。丹崖翠壑生夢想，身輕一鳥飛翾翾。前行白鹿導我上〔三〕，屐齒已落南斗間。屏風高張芙蓉翠，雲煙滉瀁千髻鬟。江流九派雪山涌，僧廬五百經聲閒。玉房金闕穿窅窱，芝花瑤草垂斕斒。紫宵一峰獨離立，石室秘字蒼苔斑。手挹香鑪招五老〔四〕，迥視瀑水流琤潺。一亭一橋最幽勝，漱玉，三峽也。直似瀉下明河灣。冷㩒鳴泉雪玉齒，何翅瓊露麻姑頒。樵歌牧唱出縹緲，重巖疊嶂窮躋攀〔五〕。其間奧區歷百所，東林西林如玦環。白鶴觀前松影合，棋聲髣髴流花關。洞天窈窈秋月白，時有玉女闖金鐶。寥然孤磬衆山響〔六〕，驚回好夢嗟緣慳〔七〕。百年苦遭俗士俗〔八〕，一日未領頑仙頑。虀鹽筍蕨有佳味，草堂風月堪追扳。何時一枕横醉石，宗雷白社許往還〔九〕。漢武秦皇久黄土，謫仙玉局非人寰。徑當招墮一黄鶴，騎爾直上朝仙班。

《浙西六家詩鈔》評：『太白《夢遊天姥吟》真得仙氣而一結意盡此則末段，若有神助，興會淋漓。』

【校記】

〔一〕覩，錢批本及十二卷本作『觀』。

〔二〕柁，錢批本及十二卷本作『柂』。

〔三〕前行，錢批本及十二卷本作『一雙』。

〔四〕鑪，錢批本及十二卷本作『鑪』字。

〔五〕『冷掬』四句，錢批本及十二卷本無。

〔六〕響，錢批本及十二卷本作『回』。

〔七〕『驚回好夢嗟緣慳』，錢批本及十二卷本作『好夢嗟緣慳百年』。

〔八〕『百年苦遭俗士俗』，錢批本及十二卷本作『苦遭俗士俗一日』。

〔九〕『虀鹽』四句，錢批本及十二卷本無。

涼夜〔一〕

暗葉兼風響，陰蟲得露嘑。秋生羣暑怯，月出衆星低。紅藕飄江院，清碪拭夜闈。鄉心併涼緒，任醉不成泥。

【校記】

〔一〕錢批本及十二卷本未收此詩。

憶鰣魚

一旬帆梭船，桐江冣清泚。綠淨鋪新羅，中有魴鱮鯉。是時梅黃漲，鰣魚爭上水。曉日澄芳洲〔一〕，嗚榔集漁市。銀鱗舩尾捎〔二〕，青蒲絡纖髀。急數一把錢，拎得兩尾美。方法勑中廚，細按食經理〔三〕。芼以薑筍芽，配劑慎驅使。須臾登冰甆，玉雪耀素几。朝餐會空腹，饞扠亂投匕。照箸潔而芳，沾脣肥且旨〔四〕。尻脊散奚僮，汁滓及船婢。一飽何所營，看山嚴瀧裏。昨到南昌郡，繫纜滕閣底。淹泊五昏朝，屢見動食指。每食俊味俱，烹法更佳矣。差嫌俟鯖俗，直咲禁臠鄙。自我來筠州，相隔僅百里。亦有江與湖，絕少鱣與鮪。日啜韭莧菹，匝月長齋似。縱一薦鱻薨，輒為投箸起。我行初南食，謂將欒土擬。百繙志乘閱，儉嗇實可恥〔五〕。秋風鱸鱖香，鄉夢南湖涘。還問監州欒，何似雙螯紫。

【校記】

〔一〕 澄芳洲，錢批本及十二卷本作『集嗚榔』。

〔二〕 『嗚榔』二句，錢批本及十二卷本無。

〔三〕 『方法』二句，錢批本及十二卷本無。

〔四〕 『照箸』二句，錢批本及十二卷本無。

〔五〕 實，錢批本及十二卷本作『寔』。

蟬

獨坐有風地，高吟無暑天。斜陽江浦雨，疎樹郭門煙。薄髩秋難掠〔一〕，單衣冷奪鮮〔二〕。園蕪應不薙，併與客心煎。

【校記】

《浙西六家詩鈔》評：『斜陽十字，中唐名句。』

〔一〕髩，錢批本及十二卷本作『鬢』。

〔二〕奪鮮，錢批本及十二卷本作『欲捐』。

螢

雨歇河微白，庭陰草亂青。二更寒欲滅，重晦力難醒。細落殘鐙燼，橫流大火星。錦江秋一度，只汝破沉冥。

猛虎詞為偶圃作〔一〕

南山晝晦倀魂哭，拉拉陰風吹槁木。荒崖哀壑恣橫行，夾鏡雙睛視獐鹿。昨夜山前肆殘害，朝來虎跡同斗大。圈中有羊欄有豕，敢爾村中傷赤子。噬我豕，吞我羊，不惜芻豢充汝腸。躪我牆，入我屋，誓為我民除此毒。黽俛有子，汝血於牙，強弓勁箭，雖悔曷嗟。行探汝穴殲汝子，使汝醜類無萌芽。

【校記】

〔一〕錢批本及十二卷本未收此詩。

庭前插短籬纏以女蘿

麁眼麁籬穩〔一〕，兔絲新蔓纏。淺遮牆辣闥，低受月嬋娟。薇露冷同澣，松雲高可牽。斜曛兩黃蝶，舞到紙楞邊。

【校記】

〔一〕錢批本及十二卷本「麁」字作「小」字；「穩」字作「結」字。

秋日養痾東軒偶圃偕吳鶴江纍夕過飲得詩三首

息影東軒下，兩見圓蟾蜍。轉眼換涼暑，窻戶風疎疎。屋壁新粉堊，庭蕪稍芟鉏。吾友簡刑訟〔一〕，廨舍如僧廬。天氣既凄爽，卉木亦時舒〔二〕。肺病漸蘇豁，俛首讀我書。人生困榮悴，遑復念居諸。無用良為閑，不見惡木樗。莊叟雖寓言，茲理信非虛〔三〕。惟當猛自策，其無迷厥初。

剝啄聲厲如，趣僮啟扃鑰。粲然顏共開，呼鐙命斟酌。偶圃澹宕人，朝韡性懶着。一為風塵吏，苦敵瞑眩藥。鶴江吾酒徒〔四〕，掀髯妙譚謔。半百不娶婦，髮白誰替鑊。為此逃醉鄉，不飲等鮒涸〔五〕。一飲性情出，再飲語咲錯。連連四三飲，身世俱廓廓。陶然竟一醉，清夢入廬霍〔六〕。

杯行且停斟，避席敢有告。縣官雖俗吏，養民類伏菢。宜令腹果若，巡以禮義導。國家設不次，特為豈弟勞。所望通經儒，甯第文章報〔七〕。夙余秉耿介，志欲揚旌纛。年今垂四十，猶著筍皮帽。詎不愧聖明，直自等棄暴。不聞伶藉徒，濫用循聲冒〔八〕。此酒不足嘗，昔賢有明誥。

【校記】

〔一〕 吾友，錢批本及十二卷本作『此邦』。

〔二〕 『天氣』二句，錢批本及十二卷本無。

〔三〕 『莊叟』二句，錢批本及十二卷本無。

〔四〕 吾，錢批本及十二卷本作『我』。

〔五〕 『為此』二句，錢批本及十二卷本無。

〔六〕 『陶然』二句，錢批本及十二卷本無。

〔七〕 『所望』二句，錢批本及十二卷本無。

〔八〕 『不聞』二句，錢批本及十二卷本無。

題馬墨麟觀察詩集後二首〔一〕

半世垂鞭側帽中，可憐新句滿江東。平生燕頷封侯急，痛惜鳶肩短命同。墨麟下世年亦止四十八。屈宋何妨麾僕隸，曹劉恨未較英雄。中原格鬭今誰是，壺缺空悲烈士風。

關塞雲煙莽蒼收，十年宦海足離憂。論詩祗下漁洋拜，入蜀真堪杜老愁。集有《劍南詩》一卷。吟斷伯牙臺畔月，魂傷顧況宅邊秋。淒涼宿草成千載，舊雨茫茫感一邱。墨麟録舊雨詩登鄙作。

【校記】

〔一〕錢批本及十二卷本未收此詩。

提壺蘆〔一〕

提葫蘆，沽美酒，三百青錢剛一斗。鶯狂蝶亂已後時，門外落花一尺厚。祝君一醉千萬春，醒時之愁愁殺人。

【校記】

〔一〕錢批本及十二卷本未收此詩。

筠陽郡齋同山陰徐謹齋作二首〔一〕

東軒

雲松捲翠濤，風葎響寒雨。髣髴東軒老，夜共東坡語。

丹臺

巖腰紫芝長，澗口紅泉噴。何處覓丹臺，丹臺在方寸。

【校記】

〔一〕 據錢批本及十二卷本補。

梁昭明太子廟二首〔一〕

衮冕虛王服，文章實霸才。儒流傾晉宋，詩句徧池臺。孝動朝廷惜，恩纏里社哀。青宮監撫地，遺廟且崔嵬。

秋草城隅入，碑辭摸尚新。明邑人廖暹有碑記。精華搜七代，膏馥丐千春。短命無如爾，憐才寔可人。高齋十學士，零落感前塵。

【校記】

〔一〕據錢批本及十二卷本補。

子夜歌六首〔一〕

為郎理寶瑟，一絃彈一音。絃多音響雜，儂只一條心。

熾炭懷山爐，儂心故自熱。濃燒篤耨香，任郎作歡悅。

河漢不可航，兩心願為一。促織鳴當窻，終夜不成匹。

飛蛾觸蛛網，暗地空牽纏。皎月照枯池，分明不見蓮。

枝頭梅子黃，十日九無晴。山蠶不食葉，吐絲那得成。

上山採黃蘗，下山採紅蓼。欲識儂苦心，但採山中草。

《浙西六家詩鈔》評：『情語不褻，猶是雅音。』

【校記】

〔一〕詩題，錢批本及十二卷本作『子夜歌四首』，此詩第二首與第六首未收。

空城雀

朝啄城下土，夜宿城上樹。一飛連四雛，只在空城堵。南山非無豆，北里非無禾。恨乏高飛翮，饑來將如何。鷙鳥豈不疾，網羅一何密。過分營口腹，慮身充鼎實。此身縱微末，賦命良在天。幸分倉中穀，消搖卒歲年〔一〕。

【校記】

〔一〕消搖，十二卷本作『逍遙』。

筠州去廬山僅二百四十里未遂裹糧頗懷悵恨因憶東坡嘗遊廬山南北得十五六奇勝獨摘其尤者作詩二首輒追次其韻以志夢遊

漱玉亭

巨靈劈大斧，山鬼吹陰風。青天走霹靂，白日飛蛟龍。鼉鐘戞廣野，珠琲噴長空。餘姿映丹壑，細響洩寒谼。萬折到平地，怒挾江流東。夢遊出仿像，淚灑鮫人宮。何時叩雲扃，千載從陶公。結巢雲松頂，高枕香爐中。

三峽橋〔一〕

吾聞三峽橋，萬古此急溜。惟天設奇觀，水石鏖一鬭。高舂南斗傍，迴落大江右。雷霆隳嵯峨，鉛汞洩坑竇。陰寒藏鬼神，險疾竄鼪狖。雲外午鐘孤，松根老僧瘦。遡眩霜雪翻，遠愜笙竽奏。決若鳥脱籠，迅於箭離彀。便當入棲賢，憩翫百昏晝。驅雀下潺湲，先令毛羽漱。

《浙西六家詩鈔》評：『此兩首俱能狀幽險，句奇語重，直可步武大蘇，而上闚杜韓之門徑。』

【校記】

〔一〕　十二卷本未收此詩。

寄題白鹿洞書院追和朱子韻〔一〕

白鹿不可馴，町疃留山阿。二李緬芳躅，五老空婆娑。淳熙運方午，大賢忽來過。堂堂置講席，巖壑聲絃歌。學徒日益進，長松牽女蘿。遂衍鄒魯嗣，一訂秦漢訛。嶽麓暨石鼓，惟兹功最多。賢關闢明誠，王道昌中和。金鎚抉萬瞽，砥柱迴千波。師儒遞劘切，瑩然心靡他。露鶴警遙夜，松泉滿陽坡。何年歷道岸，寤言矢澗薖。

【校記】

〔一〕據錢批本及十二卷本補。

鹿洞雜詠八首〔一〕

迴流山

溪流落石齒，一齒得一響。孤峰忽斗插，若物骾其嗓。吾道折而南，轟然遂孤往。

枕流橋

峽口夾巨石，鏗鍧出鐘磬。髣髴奏鈞韶，軒裳集群聖。褏褭勘書臺，謖謖雲松暝。

獨對亭

左手何所有，盤盤百丈松。對面何所有，蒼蒼五老峰。獨立契真宰，萬古來心胸。

卓爾山

諸峰方邐迤，一峰立如礎。卓爾見道妙，能者會相取。於兹但坐忘，誰識回也苦。

貫道谿

泠泠群壑泉，湛湛空潭匯。一息到人間，萬物資灌溉。來者自無窮，逝者寧復再。

釣臺亭

纖月裁作鉤，絲雨裁作線。但適觀濠趣，寧動臨淵羡。何如宫亭漁，販鮮論斗賤。

鹿眠場

山人騎鹿去，滿地生秋草。何知町疃場，忽聽鼓鐘考。言尋聖澤源，涓流以為寶。聖澤源在五老峰下。

朋來亭

皋比一以設，東南盛衿佩。皎日懸當空，群陰胥已退。詩書可尚友，誰歟紫陽配。

【校記】

〔一〕據錢批本及十二卷本補。

病足

南州界閩粤，嵐瘴稍已劇。濕熱攻我足，跛履苦盤躃。始罹神夔蹢，繼蹈鑿齒厄。伶仃玉臺門，蹩躠平原客。叢咲輙蹶蹷，方言聞在昔。兩旬蹋壁臥，眷屬惟枕席。欲起輙蹭蹬〔一〕，如鳥鎩雲翮。籬菊金蘗苞，芙蓉紅蕾坼。風信逼重陽，空整孟公幘。惟蹇利西南，跂腳翫周易。

【校記】

〔一〕輙，錢批本作『便』字。

贈會稽商寶意司馬二首〔一〕

香桉從容侍玉皇，偶然乞郡到南康。攜將風月三千首，寫遍匡廬五百房。迴放吟船牛渚闊，時將移守姑孰。暫飛鄉夢鏡湖涼。官閒好續澄江練，一上青山小謝堂。

鸞坡聲價重瀛寰，未睹仙人玉雪顏。真要風流壓江左，閒拋絲竹在東山。許身官職聲名外，報國文章經濟間。倘憶承明十年事，定知清夢繞朝班。

【校記】

〔一〕詩題，錢批本作『贈會稽商寶意』，收此詩第一首。十二卷本未收此詩。

九言詩二十韻寄壽陳右銘六十初度〔一〕

客星山人閉門幽湖曲，日擁經史子集紛注箋。欲衍洛閩上嗣鄒魯嫡，譬窮河水必溯崑崙顛。崔嵬切雲之冠陸離佩，引繩施墨行已無纖僁。不能磨稜剗角狥時俗，底願摧眉折腰從夤緣。前年宰府奉命屢見辟，縣官學官日日徵車連。一時水南水北盡應召，長安道上驢背無停鞭。山人掉頭不肯一回顧，每誦兩札右手胝流涎。右銘有辭孝廉方正及博學鴻詞兩札為時傳誦。義嚴詞遜名實究根始，雕蟲之技瑣屑不敢先。行年六十蕭然一韋布，檢點齋頭長物惟青氊。有時饑來無糧凍無袴，豪吟雄嘯金石聲淵淵。冠者童子抱經請受業，一一置身沂水春風前。羲軒巢燧去人已千劫，乃在幽湖方丈之瓊筵。着紅騎馬所得一餉樂，豈如山人皇古相隨肩。即其所作碑銘傳記誦，一句兩句萬口爭流傳。觀者口哆舌撟駴且走，殘膏剩汁亦足相濡溉。比聞季秋之月正初度，籬根霜菊豔豔堆清妍。莫歎眼中有花鬢有雪，蒼然心貌洛社之英賢。清操異行堪為末俗砥，願頌壽考靡艾齊鏗籛。我滯筠州距隔二千里，惜不聽唱孤雀南飛篇。詩筒酒盞相期共寒歲，遲我沙畔三板西江船。

【校記】

〔一〕錢批本及十二卷本未收此詩。

十六夜〔一〕

寒氣頑如此，憑軒涕泗斑。蝦蟇何太毒，蟣蝨爾相關。下界陰難拔，天門迥莫攀。臣無一寸刃，底物磔神姦。

【校記】

〔一〕錢批本及十二卷本未收此詩。

社日欲於齋前種竹臥病愆期悵然有詩〔一〕

縣廨廳事西，森森一叢玉。脆響浮高秋，寒光盪深屋。閒來捉臥簟，坐嘯日不足。思移數十竿，娛悅東軒目。病足起未能，社日去我速。虛此地半棱，時掃葉一斛。牆頭木芙蓉，綻蕾紅簇簇。雖得一餉歡，過眼如轉燭。皂桷槐梓桐，霜凋並欲禿。焉使單床夢，孤韻逗清淑。燒燈闔窻扉，晚飯愧食肉。

【校記】

〔一〕據錢批本及十二卷本補。

大愚山拜呂寺丞墓用前人刻石韻〔一〕

蒼蔔凋傷意黯銷，懶雲窩畔鬬茶瓢。文章過客還芒屩，霜露空山長藥苗。抗疏功名傾趙李，餘生涕淚雪漁樵。乾坤逆旅誰千古，牧笛寒原野火燒。

《浙西六家詩鈔》評：『此種七律俱是大家氣體。』

【校記】

〔一〕據錢批本及十二卷本補。

謁三閭大夫祠　漢建城侯移祀於此〔一〕

汨羅魂不返，招自建城侯。薜荔村祠雨，蘼蕪楚塞秋。獨醒笑漁父，九死望靈修。萬古長沙恨，茫茫錦水流。〔二〕

金沙臺畔柳，斜日颭靈旗。湘水一千里，離憂十二時。秋蘭空結佩，公子莫相思。侘傺平生足，沉吟宋玉詞。

【校記】

〔一〕詩題，錢批本及十二卷本作『謁三閭大夫祠二首』，題下無注，收此詩第一首。

〔二〕此首據錢批本及十二卷本補入。

古詩五十韻次酬寶意〔一〕

先生胸次闊，雲夢吞不芥。心芒劈至纖，膽勇極無外。千巖萬壑藏，尺宅寸田匯。靈涵琥珀深，豪擊珊瑚碎。辣手柱狂波，横眼截重晦。庶令天地間，竄伏百醜怪。總持宏前修，提挈及後輩。元聲叶鈞韶，文采肆葩儷。金扉啟葳蕤，香桉散馣馤。簪豪侍朵殿，插笏陪輦軑。頭巾一角墊，腰帶萬釘齡。本謂台鼎儲，胡反郡僚拜。一麾南康軍，俛拾江山槩。煙艇纜漁滬，吟筇卓鹿砦。宫亭曉鏡開，五老蒼顔對。宦味同楸枰，一着料勝敗。遷轉故安排，不在垂堂戒。大江歷左右，末俗薙草昧。賤子寒餓劇，遠出鄉井背。冀蓄潢汙水，沿流泝九派。雖慳握手歡，傾倒切肝肺。壘虛本易斫，鼓衰那復再。怯遇虎牢戰，敢畫鴻溝界。積痾蒙七發，一讀銷百痗。光彩射吳邑，醇古逼鬲敦。漢唐宋元明，爬抉盡超邁。精氣所陶鑄，萬劫定不壞。繡弧人共驚，賸馥我有賴。一朝未睹鳳，十年仰如泰。北望心養養，髣髴酒病害。霜深關塞寒，日短烏蟾快。何時奉謦欬，偽體煩別裁。遺書招萬子謂柘坡，雕鎪窮狀態。人將南北合，兩愜舊今會。堂皇布矛戟，次第吐珂琲。使君真英雄，令我心乎愛。由來千秋人，往往屈丞倅。望公若檜棕，嗟我獨蕭艾。盛年迅兔脱，儒服實天械。苦行參舍衛，酸嘶類梵唄。尚甘八股壓，未忍六鷁退。可憐顔忸怩，專取詞粉繢。才薄無奈爾，親老所以蓋。羈蹤絆吴楚，愁思亂菅蒯。吾道雜兕虎，此邦陋曹鄶。寒竹掃荒郭，白月墮公廨。差慰吉雲露，一滴霑沆瀣。歸立青山堂，奬激固有在。力為鞭駑鈍，志許追遠大。殘歲裝歸篷，情重不克載。

【校記】

〔一〕錢批本及十二卷本未收此詩。

題寶意雲波集後〔一〕

意外浮雲滓太清，偶然平地作波聲。誰能三萬六千日，碧水青天過一生。

【校記】

〔一〕錢批本及十二卷本未收此詩。

冬暖〔一〕

筠州十月春意動，濯錦江頭花滿林。楚女猶簪茉莉雪，黄蠡日抱芙蓉心。無衣歲月皇天厚，入夢關河故國深。急趁輕船下嚴瀨，蘭谿美酒正堪斟。

【校記】

〔一〕 據錢批本及十二卷本補。

彭蠡口夕望〔一〕

江梅小店風初定，玉笛高樓曲未殘。借竹軒遙神女隔，難分好夢與秦觀。

【校記】

〔一〕 據錢批本及十二卷本補。

舟夜聞雁

不及隨陽鳥，攸居此地偏。聲寒彭蠡月，影亂楚人船。浩蕩江湖濶，漂搖雨雪連。那堪鐙暗夕，旅枕迫殘年。

《浙西六家詩鈔》評：『神似少陵。』

上灘行〔一〕

寒風臘月猛於虎，怒打滄江嘯江樹。萬條惡浪激危灘，舟子嗟呀罷鳴艫。手拏青篙撐復撐，風狂灘急舟更横。赤腳波心助邪許，半日行慳半里程。嚴冬水寒割雙脛，饑凍驅將敢辭冷。口中糲食未充腸，身上單衣不掩領。昨夜船頭風益豪，朝來雪片紛鵝毛。臥看千山鳥飛絕，蓋篷瑟縮如潛逃。嗚呼彼亦人子耳，力盡煙波愁欲死。不然睡足日三竿，美酒肥羊醉鄉里。漂泊江湖行路難，人生衣食同辛酸。諸君且慢相催迫，聽我歌行歌上灘。

【校記】

〔一〕錢批本及十二卷本未收此詩。

由金雞嶺度屏風關途中寒甚〔一〕

平岡小店欲燒春，雙鬢還吹雪路塵。一語差堪慰行旅，度關已是浙江人。

【校記】

〔一〕據十二卷本補。

歸舟雜興四首〔一〕

急下華陽水，來乘應澤潮。夕餐爇楚竹，曉槳撥吳舠。遊子寒誰戀，家山望轉遥。茫茫問天意，雨雪肯相饒。

灘水飛如箭，風聲惡似豺。踈篷愁向戶，槁木信形骸。烏鵲昏茅店，鸕鷀上竹簰。翻憐老漁父，蓑笠傍寒涯。

山色雙孤接，江流九派通。夢纏彭澤北，心挾浙江東。衣食催華髩，關河滯晚鴻。誰家翻碓水，聲急打頭風。

半載筠陽客，言歸換暑寒。故人誠慁愁，吾道自艱難。山橘紅堪擘，江魚白可餐。玉山看漸近，欵欵敘辛酸。

【校記】

〔一〕 錢批本及十二卷本未收此詩。

江上雪霽看山〔一〕

天公玉戲狂十日，千山萬山寒模糊。清晨推篷眩銀海，冷氣颯沓水眉鬚。皎皎白芙蓉，削立周四隅。爛射扶桑暾，光彩騰斯須。琉璃宮闕水精界，燭龍照耀橫天衢。竹弓粉箭畫不得，坐使迂倪寬范束手同攣拘。灣環入嚴瀨，山色益敷腴。朔風斗振刷，迸露青肌膚。廢港挺魚叉，鏘鏘出敗蒲。煙際墮殘雪，乃是雙鷗雛。竹色樹色清不枯，風聲鳥聲寒自呼。上灘苦遲下灘疾，瓊瑤旋轉一瞥難追逋。桐江拭明鏡，桐君立靜姝。詩翁千載渺難即，幽魂下濯冰玉壺。掇拾物色有真意，清雄之筆不可無。蘭谿一斗酌且盡，酒氣噴灑為璣珠。飄零殘臘淚霑襦，籬落梅花昔夢殊。子猷乘興且歸去，惆悵江山雪霽圖。

【校記】

〔一〕錢批本及十二卷本未收此詩。

丁辛老屋集卷四

癸亥

入春來風雪連朝樵史來札有句云關門六日炊煙斷畫出袁家晏臥圖感歎之餘卻寄此詩

風雪上元後，狂吹十日寒。乾坤春不易，松柏道真難。小蹇何由策，朱門未可干。翻嗤高士臥，猶自戀長安。

過樵史就鷗閣信宿始別集杜四首〔一〕

艸閣臨無地，門庭悶掃除。囊虛把釵釧，客至罷琴書。夜雨剪春韭，呼兒問煮魚。看君用幽意，真作野人居。

虚白高人靜，飛騰暮景斜。為農山澗曲，獨樹老夫家。同調嗟誰惜，吾生亦有涯。長歌意無極，宿鷺起圓沙。

曬藥安垂老，看鷗坐不辭。捲簾惟白水，臥柳自生枝。天地身何往，江湖興頗隨。扁舟吾已就，後會且深期。

到此應常宿，愁來遽不禁。獨醒時所嫉，隱几亦無心。村鼓時時急，春流岸岸深。吾徒自飄泊，感動一沉吟。

【校記】

〔一〕『集杜四首』，錢批本及十二卷本作『集杜二首』，前二首未收。

夏日浮谿館雜興集杜八首〔一〕

沉緜疲井臼，塊獨委蓬蒿。拙被林泉滯，貧嗟出入勞。遠鷗浮水靜，亂石閉門高。俯仰悲身世，崙時貫緼袍。

春草何曾歇，林鶯遂不歌。客愁殊未已，吾道竟如何。見酒須相憶，吟詩許更過。高齋依藥餌，且得慰蹉跎。

花雜重重樹，愁徵處處盃。名園依綠水，四月熟黃梅。邱壑曾忘返，柴荆莫浪開。艸元吾豈敢，任受眾人咍。

禮樂攻吾短，文章敢自誣。防身一長劍，壯士恥為儒。束縛酬知己，饑寒迫向隅。且將棋度日，實有醉如愚。

城府深朱夏，乾坤一艸亭。渚蒲隨地有，高柳半天青。莫問東流水，祇看座右銘。哀歌時自惜，浩蕩逐浮萍。

倚賴天涯釣，還同海上鷗。水煙通徑艸，落日在簾鉤。細葛含風軟，飛蟲滿院遊。此身醒復醉，一月不梳頭。

大雅何寥闊，青雲亦卷舒。詩書遂牆壁，蕪蔓少耘鋤。隔沼連香芰，潛波想巨魚。風扉掩不定，高枕乃吾廬。

一逕野花落，千章夏木清。缺籬將棘拒，虛閣自松聲。棲托難高臥，漁樵寄此生。今春看又過，寂寞壯心驚。

【校記】

〔一〕『集杜八首』，錢批本及十二卷本作『集杜四首』，第一、三、四、五首未收。

次韻酬鄭鄭圃〔一〕

天地安為客，風塵困此心。萍根轉滄海，桂樹結幽岑。豔粉淪華鏡，朱絃汎玉琴。夫君慰離索，感動白頭吟。

【校記】

〔一〕錢批本及十二卷本未收此詩。

五月十四日匏村招同祝豫堂萬柘坡汪厚石桐石兄弟集錢蘀石齋即席徵題各賦八首〔一〕

罱泥

秧鍼雨纔足，新畦宜糞種。南村借釣航，港汊恣翻搑。雙竿舞燕捎，兩手禮鼠拱。縱遠項背傾，拔深腰腳勇。横撐沙觜閣，側立船舷重。亂牽菰米沉，冷觸鷗群恐。磥渦蕩呀庨，水艸拌傝㒉。急須咨薙人，騂赤分上壟。

打麥

霹靂車不響，額手懽有秋。大婦腰鐮出，黄雲堆壟稠。連枷束復束，彭魄南山頭。科科蟬殼蜕，粒粒蠙珠流。風來屋山頂，芒影飛颼颼。跳梁烏鵲喜，鼓掌兒童謳。莫樂田舍翁，誰要萬戶侯。君看南陽鳳，持竿方咿嚘。《唐書》童謠：『打麥三三三』，今世兒戲，鼓掌作打麥聲後必三拍之。

擊縣

青幨遮綠楊，瀨上誰家女。纖纖素手擢，拍拍翠竿舉。細箔浮如月，焦蠠貼如紵〔二〕。忍棄同功名，況亦釜中煑。一擊霜雪生，再擊瑕玷拒。遠影疑釣綸，寒聲挾秋杵。蜻蛉立搔頭，映水兩無語。可憐作絲花，零落已如許。

插秧

清畘寒泱泱，人如野鴨立。泥與水相融，秧與手相習。一鍼脫指纔，千鍼擘波入。萋萋四周徧，簇簇中央沓。徐行爭尺寸，群進或伍什。沉浸連䏶臀，延眺但蓑笠。鑱壁箭轅梢，並見陸龜蒙《耒耜經》〔三〕。次第功漸及。一為歌苦辛，饑腸待君粒。

扳罾

漁具首網罟，罾與罛罺亞。千絲罫影張，四角�架。輓索勇雙臂，擎竿夾前胯。欲起翻鴟蹲，既縱迺鳧下。拏音聆舴艋，孤颺出煙汊。髩鬅綠蓑翁，淋漓傍漁舍。連江翠雨昏，隔簖紅鐙射。冷笑狂奴廉，荒磯坐長夏。

貯水

烹茶水功六，天泉占其兩。梅雨醇而白，品爭雪水上。五月簷溜龐〔五〕，丁紞幾旬響。貧家無長物，差喜足甕盎。翠杓滿傾注，照面恰圓朗。茗葉新未試，石子靜堪養。藏任酒缸聯，立肯醬瓿黨。曷為老桑苧？但恣山泉賞。養水須貯石子於甕。

曬藥

孱軀頗善病，性命長鑱倚。百草苦黴敗，開籠脫重紙。清飆散鬱陶，赤日燥肌理。細刷饑鼠涎，徐攻黃蛾壘。流鶯樹無聲，碧蘚階猶綺。分囊判君臣，換裹署名氏。消摩儻假年，服食寧不死。我無淮南術，雞犬不煩舐。

合醬

夏至逾三庚，懸空火輪熱。糴豆揀如金，磨麥篩作雪。爛蒸氣方餾，急拌黃不涅。痛挼圓餡穩，涼攤曲房閉。沸投鹽滷澄，汲用井華潔。罋深杷屢攪，簷午笠齊揭。太歲面須對，黃道曆宜訐。女醢勿言辛，嘉賓儻流歠。嘉賓儻流歠，見梁劉孝儀《謝賚蝦醬啟》〔六〕。

【校記】

〔一〕詩題，錢批本及十二卷本無『兄弟』二字；蘀石齋即席，作『蘀石草堂』。

〔二〕罋，錢批本及十二卷本作『蕹』。

〔三〕錢批本及十二卷本無注。

〔四〕麄，錢批本及十二卷本作『麤』。

〔五〕錢批本及十二卷本無注。

臨平道中同人看白荷花六首〔一〕

野杉叢篠一蟬吟，塘曲無人浴翠禽。斜日衣香吹漸辣，飛來越女鏡中心。

船窻六扇拓銀紗，倚槳風前正落霞。依約前灘涼月曬，但聞花氣不看花。

瓜皮小艇漾空波，有恨無情奈汝何。旋解紅帬裹阿子，月明齊唱采菱歌。

波明香遠最清裁，狂喚王孫盡此盃。鋪寫江南秋思闊，鷺鷥頂上起重臺。唐李紳有《重臺蓮》詩。

陂塘數筆掃涼煙，十斛胭脂不直錢。愁記金沙拏一舸，夜深飛夢到鷗邊。

皋亭來往省年時，香飲連筩醉不辭。莫怪花容渾是雪，看花人亦鬢成絲。

《浙西六家詩鈔》評：『袁簡齋曰：　穀原詩工於遊覽，此兩絶句與《陶然亭》七律皆傳誦一時。』

【校記】

〔一〕　詩題，錢批本及十二卷本作『臨平道中看白荷花同朱冰壑陳漁所二首』，第一、三、四、五首未收。

同人分詠吴興故事為湘客七十壽得松雪齋〔一〕

甘棠橋西訪斜照，何處松雪吹黄簾。衹餘賜第水精界，豈有别墅香茆苫。齋中藏弆想精妙，摘瓜圖更鼂鐘兼。雲螭靈怪筆格具，風篁淅翣琴絲添。王孫本是神仙客，唐之太白宋子瞻。仲姬寫竹況清遠，復有雍奕辭鋒銛。老妻稚子樂復樂，書牀日日陪鏡匳。水鷗底願作籠鳥，釣竿頻夢滄州拈。翁也王孫舊鄉里，雀齡七十長眉孅。五亭三圃閲新故，春來喬木還勾尖。帬屐漫邀牧之侶，笠蓑未受元真嫌。清容之軒清風閣，研席一置名難潛。扁舟擬尋蘋蓼岸，與翁買醉城南簾。快讀吴興山水記，洞庭白月生涼檐。

【校記】

〔一〕　錢批本及十二卷本未收此詩。

題江上女子周禧天女散花圖〔一〕

云何天女感佛説，玉貌聳立秋池蓮。莊嚴之相不可褻，瞥然一笑舒春妍。春工不敢悋脂粉，萬苍雯地吹瓊筵。十指飛出微妙諦，怳忽黃鸝紫燕鳴聲聯。諸菩薩暨諸弟子，共生歡喜交忘筌。維摩長者蹶然起，方便頓覺煩痾蠲。想像禧也畫此時，桫羅樹底銅爐煙。一瓣兩瓣未脫手，根株已結下筆先。霞衣風馭出髣髴，意蕊競發心花燃。坐令方丈之室六月暑，衫裾習習春風顛。宏農黃氏弁以黃絹字，寶如美璧雙而圓。病身願乞作供養，日日誦經合掌香燈前。

【校記】

〔一〕錢批本及十二卷本未收此詩。

將之姑孰厚石兄弟招同豫堂蘀石柘坡汪愓齋餞余小方壺即席分賦得姑字〔一〕

西風落虛壁，響激琴絲麁〔二〕。別曲一再理，琤然摧新枯。矯首望雲色，聊復鞭其駑。徑走青山頂，諦觀大小姑。朓死白亦朽，雕蟲迺壯夫。江山成獨往，欲招二子俱。相思輒命駕，千里徒區區。重陽溜歸艇，清霜應染鬚。

【校記】

〔一〕詩題，錢批本及十二卷本「將」字前有「八月」二字；「兄弟」前有「桐石」二字；「汪愓齋」作「匏村」。

〔二〕麁，十二卷本作「麤」。

愓齋招同豫堂葎石柘坡厚石桐石汎舟城東餞行得詩二首〔一〕

戚里墊

清暉澄塘凹，淨拭一方鑑。撥艣出橋心，鈍若癡鳧汎。深港交桑陰，亭午露猶湛。蟹簖飄菱詷，松莽落雲梵。蒼葭雪乍勻，老柳絲更蘸。欲問江南秋，此景我先賺。

遊胥山

胥山一簣耳，行近勢迺拔。腰腳勇一登，了了眼雙察。黄者稻蓑蓑，白者港汃汃。南見海上峯，遠影凸七八。周覽二里裁，芒屩不厭滑。瓌瓏數朵雲，蓧樹共清刷。因堂或為墳，架厂遂成刹。殘僧溷耕牧，壞碣臥苔蔡。緬維吳越交，推刃相忝殺。子胥力經營，云此駐輪轄。廟貌空復爾，陳蹟莫剔刮。精靈巋而存，不銷滅埃圿。巨石劍猶痕，神龜目半瞎。茲理縱傅會，種苗底用揠。追省童稚遊，兩髫梳鬝鬝。糢糊記一二，聊可疏筆札。青山不成老，吾髩禿將鬜。書堂秋又深，柳外歇鳴蚻。

【校記】

〔一〕錢批本及十二卷本未收此詩。

薄遊三首〔一〕

仲秋日在角，嫋嫋秋風吹。長年具舟楫，請解沙頭維。老親念子深，丁寧復言辭。千里詎云遠，服食審所宜。長江厲秋汛，波浪高厜㕒。慎勿貪利涉，翻祝歸來遲。感此不能發，銘之心腎脾。長跽告歸日，圓月以為期〔二〕。

三五月正圓，二八月更潔。何物蝦蟇光，坐使鬢成雪。昨夜骨肉親，今夜江湖別。浮生難自料，空灑盈襟血。萬物競刀錐，營營腸内熱。王侯與皂隸，千載同一轍。良戒貪夫貪，頗效烈士烈。浩歌激商音，茫茫墮寥泬。

陸機早入洛，梁鴻晚適吳。出處雖不同，彼登非丈夫。朱顏去如水，浩浩不我趨。仕宦願良已，何用執金吾。江山得秋霽，清暉無時無。布帆飽風力，獵獵鳴菰蘆。此意有感觸，遑為口腹驅。飛鴻叫其曹，我亦求吾徒。

【校記】

〔一〕詩題，錢批本及十二卷本作『薄遊二首』，第三首未收。

〔二〕『感此』四句，錢批本及十二卷本無。

晚次平望〔一〕

聽犬來沙市，隨鷗泊渚灣。夜涼升玉兔，雲淨貼秋鬟。路轉垂虹遠，人歸赤馬閒。離家裁兩舍，清夢未須還。

【校記】

〔一〕詩題，錢批本及十二卷本作『十六日晚次平望』。

山塘〔一〕

楚楚紮枝花蘂紅，最傳朱勔子孫工。馱兒擁着山塘看，可與滕昌祐畫同。

【校記】

〔一〕據錢批本及十二卷本補。

荆谿道中

自梁還及荆，谿行頗不惡。綠翻風葉老，紅噴水花弱。黄雲夾岸稠，婦姑已將穫。鴉軋響戽車，人與牛共作。迤邐荆南山，闖然向篷落。不知孝侯死，老蛟敢棲托。鳥穿水榭鳴，魚傍釣臺躍。勝蹟邈不存，底處插雙脚。我無陽羨田，萍蹤若漂泊。河橋酒暖醲，且道江南樂。

初至姑孰寶意留宿官齋兼辱贈詩奉酬四首〔一〕

片帆催卸大江濱，此日方成握手真。乍見渾看如舊識，相思轉更話前因。坐驚秋老黄花坼，劇愛官閑白鷺馴。頻勸論文一尊酒，明鐙剪斷旅愁新。庭中畜白鷺。

高桐踈柳碧溪灣，羅雀雙扉鎮日關。判牘少於書卷積，吏人稀為使君閒。江南重到仍司馬，天上麾來未賜環。信是千秋須大隱，詩名誰似白香山。

姑溪波定合萍蹤，閒看高春復下春。但覺超宗真似鳳，祗愁東野不為龍。文章畢竟尊前輩，邱壑還憐倚短笻。轉憶錦江風雨夕，懷人聽盡大愚鐘。瑞州大愚寺。

墜雨離雲舊黯然，即時琴酒揔因緣。安知方朔三千歲，敢料楊雄五百年。大雅不曾遺爨竹，清音端的在朱絃。新詩署識真原在，定自華嚴法界篇。

《浙西六家詩鈔》評：『詩到自在恰好處，若不費力，所謂水到渠成之候也。』

【校記】

〔一〕　錢批本及十二卷本未收此詩。

題商今素先生出峽圖〔一〕

明月廣澤連巫山，巴東萬古雄三峽。喧豗震掉從西來，萬頃斗作一盃呷。東坡《灩澦堆賦》：『忽峽口之逼窄兮，納萬頃於一盃。』轟然一縱走荆襄，片晌何曾熟羊胛。掉頭入海不復迴，俊鶻離韝虎騰柙。先生本是漁樵人，鷗鷺閒盟口親歃。平生爛漫五斗腰，官裏駈將手版插。嘉魚丙穴酒郗筒，細雨白鹽雲赤甲。一昔鴻冥迥自奇，底堪驥足虛承乏。廨舍原無廢歗謌，簿書實苦煩簽押。急攜傢俱下瞿唐，勇退何勞用卿法。入險出險一彈指，寒日空江絜裝袷。謝公亭下徧芝蘭，萊子堂前亂鵝鴨。功名一咲付兒曹，官閣蟲魚細箋劄。閒刪入蜀幾篇詩，抗手肯遭杜陵壓。

【校記】

〔一〕錢批本及十二卷本未收此詩。

題寶意樵風別業圖〔一〕

射的山前莽秋碧，僊人不見空陳蹟。巖深壑冷幾興衰，惟有樵風自南北。樵風之涇何清妍，某邱某水雲而煙。高林翠阜互虧蔽，荒灣野蓧相澄鮮。幽禽獨語古澗靜，老枿爭發春風顛。千峯萬峯青菡萏，中有一鏡渟清漣。琉璃百頃入孤槳，水中印月月在天。酒酣浩歌拍銅斗，此樂直欲淩飛仙。我身未到境可想，披圖益復知其然。翰林好事真狂客，十載金門拓金戟。抽身那許返家山，玉堂閒夢沙鷗席。尚書舊業百年荒，老屋三間待完葺。經營遠過滄浪亭，三十萬錢惜不得。鸞鳳翻然下紫宵，一麾頻佐二千石。太傅難歸履道坊，文昌空買江陵宅。官齋六時展此畫，常使神魂越鄉國。午橋獨樂詎為侈，圭塘玉山亮如昔。祇愁錦帶纏腰身，何慮詩名損官職。吁嗟鄭公去後又千春，魚鳥煙霞要替人。終須一曲鑑湖水，還與風流賀季真。

《浙西六家詩鈔》評：『流麗暢達，風調楚楚，擇翁棄去，殆嫌少沉著耳。』

【校記】

〔一〕錢批本及十二卷本未收此詩。

盆梅八月作花酬次寶意韻〔一〕

嗟此巖澗姿，誰令盆盎種。根惟尺蠖蟠，枝莫修虵縱。寒聯松竹盟，堅忍雪霜凍。一花或孤坼，天地春潛動。曷為西風力，主客錯輕重。皎然吐冰心，非時竟安用。坐使沉寥秋，淑氣斡先弄。足知皇天慈，陽和必倍貢。屬時屆重九，持螯方臥甕。一笑東籬旁，乃作師雄夢。

【校記】

〔一〕詩題，『寶意』錢批本及十二卷本作『商寶意』。

題寶意廬山觀瀑圖

去年舟落宫亭湖，夢裏看山細如畫。今年流轉到江南，看畫還疑夢中掛。羣峯窈窕堆髻鬟，香爐鶴鳴互鉤帶。芙蓉雙朶削清秋，娅姹渾如出新靧。玉龍劈峽勢突怒，千條萬條恣洸潰。到地盡作驚雷鳴，餘者飛濺成珠琲。委輸萬古無少休，得非析自銀河派〔一〕。虬松數株蒼不枯，欝欝寺門深覆蓋。讀書臺荒不可見，想有鐘聲殷其內。匡君山色壓東南，開先更屬茲山最。當時夢遊恐未真，披圖稍稍得其槩〔二〕。谷簾三峽可仿像，人生少見乃多怪。曇華亭上一觀瀑，塵土之襟洗未快。宣子難忘兩屐緣，向平肯負名山債。一咲輸與圖中人，拄笏來看已云再。

【校記】

〔一〕『羣峯』十句，錢批本及十二卷本無。

〔二〕槩，錢批本及十二卷本作『概』。

題杏花雙燕二首〔一〕

溫麐初日逗芳懷，造次花街並柳街。瞥憶嬉春前劫夢，草頭紅點踏青鞵。

遊絲無影絮無聲，畫裏看春一愴情。叵奈江南今夜客，黃花白雁赭圻城。

【校記】

〔一〕 據錢批本及十二卷本補。

五六七言各一絶題寶意課子圖〔一〕

一區楊子宅，萬軸鄴侯書。不復愁蝸殼，惟堪作蠹魚。

陶令難忘責子，謝公常自教兒。此閒讀書最樂，有竹有山有池。

阿翁十載直鑾坡，中秘應知校録多。天禄最傳名父子，藜光重與照編摩。

【校記】

〔一〕 十二卷本未收此詩。錢批本收第二首，題爲『題寶意課子圖』。

題林良九鷺圖〔一〕

瑟瑟空江煙霧滅，風漪百頃鋪纖葛。漁叉不響欸乃空，忽下前灘幾堆雪。畫工之畫真化工，水禽不與陸禽同。直從第一數至九，一一變相無一偶。寫秋更得秋性情，色是秋色聲秋聲。插頭或作陂塘夢，引吭或效鴉軋鳴。戲水或孤颺，啣魚或雙行〔二〕。或狀孤高類野鶴，或矜娟秀如春鶯。疎雨欲來蓮葉暗，小洲初落蘆花明。良乎良乎爾從何處得此態，髣髴金沙港口停船對。竹篙撐動忽驚回，飛上青天與人背。又記富春江上挽舟時，一行遙下嚴光祠。漁梁無人曬還浴，斜日微風吹釣絲。眼前好景盡不得，脈脈篷籠空歎息。今朝見畫憶前塵，惆悵雨簑與煙笠。絹素漠漠開湖瀧，驀然幽夢飛吳艭。醒來卻臥空堂裏，涼月一庭秋滿江〔三〕。

《浙西六家詩鈔》評：『筆筆凌空，不著呆相，勢如雪花落地，遇方成圭，遇圓成璧，多有天趣，有如此題畫詩，轉嫌虞趙諸賢盡守株矣。』

【校記】

〔一〕十二卷本繫於乙丑年。

〔二〕啣，錢批本及十二卷本作『銜』字。

〔三〕『眼前』八句，錢批本及十二卷本無。

晚登赭山望蟂磯〔一〕

蒼然遠林際，微陽澹將沒。望塔升巖椒，夕霏漾城闕。回首橫大江，千山立如笏。削面生危磯，微茫但一髮。石穴宅老蛟，渾波中汩淈。千秋靈澤祀，足以鎮峭崒。南北昔割據，疆土日侵伐。孫郎人中雄，有妹亦英發。噩夢驚鑾江，一哀遽埋骨。赤烏久湮淪，齊梁亦遞歇。君看竹上淚，斑斑幾時竭。何不配二姚，鑱石刻雙碣。孤嘯落西風，寒潮迴難越。

【校記】

〔一〕錢批本及十二卷本未收此詩。

尋吳波亭故址不得〔一〕

殘照半江楓樹明，江頭信腳踏秋晴。雁行飛盡楚山碧，古月一輪千里横。

【校記】

〔一〕十二卷本未收此詩。

蕪湖懷古二首〔一〕

丹陽餘派古宣州，六代都矜此上游。但是英雄爭王氣，何曾割據到江流。稍看樓閣浮靈澤，尚有風雲黯石頭。惆悵湖陰諸俠少，還調舊曲譜箜篌。

白雁黄雲落照横，江山無恙慰經行。潮頭暗齧王敦墓〔二〕，嵐氣晴飛謝尚城。畫鷁宫袍虚古月，寶鞭駿馬只殘營。酒酣不盡興亡感，忍聽當年詠史聲。

《浙西六家詩鈔》評：『不寫虚景，通體典切。可作地志觀。』

【校記】

〔一〕詩題，錢批本及十二卷本作『蕪湖』，第一首未收。

〔二〕齧，錢批本及十二卷本作『囓』字。

寶意之皖城卻簡四絶句〔一〕

關門霜壓一繩鴻，帆脚西風换北風。聞道皖公多釀酒，遲君醉面映丹楓。
黄花官馹鼓鼕鼕，瀟灑船牕玉兔昇。看煞開元李供奉，錦袍烏帽下金陵。
石樓過雨佛頭青，四洞三峯展翠屏。若訪喬公舊時宅，濃螺一簇秀英亭。
閒曹長占好山川，琴匣書囊載滿船。賺得江行詩一卷，俸錢衹好辦吟箋。

【校記】

〔一〕錢批本及十二卷本未收此詩。

江上送秋同寶意賦四首〔一〕

芙蓉飄盡楚江涯，僂指西風默愴懷。橘柚經時寒欲墮，雁鴻久住信長乖。乾坤易得三秋老，湖海還招一客偕。見説梅花開嶺路，小春歸去亦差佳。時余將返嘉禾〔二〕。

西風冷與北風交，斗覺新寒警屋茆。黄葉村邊單騎遠，暮潮江上亂碪敲。艸枯但見盤饑鶻，湫冷還憐凍蟄蛟。南浦已無魂可黯，重攀衰柳出荒郊。

晴雲不定雨雲參，無那烏嘑送曉驂。紅柏如花明古馹，濃霜似雪急寒潭。腰圍減帶空香艸，鬢髮添星上玉篸。二十五聲寒漏永，殘燈猶照宿江南。

吟魂欲絕首頻搔，在戶蛩聲慘不囂。瞥見佳人去空谷，未妨名士讀離騷。平生涕淚因君盡，向後風霜入夢勞。想在瀟湘洞庭際，寒雲遮斷楚山高。

【校記】

〔一〕詩題，錢批本及十二卷本作『江上送秋同寶意賦』，第二、三、四首未收。

〔二〕錢批本及十二卷本無注。

疊薄遊韻三首酬寶意贈別之什〔一〕

十月梅吐萼，小駟寒香吹。白駒駕言邁，繾綣還縶維。重惜故人意，磬折未遽辭。賤子拙生理，出處寡所宜。天雲弄暄暖，高情實匪羲。匪苦生太晚，但恨見較遲。感深翻無言，沉沉人心脾。離別不足道，報君白首期。

屢申陟岵情，良慕循陔潔。盛年衫尚青，我父頭已雪。為此眷庭闈，未忍長遠別。歸鞭拂洞庭，林橘懸如血。濃霜壓宵寒，落葉掃秋熱。彈指感昨今，如何緩行轍。望雲清夢單，撫劍寸腸烈。思親更念友，雙淚灑寥泬。

白珩本韞楚，純鉤亦鑄吳。陸離攬長佩，志欲壓萬夫。明堂未可獻，饑寒道路趨。顏低氣愈下，摧折成今吾。感君重拂拭，骯髒不能無。漢南感衰柳，窮士歎寒蘆。臨歧荷贈言，駑馬慙馳駈。明德庶努力，折節辭酒徒。

【校記】

〔一〕錢批本及十二卷本未收此詩。

寶意送至江干風便遂行〔一〕

瓺瓺白日短，漠漠寒雲匝。依依別袂分，浩浩風潮合。悽悽估船隨，汎汎漁篷雜。坎如鼓馮仁，中流怒鞺鞳。蒼茫矢商音，吾唱誰與答。回望識舟亭，已失臨江塔。

【校記】

〔一〕十二卷本未收此詩。

將歸嘉禾留別寶意〔一〕

英瓊繡段疊還重，一月中江忽舊蹤。霜露空山須暫去，雲龍萬里會相從。論心合似乳投水，鍊句精于金在鎔。誰識燉煌杜法順，華嚴字字暢禪宗。

【校記】

〔一〕據錢批本及十二卷本補。

太白樓觀蕭尺木畫壁歌

太白樓橫楚江曲，太白樓中雲滿屋。蒼然四壁嵐嶂稠，誰其畫者蕭尺木。蕭生當時才第一，元氣淋漓世無匹。興酣走上牛渚磯，獨對江山自搖筆。大筆為山小筆樹，九點煙光蕩朝暮。天柱石廩堆嶜岑，耳邊噭噭清猿吟。峨嵋雪，匡廬瀑，砰訇照曜紛參錯。方丈之室羅萬里，直擬騰身出寥廓。李白本是湖海人，壁上之畫皆身親。死後丹青作供養，要使靈物呵護千秋新。即今盛世煙塵息〔一〕，前度繁華淚霑臆。乾坤絕勝此樓中，何用長江限南北。嗚呼蕭梁李唐今莫存，詩才畫手人共尊。誰遺蕭生更金鑄，磯頭配食兩王孫。

《浙西六家詩鈔》評：『氣勢浩瀚，筆力遒健，此為集中經營慘澹之作。』

【校記】

〔一〕『盛世』，十二卷本作『海宇』。

由娥眉亭北下得小逕入然犀洞是採石最勝處〔一〕

西上娥眉亭，更下路如綫。側身緣磴棧，呀然洞門見。何知水怪窟，今為香火院。推窻凌險絕，欄檻壓江面。孤根蟠虛無，俯睇足雙戰。發興屬幽曠，久玩倍清善。皛皛澄冬曦，一匹謝公練。還期看月來，江流一杯嚥。

【校記】

〔一〕 錢批本及十二卷本未收此詩。

阻風烈山〔一〕

浪花高似戍邊樓，怪爾無情也白頭。曾是娥眉亭下客，横江津吏勸停舟。

【校記】

〔一〕 據錢批本及十二卷本補。

長干送人還山左〔一〕

客中無那又離襟，寒雁分飛底處尋。烏榜東行風浪惡，蹇驢西去雪霜深。五湖鮭菜思歸夢，三晉雲山惜别心。愁絶長干舊時曲，不堪重唱渡江吟。

【校記】

〔一〕 據錢批本及十二卷本補。『山左』，十二卷本作『山右』。

登報恩寺浮圖

入天八萬四千塔，誰其造者阿育王。江南經始康僧會，赤烏建立名堂堂。薩訶重建自典午〔一〕，舍利爪髮傳蕭梁。前朝永樂製九級，龍宫海藏同輝光〔二〕。天風扶我一登眺，長干萬戶連千檣。蹭蹬力窮九天際，直駈六合收兩眶〔三〕。岷峨之𧿹氣葱欝，四面屏障森堵牆。大江一綫逝東北，前淮後湖環陰陽。虎龍蟠踞雖得地，英雄割裂無完疆。豈若隋唐大一統，直以彈丸當荆揚。嗚呼勝國之社亦邱壟，安用六代論興亡〔四〕。如來涅槃矧千劫，靈物埋瘞誠荒唐。東南佳麗飾娱戲，雕闌玉碣攢𧀲房。琉璃瓦映紫瑪瑙，薤葉字照金琳琅〔五〕。黄旗紫蓋俱已矣，空餘金地供翱翔。安得神僧捧刹入雲去，無令承平士女悲滄桑。

《浙西六家詩鈔》評：『王業銷沉，故宫闕已為灰燼，而浮圖獨存，徒供後人憑吊，無端設想，蓋亦視同戲玩之具而已。』

【校記】

〔一〕『赤烏』二句，錢批本及十二卷本無。

〔二〕前朝、龍宫，錢批本及十二卷本無。

〔三〕『蹭蹬』二句，錢批本及十二卷本無。

〔四〕『嗚呼』二句，錢批本及十二卷本無。

〔五〕『東南』四句，錢批本及十二卷本無。

雨花臺

朔風健毛骨，曉上雨花臺。初暘爛飛霜，千林白皚皚。名區愜曠抱，登茲百憂開〔一〕。牛首闕巃嵸，石頭鎮崔嵬。山川緬經亘，萬里錯盤回〔二〕。市聲隘闤闠，車轂殷如雷。豪俠相輻輳，實萃東南材〔三〕。豈曰大藩地，王氣所胚胎。紫髯人中龍，顧盼眞雄才。五朝遞發洩，宮闕日擴恢。帝王與嬙嬪〔四〕，骷髏今為灰。齒冷梁武帝，作佛信愚獃。回首眺臺城，亦復生蒿萊〔五〕。嗚呼靈光師，天花安在哉。寺門翳叢棘，蓮座滋青苔〔六〕。樵蘇交廣路〔七〕，孤鳥鳴聲哀。坐使懷古胸，抑塞成摧隤〔八〕。愁端極澒洞，長江正東來。

【校記】

〔一〕『名區』二句，錢批本及十二卷本無。

〔二〕『山川』二句，錢批本及十二卷本無。

〔三〕實，錢批本及十二卷本作『寔』。

〔四〕帝王，錢批本及十二卷本作『帝子』；嬙嬪，錢批本及十二卷本作『嬪嬙』。

〔五〕『齒冷』四句，錢批本及十二卷本作『回首眺臺城，作佛信愚獃』二句，無『齒冷』、『亦復』二句。

〔六〕『寺門』二句，錢批本及十二卷本無。

〔七〕交，錢批本及十二卷本作『失』。

〔八〕『坐使』二句，錢批本及十二卷本無。

天界寺

翠合潛宮地，雲荒講法臺。閣曾天女貯，龕為佛牙開。碧玉銷空澗，蒼松蝕古苔。好詩須琢煉，一問泐師來。

瓦官寺〔一〕

閣自蕭梁舊，流傳幾劫過。羊車輪一去，石碣識如何。門倚長江白，臺荒夕照多。難憑虎頭筆，更寫病維摩。

【校記】

〔一〕錢批本及十二卷本未收此詩。

秦淮雜詩十二首〔一〕

廿四航低夜柵秋，緐華霎眼只空漚。不如舊曲清溪水，猶入秦淮一處流。

東南佳麗揔銷沉，翠柳輕煙賸斷碪。眼底霜華霏舊院，誰家十二擁釵金。

齊梁豔質化榛邱，掩袂離聲一夕休。敲盡殘鐘百八乳，亂雲遮斷景陽樓。

豔曲朝朝夜夜心，青溪嗚咽怨韓禽。井欄尚沁臙脂色，要與春花鬬淺深。

怪底青溪大小姑，春祠簫管沸村巫。後庭遺響羅幃在，神女箜篌事有無。

漫憶金城柳十圍，六朝松石亦全非。唯應淮水東頭月，曾照金華宿蔡妃。

試院東西酒旆多，潘妃店肆較如何。吳兒一曲晴絲裊，也勝華林子夜歌。

渡頭寒月上朱門，絲肉聲邊笑語溫。千載秦淮流恨水，不關桃葉共桃根。

薇露盈盈碧透衣，南塘勝賞合嬙妃。紅羅南畔餘殘艷，待看春風一半歸。『桃李不須誇爛漫，已輸了春風一半。』李後主《紅羅亭賞紅楳》，韓熙載所進詞句也。

長干寺口抹斜陽，朱雀橋頭下夕霜。為語春來雙燕子，烏衣馬糞例尋常。

舞罷驚鴻斂翠眉，曲中煙月海桑移。楊花厚處春陰薄，惆悵徐姬刼後詩。『楊花厚處春陰薄，清冷不勝單袷衣。』明《金陵曲》中徐姬句。姬早死，徐昌穀有詩吊之。

紈扇桃花細字明，黑頭江令見須驚。瓊枝玉樹根長在，觸着東風會卻生。

《浙西六家詩鈔》評：『瓊枝玉樹，是舊詞頭，用得如此新鮮，聰明絕世。』

【校記】

〔一〕詩題，錢批本及十二卷本作『秦淮絕句五首』，收本詩第三、六、七、十、十二首。

靈谷寺〔一〕

群峰脱木見龍蟠，行盡松陰湧戒壇。書畫光淪花雨寂，鶴猿聲斷飯鐘寒。遡思赤米禪多味，頗笑黄粱夢不歡。驢背蔣陵看漸熟，何妨便着縠皮冠。

【校記】

〔一〕據錢批本及十二卷本補。

紗帽洲

夕逗草鞵夾，曉傍紗帽洲。日氣蒸廣川，煙光青浮浮〔一〕。雲屯襄樊賈，千艘抗飛樓〔二〕。明妝大堤女，挾瑟吳趨謳〔三〕。嚴關遞防護，大吏煩持籌〔四〕。財賦待轉輸，利盡東南州。足知米鹽細，與國為戚休。吁嗟孤飛鴻，江海徒浮游。

【校記】

〔一〕『煙光』句，錢批本及十二卷本無。

〔二〕『雲屯』二句，錢批本及十二卷本作『襄樊賈千艘』。

〔三〕挾，錢批本及十二卷本作『賨』。

〔四〕護，錢批本及十二卷本作『設』；大，錢批本及十二卷本作『小』。

丁辛老屋集卷五

甲子

雨中同人飲煙雨樓五首〔一〕

灑來鳩婦雨雙髩〔二〕，吹殺鸕鷀風滿船。眼見南湖緑如酒，爭教不費典衣錢。

清明去我又三日，檢點春光無一分。都被營巢燕銜去，如何轉要駡東君。

幾疊煙波幾曲塘，畫欄次第得風香。菜花幸不傷冰雹，賸看湖南一棱黄。

雨歇連村萬緑明，最〔三〕深枝上坐文鶯。江南如此好天氣，俗殺鈿車但碾晴。

蔬筍尊前覆一觴，了無蠭蝶到閒房。相於禪榻茶煙外，未要天花作道場。

【校記】

〔一〕　詩題，錢批本及十二卷本作『二月二十五日雨中飲煙雨樓四首』，第五首未收。

〔二〕　髩，錢批本及十二卷本作『鬢』字。

〔三〕　最，錢批本及十二卷本作『冣』。

上巳日雨中重過煙雨樓四首〔一〕

十日不出花又殘，尖風密雨作春寒。暗中似水流年逝，卻被垂楊冷眼看。
今年不澈春愁惱，重向兒童社裏來。況乃水邊逢袚禊，絮飛花落罥流盃。
十五女兒腰太弱，裁將綠綺障江南。墻東繡毬上番碧，濕霧一堆高自含。
負來畫鼓鼕鼕響，爾亦逢場作戲人。儘着花風吹現在，不防壚女記番巡。

《浙西六家詩鈔》評第一首：『淡淡著筆，卻有無限感愴。』

【校記】

〔一〕　據錢批本及十二卷本補。

初夏同惺齋弟讀書石舟山房雜興五首〔一〕

攤飯過清晝，聽鐘度短宵。閒惟朋舊覺，貧豈性情驕。禮樂狂難撿，功名福詎消。人生老便歇，頭髮不須饒。
不信二三子，寥然爾與吾。桑麻閒自得，燈火影相俱。懶睡抛殘帙，狂吟缺唾壺。嚮來飛動意，此日不能無。

窻紙向人白，竹聲當面生。庭空惟有草，郭靜似無更。多病疎巾襪，閒居蔑姓名。老僧諳世味，早晚費將迎。

夢覺蝶無賴，雨晴鳩奈何。問天頻把酒，斫地一哀歌。計穩江湖拙，愁拋日月多。詩書爾何物，筋力竟銷磨。

數日雨難止，樹頭陰可憐。蝦蟇聲不去，蛺蝶影難前。聽説葉逾賤，問人蠶幾眠。乾坤寧負汝，衣食自年年。〔二〕

【校記】

〔一〕原題为『四首』，因據錢批本及十二卷本補入一首，共計『五首』，故改。錢批本及十二卷本作『初夏同家惺齋讀書石舟山房二首』，收第三、第五首。

〔二〕此首據錢批本及十二卷本補。

雨中過李養拙看杜鵑花〔一〕

今春多雨夏不絶，杜鵑聲盡催黃梅。道南道北泥滑滑，緑陰羃䍥青莓苔。興來自撐油竹傘，春波一曲雙扉開。主人延我西軒坐，紅光灩灩緐如堆。珊瑚木難暨火齊，五色照耀樓而臺。何年古帝之魂更化此，無乃胡僧移種從天台。房含琴軫有風韻，蕚舒燈欿羣驚猜。燿如扶桑掛朝旭，赤霞紫霧紛崔嵬。艷如瑤池暢春宴，千嬙萬妃相追陪。絳宮及紫闕，清淨無塵埃。翔鸞與舞鳳，毛羽爭毰毸。我初未見疑是人巧所剪刻，蜜蠭粉蝶何為來。花前應須大酩酊，一飲便傾三百盃。更買一疋好東絹，妙畫煩取濠梁崔。何時天公乞我晴一日，甫也遶花再拜還千迴。

【校記】

〔一〕錢批本及十二卷本未收此詩。

題清隱菴五絕句〔一〕

瑪瑙坡西水拍堤，一堆濃霧濕禪棲。諸君爛漫三旬臥，深卻門前沒踝泥。謂豫堂、蘀石、桐石。

開門竹柏遶欄新，綠到香龕古佛身。破衲老僧迎客慣，橋邊一咲摠前因。

山腳風來病骨梳，牀頭慵便整殘書。僧雛也懶敲寒磬，卻聽隣房打粥魚。

幾道奔泉竹裏號，外湖漲得酒船高。傳聞昨夜江門雨，怒湧靈胥十丈濤。

十年彈指去來今，一雨湖山入夢深。自向佛前理筇竹，可分忍力與秋心。

【校記】

〔一〕錢批本及十二卷本未收此詩。

曉雨〔一〕

徑作披幃起，微茫曉莫分。蟲吟先在戶，山意不離雲。涼覺絺衣入〔二〕，聲無藕葉聞。釣船如許借，蓑笠溷鷗群〔三〕。

《浙西六家詩鈔》評：『沖淡閒遠，自是王孟一派。』

【校記】

〔一〕詩題，錢批本及十二卷本題作『清隱菴曉雨』。

〔二〕絺，錢批本及十二卷本作『田』。

〔三〕溷，錢批本及十二卷本作『自』。

酬桐石

寒影蕭然簇一燈，雨峰應怪客來仍。稍緣病退秋情健，不為涼多酒力勝。小技文章那制命，中年須鬢欲皈僧。與君且話通宵雨，如此湖山捨未能。

《浙西六家詩鈔》評：『婉約其詞，情味倍出。』

七夕禁體〔一〕

兩頭纖月掛簷牙，青豆籬根露腳斜。新水盈盈橫遠盼，微雲薄薄覆輕紗。乍經秋後雨三日，有所思兮天一涯。最是單牀不成夢，夜涼索鬭女兒茶。

【校記】

〔一〕 錢批本及十二卷本未收此詩。

和舝石翁莊感舊四絕句〔一〕

秋花門巷響山泉，竹敗垣欹一愴然。只記近遊都恍惚，不堪數到十年前。

憑闌已失裡堤荷，酒琖抛殘涕淚多。最苦蓮心餘在口，鬧紅詩句不成歌。

成圍松桂漫凋摧，囑付園丁好更栽。昔未生鬚今禿髩，衹留白髮待重來。

西風殘夢在虛堂，忍得青衫一味涼。更為西湖留匝月，不能容易讓人狂。

【校記】

〔一〕 錢批本及十二卷本未收此詩。

同惺齋微雨入山〔一〕

小榜軋秋港，微陰帶殘鷺。沿堤荷氣涼，升岸竹光暮。孤花暗廢墟，老牧識歸路。村店四三家，亦各呼童孺。營營皆有托，我心獨無住。昏黑投深林，苔滑危兩屨。彳亍了無懽，蒼茫自成趣。回首渡頭煙，不辨煙中渡。

【校記】

〔一〕詩題，錢批本及十二卷本作『微雨入山』。

宿靈隱借秋閣〔一〕

老竹勁寒響，戛然動窻紙。好峯何處來，乃在茲閣裏。其西青蓮華，娙姹還並起。亭亭靜女雙，鎮日羅硯几。閣前十畝桑，秋葉光薿薿。其下種晚菘，畦塍妙經理。既足充齋廚，聊復沾客七。山僧驩我來，夜闌酒頻釃。一話泉壑佳，泠泠沁牙齒。東西置兩牀，寛然安襆被。月黑眾山宿，我倦亦知止。與子養雙腳，青鞵從此始。謂惺齋。

【校記】

〔一〕錢批本及十二卷本未收此詩。

登北高峰絕頂下憩茭光莽

西來千萬峰，一峰插成障。東南截門戶，獨與南峰兩。秋日韜陰霾，涼風灑清壯。取道靈隱背，穩縛屐一緉。稍上雲物殊〔一〕，漸升眼界放。為灣三十六，一灣呈一狀。賈勇登其顛，羣山辨背向〔二〕。騰騰逸奔馬，滾滾輪駭浪。翻防厚地弱，無乃青天妨。胸臆消宿搆，耳目愜新刱。一盃又一帶，誰謂江湖廣。了了見城郭，纖悉蟲沙樣〔三〕。嘅然南渡餘，龍鳳勢猶王。真宰偶簸弄，萬古遞得喪〔四〕。人心自不平，何用鏟疊嶂。美人亭北立，觀音渺西望。二峰名。蒼翠滴氛氳，爽氣生漭瀁。褎裒首前路，得奧乃緒曠。微逕下藤蘿，密竹成輩行。循覓獲僧廚，佳茗勝佳釀〔五〕。老僧話曩昔，四年拋一餉。憶夢了無痕，觀身悟為妄。陳跡須臾間，舊事復何況〔六〕。方池鑑毛髮，不覺潛惻愴。惟當祝短笻，後遊我或儻。

《浙西六家詩鈔》評：『造語既奧，見理尤深，浮淺人萬難夢見。』

【校記】

〔一〕『穩縛』二句，錢批本及十二卷本無。

〔二〕『賈勇』二句，錢批本及十二卷本無。

〔三〕『胸臆』六句，錢批本及十二卷本無。

〔四〕『真宰』二句，錢批本及十二卷本無。

〔五〕『循覓』二句，錢批本及十二卷本無。

〔六〕『陳跡』二句，錢批本及十二卷本無。

靈隱寺二十韻

一乳來天目，千螺擁地靈。山門標絕勝，祇樹矗青冥。鷲鳥鏇為座，蓮華堆作屏。旛幢興典午，牛斗映文星。碑版餘唐宋，江山在戶庭。浤荒蔣奇篆，塇剩理公銘。天與新膏澤，人還舊典型。璇題懸翠閣，玉輅駐莎廳。鼉鼓翻秋海，鯨鐘吼夜霆。琳宮春匼匝，玉署畫瓏璁。仙梵浮空韻，華鐙徧界馨。金階深洞府，貝闕窈巖扃。花雨闌扉落，潮音傍枕聽。竹梧翔鳳羽，雲霧宿窻櫺。雁序參差狀，蠡窩結搆形。威遲松逕紫，窅窱桂岑青。石筍探形勝，寒砂斸茯苓。何人還洗耳，過客偶繙經。人世同泡影，觀身孰醉醒。天香參鼻觀，同上冷泉亭。

【校記】

〔一〕錢批本及十二卷本未收此詩。

昌雨入靈山教寺循後坡上飛來峰頂還過寧峰精舍

信策轉東麓，數峰青糢糊。琤琮耳鳴玉，濕翠霑裳襦。裊裊無根藤，靈鳥時一呼。法堂龕古佛，鍾離書有無。苔坡絡樵逕，一綫蟠縈紆。嵌空閱巖洞，光澤如女膚。庚庚縠紋細，瓣瓣蓮華敷。甘露濡其蕚，醴泉流其趺。竅穴罕寸土，羣木攢根株。千年倍靈異，秀色難形摹。秋深茅葦盛，騰身入荒蕪。

神尼塔面立，中洞惟空模。延首眺北高，雲氣遮雙矑。仄逕益難取〔一〕，力爭猿狖趨。山花落巾屨，香霧承眉鬚。北下漸平坦，亂澗凌雕菰。西峰稍澄霽，夕靄紛枉塗。精舍三四間〔二〕，深小同艖艄。盃茗坐餉客，甘美勝醍醐〔三〕。老僧顏狀古，身與飛來孤。明當挈子遊，導我登浮圖〔四〕。

【校記】

〔一〕「雲氣」二句，錢批本及十二卷本無。

〔二〕精舍，錢批本及十二卷本作「靜廬」。

〔三〕「盃茗」二句，錢批本及十二卷本無。

〔四〕「明當」二句，錢批本及十二卷本無。

白衲葊在萬竹中〔一〕

飽飯捫其腹，登山健生翮。半里入蓁篁，照我衫袖碧。澗曲闖單扉，馴犬喜幽客。螺逕恣盤紆，蝸廬遞開闢。沙彌善吳語，短髮尚覆額。前行升佛閣，茶話脫巾幘。亭午牕牖明，綠陰灑狼籍。樓吞海日紅，衲吐山雲白。二句壁間聯。曠然邃古初，緬與塵世隔。無言得要妙，默坐鎮荒僻。寄謝巢居子，浮名信何益。

【校記】

〔一〕十二卷本未收此詩。

石筍山房觀石筍峯〔一〕

一啜金沙泉，肌骨頓淒爽。灑然趁松陰，一步一清朗。山僧架崖厂，結搆頗幽敞。屋後逕如絲，一峯峭已仰。漸升摩其尖，驟覺纖纖長。靈根所欝蟠，元氣費培養。千年同一春，萬竹莫與黨。觀其出土姿，已盈數十丈。如令布枝葉，見汝拂雲上。惜哉湖州畫，磨滅不共賞。空懷祖無擇，結莽聊獨往。

【校記】

〔一〕 錢批本及十二卷本未收此詩。

重過靈山教寺訪三生石還坐普安禪院

今秋晴最久，既雨亦未歇。涼風蕩陰靄，稍復整巾襪。陂陀踏舊跡，重搜霧煙窟。披葛見危亭，循坳露荒凸。澤公精靈遠，三生事恍惚。惟餘方思道，鐫石落山骨〔一〕。旁一石上有『正德庚辰人日方豪汪暉陳直自靈山來』十六字題名。浮生故安排，取悅在倉卒。苦辛求去來，徒使現在闕。男兒身可惜，珙璧慎膚髮。奈何狥身後，夢幻迭窮訐。我渴正思飲，為我煨榾柮。莫信須婆提，慈門有津筏。

【校記】

〔一〕 石，錢批本及十二卷本作『名』。

循西麓入雲岫莽東至洗耳泉稍上得呼猿洞遂登飯猿臺

密樹綠含雨，振策雨墮帽。渡谿踏鳴泉，遂窮西南隩。行跡尋樵擔，炊煙辨僧竈。坱圠入深塢，路藉沙彌導〔一〕。泫然水一方〔二〕，中有孤雲倒。巢許骨為土，茲泉名更冒。蹭蹬升小阜，蕪穢不可埽。古洞隘而窪，刻劃若新鑿。山僧昔愛猿，蓄養類伏菢。好事魯使君，小物亦戀嫪。荒臺浩古風，雙禽晚鳴譟。淙流落石齒，霽翠展雲縞。期君抱素琴，一彈猿鶴操〔三〕。

【校記】

〔一〕『行跡』四句，錢批本及十二卷本無。

〔二〕泫，錢批本及十二卷本作『泓』。

〔三〕『期君』二句，錢批本及十二卷本無。

度楓樹嶺下瞰天竺寺薄暮由南麓冒雨歸靈隱〔一〕

往尋楓木塢，遂登楓樹嶺。官路龜背滑，僧舍蠭房靜。羣峯若螺旋，結搆螺殼頂。一一填青紅，堂堂肅莊整。規模儗帝王，供養傾邑井。要令雨暘時，毋使禾稼眚。聊爾狗愚民，庶以樂四境。比邱昧聖化，飽暖不自省。百年遞荼毘，空煩五丁儆。男兒生戴髮，冠裳辨首領。仁義蹈周孔，肯復惑嚮影。

裵㝗下南麓，雲氣積俄頃。暮色更飛來，蒼然滿衣冷。

【校記】

〔一〕十二卷本未收此詩。

曉坐借秋閣看諸峰出雲

一峰頂稍白，數峰狀忽改。初疑絲引縷，漸若絮蒙綵。出岫浩茫茫，騰天紛皚皚。糢糊翠半昏，爛漫雨姑待。崇朝遍瀛寰，膚寸信非紿。山行需晴色，濃陰迺加倍。得此心眼娱，兀坐未吾悔。

由上天竺南麓度郎當嶺少憩關嶺下雄鷲頭過梅家塢數里行竹樹泉石中入洗心亭遂至雲栖寺坐寺後小亭還過天竺值雨〔一〕

晨起斷簷溜，日漏東南峯。屐齒厲前麓，窈窕開雲封。欲識古佛面，屢逐樵人蹤。登頓上嶺脊，股慄支單筇。旁有泐石礙，前有荒榛壅。羣峯若列眉，奔輳蕩我胸。嶺勢不肯平，數里迴且重。稍下腳力健，絕跡雲風從。灣環遶芳塢，籬落喨寒蛬。略彴跨鳴澗，腰鐮見山農。黄雲漸刈割，比舍聞簸舂。竹樹曠延賞，鬖𩭹聯衣縫。碧光團演漾，虛籟流琤琮。泉上洗我心，剨然聞清鐘。徑造蓮公室，几簟罕塵容。念珠一百八，舍此無機鋒。淵源祖師嫡，南北奚分宗。散步入幽篁，長嘯蔭高松。低回出雲壑，齋鼓撞硠隆。莫尋舊行跡，老蘚披昌丰。回瞻翠微裡，滃滃秋霧濃。怵惕巖下潭，亭午飛蛟龍。遵塗逾坱圠，襟上涼雨衝。前山更洗出，朵朵青芙蓉。

【校記】

〔一〕錢批本及十二卷本未收此詩。

靈隱禪悅詩二十二首 並序〔一〕

雨坐借秋閣，與明上人話靈隱名僧，自理公以下各係一絕，非頌非偈也，甲子八月二十有八日。

慧理

西來有鼻祖，身是達摩嫡。靈鷲任飛來，荒巖長燕寂。

曇超

虎兕不避眼，風雷詎驚耳。解識祖師禪，七里灘弟子。

守直

至人乘如來，亦復乘如去。瞥然一丈光，消歸定何處。

慧琳

毗曇有孔子，勝力稱菩薩。因知白舍人，晚歲方解脱。

鑑空

食棗大如拳，了然同德寺。願乞一方鑑，照取今生事。

智一

但登飯猿臺，緬思白猿梵。欲破文字禪，長嘯亦應懺。

無着

一往禮文殊，頓易心口面。無嗔本無着，跏趺白光現。

冲元

斥鷃巢我衣，甘露灌我口。請看宗鏡録，宗旨任君取。

清聳

滴滴落眼裏，乃在華嚴經。風寒雪復下，盲俗何由醒。

契嵩

月明喜獨行，肯學大梅老。原教十萬言，鐔津庶知道。

圓智

明豈中秋月，光寧照世珠。此夜一輪滿，清光何處無。

慧光

山示清淨身，谿演廣長舌。芭蕉葉上雨，白戰無寸鐵。

瞎堂

一口吸西江，鐵舌本超妙。齒冷面前花，乃是佛草料。

道濟

法華本來風，酒肉何妨禪。法門甚廣大，豈不容一顛。

居簡

青紅絕塗染，花鳥自成春。誰知參寥後，詩話更驚人。

懶莽

般若光明中，萬象鏡於此。欲識師家風，梅花春雪裏。

最莽

意中無苦甜，眼中無虵虎。一棒擊虛空，五五二十五。

松源

肘後懸靈符，頂門具正眼。來去本無所，蓮花舌頭產。

妙峰

見說與行用，請看拄杖子。一綫起禪宗，都在鼻孔裏。

道冲

祇餘一雙手，欲爬諸方癢。菜園底願借，金陵自長往。

元叟

寒拾有里人，了了無去來。冰河燄自發，鐵樹花長開。

易菴

萬法總歸一，一復歸何處。古澗月為心，青山雲不住。

【校記】

〔一〕據錢批本及十二卷本補。

遊虎跑寺次坡公韻〔一〕

秔稻連村橘柚香，暫來心地得清涼。穿階泉眼靈源活，掃笠松毛翠影長。竈下點茶煩長老，世間醒睡有良方。莫教南嶽重移去，留取他時更細嘗。

【校記】

〔一〕坡，錢批本及十二卷本作『蘇』。

登六和塔下循江岸西行入徐村尋九谿十八澗遂至理安寺〔一〕

奇觀偉江海，幽探愜林壑。梯危接飛雲，凌波采芳若。亭午東南風，潮聲暗驚薄。滾滾迅吐納，元氣盛包絡。三折曲江曲，大哉神禹鑿。越山青攢攢，高下亘嶃咢。遙指西興渡，霽景豁村落。碕岸紆跼步，秋汛很劖削。山坳轉平曠，秉穗紛刈穫。淳樸固其俗，亦藉豐年樂。清飈蕩浮靄，激激水聲作。町畦足灌注，淙流尚回錯。狹者壅亂石，寬亦橫小彴。當其水勢盛，欲渡仍返蹻。逡巡揭單裳，次第赤雙腳。泒別知同源，澗溪詎云各〔二〕。屢入溯幽阻，峰峰迸蓮蕚。馣馤逗茗花，含姿何綽約。美竹露珊骨，鏗然隕寒籜〔三〕。斜照漏杉逕，微鐘歇雲閣。邈思前度遊，顔鬢感今昨。當流漱齒吻，奚必江水酌〔四〕。

【校記】

〔一〕錢批本及十二卷本『西行』後有『約三四里』四字。

〔二〕『逡巡』四句，錢批本及十二卷本無。

〔三〕『美竹』二句，錢批本及十二卷本無。

〔四〕『當流』二句，錢批本及十二卷本無。

山中雜詩八首〔一〕

十日住山五日雨，山靈與我猶緣慳。差餘一事强人意，盡日窻中列翠鬟。

初旭微烘射旭洞，綠雲濃抹歸雲莽。直須買斷翠微路，築室虎林山澗南。

逶迤一逕入雲深，九里松無一寸陰。題牓緩將金飾字，種松人合鑄黄金。

靈鷲金身竟墓田，麒麟新塚亦頽甎。君看無着禪師塔，劫火消沉五百年。

茶井煙埋長綠蕪，東廊醮筆也從枯。江潮海日休高唱，防有詩人駱義烏。

繡得心經護法門，本家功德逮雲孫。黄羅扇子都煙滅，卻話閻妃有菜園。

門對高峯翠黛斜，餅壚酒肆小人家。空林法鼓飄香雨，開遍山門野草花。

橘香酒熟傍山居，一字頭巾跨蹇驢。十二迴看應未足，傲他守郡白尚書。

《浙西六家詩鈔》評：『馬小眉曰：似王半山。』

【校記】

〔一〕詩題，錢批本及十二卷本作『山中三絕句』，收第二、六、八首。

匏村招同湘客柘坡厚石桐石集獨樹齋分韻二首〔一〕

亥月風初冷，申時戶早扃。已看賓作主，只許醉無醒。出處情何隔，江湖話所經。蓬根憐暫合，索向一燈青。

吾縱不得意，詎歌行路難。諸君同酒盞，一咲脫儒冠。陶令鞠松在，孟郊天地寬。劍鞘寒自把，未便與人看。

【校記】

〔一〕詩題，錢批本及十二卷本作『陳匏村招同茅湘客徐鴻泉萬柘坡汪厚石桐石集獨樹齋』，本詩第二首未收。

厚石兄弟招同湘客柘坡匏村集小方壺以事不赴諸君有詩見遲奉同原韻兼柬擇石德清[一]

州東前夕懽過從，郡樓急鼓寒鼕鼕。冷朋無事會宜數，邀我更聽東塔鐘。塵事牽覊足若裹，恨不相隨東野龍。諸君轟然叢一咲，作詩皆道尋無蹤。前于後禺出金石，粲若東序陳鐘鏞。而我不到亦可矣，衛風何復論邶鄘。於時小雪已過大雪近，窮巷失意情惺忪。殘氈蝟伏忍饑凍，縱一弄筆頽無鋒。人生不得行胸臆，雖壽百歲知何庸。頭巾於我何有哉，曷不改計工而農。朝吟暮唶太無謂，韡紋換卻冰雪容。思與諸君共酩酊，琥珀光凸琉璃鍾。極知斷酒辭酒伴，怕以醒眼觀殘冬。君不聞，相如親着犢鼻褌，滌器甘作酒家傭。由來識字劇憂患，我輩何法逃閔凶。可惜公車太局促，謂柘坡。騷壇莫續偏師攻。不然招共錢擇石，臘釀重擘黃泥封。

【校記】

〔一〕錢批本及十二卷本未收此詩。

偶作疊韻二首[一]

身留窮骨硬，衣肯淚痕斑。秋水無餘味，梅花只此顏。低頭終不忍，斂手竟成閒。便儗山中老，將心託翠鬟。雪泥空着爪，雲霧信藏斑。碧草自春意，青松無世顔。彈琴不適俗，種菜且耽閒。鎮傍菱花鏡，高梳一尺鬟。

【校記】

〔一〕錢批本及十二卷本未收此詩。

雨夾雪詩次桐石韻〔一〕

雨師鞭玉龍，萬瓦幻鱗甲。向夜何紛然，拉雜更相夾。出手戶急揵，舉頭天徑壓。耳根滴無情，眼角白一霎。城空逋尾烏，灘靜下嘴鴨。小鼎藥漫溫，短檠燭孤插。肩背恍潑水，緜絮任裝袷。簷凍想為釵，鑪紅微映筴。趣兼聲影絕，意與衾裯洽。矮屋儼漁篷，幽夢落清霅。作繪那成圖，銷寒別無法。市酤釃可醉，惜少銅錢恰。

【校記】

〔一〕錢批本及十二卷本未收此詩。

題畫蝶〔一〕

春到江南巧弄姿，一雙瞥見草頭時。別枝花好還飛去，漫道韓憑卻化為。

【校記】

〔一〕 據錢批本及十二卷本補。

乙丑

將之永嘉酬別擇石三首〔一〕

夜雨催征艫，楳花別故城。江山看老大〔二〕，衣食豈聲名。碧海雙萍闊，青天一雁橫。愁心懸去住，之子獨深情。

將軍原好禮，經義舊名齋。謝客相依好，池塘小住佳。文章羈旅得，泉石性靈諧。師友前賢是，千秋亦我儕。

樂歲辭家數，春風上路偏。暫時還酒盞，明日即瀛壖。甘旨情難愜，江湖跡舊懸。男兒寧戀別，俯仰感中年。

【校記】

〔一〕 詩題，錢批本及十二卷本作『酬別擇石二首』，本詩第二首未收。

〔二〕 看，錢批本及十二卷本作『徒』。

獨遊西湖過清隱菴感舊卻簡葎石厚石桐石二首〔一〕

裏堤新草綠如緪，孤艇斜陽百感增。弱柳縈來遊子袂，老梅開與住山僧。牕前柏影長横檻，池面魚聲暖咬冰。證取前塵龕佛在，記聽蟋蟀剪秋鐙。

暄冷相違聚散乖，湖澨明日又江涯。淒涼茶版粥魚地，懊惱桐華竹實懷。尺水相望通尺素，青春應笑縛青鞵。永嘉亦是狂吟處，比得鄉山幾倍佳。

【校記】

〔一〕錢批本及十二卷本未收此詩。

江干阻風獨步至三一禪院

東風懔餘沍，寒雨作復止。停舸不能發，江山自清美。信腳尋鐘聲，雲氣濕巾屣。敲竹微鏗鎗，循陂還迤邐。小童將犬迎，病僧擁爐起。汲澗燒松丫，茶味馥吾齒。隔塢亂春禽，移晷聲在耳。簷際横楳梢，無言鼰其蘂。離情劇春草，於此不煩薙。

次茭道店〔一〕

一水穿官道，數峰環小村。趁虛人裹飯，畏虎客關門。夕照依林滅，寒鐙背雨昏。平生幾緉屐，欲共阮孚論。

【校記】

〔一〕據錢批本及十二卷本補。

縉雲道中〔一〕

吏隱山頭雨，吹來客袂低。夫容寒向北，碧玉淨流西。松密高藏狖，雲深靜唱雞。小蓬萊可到，笻竹更須攜。

【校記】

〔一〕據錢批本及十二卷本補。

桐江道中看梅花四首〔一〕

飽風颿席曳春雲，兩岸緐花次第聞。噴玉吹香十萬樹，推篷孤賞到斜曛。

一梭船小逐輕鷗，乘興看過九里洲。縱使黄昏無月色，鐙前還為亂鄉愁。

深林不辨鷺鷥飛，零亂迴風雪透衣。今夜羅浮香夢闊，清愁分付與江妃。

白沙翠竹數家村，風緊雲寒總斷魂。商略桐君山下泊，一尊相對欲無言。

【校記】

〔一〕錢批本及十二卷本未收此詩。

荆坑早發冒霧至桃花隘霧霽始踰諸嶺晚入麗水舟中

雞鳴村巷霜，蓐食起太早。徒旅燒竹前，登頓畏荒悄。晨光露熹微，眼界稍明瞭〔一〕。入隘已百盤，升嶺復千遶。俄頃生陰霾，惝怳失清曉〔二〕。乾坤一雲氣，混沌不可考。隔手迷背面，怵惕欲成懊。崖傾防一跌，性命實草草〔三〕。僕夫相叫呼，始聞鷹林杪。尋聲躋危亭，驚魂定稍稍。桃樹春未花，古洞遮窅窱。欲藏名山名，郵伴老僧老。坐待霧氣釋，遞進恣歷討〔四〕。檢點衣上雲，飛去忽縹緲。東峰霽旭嫩，半規吐新醥。照見萬丈深，兩股慄雙眺〔五〕。足知雷雨低，詎辨牛羊小。俯聆羣壑泉，琮琤細而嫋〔六〕。靛眛黑沈沈，麥畦青浩浩。村婦闔單扉，牧豎提寒篠〔七〕。邃想太古初，嗟彼生計少。棧曲賞莫延，磴滑足屢掉。怪樹陰可憐，黄茆盛難掃〔八〕。此實虎豹窟，何為輕嚼齩。同行四壯士，有力頗捷狡。手拔野麋角，箭破蒼鷹腦。擔書隨此曹，蓄眼定絶倒。聊供一咲樂，庶用散懷抱〔九〕。山形凸凹顯，堠勢隻雙表。翻思霧中行，糢糊自枯槁。腰脚無所惜，蹭蹬極深窈〔一〇〕。亭午到行店，麄飯腹且飽〔一一〕。平生慕奇險，茲嶺鬱天造。昔賢乘至言，比劍閣蜀道〔一二〕。顧惟坤輿大，五嶽若釘餃。設險制犬牙，所以奠俶擾。一夫守當關，寧煩矢折笴。今時屬太平，百歲樂翁媪。安用疊嶂為，鏟去真大好。徒寒逆旅心，回首尚深悄。口腹誠累人，輾轉相牽嬲〔一三〕。明登老鼠梯，急裝喚艫鳥。船名。

【校記】

〔一〕『徒旅』四句，錢批本及十二卷本無。

〔二〕恍，錢批本及十二卷本作『怳』。

〔三〕『崖傾』二句，錢批本及十二卷本無。

〔四〕『尋聲』八句，錢批本及十二卷本無。

〔五〕『照見』二句，錢批本及十二卷本無。

〔六〕『俯聆』二句，錢批本及十二卷本無。

〔七〕『村婦』二句，錢批本及十二卷本無。

〔八〕『棧曲』四句，錢批本及十二卷本無。

〔九〕『聊供』二句，錢批本及十二卷本無。

〔一〇〕『翻思』四句，錢批本及十二卷本無。

〔一一〕麁，錢批本及十二卷本作『麤』。

〔一二〕『平生』四句，錢批本及十二卷本無。

〔一三〕『今時』八句，錢批本及十二卷本無。

石門洞觀瀑布

山行畏猛虎，水宿恐風湍。自非展嘉眺，何以祛愁端。石門蒼壁起，古澗哀琴彈。渡澗信凌緬，入門屢回盤。碧菭媚新沐，綠篠韻微瀾。周行巒壑邃，逼視雲濤寒〔一〕。灑林珠貝綴，濺陂霧露溥〔二〕。千年未少息，萬仞〔三〕難究觀。不有雙崖闢，焉知此境寬〔四〕。孤亭餙玉磶，小彴絙朱欄。獨憩遡諸想，暫遊延清歡〔五〕。謝公不復作，碑石亦已刓。飛泉亮如昔，知音良自難。心緣遵事遽，跡為離塵單〔六〕。默慙巖下僧，疏飯無時看。

【校記】

〔一〕『周行』二句，錢批本及十二卷本無。

〔二〕陂，錢批本及十二卷本作『袂』字。

〔三〕萬仞，錢批本及十二卷本作『雙崖』。

〔四〕『不有』二句，錢批本及十二卷本無。

〔五〕『獨憩』二句，錢批本及十二卷本無。

〔六〕『心緣』二句，錢批本及十二卷本無。

丁辛老屋集卷六

過永嘉學舍贈虞道持二首〔一〕

廿載甌江上，靈光一老存。打頭妨屋瓦，強飯且盤飧。著述心原富，囏難道自尊。新詩鈔幾卷，排纂付兒孫。

海右來王粲，山中老鄭虔。鄉音團㕭口，茶味得蒙泉。孤嶼煙雲在，羅峯教授偏。千秋問前輩，入室許誰賢。

【校記】

〔一〕錢批本及十二卷本未收此詩。

永嘉雜詩同朱竹垞先生題二十首

松臺山

俄頃松頂雲，蒼然滿城闕。松根泉泠泠，萬古漱僧骨。

斜川

水響清於珮，峯横碧似笄。迎神賽貞女，不是浣紗溪。

青牛塢

石龜亦已泐，青牛沓何處。惟見夕陽中，提鞭走村豎。

春艸池

萬緑危樓壓，風微動早鶯。空餘芳艸色，日日唤愁生。

太玉洞

片石指三生，松泉冷還呷。欲尋華蓋君，導我餐霞法。

東山

簾幕紅樓靜，煙雲曉樹寒。閒坊三十六，衹在掌中看。

南亭

為看南亭雲，獨倚南亭樹。日暮不逢人，悠然自來去。

西射堂

謝公休暇日，於此緩囊琴。春風楊柳色，幾度變鳴禽。

北亭

日上早潮紅，日落暮潮紫。時有弄潮兒，身住潮聲裏。

孤嶼

笛響上方月，潮來三面風。羣峯羅髻影，收拾酒盃中。

謝客巖

艸荒巖下泉，苔蝕巖間字〔一〕。惟有白雲還，依依逗空翠。

花柳塘

春城嬉士女，面面受風溫。我亦看花出，來尋桃李言。

吹臺

笙簧冷不聞，琴語夜來歇。一霎松風吹，泠然天籟發。

吴橋港

幾曲平陽嶼，荷盤瀉曉珠。移船此銷夏，花外聽提壺。

白水漈

潭水落桃花，飛泉春不已。桃花去人間，春在石門裏。

斤竹澗

殷殷壑雷動，颯然襟上秋。當時空問渡，未到大龍湫。

瞿谿

谿澄飛鳥銜，樹濕浮煙積。飯罷午鐘撞，落花春寂寂。

華嚴山

江北山無數，芙蓉一朵青。摘將花瓣好，持寫換鵞經。

上戍渡

夷猶君不行，風浪公無渡。隔艛唱艑郎，同向沙頭住。

緑嶂山

溪聲千竹冷，窻影七峯交。繕性仍幽室，誰看蠹上爻。

【校記】

〔一〕 苔，錢批本及十二卷本作『菭』。

上巳日雨坐自遣四首〔一〕

藥欄黯黯溼鳴鳩，懊惱佳辰阻勝遊。那分遺鈿分遠客，小詩漫與祓清愁。

紅褌錦髻任春嬉，冷臥屏風看折枝。端正水邊三月面，更無人與近前窺。

嫩陰清淺弄輕寒，未許春衣換袷單。多事郡齋觴詠續，蘭亭泥向粉牆看。

不擬流觴共右軍，翻成入竹似文君。下簾坐到花梢夕，自撥爐中一縷雲。

【校記】

〔一〕詩題，十二卷本作『上巳日雨坐自遣二首』，第一、三首未收。

寒食日出遊用昌黎韻〔一〕

年華惱人如中病，三十六坊春轉盛。昨朝微雨阻清遊，苔檻風簾濕交映。曉來花氣酷熏人，倒屣顛裳與春競。難得清明連上巳，恰好羣賢繼高詠。葉底鶯兒露又藏，風前燕子斜還正。永嘉春色一年年，眼邊失去幾時更。故園風景黯相憶，海角飄零自知命。即時行樂猶難主，何況富貴天所柄。乾坤物色本無私，歲稔時和真可慶。江頭千人萬人出，酒肉墦閒悲且敬。村堤步步踏芳塵，香影牽愁路非夐。祈年賽願禁何益，從俗山來昔賢聖。『祈年賽願從其俗，禁斷無益反爲酷。』宋葉適《永嘉端午行》句。洞天羈客誰省記，漫解乾愁劇相併。偷眼蜻蜓覺艷陽，趁衣蝴蝶生情性。右軍祠下髻雲蒸，子晉臺前簫管橫。抽身野外蔭松竹，九點蒼蒼晚煙迸。花柳塘深迤邐還，雙湖淨綠揩寒鏡。清狂底用檥春詞，爛醉徑須嚴酒政。芳菲濃壓帽簷偏，酩酊馱歸馬蹏勁。醉尉憑呵莫近前，夜行自有將軍令。

【校記】

〔一〕錢批本及十二卷本未收此詩。

攜倪生對酒江心寺二首〔一〕

嫩日風潮穩，春衣少長偕。鶯花迎謝客，江海信天涯。院廢殘僧出，臺荒斷塔埋。衆山仍對酒，未要憶魚鮭。

孤嶼雲依棟，深林鳥避人。千秋還着屐，幾度此揚塵。戰伐空殘壘，登臨且暮春。暫停花下盞，稍候月痕新。

【校記】

〔一〕詩題，錢批本及十二卷本無「二首」二字，第一首未收。

江心亭謁文丞相祠〔一〕

碎身報主事辛酸，千載魂依御座寒。豪傑倉皇傾郡縣，江山痛哭奉心肝。陸張死去孤軍老，廣益扶來隻手難。遺恨題詩留片石，行人空剔蘚苔看。

【校記】

〔一〕錢批本及十二卷本未收此詩。

雜詠海物六首〔一〕

西施舌

一舸逐鴟夷，身沉尚留舌。試向酒邊聽，吴宫事能説。

珠蚶

當日盧尚書，錫名瓦屋子，誰知瓦屋中，風味乃如此。

香魚

銀花徑尺長，一月長一寸。也勝黄楊樹，三年還厄閏。

佛掌菜

吐葉海崖邊，揚葩春雨外。合十向如來，為君破酒戒。

鸜哥嘴

天然一寸味，無言反胎禍。何似語牕間，玉籠金鎖鎖。

紫鱭

誰憐白小姿，中有紅琥珀。微焙糝椒鹽，奚翅侑三爵。

【校記】

〔一〕錢批本及十二卷本未收此詩。

東甌王廟二首〔一〕

接壤無諸國，分茅異姓王。報讐還越祀，轉戰裂秦疆。氣直吞江海，功真定虎狼。東南思舊德，悽愴肅烝嘗。

忠順尊王朔，威儀侍漢官。乘時開艸昧，薄俗變荆蠻。玉座滋苔蘚，靈旗蕩日寒。風雲空緬想，過客但儒冠。

【校記】

〔一〕錢批本及十二卷本未收此詩。

春艸池上作

碧峯養餘靄，移入翠林晚。倒影浮空潭，光碎斜陽返。暝色銜春城，花香溢隣苑。緬昔山阿人，緤組空偃蹇。吟嘯罷彈琴，芳華幾枯菀。女樂無還姿，鳴禽有餘婉。陳蹟曠周旋，古情遞繾綣。彌望草連塘，迢迢夢中遠。

《浙西六家詩鈔》評：『清麗芊綿，殊有初日芙蓉風致，此真善學大謝。』

暮春郡東山亭雨望

林花即次欲成虚，走馬來尋細雨餘。翠涌山腰聲擊穀，柳搖沙嘴溼春鋤。白雲渺渺劉根隱，芳草離離謝客書。中酒江東春向盡，緼袍典去意何如。

苦濕三首〔一〕

海氣蒸茆楝〔二〕，泉源浸枳笆。細苔牆糝緑，薄霧晝籠紗。乍喜新晴得，俄聞猛雨加。煩他感羇旅，賈誼在長沙。唐張子容永嘉詩：『題詩報賈誼，此濕似長沙。』

三月無乾土，江東此漏天。篝微芸餅燄，書潤蠹魚涎。逐婦鳩聲隻，將雛燕影聯。人言晴色定，須過海榴然。

殢酒春陰裏，安牀屋漏中。那無鮭菜憶，轉益病愁攻。筆硯移還澁，鶯花夢併空。袷衣長棄皮，幾日試東風。

【校記】

〔一〕 詩題，錢批本及十二卷本作『苦濕二首』，第三首未收。

〔二〕 茆，錢批本及十二卷本作『茅』。

題明史後八絕句〔一〕

斗牛衣製上方鮮，沙市驚看淚點懸。黃虎不須題溷湢，督師聲價只三錢。
青羊宮闕塚嵳峩，艸殺中園可奈何。天意江山殘碎盡，緩飛一矢鳳凰坡。
麄糲千軍共苦辛，帳中三尺小腰身。誰教繩伎紅娘子，擄得佳兒更贈人。
寧州寧武力俱殫，西北東南積漸難。一臂湖陰措不得，將軍血濺葛衣寒。
仗鉞臨戎歎積薪，翱翔誰得保冠紳。鬚眉百萬同兒戲，空老忠州一婦人。
板磯新築慎防東。一夜江城火炬紅。三十六營含口血，可憐臨死負袁公。
漫咲君王不讀書，紅牙記曲未全疎。宮中狎客尋常見，萬歲嵩呼要避渠。
宮隣金虎毒侵尋，太息三朝釀禍深。南渡尚傳翻要典，扶危那復見東林。

【校記】

〔一〕詩題，錢批本作『雜詠明季事五首』，第二、三、七首未收。十二卷本未收此詩。

罌粟花前小酌

簾幕愔愔細艸薰，鳴鳩乳燕緩〔一〕斜曛。藉傾椰子三重酒，暫對麻姑五色裙。醉語漫教仍醒語，雨雲未許雜晴雲。青紅爛眼愁遷次，改席移燈總為君。

【校記】

〔一〕緩，錢批本及十二卷本作『正』。

初夏遣興三首〔一〕

小麥風初熟，黃楳雨易侵。無言過反舌，將乳坐紅襟。廨宇連雲溼，城隅際海深。閑閑養蠶月，可惜少桑陰。

春去林涵碧，晴歸草弄暄。飛蠅饑着桉，吠蛤喜當門。書櫝翻頻拭，醫方撿更論。病身自〔二〕料理，早晚慎涼溫。

山郭明於畫，煙廬小似蝸。奚童〔三〕拎紫鮆，少婦揀紅花。客面誰看熟，鄉音爾太譁。未緣遊屐懶，削跡到麏麚。

【校記】

〔一〕詩題，錢批本及十二卷本作『初夏遣興二首』，第一首未收。

〔二〕自，錢批本及十二卷本作『劇』。

〔三〕童，錢批本及十二卷本作『僮』。

食江瑤柱〔一〕

東嘉接島夷，擊鮮富海族。南產北交廣，陸輸每連軸。玉珧佳品最，本是蚌蛤屬。春深客寡務，閒繙海賦讀。夜廚聞剖割，早從食指卜。當其出網中，月魄乍離浴。欒成距三舍，健步遞何速。方法遵食經，急去殼削肉。瑩若掛簷冰，直想搔頭玉。活火無停烹，旋以薑箄續。脆膚照銀匙，雋味壓瓦屋。馬甲歌昌黎，車螯賦永叔。舉一或漏十，瑣細難盡録。此輩並麁材，何況雞豚俗。

【校記】

〔一〕 錢批本及十二卷本未收此詩。

永嘉四詠〔一〕

龍鬚席

細織龍鬚草，頻穿鳳眼梭。寒禁蘄竹太，滑奈渚蒲何。妥帖鋪方罫，青紅疊翠波。一重吾可坐，誰較侍中多。

竹絲燈〔二〕

碧篠批成紙，輕籠織似紗。細塗丹漆薄，密映鳳膏斜。眼小偏窺醉，風多自養花。誰家新娶婦，雙引六萌車。

雞鳴布

堂上慈親膳，江邊孝女魂。孱軀代兒婦，纖手徹晨昏。棉絮裝多煖，紅花染漸緐〔三〕。春深簾閣曉，重刷嫁時褌。

甌巾〔四〕

二尺甌江水，盈盈翦一方。從衡圍作格，朱碧粲成行。几淨敲碁可，春溫拭汗妨。封書憑寄與，別淚遠傳將。

【校記】

〔一〕「四詠」，原題作「二詠」，據錢批本及十二卷本補入二首，故改。

〔二〕　此首據錢批本及十二卷本補。

〔三〕　緐，錢批本及十二卷本作『繁』。

〔四〕　此首據錢批本及十二卷本補。

仙門湖觀競渡〔一〕

船牕面面卸斜曛，放出清眸刺水雲。蝴蝶一雙飛上下，石榴花底石榴裙。

【校記】

〔一〕　據錢批本及十二卷本補。

食蟛蜞稍過輒腹痛

呂亢作蟹圖，為種十有二。凡沙狗蘆虎，瑣細罔遺棄。茲物洵巨擘，稱首蓋有自。形橅資嗢噱，束縛連背臂。海鄉賤郭索，每食必充饋。輪囷赤玉盤，飽啖恣快意。牙吻風雨生，腸胃藜莧避。中宵輒作痛，呻吟不成寐。旁人怪且哂，攪破菜園地。道明昔渡江，爾雅偶誤記。蟛蜞遽烹食，委頓幾不治。老饕爾何為，亦坐口腹累。吾鄉八九月，菱熟蟹亦至。雙螯巨斫雪，職維左手司。季鷹未知言，顛咲鱸魚思。湖海雖不同，風味劇相比。曷為苦我腹，罪將廚人議。欲斷復不忍，聊用前言戲。

閩客餉生荔枝色香味俱不變飽啖賦詩用劉貢父韻

端明譜荔枝，品最江家綠。陳紫及方紅，嘉名亦耳熟。瀛海熾南風，連航駕飛屋。三日達匽江，篚致千顆玉。當窻解紅綃，芳漿噈詎足。溽暑緩蒸炊，炎襟破煩促。此物久充貢，屢受塵磕辱。五里突堠煙，一咲霽妃目。香味了不存，徒爾豔珍木。密樹沸蜩螗，齋盤飣苜蓿。青甆注井華，旋注旋撈漉。我生幸南產，寓食亦南服。百果盡奴滕，對此顏瑟縮。憑君補國史，梨櫻非我族。

春草池上納涼〔一〕

單羅衫扇入鷗羣，倒影山光漾縠紋。七八株松寒漏月，四三卷石峭生雲。靜觀空水蠲煩惱，踞對青天邈見聞。早雁明河耿秋思，涼炎不待詰朝分。明日立秋。

【校記】

〔一〕據錢批本及十二卷本補。

倪隨莽總戎述觀大龍湫五色彩虹之異率賦此詩〔一〕

鏗訇聞話龍湫水，似剪飛流千尺來。大暑迴飄空界雪，老僧寒聽四時雷。蛟虬吟入陰潭黑，螮蝀晴拖宿霧開。應怪東坡慳兩屐，但看海市起樓臺。

【校記】

〔一〕十二卷本未收此詩。

寄題鴈湖 有上中下三湖〔一〕

混沌初難判，乾坤勢亦齊。上中下湖碧，七十二峯低。蒓綫冷誰摘，雁王高自棲。詎那如宴坐，為問借雲梯。雁湖產蒓甚美〔二〕。

【校記】

〔一〕錢批本及十二卷本無注。

〔二〕錢批本及十二卷本無注。

古詩十首〔一〕

百年實寥廓，萬物各有營。蜉蝣寓旦暮，局促終何成。兔絲洵弱植，亦荷天地榮。依附願堅牢，蓬麻徒纏縈〔二〕。細娛愒目前，奈彼秋風生。

少年氣食牛，蹉跎日斂戢。常恐一葉身，嚴霜吹汝急〔三〕。盲人詎忘視，痿人詎忘立。託身非其時〔四〕，龍蠖同所蟄。亮乏青雲梯，階級安得拾〔五〕。

形軀宅憂患，貧賤實厲階〔六〕。革席臥無氊，土銼炊無柴〔七〕。鬻畚志亦苦，傭書時蹔乖。屠沽及奴保，窮餓甘長埋。一朝蒙拂拭，霽旭開深霾。邈哉參與憲，蓬蒿撩荒齋。金石聲天地，軒冕遺榮懷〔八〕。此意常廩廩，堅忍防參差。

人生樹頭花，飄瞥隨春風。或墜茵席上，或墮糞溷中〔九〕。灑削列鼎食，馬醫迺擊鐘。咄嗟圈中鹿，外美非中充。君看秉道士，坎壈纏其躬。天運苟如此，何復論窮通。

吾慕井大春，性不耐請謁。尚咲禰正平，懷刺空漫滅。聞絃識雅曲，坐傷夔曠歇。囀喉矢商音，音悲再三咽。所以貴知希，雅伸老氏節。便令熾紅爐，莫融寸腸雪。

蝨蝱限階序，終日常經營。重繭千里足，所得亦蝨蝱。男兒橫兩目，未緣口腹生。要當洞今古，玉女聽其成。不聞漢兒董，經術潤太平。曷為屑齒頰，乃與彼蟲爭。

卿門乃有卿，公門乃有公。斯言亦儓儗，未足論英雄。丈夫殖苦節，敻與山嶽崇。恩或感一飯，義不嗟來從。時運偶相值，變化雲而龍。無將晨夕話，例諸知音傭。君看甕牖底，有氣升如虹〔一〇〕。

孔子年始耆，乃傳名山業。蓋由涉世深，所以萬世法。後儒強解事，奮筆纍箋劄。斯人骨未枯，陳編已薪壓。那知窮愁言，千載部丁甲。虞卿亦人豪，無哂見道狹。

平生薄耳餘，刎頸徒深眷。亦咲李鄭輩，絲髮析恩怨。當其身名微，剖露肝肺善。一朝屬權勢，五嶽起心面。皇天富淫人，徐徐俟其變。吾無巧宦情，庶以免此患。

薰天騰世燄，吾道寒於灰。饑寒走他食，芻豆隨駑駘。涼風日厲急，蛩聲夕鳴哀。潔白願未遂，光景寧再來。但祝高天露〔一一〕，潤此枯朽材。

【校記】

〔一〕　詩題，錢批本及十二卷本作『感遇詩八首』，第六、八首未收。

〔二〕　『依附』二句，錢批本及十二卷本無。

〔三〕　急，錢批本及十二卷本作『息』。

〔四〕　非其，錢批本及十二卷本作『亦有』。

〔五〕　得，錢批本及十二卷本作『足』。

〔六〕　『形軀』二句，錢批本及十二卷本無。

〔七〕　土，錢批本及十二卷本作『褒』。

〔八〕　『金石』二句，錢批本及十二卷本無。

〔九〕　『或墜』二句，錢批本及十二卷本無。

〔一〇〕　『君看』二句，錢批本及十二卷本無。

〔一一〕但祝，錢批本及十二卷本作『安得』。

中秋前三日桐石書來并見答清隱莽感舊之作依韻奉酬兼柬厚石四首

好在方壺雙桂樹，别來又是半年餘。山屏翠遶清無暑，風幔涼褰静著書。舊事難言唯證佛，新詩忽寄轉愁予。西泠東畔南山北，暘話前因政要渠。

楳照寒潭雪壓林，湖山曾向夢中尋。新堤人换春風眼，暗壁箋留舊雨心。百子輸贏過敗劫，七絲鑒賞在知音。且看泥蠖論信屈，未用循環惱客襟。

卿若言愁我奈何，廿年誰省苦音多。廣眉大袖憐新樣，抹粉塗朱咲阿婆。休矣徑須焚筆硯，驅來翻致禦鼂鼉。一柴終縛西湖曲，藥裹經函守病魔。

犀籛麈柄憶吟窻，不似前遊反得雙。見影擡頭孤夜月，尋聲側耳溯秋江。青松有道期寒歲，白酒無愁倒玉缸。幾日聯床溫舊夢，重聽東塔曉鐘撞。

【校記】

〔一〕錢批本及十二卷本未收此詩。

南將軍天祥指頭畫虎鷹各一幅爲隨葬總戎題二首〔一〕

一虎手量裁六寸，前軒後輊氣深峻。一虎注坂同奔蛇，霎眼已落千丈崖。一行一坐屹不動，行者尾横坐尾聳。前山老狐不敢出，白日枯林風洶洶。將軍少年捉生虎，身入虎穴觀虎怒。猶殘十指染松煙，萬疋吴綃色跳舞。運以食將巨擘兼，墨濃赭澹信意拈。有時指甲指節齊點綴，樹丫山角生凹尖。裘帶昇平今老矣，頭白滇南歸萬里。空餘部曲話平生，風流宛在吴淞水。將軍曾提督松江，予告歸里，今年八十餘矣。

畫虎愛小鷹愛大，澹墨數縷精神全。羽毛生風赤霄近，爪嘴啄鐵純剛穿。側目空山視天地，衰艸枯株纏殺氣。但令斂翼狡兔藏，一掣誰能巧相避。百年以來銷煙氛，臂鷹之手圖風雲。吁嗟奈爾南將軍。

【校記】

〔一〕錢批本及十二卷本未收此詩。

九月既望過池上樓遲月〔一〕

蕭寥水石静當窻，到此根塵一例降。孤髻峯高窺玉鏡，萬虬松冷瀉秋江。清霜時序黄花獨，旅夢乾坤白雁雙。惜不攜琴石橋畔，七條絃上罷琤淙。

《浙西六家詩鈔》評：『堅剛之氣不為對仗嚴整所掩。』

【校記】

〔一〕 據錢批本及十二卷本補。

九月十八日樵史書來覼縷近狀不勝感歎因賦六詩郤簡〔一〕

癡坐東山日易西，霜高風緊益淒淒。熟看書尺論鹽米，爭暇鄉心到鱠虀。但覺中年哀樂共，難將現在去來齊。羇愁亂極無由檢，仔細煩君別紙題。

前時我少見君強，今日我強君老蒼。賤士關心惟骨肉，浮生彈指即滄桑。漸看梨棗兒郎大，轉覺萍蓬歲月荒。數日贏將拜家慶，可憐牲鼎幾時償。

青衫潦倒人依舊，白髮三千丈不禁。子舍謀生愁句讀，聖朝削跡恥山林。空江白月懸殘夢〔二〕，孤嶼黃花繫去心〔三〕。奔走祇餘皮骨在，更堪許事惱雙襟。

兩家饑凍兩人諳，話到酸辛各不堪。失子愁繙潘岳賦，潘岳《西征賦》注岳以三月生子五月夭，余今歲以正月生子五月夭。抱孫羨割右軍甘。貧還非病聊相謔，肩重於山且力擔。隱忍年時存歿痛，而今萬一為君譚。

誰憐天壤有王郎，悼往重霑淚數行。銀椀忍將求蜀茗，金盤那分貯檳榔。廿年幻影莊生蝶，四海飄零杜老囊。說與於陵老兄嫂，皈心今已惑空王。

君方重署丙寅字，僕筭差慳二十年。初度有詩惟哭母，殘生向學只參禪。秋心細茁池塘艸，鄉夢催浮麗水船。準備寒暄添一語，健強兩字為君先。今年余四十樵史六十矣。

【校記】

〔一〕詩題，錢批本及十二卷本作『樵史書來溫州覼縷近狀不勝感歎因賦五詩卻簡』，第六首未收。

〔二〕白，錢批本及十二卷本作『冷』。

〔三〕繫，錢批本及十二卷本作『損』。

贈永嘉張虎文明府二首〔一〕

冢宰聲何遠，羅峯道自尊。桂岑垂桂實，雲鶴見雲孫。澹與江山洽，清思王謝言。千秋遺五斗，詩卷付乾坤。張宰海康以親老乞歸時方居憂。

風細松吟壑，霜濃菊映籬。小園深水石，冷客話皇羲。漸老羈棲得，論交出處知。前規應可即，黽勉最相期。張舊業在松臺山下。

【校記】

〔一〕錢批本及十二卷本未收此詩。

為姚渭綸兄弟題其尊甫愷園先生山園清課圖〔一〕

南湖之水奩鏡平，翁家高樓出鏡明。珠簾控曉鉤曲瓊，菰蒲狎獵飛鵁鶄。傍湖甃石青崢嶸，引流植樹環軒楹。虬松作濤竹浪傾，芭蕉葉響桐枝撐。濃綠染衣當晝清，翁來偶坐片石橫。雜花馣馤泉琮琤，藥匙茶筅兼棋枰。囊琴無絃凍不鳴，爐香作煙風縷輕。鷺鷥忽起凝雙睛，邈然邃古奚將迎。遲遲暖日春雲晴，過庭才子駢衿纓。封胡羯末肩隨行，後者是弟前者兄。三株五桂翁所營，六經史集腹笥盈。吐詞悉作雛鳳聲，長孺定復生元成。寧肯屑屑黃金籯，孫枝濟美標雙英。蘭芽玉蘂交芳榮，分甘蠟鳳懽老情。憶昔登堂呼酒鎗，紀羣之好調瑟箏。論詩琳館欣合并，蘅芷不遺蒯與荊。紀庚戌年事。吾友早賦白玉京，謂理堂。翁亦撒手騎長鯨。廿年彈指移桑瀛，怪余兩鬢秋霜生。南湖水長仍清泫，空令見畫心怦怦。誰其補圖使我驚，苧村桑者張君庚。

【校記】

〔一〕錢批本及十二卷本未收此詩。

題李猷搏鷹圖〔一〕

窮秋氣凜烈，四野霜風急，眼中突兀蒼鷹立。白玉距，黃金眸，空林無人寒飀飀。南山老狐爾何物，白日青天敢馳突。帳下健兒見之袖兩手，謂是神鷹世無有。嗚呼李猷信神技，遊戲丹青到蟲豸。邊昭對之亦心死，何況林良與呂紀。方今太平無所為，將軍腹大常苦饑。嗚呼李猷爾誠能，不見穩坐臂韝飽食肉，豈必盡由勇決稱。

【校記】

〔一〕據錢批本及十二卷本補。

題秋樹雙禽〔一〕

老綠深黃刻意秋，江南此日怕登樓。雙禽未必關渠事，對語西風也白頭。

【校記】

〔一〕據錢批本及十二卷本補。

疊夕炙食鷓鴣甚美余甚憫之會續致者命畜以籠〔一〕

南禽生長矜毛衣，玉臆錦翎鳴且飛。媒招粒誘纏禍機，朝游林藪暮籠鞿。庖人霍霍霜刃揮，芍藥醬糝椒鹽𩛉。深鼎攢嚼欣甘肥，聚蚊無乃韓公譏。嗟此性命良輕微，鉤輈格磔聲依依。慣聽南客猶歔欷，何忍俎食充我饑。蒐田莫議虞羅非，放鳩飼雀情所希，馴而不殺其庶幾。

【校記】

〔一〕錢批本及十二卷本未收此詩。

重過石門洞〔一〕

元鶴窈不返，飛泉聲在兹。邈然天地出，澹爾性靈奇。巖雪有貞意，澗松非世姿。悠悠感來往，逝者亮如斯。

【校記】

〔一〕錢批本及十二卷本未收此詩。

十月二十三日重游江心寺歸坐張毓文池上樓倪生補齋雲垂兄弟招同方玉葊虞道持蔡雪齋樓攜酒饌至即席賦示倪生二首〔一〕

十月江東草未殘，海鷗汎暖狎晴灘。空王法宇荆榛沒，丞相祠堂俎豆寒。昨夜蛟龍雷動蟄，明朝四十景催闌。天涯何事關雙鬢，鏡裏偷窺雪一團。昨夕雷雨，明日余四十初度，已見白髮。

瞥眼江天迹又陳，小樓重與岸烏巾。翁成二百廿三歲，座合甌閩吴越人。帬屐肯孤池畔草，谿山許占宋時春。諸君漫酌深盃勸，我亦耆英會上賓。玉莽七十八，道持七十六，雪齋六十九，合計二百廿三歲。

【校記】

〔一〕據錢批本及十二卷本補。

永嘉諸泉以華蓋山下學舍井水為最品在松臺山之右井欄刻右軍楷書容成太玉洞天六字蓋道書所稱十八洞天也歲旱百泉俱涸時從學舍乞水虞道持為仿坡公置調水符今茲泉亦竭擔致他井鹹苦不可飲賦此貽道持〔一〕

東坡愛玉女，剖竹調甘沫。翁也置此符，反救他人渴。海濱久不雨，城市走女魃。百泉暵已焦，靈源勝濊泧。物理罕迺貴，肩擔競鶻鵃。持此致雙甕，半載解我暍。老農籲靈母，蒼山龍母事見《甌志》。望絕晚禾割。官司告豐年，莫覬溝壑活。品水願太奢，過分飽麤糲。今茲泉亦乾，涓滴不應暍。符兮誠弗靈，歎息遂棄撥。

【校記】

〔一〕據錢批本及十二卷本補。

青田縣劉文成公廢祠〔一〕

破屋欹危不上關，風雲想像混元山。師應黄石赤松是，名在伏龍雛鳳間。小隱南田猶腰臘，中原一鬼竟榛菅。蒼涼鍾阜休回首，華表天寒化鶴還。文成裔孫居南田山山中，廣袤二百里，地皆沃壤，無儉歲憂。

《浙西六家詩鈔》評：『三四一聯比擬鄭重，不至過譽。』

【校記】

〔一〕　據錢批本及十二卷本補。

長至日度桃花隘〔一〕

半擔輕裝路百盤，壓裘雲氣括蒼寒。洞桃牽夢曾無影，宫線添愁漸有端。東郭雪霜雙屨健，康成湖海一萍寬。差贏劍閣經行慣，未欠天西蜀道難。放翁句：『千山萬水垂垂老，祇欠天西蜀道難。』

《浙西六家詩鈔》評：『洞桃十四字切帖時地，細膩風光，與全篇筆致有異，東坡所云剛健含婀娜，其斯之謂歟？』

【校記】

〔一〕　據錢批本及十二卷本補。

荆坑曉行寒甚〔一〕

寒氣頑吹面。凌兢踏凍谿。天心何險易，山意有暄淒。谷暗迷征馬，霜深誤曉雞。懸知兒女夢，猶自搾重閨。

《浙西六家詩鈔》評：『何減老村。』

【校記】

〔一〕 據錢批本及十二卷本補。

蘭谿道中灘行阻淺四絕句〔一〕

中寒中酒桃花嶺，顛浪顛風桐子灘。不信瞿塘灩澦外，人間行路儘多難。

斗笠漁篷趁槳牙，鸕鷀風緊閣寒沙。谿鯉纖細羞刀七，二寸銀鱵一寸鰕。

宿傍莊窩結網燈，一尊強與制愁膺。細量滿眼酤來酒，已盡蘭谿二十升。自蘭谿至石塘止七十里，凡五日始達。『滿眼酤』，見杜詩。

去日東風歸北風，半生辛苦逆風中。明朝定過嚴家瀨，許借羊裘作釣翁。

【校記】

〔一〕『四絕句』，錢批本及十二卷本为『二绝句』，第一、三首未收。

雪夜泊富春江上〔一〕

拂面初粘絮，融衾旋裹冰。音淒孤戍角，紅閃渡江燈。歲月羈離盡，關河老病徵。寒深稻粱薄，鳴雁爾何能。

【校記】

〔一〕錢批本及十二卷本未收此詩。

丁辛老屋集卷七

丙寅

重入剡感作

仲春風漸柔，吹綯半篙緑。窈窕剡口嵐，新翠點腰腹。林樾互蔽虧，碕岸屢迴復。飽拽數幅颿，婀娜擺風竹。塔明雉堞圍，灘迴鷺濤蹙。墟煙升為雲，畾畾蕩晴麓。首延足所經，目翫心向熟。昔懽無今留，舊夢有新續。青山已幾霜，我面何由玉。蕭散緬鼓琴，惆悵戴公屋。

經天姥寺

天姥峯陰天姥寺，竹房澗戶窈然通。老僧敲磬雨聲外，危坐誦經雲氣中。禪榻茶煙成夙世，天雞海日又春風。回頭卻憶十年夢，夢與山東李白同。

《浙西六家詩鈔》評：『通體峭健，無對偶之跡，老僧十四字作一句讀，是律詩創格，結句尤奇橫，是律詩創調。』

天台陳只亭家書樓與赤城相對嘗至其居為題曰漱瀣適余重之永嘉枉道過訪則只亭墓木已拱感賦二絕〔一〕

天姥峯頭呷茗，曇華亭上吹簫。重尋舊蹟無影，老我天台寂寥。

宿草枯餘春冷，赤霞飛去人孤。小樓一夜聽雨，制得愁心睡無。

【校記】

〔一〕據錢批本及十二卷本補。

台州天寧寺觀佛牙香及渡江羅漢像　香高三尺，玲瓏黝古。僧云東晉時地中涌出十八羅漢銅像，傳是元明間從金陵天界寺一夜渡江至者。

一杵鐘聲殷雙幘峯名，花鬘瓊檴照行客。遠公禮足六時蓮，經行燕坐知幾年。異香逆鼻都梁馥，云是宗風典午傳。鷓鴣斑沈作方櫝，供養人天願祈福。奚似僧坊一剎竿，雪檀六尺差清淑。金身作俑波斯匿，延蔓南天自西域。尊者十八眉鬚殊，賓波羅暨賓頭盧。漢明夢囈知有無，一笑飛渡金陵都。不聞周世宗，下詔毀佛銷青銅。不聞唐趙鳳，斧破佛牙成底用。布地黃金也可憐，世間舍利徒為頌。於戲五代之季塗荆榛〔一〕，削簡握印眞癡人。兩賢之功豈不偉，要令四海男子俱冠巾。人生艱大惟身髮，飄泊饑寒那成佛。里人寒拾今何如，休矣豐干漫饒舌。

【校記】

〔一〕 於戲，錢批本及十二卷本無。

嶺下見杏花〔一〕

花壓黄壚酒旆斜，酒痕花氣十年賒。重來中酒空山路，卻爲春寒惱杏花。

【校記】

〔一〕 錢批本及十二卷本未收此詩。

度盤山嶺望雁宕諸峯雨止大荆旅店

此邦南戒盡，山勢斗入海〔一〕。崛強屹元氣，雕劖出眞宰。舄下嶺刺天，接眼益㠑嵬。邪郭所包絡，望若披重鎧。攢攢百青蓮，朵朵吐蓓蕾。春空媚雲物，醖藉固有在。應知太古前，猶未混沌改。卒見無急驚，山靈詎相紿。詰朝果此遊，須鼓腳力倍。姑去夢煙村，稍伺雨聲怠。

【校記】

〔一〕 駈，錢批本及十二卷本作『驅』。

微雨入雁山觀老僧巖憩石梁洞

洩雲蒙晨曦，瓦溜止猶滴。勇拖綠玉枝，邈與精靈覿。林轉藏小天，谷幽露很壁。萬葉競春萌，帶雨綠淅淅。闖然老苾蒭，山骨幾時剔。高蘿緝袈裟，黝碧光鼎鬲。危梯聳高簷，石梁如巨梯倚簷，見《李孝光遊記》。陰洞發深冪。巨石勢砉分，倚穹仰可惕。厂屋中堂隍，牢搆底同甓。坐把新乳花〔一〕，坼裹自煎喫。模糊山下村，溼煙空冪䍥。

【校記】

〔一〕 把，錢批本及十二卷本作『挹』。

踰謝公嶺折入東内谷登羅漢洞下飯於靈峯寺

靈峯銳而富，見陶會稽遊台宕路程。我聞昔人云。峯峯會於寺，寺以靈峯聞。踰嶺裁半里，眼耳青煙熅。盥潄石下淥〔一〕，捧噈石畔雲〔二〕。磴棧力千級，飛泉寒紛紛。雙掌外無縫，旋踏掌上紋。洞由合掌峰根而升，上有飛泉。道人昔高唱，陰壁䨪靈文。空山誰狡獪，刻劃雙錦幂。尋回道人詩碣不得，旁塑劉居士二女像。

窅窱入琳宇，春蔬嚼奇芬。佛面有衰旺，壞瓦黏斜曛。空亭合要眇，意愜情彌欣。孤鳳夔兩翮，翛然振雞羣。芝花嫩可掇，雙箏當我分。長嘯發松籟〔三〕，招手雲中君。峰之最佳者為鳳凰門、雞偃芝、駢筍，俱極肖。

【校記】

〔一〕下，錢批本及十二卷本作「上」。

〔二〕畔，錢批本及十二卷本作「上」。

〔三〕松，錢批本及十二卷本作「天」。

照膽潭

靜聆寒澗響，邈與松風言。松風何迢迢，導客尋其源。壁削岸已絕，屨滑身屢蹲。披逕躝瑤草，沿流挹芳蓀。泓然匯圓鏡，深處潛金鰻。青碧蓄古潤，泥沙拭新痕。疑此通水府，漱濯峯巒根。雙襟抱冰雪，對此念彌敦〔一〕。鑑空理有復，悟往情無存。聲影坐來歇，片石瓊臺溫。潭上為瓊臺。

【校記】

〔一〕「雙襟」二句，錢批本及十二卷本無。

碧霄院

仰面看靈峯，峯峯靈欲飛。俯首踏鳴澗，澗聲寒在衣。樵斧屬深谷，谷轉明林霏。清鏘幽篁底，玉女闖紅扉。煙際韻涼磬，風外飄虛幃。中韞太古春，逆鼻旃檀微。天晴星斗宿，夜遙鸞鳳歸。清音激瑤席，為君具絃徽。

雨後入淨名寺啜茗 寺在伏牛峯下

陰壁礙日車，亭午光始大。迴復東谷間，佳景不在外。皛皛明雜花，洞洞涉淺瀨。微風一醒然，片段飛濕靄。玉杵微丁當，蓮華散馣馤。玉杵、蓮華，二峯名。寺門闢伏牛，右臂互鉤帶。石階八九轉，犖峭狹且太。一條曲池水，顛倒上覆蓋。曲池水亦見《五峯遊記》，今謂之一線天。維摩障鐵城，病增煩惱害。維摩洞上為鐵城障。功德竊我痾，手挈軍持匄。

【校記】

〔一〕錢批本及十二卷本未收此詩。

暮投靈巖宿

落日搖雲峯，參錯難具數。望煙誤投止，石氣幻如縷。一綫蛇逕蟠，數身虬榦舞。草深腳屨絆，巖塞面成堵。雙崖斗呀豁，闖入太莽鹵〔一〕。居然到上頭，舉手撼天柱。天柱、玉女、雙鸞、卓筆十餘峯俱在寺左右。重防厚軸翻，窄礙雙丸吐〔二〕。一峯肖一狀，狡獪類鑿斧。想像巨靈洗，血指盡寸土。所歷豈不高，惕息窪井處。諸天黑崢嶸，衆星白三五。雲中吠無犬，風外嘯有虎。縹緲孤仙靈，沉冥契禪侶。曳被佛鐙昏，聽泉暗驚雨〔三〕。

【校記】

〔一〕『雙崖』二句，錢批本及十二卷本無。

〔二〕『重防』二句，錢批本及十二卷本無。

〔三〕『縹緲』四句，錢批本及十二卷本無。

龍鼻水

蘚磴細於蚓〔一〕，翠葛微攀翻。摳襟上雲竇，手摸波濤痕。仰首矯龍腹，諦審藏胜臀。上透小有洞，下蟠虛無根。其陰垂鼻觀，中蓄甘泉源。回道人句：『非是山靈留一乳〔二〕，九秋久旱作甘泉。』納納四瀛海，縮為一孔噴。移時始再滴，萬萬古不渾。歲稔身可蟄，道充雲自屯。因知至神物，不遽明其恩。緇流勸洗眼，冰腦寒我魂。遠勝金鎞刮，永祛塵翳昏。抽笻下蘿逕〔三〕，湫水徒相喧。其西為小龍湫。

《浙西六家詩鈔》評：『以上五篇全學坡翁，其源蓋出於康樂，或本諸少陵，皆有根據，隨園但知穀原工於遊覽，而不知其得力於古之深也。』

【校記】

〔一〕細，錢批本及十二卷本作『甚』。

〔二〕乳，錢批本及十二卷本作『孔』。

〔三〕　蘿，錢批本及十二卷本作『仄』。

曉度馬鞍嶺曲折行澗道中從翦刀峯下入觀大龍湫還憩龍湫莽

一啜道場羹，鏘佩披鶴氅。穿徑雲共飛，躋險鳥同上。東西並幽谷〔一〕，高下一泉響。泉響方愈寂，谷幽漸生朗。濕煙信黏屨，穹翠欻盈掌。微聆鸞鳳肅，遠窺壺嶠廣。折入冣深處，高掛五百丈。近遠無定姿，變幻非一象。直下坡注馬，散迸谿劃槳〔二〕。勻圓鮫人珠，熨帖織女紡。蟬聯儼垂旒，雀躍怵擊〔三〕顙。斜滾等抛毬，橫鋪類撒網。蜿蜒蛟龍纏，空濛霧露放〔四〕。或為風所遏，欲俯旋還仰。或為石所觸，始亶中迺枉。或疾若雷轟，或細若鳥吭。絲琯洞庭張，鼓鐘太廟饗。日濃霞綺蒸，壁古虹彩長〔五〕。頭寒不敢逼，目暈難屢仿。兑說萬派歸，坎習一潭養。虧盈河漢準，消息混沌想。廬山亮斯遜〔六〕，天台詎能兩。凌流餌碧花，跂石攬宿莽。惝恍厓邱招，踴躍猱狖黨〔七〕。任運獲貞觀，洗心韞靈賞。移情將所終，瞥眼遽成曩〔八〕。聊茲李白遊，未可詎那往。愴彼留衣人，置身猶土壤。莽有嘉靖間薛方山碑記，漫漶不可讀，後有七律一首，頸聯云：『有悟不須相對面，無緣猶自願留衣。』蓋徐階詩也。〔九〕

【校記】

〔一〕　幽谷，錢批本及十二卷本作『谷幽』。

〔二〕　劃，錢批本及十二卷本作『翻』。

〔三〕　擊，錢批本及十二卷本作『過』。

〔四〕　『蜿蜒』二句，錢批本及十二卷本無。

〔五〕『日濃』二句，錢批本及十二卷本無。
〔六〕遜，錢批本及十二卷本作『遠』。
〔七〕『惝怳』二句，錢批本及十二卷本無。
〔八〕『移情』二句，錢批本及十二卷本無。
〔九〕錢批本及十二卷本自注文字為：「𢎘有明徐階詩云：『無緣猶自願留衣。』」

出能仁寺踰四十九盤晚入芙蓉村

亭午露未晞，琳宇花尚泫。廣墀舞天雞，壞檻臥仙犬。登頓悉奧區，首塗仍峻峴。延睇草逕微，嫋嫋寫蟲篆。磬折始漸高，舟旋復屢轉。盤盤升嶺脊，惕惕凌劍棧。趣苦賞難留，蹟危情莫展。回眺二靈雲，模糊夢成舛。日仄狷嘯哀，春深鳥歌善。藥草含綠荑，瀵魁洩清覔。澮漫墟煙青，陂陀村路衍。雖惜佳景暌，暫止僕夫喘。解裝曬宿雨，脫屐剔荒蘚。稍待芙蓉開，秋風約重搴。

贈陳浩〔一〕

八體書弁大小篆，五日摹印三刻符。官私銅章每間作，往往範土輕鐫摹。近世工巧趨簡易，仿以凍石與古殊。煮石山農最嗜此，停雲父子流傳俱。瑣屑晶玉牙角甆，黃楊竹根並時須。前時徐可亦好手，法書珍畫傳形橅。凡將急就有古法，求其譌謬一筆無。六書偏旁究者少，專逞姿媚何為乎。周史籀曁秦相斯，可惜金石塗榛蕪。江東王澍今已死，瞜城陳浩乃其徒。並在客底不得見，官齋瑟縮同囚拘。古人會合托之命，寸步難見有以夫。朝來光氣驚戶牖，數片落手青珊瑚。蟲魚錯互鐘鼎蝕，以指畫肚口沫濡。古文不墮分隸臼，硬筆直披秦漢株。平生嗜奇今老矣，故人招致蜃海隅。孟郊酸寒營潔白，袖中白雲親舍圖。我年四十食破研，眼花頭雪孤壯夫。借君汲古之修綆，羲娥星宿希攎臚。匏瓜無匹昔所歎，單牀愁聽城頭烏。松臺華蓋明且姝，幾時相就傾葫蘆。高論誦頡下唐虞，還期努力賦石鼓，嗟我才薄非韓蘇。

【校記】

〔一〕錢批本及十二卷本未收此詩。

五代史雜詠三十四首〔一〕

玉葉摧傷九曲池，天教禍首五經兒。當時延喜樓中讌，白與翻成楊柳枝。

雨泣迎鑾再造功，斥麾九錫阿瞞同。炎劉孽血流仙孝，新鬼重號積善宮。

仰身獨眼落雙鳬，立箠懸鍼技最殊。即恐鴉兒化龍去，三垂崗上捋髭鬚。

江山百戰屬瘡痍，宰輔何人實致師。天意兩家兵勢合，不妨河上一枯骴。

老去聞歌不用悲，酒邊突兀見奇兒。他時富貴能相忘，翡翠盤中瀏鵜卮。

天下眞堪我共君，橫衝原自不謀身。英雄亂世尤難得，每夜焚香祝聖人。〔二〕

藥篋蓍囊冣惱渠，自憐門望不相如。宮中摒擋薪芻罷，鎮寫楞伽貝葉書。

萬騎金鎗死藉塗，粧匳滿喜給軍需。不知薙髮空門去，囊取黃金有用無。

夾寨夫人罷巷衣，可憐新寵一時非。近臣拜賜君王惜，一輛肩輿出禁扉。

兩川心定使臣摧，一隊閹奴骨漸灰。內裏親傳皇后教，未綠麈柄唾壺猜。

伶官天下信難支，扇馬由來不可騎。痛哭汾陽人謾笑，功成莫退也堪悲。

平生百戰晉中原，垂死教兒認箭痕。僥倖姓名歌妓熟，幾令垣下瘞符存。

元舅原來是郎罷，殺人都市不爭多。洛陽城裏休相避，十阿父來君奈何。〔三〕

內殿從容宴武臣，道旁霑淚更相親。可憐覆酒愁臺上，斷髮何心惜此身。

心膽都將墮石郎，神言聊復戲張房。臨危急自將千騎，司馬坡前踏戰場。〔四〕

橫磨十萬劍光稠，孫子居然霸九州。畢竟阿翁強一戰，畧煩伏地數牙籌。

閬州兵盡勢誠危，然鑊憑君割健兒。李七郎奴無賴甚，竟忘臠炙感恩時。

義兒次第博侯封，丐養紛紛溷乃宗。創業故人零落盡，不妨角觝拜盧龍。

知音識曲李天下，汾晉多傳御製歌。可惜五方焚樂器，絳霄廊下意如何。

勑使監軍幾十年，唐家一箇老奴賢。何妨帶馬償蒲博，更乞和哥一積錢。

百年禮父襲承平，王母祠中採藥行。夜半頭顱懷袖去，可能眞箇得長生。

主人避客何其遽，剛向田家乞食回。少忍十年稱尚父，未教心血汙蒿萊。

數萬驕兵命草菅，即時漳水血潺湲。奇功自合臨軒冊，鹵簿傳催太僕頒。

由來天子原無種，一箭旛竿冣誤君。憑仗鞭神了無益，鐵胡頭落契丹軍。〔五〕

馬首橫屍徧定州，北方兵氣一時休。居然中國聲威震，廳子都中老晏球。

卸甲金錢百萬輸，早看染木當頭顱。殺人垂盡終何濟，燒卻軍中畫虎圖。

其奈江南國蹙何，不堪愁思復悲歌。韓尚書在徒為爾，李穀如來便倒戈。

鬖髿花冠薄粉施，宣華狎客夜酣時。尋常社稷關卿事，叢笑嘉王是酒悲。

雲衣霞帔照青城，一曲甘州寫艷情。小對宮人齊拍和，碧天飛下步虛聲。

百里旌旗蕩北巡，浮江龍舸舞煙津。閬州未遂揚州樂，錦纜牙檣肯讓人。

上清宮塑玉宸君，小像熏香左右分。更憶元元諸子姓，頻傳法駕拜仍雲。

貪狼風急拽降旗，詔首新頒叵奈欺。三趙村中歸骨地，王孫芳草瘞劉姬。

妖鳥羅平漫製圖，綵骰試擲定全輸。軍衣歸義裁黃白，不作三公死亦愚。

斗牛王氣鬱江濱，旁合錢生真貴人。一昔山林都覆錦，名駒玉帶未須珍。

【校記】

〔一〕 詩題，原作『五代史雜詠三十首』，據錢批本及十二卷本補入四首，共計三十四首，故改題作『三十四首』。錢批本及十二卷本題作『五代史雜咏二十首』，第一、二、五、八、十一、十二、十八、二十一、二十五、二十九至三十一首、三十三首、三十四首未收。

〔二〕 據錢批本及十二卷本補。

〔三〕據錢批本及十二卷本補。
〔四〕據錢批本及十二卷本補。
〔五〕據錢批本及十二卷本補。

風雨病遺四首〔一〕

淘階涼鷺渺煙汀，淅瀝軒窗似水亭。瘦骨數莖禁不得，琉璃六扇障山屏。

呼沱薄呷清齋粥，飥鏈微醒打睡香。半世消摩了無益，那教肺疾退新涼。消摩，丸藥也。〔二〕

擘箋試搨洞天碑，洗硯頻鈔雁宕詩。細穎愛摹登善帖，新糊窗下畫烏絲。虞丈道持許搨右軍書容成太玉洞天石碣見遺，時余方輯《雁宕志》。

砲車雲陣壓花欄，大暑騰騰避熱官。漫謔先生無箇事，一瓶清水養秋蘭。

【校記】

〔一〕詩題，錢批本及十二卷本作『風雨病遺二首』，第一、三首未收。
〔二〕錢批本及十二卷本無此注。

和陶公飲酒二十首

百年衹旦暮，榮悴更間之。穠華炫春日，寧知秋雨時。春秋欻代謝，生死亮如茲。曷為歎窮蹙，中路翻自疑。安排洵天運，尊酒可勸持。

顏子學坐忘，陋巷安如山。味道契澹泊，莊叟非寓言。入機復出機，消搖庶窮年。不爾瓢與簞，汩沒誰能傳？

置酒敘親故，相懽唯面情。酒盡跡離異，膠漆亦空名。泠泠流水置〔一〕，誰是鍾期生。瞿塘灩澦堆，平地使我驚。吁嗟獨飲樂，獨飲計已成。

斥鷃搶榆枋，啾啾驩群飛。孤鴻遵枉渚，雲際鳴酸悲。問之何因爾，求侶獨無依。江湖足葭亂，歲晚當來歸。豈必為粱稻，人事有榮衰。南北今一轍，無傷心計違。

海濱最囂雜，吾廬庶寡喧。喧寂本一致，匪由地勢偏。秋雨鳴匝月，翠涌牆頭山。斜陽忽照屋，仰見孤雲還。孤雲任大化，來去終何言。

不識昨者非，焉知今日是。悠悠千載人，何成亦何毀。兀兀撫濁醪，忘形吾與爾。行尸欲媚誰，嗤彼徒紈綺。

誰有不死藥，聖賢與豪英。樹立豈不偉，迺獨乖眾情。世路劇頗側，翻手雲雨傾。寤言莫與答，孤絃亮以鳴〔二〕。炯抱千歲節，奚必懽此生。

堂室有美樅，黯淡霾其姿。世人貴目前，但賞芳華枝。孰信幽澗底，知希方自奇。結根在牢固，浮脆爾奚為。逸翮騰赤霄，卑卑徒籠羈。

齋扉日清曠，無人風為開。吾黨二三子，庶袪塵壒懷。讀書宜見道，勿傷與世乖。儻取適俗韻，穢此山巖棲。君看龍蛇蟄，不異尺蠖泥。非時冒干謁，短淺知誰諧。且復養眞氣，醉鄉不我迷。浩浩太古遊，遲遲清夢回。

桑榆行且迫，遑復悔東隅。所以志士懷，黽俛在中途。衣食業分定，昧者為所驅〔三〕。我志會有在，戚戚亦無餘。邈想伶與籍，無為今人居。

少壯盛意氣，頗懷經世道。中歲無所成，蹉跎迫衰老。饑凍薰人心〔四〕，遽令形骸槁。生而不稱意，乃云死大好。詎識眞人心，任運蓄至寶。髑髏亦何樂，君當會言表。

袁公餓長安，僵臥冈千時。東郭寒兩踵，履雪弗遑辭。大澤把釣竿，清風懿來茲。鹿門巾柴車，高隱復何疑。古人慎出處，矢言弗可欺。吾將從所好，息鞅何所之。

人生本夢幻，憂樂非一境。憂者恒苦醉，樂者恒苦醒。所苦雖殊科，趣亦各自領。南山一頃秫，秋穀密垂穎。但得了麴事，躬耕未當秉。

灌木陰我庭，秋風日夜至。抱痾怯新涼，閉門聊獨醉。頻歲屏海隅，人事多遷次。區區物莫齊，焉顯吾道貴。賢愚試共飲，深淺或同味。

霖雨滋逕苔，車軫斷園宅。閒誦老氏書，去來蔑留跡。百年半憂患，矧復不滿百。曷為競刀錐，坐令玄髮白。生時闔笑口，蓋棺良可惜。

聖人道久喪，猶傳聖人經。含咀縱糟粕，舍業將何成。豈不骨肉戀，守道防其更。念此不能寐，中夜步前庭。砌下涼蛬咽，天末羈鴻鳴。聖人不可作。何以攄我情。

素絲染元碧，隨分被春風。歧路行東西，不離塵垢中。兩賢洵善泣，於道未為通。韞真任俛仰，世事曲如弓。

曾子歌商頌，曳履方自得。原生居蓬蒿，貧病兩不惑。揚雄無宿儲，王褒安蹇蹇。固窮有特操，譏嘲任通國。吾自喻吾樂，臨觴獨默默。

進退紛縈懷，蹉跎迫強仕。何敢棄世人，世人或棄己。所要無甑石，降志余所恥。飢來走四方，倦輒念鄉里。雖乏肥遯姿，優遊從此紀。顧笑世上兒，浮雲蕩何止。未暇憂人憂，酒德吾有恃。

渾渾唐虞前，民物盡含眞。彌縫六君子，再使風俗淳。布衣起鄒魯，日月中天新。於戲丁厄運，一炬燔嬴秦。漢儒力補綴，六籍出煙塵。詩書遂疆理，足藉耘耔勤。俗學務剽劫，不與元氣親。譬如航斷港，而反迷通津。所以宜飲酒，頹然倒冠巾。君看千載士，不飲復幾人。

《浙西六家詩鈔》評：『此數章多見道語，貧而無改其樂，微陶公，吾誰與歸？和陶不必似陶，然其辭氣淳古，要非晉宋以下文字。』

【校記】

〔一〕置，錢批本及十二卷本作『奏』。

〔二〕以，錢批本及十二卷本作『亦』。

〔三〕為，十二卷本作『何』。

〔四〕薰，錢批本及十二卷本作『熏』。

和陶公連雨獨飲〔一〕

海疆苦秋潦，濕與梅黃然。抱疾豐暇豫，緬邈區中聞。禮樂祛所縛，縱誕譚神仙。得酒懽一醉，遊精戾於天。六合鞭我駕，窈窈誰後先。卷舒翼浮雲，無心自知還。羈情遠有託，風雨悽殘年。凷獨弔形影，澹泊離語言。

【校記】

〔一〕據錢批本及十二卷本補。

送虞道持乞休還里四首〔一〕

十八洞天處，三千弟子曹。春風圍座滿〔二〕，秋草閉門高。糲飯裁清俸，寒裝減縕袍。田園蕪不薙，歸計亦蕭騷。

老去須辭祿，歸哉許乞身。先生誠有道，天子亦憐貧。松菊安衰晚，尊爐見性眞。冰銜渾漫與，隨分太平民。

大業餘詩卷，生涯託釣蓑。雞豚懽近局，杖履得高歌。夢已思歸熟，情還久住多。三生一片石，臨發想摩挲。三生石在學舍後，上有分書：『太玉洞教主長谿含眞子張大光印證』十五字，及『中書舍人柳楷重模，訓導陳端、陳新、鄭瑞同遊』諸題名。

幸自畢婚嫁，餘年慎暑寒。關河清宦苦，衣食故家難。遮道生徒惜，抽身著述寬。謝庭諸子弟，歸定喜相看。

【校記】

〔一〕詩題，錢批本及十二卷本作『送虞道持乞休還里』，收第一首。

〔二〕滿，錢批本及十二卷本作『久』。

中秋前五日道持招同諸君飲學舍即席賦二首〔一〕

把袖西風蹔主賓，洞天仙醖暖生春。謝公幫屐陪清賞，鄭老盃盤對率真。雞黍且謀團海角，蓴鱸久去夢湖湄。酒邊印證題名處，俱是三生石上人。

漫向臨分黯別魂，雪泥鴻爪了無痕。難忘某樹先人種，卻話餘年聖主恩。鳩杖不扶誇健步，雞缸頻勸佐清言。思鄉我亦歸裝迫，濁酒來傾臥竹根。

【校記】

〔一〕錢批本及十二卷本未收此詩。

中秋夜半乘醉登華盖山弄月作歌戲傚李五峯〔一〕

太玉仙人騎白鹿，手扶天風上雲麓。青琉璃界白玉盤，貼在天心十分足。九點蒼煙濕不收，一盃海水清堪掬。醉揩雙眼視乾坤，冷伴姮娥寫幽獨。桂華泣露黃蕤蕤，香濃夢遙秋滿空。踏翻片雲躧天路，瞬息徑到蓬萊宮。蓬萊宮〔二〕，滄海東，上有芝田年屢豐。仙家耕作鞭蒼龍，食之不死顏常童，曷為復歸塵網中。三生石上含真子〔三〕，涼影瀟瀟清在水。一片江山入夢深，誰來共喻無言旨。鞭鸞笞鳳不可求，雞栖鸖籠愁復愁，山高月明聊以祛緐憂。搗霜元兔何時輟，橫笛蒼涼怨玉蚪〔四〕。

《浙西六家詩鈔》評：『空靈活潑，不仿太白，竟是仙才，不過氣味稍薄，此古今人不相及處。』

【校記】

〔一〕十二卷本繫於乙丑年。

〔二〕『蓬萊宮』，十二卷本無。

〔三〕『三生石』句，錢批本及十二卷本有注：三生石在學舍後，上有分書：『太玉洞教主長谿含真子張大光印證』十五字。

〔四〕蚪，十二卷本作『虯』。

過池上樓贈張毓文二首〔一〕

池塘草色幾蘢蔥，小築樓臺詠謝公。琴掛無絃含遠籟，鐺安折腳透疎風。青山白月張三影，斜日飛花應二紅。年少翩翩繼騷雅，相逢眞足慰塗窮。

冰雪雙襟玳瑁筵，倚樓風雨續吟篇。幾番被酒招山月，常共分題擘剡箋。興會煙霞眞有癖，萍浮湖海愜多緣。君家大阮今詩伯，謂虎文。早覺扶輪藉子賢。

【校記】

〔一〕詩題，錢批本及十二卷本作『過池上樓贈毓文』，第二首未收。

丁卯

過湖上風甚不果登舟沿隄看桃花四首〔一〕

今年東風太早計，正月已催黄鳥鳴。紅得桃花遽如許，更將底物作清明。

柳邊花下馬輕跑，瞥地紅梢更緑梢。可惜湖船風太急，不然搖到晚鐘敲。

兜圍紅影襯青山，裹住湖濱不放閒。誰效爭春紅杏例〔二〕，一花樹下一丫鬟。

鏐王祠對聖因寺〔三〕，相望春風舊酒壚。叵耐搖鞭背花去，醒時如夢夢如無。

【校記】

〔一〕詩題，錢批本及十二卷本作『過湖上風甚不果泛舟沿錢塘門至錢王祠望湖中桃花四首』。

〔二〕效，錢批本及十二卷本作『倣』。

〔三〕鏐，錢批本及十二卷本作『錢』。

吳山看桃花獨飲旗亭二首〔一〕

一朵一枝還一株，心心香惱蜜蠭鬚。落燈風裏爭催趁，詩老何煩與說麤。

山下女兒紅錦幂，掖來花底臉平分。醂醔醉眼渾難别，夢作江東一段雲。

【校記】

〔一〕 據錢批本及十二卷本補。

江行風順疾行二百里一路看桃花二首〔一〕

富陽縣西江霧空，片帆婀娜受東風。東風嫩坼千花縫，笑靨嚬痕面面紅。

楊柳能青李能白，間青間白極萋迷。可憐裝點大癡畫，紅過嚴家釣瀨西。

【校記】

〔一〕 據錢批本及十二卷本補。

昌雨乘蘆烏船過金華見桃花不絕〔一〕

鸜鵒舞酣碓水急〔二〕，鵓鳩呼急山雲低。細麥綠深岸高下，小桃紅濕村東西。

村角野桃無數開，菜花李花鋪作堆。黄蝴蝶慣成團去，白鷺鷥看打隊來。
一陰十日山泉流，溪水漲緑濃於油。昨夜更添四五尺，竹簰翻卻閣沙頭。

【校記】

〔一〕錢批本及十二卷本題後有『三首』二字。

〔二〕急，錢批本及十二卷本作『白』。

灘行武義道中雨霽看桃花〔一〕

沙上幽草碧可憐，嫩日微熏生細煙〔二〕。驀見紅花迎面笑，生憎猶着淚痕鮮。
寸寸横波朶朶鬟，水紋山黛信灣環。岸頭卻望花臨水，船裡遥看紅到山。
灘上草痕灘下水，草頭花映水心花。分明水草相牽嬲，顛倒春風萬斛霞。

【校記】

〔一〕錢批本及十二卷本題後有『三首』二字。

〔二〕熏，錢批本及十二卷本作『薰』。

二月八日微雨入永康路見殘桃〔一〕

特地輕寒應早雷，濃春惜被雨聲摧。落花塞路無行處，不得帬裾為掃開。

【校記】

〔一〕 據錢批本及十二卷本補。

重有感三絕句〔一〕

入溷飛茵感正新，風前驀見墮樓身。深紅狼籍非無主，苦覺東皇不管春。

風雨何心慣妬花，半春多事態夭斜。此身已分霑泥土，任作尋常燕子家。

急水危橋一曲村，鱻愁蝶冷儘知恩。飄零始得人憐惜，何苦當初竟不言。

【校記】

〔一〕 詩題，錢批本及十二卷本作『重有感二絕句』，第二首未收。

縉雲道中值雪看桃花〔一〕

翦翦輕寒壓敝襦，雪花偏與綴花鬚。天公料也有晴意，但到晴時花已無。

【校記】

〔一〕 據錢批本及十二卷本補。

入麗水船值灘水迅甚一日行三百里遂達溫州〔一〕

大帬灘下小帬灘，一息驚波萬疊巒。水色爭如山色定，船行差比馬行安。事如得意深知惜，人到中年百不歡。對酒江心還此夕，諸君只莫問辛酸。

【校記】

〔一〕據錢批本及十二卷本補。

宿冷仙亭二首〔一〕

一逕穿寒竹，雙扉度石橋。池心秋自照，桂葉冷相招。浮世依瓶水，西風護藥苗。黃金意踈闊，牀下拜清標。

祇許閒鷗鷺，相攜坐釣磯。籬深遲磬出，松老得雲歸。小立催塵劫，無言下夕暉。不知丁令鶴，可入夢中飛。

【校記】

〔一〕據錢批本及十二卷本補。

丁辛老屋集卷八

十月晦厚石招同蘀石柘坡桐石集小方壺分效唐人體得白樂天用東園翫菊韻〔一〕

客居殊不樂，在家歲將闌。西風怪我在，蠖屈空林園。所思勞慰藉，海鷗盟豈寒。招攜共陶寫，話深更箭殘。人生雖多營，不離出處間。瞥焉過四十，剝床恐膚連。上水亦有船，逆風亦有牽。四瞻寡所詣，益覺栖栖然。知音未云稀，歌者良自難。歌成竟何如，百悲無一歡。老葉霜後脫，病菊雨中鮮。且勿孤此夕，得酒開新顔。

【校記】

〔一〕詩題，錢批本及十二卷本作『十月晦小方壺同蘀石柘坡厚石桐石分效唐人體得白樂天用東園翫菊韻』。

和蘀石用孟東野百憂韻〔一〕

貧人劇萬苦，志士惟一憂。遑為二氏鬬，局促成蝸牛。腰下帶鳴劍，與世誰恩讐。慨然欲有報，性命難自籌。君也人中英，顧盼含古愁。出門不得已，一芥坳堂浮。麻鞵走萬里，桂樹招弗留。下視枋榆雀，飛搶徒啁啾。

【校記】

〔一〕錢批本及十二卷本未收此詩。

和柘坡用韋蘇州自蒲塘驛迴駕經歷山水韻〔一〕

深更坐寒雨，雨歇風亦轉。沉緜語粤遊，紛吾離思衍。推戶星稍出，輝輝帶階蘚。葉脫辨踈林，雲歸想遙巘。如何遘良會，盃行較深淺。含愁良易盈，即事況成緬。暄凄意每餘，去住情各展。何處曙鐘撞，殘燈耿難遣。

【校記】

〔一〕錢批本及十二卷本未收此詩。

和厚石用陸魯望雜諷九首之一韻〔一〕

達人泊世味，有味在澹適。簾陰竹碎瑣，窻曙雞喔呃。畢景一吟歗，竟座忘主客。冷蛩泣露單，叢菊倒霜白。吾道付青松，歲寒情不隔。福極有五六，一一天所畫。悟者如飛鴻，雪泥暫時跡。居不厭蓬戶，口不厭藿食。明德庶各努，堅冰漸知惕。遊移終何成，我心亮匪石。

【校記】

〔一〕錢批本及十二卷本未收此詩。

和桐石用柳柳州覺衰韻〔一〕

立身弗堅牢，恒慮髩雪侵。三年客東越，蟾兔空相尋。塵事刳牽黝，瘦骨支難任。食檗耐苦性，彈琴悅貞心。寥寥千載意，俯仰悲陸沉。吾儕狂狷儔，貌古情非今。臥痾子新起，一盞懽酌斟。元水有眞味，嘉木無惡陰。冠纓自來潔，不藉滄浪吟。苔生本同岑，鳥棲本同林。服食善自愛，子歌我嗣音。

【校記】

〔一〕錢批本及十二卷本未收此詩。

臘月六日桐石餉韭芽適甌人致柑輒以奉答繫二絶句〔一〕

壓灰釀出冰霜骨，上箸誇他翡翠茸。急數青錢糴河蜆，小鮮幾頓破齋供。楊廷秀句『庾郎晚崧翡翠茸』。

開緘定笑不如拳，虞茘申棖竟亦然。且要裝綿注瑤罋，玉堂留取上元傳。

【校記】

〔一〕據錢批本及十二卷本補。

將之金陵次韻酬別柘坡厚石桐石三首〔一〕

江南腸斷有方回，不獨蘭成賦筆哀。忽地摧衾生夢遠，來朝捩舵喚船開。官梅香細憐新茁，玉樹根長省舊栽。但負歲寒聯句約，貓頭山芋夜深煨。〔二〕

錐立何會半畝宮，暖風吹臘尚號冬。太沖欲賣吳都賦，二仲難留蔣徑蹤。強笑盃盤含苦味，如膠朋舊儘離悰。竈神未送吾先別，一夕韡紋換玉容。

溫台落手已三回，髀肉消磨信可哀。乞米無端望西笑，割青何意傍山開。長江客夢還重作，舊日情根不用栽。臨別堂前難自語，隔年飯去異鄉煨。蘀石每勸余北行，厚石詩中及之，故有第三句。割青，白下亭名。〔三〕

【校記】

〔一〕原題『三』作『二』，因據補一首，故改。錢批本及十二卷本『桐石』後有『兼柬蘀石京師』六字。

〔二〕錢批本及十二卷本未收入此首。

〔三〕此首據錢批本及十二卷本補入。

贈別陳漁所疊前韻二首〔一〕

兒童上樹日千回，瞥眼看看老可哀。半為喧淒成我懶，每將懷抱向君開。枳難棲鳳將安適，筍待成龍定好栽。輸與黃梅水仙下，一尊靠壁酒新煨。

年時相顧總冥鴻，披襖南榮過凜冬。豈謂并辭咸籍伴，謂令叔約菴。翻然悵望紀羣蹤。時乳巢客秦中。祭詩未踐雞豚約，避債還逃桂玉悰。盼絕青驄寒食路，一緘天末破愁容。

【校記】

〔一〕錢批本及十二卷本未收此詩。

句曲曉行望茅山

霜野白於雪，絮衣寒似冰。暗馱驢背夢，時閃店門燈。雙鬢華如此，三茅去未能。黃精誰啖汝，只憶隱居曾。陶宏景嘗隱茅山〔一〕。

《浙西六家詩鈔》評：『老於行役者，讀之能無慨歎？』

【校記】

〔一〕錢批本及十二卷本無注。

三十六梅花硯歌為許南臺明府作〔一〕

端石人矜鸜鵒眼，有眼便佳多益善。誰其巧匠化工刀，琢成三十六棵硯。官閒客閒坐叉手，殘年相對情眷眷。自攜一石置髹几，呼燈未來光已炫。琉璃作匣玉飾之，信意開看掣寒電。圍徑尺半厚二指，嘘氣如雲滑如絹。一眼卻琢一朵梅，小者作蘂大作片。自一數至三十六，一一靈活非淚濺。照水真成綠蕚香，臨池多恐黃蠭戀。先生好古精別裁，每得古物等佳彥。此石搆得更有神，春風排日吹深院。幽芳一縷沁詩魂，醲馥何煩論甲煎。賓筵賞擊太好事，當盃慎勿飲缸面。嗟我才薄同石頑，浪走江關髩雙變。團圞好語且他鄉，餖飣椒花頌誰擅。不須持寫送窮文，他日好書循吏傳。

【校記】

〔一〕錢批本及十二卷本未收此詩。

戊辰

正月三日遊靈谷寺宿道公方丈次其除夕六首韻並示玉潛長老〔一〕

隔歲林園盡脱霜，春風三日驟顛狂。鞭絲重拂鍾山翠，揀取松陰走戒堂。癸亥冬游此。

齒冷龍蟠六代誇，昆明贏看劫灰加。老僧叉手滄桑外，閒剔琉璃一穗花。

不成劍俠不詩仙，貝葉來繙第幾篇。茗汁伊蒲償宿債，竟無布施佛前錢。

香火因緣一笑成，卻看瓢笠恡無情。寶公遺鏡休持照，頭髮今年白幾莖。

清絕參寥與辯才，好詩多供佛前來。愛煎功德泉澆客，吹着松枝撥火灰。

梅花香靠竹窻濃，春挾冰心細細鎔。一夕禪床穩殘夢，道人緩打破樓鐘。

【校記】

〔一〕　據錢批本及十二卷本補。錢批本眉批『亦苦趣，苦極』。

四日雨阻靈谷方丈疊前韻〔一〕

塌地寒菘嚼雪霜，一龕古佛許清狂。打包僧定前身是，粥鼓敲時又過堂。荆公謝賜半山寺額表，乃塵長老之園，遽如佛許。

清寒風味儘教誇，香炷銅爐旋旋加。借與維摩方便坐，不妨天女散空花。焦竑梅花塢句：天女知空結習，散花不礙維摩。

物外消搖即是仙，南華猶記寓言篇。新年幾日嚴齋禁，省卻春衣典酒錢。

山雲滃滃雨看成，竹筧淙淙聽有情。城裏持符空調水，不來仙露吸金莖。

未定慈悲拜善才，趙州直為喫茶來。分明蜀叟逢坡老，容易鄉心着死灰。道公、玉師俱莒人。

春歸萬壑翠園濃，酥雨還催澤腹鎔。過去何曾關現在，不須重話景陽鐘。

【校記】

〔一〕據錢批本及十二卷本補。

坐靈谷寺方丈雨不止〔一〕

換歲已四日，未春猶在臘。時隔立春二日。東風凜餘寒，晚雨益霅霅。壑松暗自吼，林竹影相磕。微聞殿角鈴，遠與踈磬答。空堂坐無言，對面惟一衲。澹然風味存，瀟灑安几榻。栴檀本自香，曷用燒艾蒳。山廚潔伊蒲，蔬筍色交雜。坦懷復一飽，遶屋走兩匝。山深響籟多，風力更蕭颯〔二〕。畏冷戶急揜，繙經短紅蠟。膽缾靠素壁，梅丫影橫沓。芳氣悅禪定，夜久屢開闔〔三〕。吾道不必同，且弗孤會合。寥寥出清語，寧藉多人拉〔四〕。甌茗貯深煖，幸有爐火熗。欹枕養腳力，晴待半山踏〔五〕。癡想屋東雲，尚沒誌公塔。

【校記】

〔一〕詩題，錢批本及十二卷本作『坐靈谷方丈雨不絕』。

〔二〕風力，錢批本及十二卷本作『茲夕』。

〔三〕『芳氣』二句，錢批本及十二卷本無。

〔四〕『寥寥』二句，錢批本及十二卷本無。

〔五〕『欹枕』二句，錢批本及十二卷本無。

尋八功德水

瓦溝滴初罷，覓泉鳴不已。尋聲入齋廚，溯源請此始。手扶沙彌肩，背遶浮圖趾。拍掌聆街心，四絃答雙耳。寺東北趾為琵琶街。沙草潤新雨，滑塌一二里。亂石堆坱圠，踈篁夾邐迤。行來有聲處，聽到無聲裡。澄撓但一色，深廣亮如是。清冷香柔甘，功德可僂指。龐眉感老禪，解渴或有以。頗笑西僧言，竭彼乃盈此。上蔭蒼龍柯，下照梅花蘂。夕陽澹陰嶺，默坐方漱齒。沙彌意云何，嗒焉我與爾。宋梅摯《八功德水記》：深僅盈尋，廣可倍丈，水旱若初，澄撓一色。八功德者，一清、二冷、三香、四柔、五甘、六淨、七不饐、八蠲痾也。

雞鳴寺坐憑虛閣啜茗

稍下觀象臺，彳亍走東麓。雞籠覆我前，徑旋螺頂縮。摳衣入秘密，山門榜曰秘密關。壓壓等雌伏。廊深木魚靜，於時僧已粥。亭午塔無影，冷見五層矗。其前閣數楹，傳自宣德築。牛首鳳凰臺，元武湖靈谷。石城遶右臂，形勝若奔逐。英雄亮斯爭，可笑時運促。危欄不敢拍，袖手送以目。宮闕久禾黍，禾黍化為屋。莫詢射雉場，那譜後庭曲。一僧邀茗話，不省六代六。但述梁武帝，銜感似在腹。猗嗟四部荒，冀尋次宗讀〔一〕。姑待野棠開，還就佛鐙宿。『其南鳳臺牛首，其西石城長江，其東大内宫闕，其北後湖鍾阜。』〔二〕見明南刑部郎呂律《憑虛閣記》。『寧知玉樹後庭曲，留待野棠如雪枝。』溫庭筠《雞鳴埭》曲也。

【校記】

〔一〕冀，錢批本及十二卷本作『異』。

〔二〕『其南』四句，錢批本及十二卷本無。

大佛菴紅綠二古梅〔一〕

看竹投古林，未到腳慾歇。驟聞逆鼻香，蚤見刹竿突。鏗然卓枯笻，身在琉璃室。三匝遶樹根，心辨宋元物。雙身並合抱，上交枝柯密。庭廣約半畝，葢覆不容日。徐覺風獵獵，稍漏光瑟瑟。天女太好事，鏤琢肌與骨。朵朵復瓣瓣，散此冰玉屑。陰愁綠霧迷，暖訝紅雲割。未色先孕香，色二香本一。元想臭味空，所得無髣髴。遺音翠羽穿，墜影黃蠡瞥。無言吾已去，曷暇拜古佛。

【校記】

〔一〕據錢批本及十二卷本補。

清涼山訪翠微亭址不得憩掃葉樓梅花下

晚踏清涼山，始入清涼寺。攝襟書無存，璇牓莫題識。舊有得慶堂額在法堂前〔一〕，為南唐後主攝襟書〔二〕，見放翁遊記。白足三數輩，茗汁候客至。指謂亭久廢，但有翠微翠。李氏昔避暑，宮雉奮翅翅。龕佛已數換，那詢南唐事。石頭路不滑，篁竹紛夾侍〔三〕。寒影碎我衣，鏘然韻清吹。山頭削僧頂，秋毫決雙眥。了了虎踞雄，江水一盃寘〔四〕。雲移樓閣明，日落洲渚媚。形勝閱千載，剩甃布金地。微鐘領古愁，煙瞑腳方跂〔五〕。誰攜聲聞酒〔六〕，來共梅花醉。媿乏丈六身〔七〕，底物作布施〔八〕。東坡嘗施彌陀畫像於寺，有句云：『問禪不契前三語，施佛空留丈六身。』

【校記】

〔一〕舊，錢批本及二十卷本作『寺』。

〔二〕『為南』句，錢批本及十二卷本作『為南唐後主書』。

〔三〕『龕佛』四句，錢批本及十二卷本無。

〔四〕『了了』二句，錢批本及十二卷本無。
〔五〕『形勝』四句，錢批本及十二卷本無。
〔六〕誰，錢批本及十二卷本作『空』。
〔七〕媿乏，錢批本及十二卷本作『自非』。
〔八〕底，錢批本及十二卷本作『何』。

書江表志後十絕句〔一〕

管領緐華廿四橋，雄心閒殺廣陵潮。鯉魚飛上海風急，吹折垂楊最嫩條。
阿姊伶俜少弟將，遙遙仙李續根長。蠅聲螘點須彈壓，懊悔髭鬚一夕霜。
展宴瓊樓舞雪斜，題詩江左擅風華。五人合作飄零盡，情味還憐屬汝家。
淮甸倉皇竟割江，交游魚鼈詎心降。醉來揭卻當頭屋，驚醒楊花水調腔。
望火那知識木平，雷聲卻誤耿先生。玉顏烏爪看成惑，百尺樓中想喫驚。
秋枝蟬斷御樓扃，中管淒涼未暇聽。何似太平嚴相國，彩骰一擲送娉婷。
吟箋畫幅等身多，密院中書長綠莎。為問澄心堂裡客，小臣張泌事如何。
秋風曉角判殂亡，舊譜重翻揔斷腸。枉為竺乾齋禁苦，不如索性舞霓裳。
衲衣輕格最風流，自在窻邊任客留。漫道江南有人憶，布衾點撿賜黔婁。

横艸無功只自憐，故人相見惡因緣。憑他上國風光好，卻賺郵亭一夜眠。

【校記】

〔一〕 錢批本及十二卷本未收此詩。

上元後一夜舒樸菴方伯招同讌集瞻園用韋蘇州郡齋讌集韻〔一〕

東風散淑景，曲館霏清香。裵回蔣陵月，寫此棣萼涼。傳柑續嘉讌，聯佩交華堂。初筵左右秩，行酒歌壽康。花深語笑暖，夜永形骸忘。薦新行鱠縷，雋味江淮嘗。坐深媿羣賢，縫掖參金章。園林萬燈影，升降隨風翔。爛漫陳百戲，醉眼紅茫洋。其道昇平樂，矢音期無疆。

【校記】

〔一〕 錢批本及十二卷本未收此詩。

實意以詩來金陵次韻酬簡四首〔一〕

記讀湖陰曲，頻傳雁足書。寒江重渡日，之子返林初。契闊緣持缽，飄零攬贈琚。中年數知己，相顧一囊虛。

夙下承明直，因多活國方。空吟何水部，竟瘦沈東陽。感激懷中赤，端憂問彼蒼。艱難營馬鬣，竹杖冷帷堂。時竇意居憂里門方營窀穸。

綠徧金城柳，毶毶拂病身。詩傳青玉案，愁損六朝人。燕入尋常壘，花飛黯淡春。清明看造次，彈淚與江濱。

憶得樵風墅，松扉罨翠層。午時攤飯睡，丙舍課兒燈。高適宦終達，虞卿書莫憑。年時如未出，來共一枝藤。

【校記】

〔一〕錢批本及十二卷本未收此詩。

五日汎秦淮六首同陸柳塘作〔一〕

斜陽簾押浸琉璃，畫舫蓀橈合水嬉。紅得榴花帬一色，良辰逗與客心知。

燈船漾出飲虹橋，擥與纏頭便打招。葉葉笙簧催鼓拍，秦淮剛轉玉龍腰。

酒綠鐙紅春叵匝，水香雲膩夜勾留。淒涼六代繁華歇，妝裹叢殘佐勝遊。

珀釧垂垂寶屧彎，綠陰罨處露春山。吳姬身是紅襟燕，出沒朱欄繡幕閒。

綵絲簾幙囀春鸎，遺調金元拍遍清。安得樂王搖醉筆，教坊絃索換新聲。明陳大聲以詞曲擅場，教坊子弟稱為樂王。

漸老心情畏聽歌，開樽選伎比如何。止生死後誰狂賞，白與投詩弔汨羅。茅止生五日，會秦淮賦得《投詩弔汨羅》，作者凡三百餘人。

【校記】

〔一〕 詩題，錢批本及十二卷本作『五日汎秦淮二首』，本詩前四首未收。

汎舟秦淮遂入青溪一曲得絶句七首〔一〕

不雨不晴天最佳，一奩深緑古銅揩。多情桃葉渡頭水，半是青谿半是淮。

老柳絲絲拂故宫，緑蔭濃處絮飛空。可憐栽徧金城種，不繫燈船繫釣篷。

水榭曾聽水調腔，郭家歌舞勸雞缸。重來尋着六年夢，一架薔薇罩碧窻。明姚綬句：『白下追遊記昔年，郭家歌舞楊家酒。』

水邊樓上意都灰，慵殺重簾午夢回。便説阿春能看客，簷前鸚鵡莫相猜。《侯鯖録》：晁次膺薄游南京，有『懊惱水邊樓上時』句。『阿春看客』，見《幽怪録》。

演漾鍾陵一半青，髻螺眉黛兩娉婷。墨花次第酬真賞，徧灑谿山十八亭。顧文莊謂金陵山如古佛頂上之螺，美人眉間之黛。青溪有十八亭。

翠襟低拂尋常燕，紅板斜通宛轉橋。可是郄生才地薄，煙波一曲便迴橈。晉郄僧施嘗汎舟青溪九曲，一曲賦一詩，今城中惟存一曲，遶舊内南經淮清橋與秦淮合。

鷗羣深占汝南灣，飲水心期復此間。怊悵牽船難得住，略攜鎗腳對青山。

【校記】

〔一〕據錢批本及十二卷本補。十二卷本未收第五首。原詩作『六首』，今參兩本，共得『七首』，故改。

瞻園看桃花六首〔一〕

廿四番風作意狂，濃春深貯大功坊。枕邊幾夜江南雨，換得園林碎錦裝。

迤邐緋桃開又殘，牆東千葉壓春寒。蠡鬢蜨粉恩恩見，巡徧斜陽十二欄。

高下樓臺裏絳綃，一盃酒可即時澆。後庭花好無消遣，瞇眼繁華見六朝。

人柳三眠低拂花，慶奴風態更夭斜。惹來雙燕差肩坐，軟語商量莫定家。

浩浩春風不自持，兔葵燕麥也時宜。井欄壅卻淳熙字，便問碧桃渾未知。園有井欄，上刻隸書『普生泉淳熙丙午邵永堅建』十一字。

遺賞中山感廢興，殘紅飄榭怯重憑。翻期月黑同過此，臥看長干夜塔燈。

【校記】

〔一〕據錢批本及十二卷本補。

詠鸚鵡次許漢槎韻二首〔一〕

飄零深悞隴西名，轉徙江東翠質輕。敢謂樊籠人不愛，悔教言語座偏驚。俳優恥博金閨寵，文采愁牽玉鎖明。三十六宮齊怨別，含情試共話生平。合陪鸞鳳侍金仙，回首崑崙失翠顛。誦得心經聊自懺，翻殘博局為誰憐。青牛帳靜文梶底，玉女牕虚繡檻前。驀記琵琶曾唤處，一聲響板極悽然。此首落句感予近事也〔二〕。

【校記】

〔一〕詩題，錢批本及十二卷本作『詠鸚鵡次許漢槎韻落句感余近事也』，第一首未收。

〔二〕錢批本及十二卷本無注。

和寶意解脱詞六首〔一〕

渡江雙槳轉頭非，一笑迎來又送歸。淮水無情半丸月，照人同夢照分飛。『楊枝且作三年遣，桃葉終當一笑迎。』寶意舊作《無題》句。

苦似蓮心斷藕絲，衾長枕賸悔嫌遲。情知懊惱渾無益，索性狂吟解脱詞。『衾長枕剩』，見山谷句。

神絲繡被異香薰，五載青蛾屬使君。等是雪鴻風絮影，休論通德與朝雲。

竟拋金縷舊帬欄，處仲新來後閣寬。他夜刪書官燭跋，免教半臂忍輕寒。

落花不惹絮無黏，鸚鵡休煩唤畫簾。看得横陳同嚼蠟，冰牀支枕誦楞嚴。

維摩自炷佛前香，霎地空花散道場。長者疾平天女去，本無一物在閒堂。

【校記】

〔一〕詩題，錢批本及十二卷本作『解脱詞和寶意二首』，第二至第五首未收。

汎舟後湖看荷花五首〔一〕

四圍鬟影曉雲黏，十萬紅粧靄鏡匳。寶屧江山餘豔冶，濕銀宮闕現香嚴。障來團扇鴛鴦浴，傾與真珠翡翠霑。髣髴嬪嬙停畫鷁，暑風齊捲水晶簾。

久罷昆明鵞鴨軍，採蓮歌曲付紅裙。波香晉宋齊梁續，魚戲東西南北分。秋到芰衣憐楚客，塵生羅襪望湘君。娉婷嬲雪催詩句，甘露亭西黑片雲。

煙波瀲灩溢金塘，墜粉飄紅步步香。濁淖深蟠根雪白，火雲静立骨冰涼。碧筩好試靈瓏竅，苦薏憑開窈窕房。一見江南腸一斷，佯羞無語不成狂。

雪鷗花鴨眼俱明，荇帶蓴絲倍有情。舊種仙壇曾變化，儻移玉井見平生。清流漫玷張郎面，綠幕虛懸庾杲名。短櫂夤緣動秋思，葛衫風細伴傾城。

雲裓露鬟淨琉璃，心地清涼對恰宜。風月知音周茂叔，畫圖標韻趙昌之。飄搖易怨秋風客，恩寵能忘太液池。隱忍年時卑濕苦，石頭城下訴相思。『卑濕淤泥，乃生此花』，見《維摩經》。

【校記】

〔一〕錢批本及十二卷本未收此詩。

七月十六夜秦淮歌席翫月達曙即送董君入蜀五首〔一〕

剛從苦海一回頭，依舊清淮涌月流。作達應饒善知識，本來心跡許沙鷗。金陵陳魯南有《善知識苦海回頭記》。

頓老琵琶李節箏，更催薛九唱新聲。羈人眼與離人耳，雪貌珠喉太不情。

送君西去八千里，伴我同斟三兩盃。丁字簾前六朝夢，一聲拍板盡驚回。

清波如月月如波，繡幕無聲緩槳過。小部霓裳攜法曲，片槎直欲貫銀河。

冰絲續續且休彈，其奈尊前蜀道難。明日酒醒君已去，秋風殘樹秣陵寒。

《浙西六家詩鈔》評：『唐音。』

【校記】

〔一〕詩題，錢批本及十二卷本作『秦淮歌席翫月達曙即送董會嘉入蜀』，前四首未收。

瞻園磨盤山〔一〕

平臺面面列煙鬟，深夜仙人駕鶴還。四百年來城郭是，不堪高處望鍾山。

【校記】

〔一〕據錢批本補。

周崑來墨龍歌〔一〕

季春之月天始虹，耳邊颯沓驚雷風〔二〕。古壁模糊動鱗鬣，髣髴突見真飛龍。夭矯神物合變化〔三〕，得非來自滄海東。雲氣霾霿深黑色，清晝黯黮如元冬〔四〕。白光閃爍隱還現，爪角凹峭牙鬚雄。誰其畫手善狡獪，坐令空堂洶洶幻作波濤宮〔五〕。憶昔曹弗興，赤龍曾寫谿流中。宋時有董羽，尤擅絕藝傳神工。今之畫者無乃是〔六〕，意象慘淡綽與前賢同〔七〕。膚寸之雲彌六合，十指迺有造化功。澤枯潤涸會有待，不然亦與蛭螾蚓螻同所終。周君作此太感觸，泥沙困頓將安窮〔八〕。何年真試活國手，一灑霖雨蘇耕農〔九〕。

【校記】

〔一〕墨龍歌，錢批本及十二卷本作『畫龍歌』。

〔二〕驚雷風，錢批本及十二卷本作『雷而風』。

〔三〕『髣髴』二句，錢批本及十二卷本無。

〔四〕『雲氣』二句，錢批本及十二卷本無。

〔五〕『誰其』二句，錢批本及十二卷本無。

〔六〕『尤擅』二句，錢批本及十二卷本無。

〔七〕 意象，錢批本及十二卷本無。

〔八〕 『周君』二句，錢批本及十二卷本在『膚寸』二句之前。

〔九〕 『何年』二句，錢批本及十二卷本無。

論篆同柘坡厚石桐石四首〔一〕

秦相燔書輒變書，銘題卻自不齟齬。古今只此大機栝，正是欲生隸楷初。

扶風死後邯鄲續，師法未聞韋誕詳。隱括從前雜形體，可知只數左中郎。

東宋豐豐訛已甚，蠶蟲魏兔謬難刪。千年相見秦丞相，又得陽冰一轉關。

陽冰大小篆柔弱，書論宧光九體偏。只看吳儂書草篆，當時古法定無傳。

【校記】

〔一〕 據錢批本及十二卷本補。

酬次玉潛長老韻〔一〕

若問入山吾最能，半生已作打包僧。粥魚茶板前因熟，麈柄筇枝老興騰。龕佛有靈應接引，爐香無燄任消凝。三生證取鍾陵石，莫道他年不再登。

【校記】

〔一〕錢批本及十二卷本未收此詩。

匏村招集精嚴僧舍分賦得糟蟹〔一〕

水鄉貴團臍，束縛攔街賣。亦誇十月雄，肥美意更快。蹣跚十數輩，未忍恣一嘬。解蒲細湔刷，螯跪去所械。配劑椒鹽審，方法糖霜誡。入味時覷靨，護黄莫損介。濃浸麴米汁，徐竢醉而憊。登俎我姑休，入甕君勿怪。夢想草泥蹤，蘆雪一枝畫。觀頤忌火攻，占象得離卦。形骸醉鄉宜，風味歲寒屆。加餐雙斫雪，閒拉冷朋話。

【校記】

〔一〕詩題，錢批本及十二卷本題作『匏村招飲分賦得糟蟹』。

將復之金陵桐石以詩贈行頗盡情事用申其意為答五首〔一〕

偪側無多地，嶔崎可笑人。在家身是客，非想夢成因。漂泊同歸燕，江湖有滯鱗。菊華開造次，俯首整烏巾。

四十無端過，窮愁只慣隨。江橫眼中淚，秋長鬢邊絲。阮籍惟沉醉，楊朱是本師。看看老將至，萬一路休歧。

金石歌難歇，簞瓢樂未終。貧哉何至此，回也庶乎空。一笑路旁鬼，行年雪上鴻。虞卿書且著，不著亦須窮。

有子掛懷抱，杜公詩未然。死生看一槩，哀樂付前緣。賦別兼將恨，談玄易着禪。身宮愁布筭，磨蝎汝為先。

艸艸提長劍，栖栖驟曉驂。清霜霑客袂，落葉滿淮南。解脫成新計，艱難信舊諳。稍留身世感，併作歲寒譚。

【校記】

〔一〕『五首』，錢批本及十二卷本作『二首』，此詩第三、四、五首未收。

同張玉李登雨花臺作〔一〕

手把浮邱袖，飄然占一臺。人烟依塔上，龍氣挾江來。地險餘兵壘，時清笑霸才。天花零落盡，不必首頻回。

《浙西六家詩鈔》評：『有盛唐雄壯之氣。』

【校記】

〔一〕據錢批本及十二卷本補。

能仁寺老梅次玉李韻〔一〕

晴鳥喜窺澗，暖雲低護房。蕭然倚寒竹，澹爾得孤芳。空裏香為界，橫來影在廊。迴風將數點，靜與繡幢颺。

【校記】

〔一〕據錢批本及十二卷本補。

憩普德寺外石橋〔一〕

八九松身古，四三人影齊。山橫寺前後，橋壓澗東西。花密圍寒磬，雲深靜午雞。春風先物外，消息此巖栖。

《浙西六家詩鈔》評：『五六深細，前四句亦樸老。』

【校記】

〔一〕據錢批本及十二卷本補。

遊寶光寺城南最幽勝處也時緑萼梅尚未放〔一〕

岡路威遲萬竹深，斜陽還信蹇驢尋。消磨老雪憑山氣，護惜真芳見佛心。金磬不敲花不語，蒲團孤坐鳥孤吟。果林貝葉俱塵劫，借汝茶盃洗客襟。

《浙西六家詩鈔》評：『禪寂真諦，非慧業文人不能領會。』

【校記】

〔一〕 據錢批本及十二卷本補。

上元縣齋除夜〔一〕

兩度江城餞歲徂，當筵頻起祝前塗。尋思往事如春夢，怕以陳人比舊符。白墮有情澆節序，青衫無計答鬅鬙。酣歌迸散棲鴉影，冷蘂踈枝困欲蘇。

【校記】

〔一〕 據錢批本及十二卷本補。

己巳

落梅分得作字

匝月東風香〔一〕，暖雨時一作。瞥然老梅樹，紛紛開且落。墮近上茵席，舞深透塵閣。半面紅賸粉〔二〕，殘鬚濕連萼。心緣蠹採枯，力為禽嗛弱。飄處縈帬裾，掃來壅籬腳〔三〕。昨夜哀玉龍，今朝怨霜鶴。春夢不妨空，冷懷安所托。榮悴詎偶然，鄭重題詩各。鐵石如有腸，與君和雪嚼。

【校記】

〔一〕匝月東風，十二卷本作『東風匝月』。

〔二〕『半面』二句，錢批本及十二卷本無。

〔三〕『飄處』二句，錢批本及十二卷本無。

寄內四首〔一〕

萍梗看如此，饑寒近若何。夢纏江海闊，愁掛米鹽多。任爾帬縫布，常年屋補蘿。冰霜堅忍過，判斷候春和。

隔歲無消息，空函附老親。鼎牲酬不易，涕淚迸徒真。倚托斑衣代，扶持白髮新。春風溫杖履，稍慰目前貧。

俯仰真何賴，依棲有底忙。默慙春鳥喚，深負故園芳。枉被詩書苦，難言富貴忘。飄零感知賦，終惠只壺漿。

心事彈碁局，生涯反手雲。暖寒方憶汝，淪落致離羣。月滿疏窻得，花濃繡袱分。驕兒如學語，短札報殷勤。

【校記】

〔一〕錢批本及十二卷本未收此詩。

上元縣齋上元夜雪同用東坡聚星堂詩韻并效其體〔一〕

沉沉院落調銀葉，卻取春鐙換春雪。天公試手聊作戲，誰家擁髻正愁絕。牀頭袍絮薄更搜，閣裡琴絃凍欲折。分曹擘柑春自盎，密座燒蠟風不滅。細啖菜甲耿多憶，牢捧玉船愁被掣。江邊新柳又青眼，牆角短梅幾紅纈。鼓聲十棒想縹緲，茗汁一甌太騷屑。阿香驚筍掀欲穿，素女窺檐笑成瞥。白戰偏教上元續，夜宴不讓南唐說。君勿僵臥頹玉山，海月一輪催老鐵。雪後月甚佳。

【校記】

〔一〕詩題，錢批本及十二卷本作『上元縣齋上元夜雪用蘇公聚星堂韻』。

次韻苔夏培叔雨後見寄〔一〕

半春風雨思難裁，讀易閒占小往來。文豹深潛那撥霧，籜龍寒睡忽驚雷。禰衡投謁空懷刺，庾信羈離枉費才。直要銜泥尋酒伴，不妨斫地一歌哀。

【校記】

〔一〕據錢批本補。

雙清亭雙鶴歌

西園萬柳搖晴綠，一片華池淨圜玉〔一〕。翛然飲啄巡空亭，宛頸引吭聲斷續〔二〕。雙身聳立秋森森，迴合萬里之明心〔三〕。蓬萊碧落夢不到，瞥爾飛入虞羅深〔四〕。啄君稻粱荷君愛，水邊照影霜毛在。終須養翮騰青冥，未戀乘軒逐流輩。鸞膺鼈腹真奇材，得非舊伏青田胎。雖然暫供耳目翫，軒翥不得終愁猜〔五〕。虬松鬱鬱高百尺〔六〕，石逕苔青月生夕。空天相顧一長鳴，我汝知音良可惜〔七〕。吁嗟乎蘇耽窈窈升雲煙〔八〕，蒼顏轉黑知何年。便訊春風假羽翼，去尋黃隺樓頭仙〔九〕。

《浙西六家詩鈔》評：『寄託遙深，一塵不染。』

【校記】

〔一〕搖晴綠，錢批本及十二卷本作『紛搖綠』。一片華池，錢批本及十二卷本作『華池一片』。

〔二〕『倏然』二句，錢批本及十二卷本無。

〔三〕合，錢批本及十二卷本作『含』。

〔四〕『蓬萊』二句，錢批本及十二卷本無。

〔五〕『鸞膺』四句，錢批本及十二卷本無。

〔六〕鬱鬱，錢批本及十二卷本作『翻翻』。

〔七〕汝，錢批本及十二卷本作『爾』。

〔八〕吁嗟乎，錢批本及十二卷本無。窈窈，錢批本及十二卷本作『杳渺』。

〔九〕『便訊』二句，錢批本及十二卷本無。

坐不繫舟看桃花三首〔一〕

雨香雲膩滴濃春，映水穿籬見斬新。兩度江南被花惱，花應認取別家人。

剪絳裁緋血色鮮，綠楊狂更掃吟肩。丁寧苦覺鶯多語，造次生憎蝶慣穿。

蹉跎寒食控青驄，未得裁詩與比紅。昨夜風顛今日雨，只防消瘦此聲中。

【校記】

〔一〕十二卷本未收此詩，錢批本收本詩第二首。

池上獨立望鍾山〔一〕

斜陽澹深柳，裔裔水雲合。空亭四無人，雙雀語相答。一螺牆頭山，緬與衆峯雜。婭姹芳林際，濃翠晚開闔。花宫昔避暑，涼麵松陰踏。清呷功德泉，楸枰對閒衲。蕭寥塵跡屏，疏爽秋氣納。業白素侶偕，捉塵靜橫榻。嗟哉縛城府，屐齒久廢蠟。回軫歲已周，青春孤畫榼。單影鑑池波，悵望夕霏匝。微聞煙際鐘，不辨煙中塔。

【校記】

〔一〕十二卷本未收此詩。

簡張玉李二首〔一〕

雀航南畔酒壚旁，小别悤悤醉暫忘。豈謂春風孤見面，翻令江水等迴腸。鶯花不屬張三影，煙月都銷脱十娘。莫管秦淮簫鼓動，燈船讓與别人狂。

同住江城似隔村，知君念我亦銷魂。心隨梁燕朝朝去，愁共春燈夜夜言。老大漸安孤賤分，羇離轉憶友朋恩。應憐寂寞南朝客，門掩潮溝說魯論。伏挺居宅在潮溝〔二〕，嘗於宅講《論語》，聽者傾朝。見《南史》，潮溝在上元縣治東北〔三〕。

【校記】

〔一〕詩題，錢批本及十二卷本題作『簡玉李』，第一首未收。

〔二〕錢批本及十二卷本『伏挺』前有『南史』二字。

〔三〕『見《南史》』二句，錢批本及十二卷本無。

四月一日池上晚晴〔一〕

斗覺晴嵐翠潑空，絮雲片段掃南風。官蛙暖語荒陂外，病雀閒巡落照中。人倦夢情先紫楝，春歸花信到青桐。渡頭酒舫休停待，懶問清谿一曲通。

【校記】

〔一〕錢批本及十二卷本未收此詩。

獨酌疊前韻〔一〕

不信尊前只抵空，流光迅似渡江風。花經春老全非舊，月上天心易過中。騏驥逡巡煩尺箠，鵷鸞漂泊媿高桐。浮生未定無根蔕，楚樹吴雲有夢通。

【校記】

〔一〕錢批本及十二卷本未收此詩。

堦前芍藥四月尚未作花詩以催之再疊前韻〔一〕

素粧留殿衆芳空，未易扶頭艷曉風。笑汝白紅緋下品，惱人心眼意三中。團來粉薄虚憐蝶，墜處陰多静倚桐。徑擬揚州翻舊譜，冶情只索畫圖通。劉貢父《芍藥花譜》：一種粉紅退白者名素妝殘，凡三十一種，皆使畫工圖寫之。又後序云：緋單葉白單葉紅，單葉者不入名品之内。張子野，人稱為三中，謂心中事，眼中淚，意中人也。

【校記】

〔一〕錢批本及十二卷本未收此詩。

朱韡原書來知偶圃於四月七日歿於江西五月二十日其家始扶櫬歸里哭之以詩八首〔一〕

忽手朱三札，倉皇迸淚新。比年憂頗劇，今日痛成真。酒豈能蠲疾，官奚不療貧。無情豫章木，萬古蟄斯人。

傳說京師返，應憐四桂荒。如何抛舊雨，輾轉到南昌。死尚鶩湖戀，生無兔窟藏。漂搖魂氣在，萬一念家鄉。

朱李終何托，無兒併是空。視含煩寡妾，易簀祇騃僮。旅櫬荒江月，靈幃破廟風。平生無盡意，澌滅太悤悤。

憶在庚申夏，題君介石圖。儒冠那自誤，經術定時須。進士第何有，宰官身亦無。蒼茫循吏傳，廢卷一長吁。

三板船曾載，東軒酒共傾。艱難分薄俸，坦率為同盟。別竟無書札，交真見死生。緣君枯兩眼，淚盡哭吾兄。昨歲六月遭仲兄之喪，壬戌夏同客高安。

應舉文章賤，謀生句讀難。蹉跎穿老眼，造次急微官。自笑癡騃極，猶當盛壯看。忽驚君老死，心骨一時寒。

南郭詩人五，謂君與乳巢、豫堂、蘀石及予也〔二〕，戊申冬，君招同合訂詩卷〔三〕，以其在城南，故稱『南郭新詩』〔四〕。惟君齒最多。相看朋友樂，不啻弟兄過。雞黍龐公宅，田園邵子窩。當時空浪出，遺恨付山阿。

小築題詩席，艸堂聽雨宵。謂豫堂綠谿小築、蘀石回谿艸堂。更難寒影共，剩與別魂招。酹酒惟新土，煎茶失舊寮。綠雨莊已易他姓。南湖歸去月，忍放郭門舠。

《浙西六家詩鈔》評：『真切沉痛，直逼少陵。』

【校記】

〔一〕詩題，錢批本及十二卷本作『冰壑書來金陵知偶圃四月七日歿於江西五月二十日櫬歸予未獲視其喪先為詩六首哭之』，第二、八首未收。第三、四首據錢批本及十二卷本補，今共八首，故改『六』為『八』。

〔三〕『謂君』句，錢批本及十二卷本作『君與陳二向中、祝大維誥、錢七載及又曾也』。

〔三〕『戊申』句，錢批本及十二卷本作『戊申冬集君齋合訂詩卷』。

〔四〕錢批本及十二卷本無『其』字及『故』字。

自題龍湫宴坐小景〔一〕

大海漂孤萍，因風墮震旦。經行暫宴坐，鴻去雪復幻。一笠穿春雲，澹爾虀粥面。飛泉無時枯，意外獲貞觀。廓廓心語眼，閉汝吾亦見。為問諸矩羅，那箇是羅漢。

【校記】

〔一〕錢批本及十二卷本未收此詩。

長洲黃方川屬題目畫秋景小照二首〔一〕

君家舊傍莫釐青，合向溪灣縛艸亭。梧竹弄涼沙柳細，晚來鷗夢亦吹醒。

自對谿山自寫圖，清涼心地付冰壺。元規塵與劉輿膩，此處應知一點無。

【校記】

〔一〕錢批本及十二卷本未收此詩。

友人從京師來攜李坤四秦蜀遊草見貽為題稿後四首〔一〕

天末蒼然望李生，賦才幾日定西征。無端把得君詩卷，身在雄關細棧行。

步兵稠疊感懷篇，工部艱難入蜀年。髀肉消磨緣底事，磨殘楯鼻想悽然。

燕頷封侯未可期，關山無恙短檠隨。長鎗闊劍休相誚，或有毛錐報德時〔二〕。

石城秋老雁呼羣，臥看鍾山日暮雲。正是團圞三五夜，思鄉未了又思君。是夕中秋〔三〕。

【校記】

〔一〕詩題，錢批本及十二卷本無『來』、『見貽』。『四首』，十二卷本作『三首』，此詩第二首未收。

〔二〕德，錢批本及十二卷本作『答』。

〔三〕錢批本及十二卷本無此注。

荅薩石都下見寄〔一〕

歲丁卯冬子北行，我亦渡江住江滸。烏衣巷口蹇驢嘶，朱雀航頭酒旗舞。興酣走上城南臺，六代蒼茫贉龍虎。要拓焦山瘞鶴碑，將浮採石燃犀浦。依棲未得行胸懷，鳴禽在籔魚在罟。昨歲三月中山園，今年九日黔寧府。春風秋風兩寂莫，花艸悤悤送羈旅。進既不能肩荷戈殳聽戰鼓，退又不能手挐銚鎒種春雨。羽獵長楊愧子雲，釣竿詩卷悲巢父。半生出處知何成，八口饑寒徒自取。子昨寄我詩，琅琅百觀縷。但有努力辭，而無相思苦。蹉跎盛壯恥聖明，行及衰顏更安補。西陲煙烽不足掃，乾坤清寧百職舉。年豐穀賤民氣樂，卷阿來歌望率土。大吏深知赤子意，屢請始得天子許。自古聖人有補助，煌煌上繼堯舜禹。鐫碑勒頌侍臣分，蟣蝨賤臣焉比數。嗟子京華旅食艱，迴傍雲霄滯毛羽。文章報國本非策，湖海漂萍復何語。北馬南船漫苦辛，園松逕竹須扶樹。凜冬風雪倍思家，冷剔昏燈亂碪杵。造次南湖歸不歸，釣鰲磯頭待君艣。

【校記】

〔一〕十二卷本未收此詩。

丁辛老屋集卷九

庚午

連理桐分韻〔一〕

縱橫枝格意相關，碧玉青瑤自一班。直為虛心投氣味，不妨高節許追攀。霜宵幽夢鵷鸞共，塵世知音我汝間。繰取同功園客繭，雙琴彈月響秋山。

【校記】

〔一〕錢批本及十二卷本未收此詩。

送漁所之泰州四首〔一〕

衝雪剛飛赤馬舩，歸來幾徧促離筵。知君卻向來時路，了了金焦在眼邊。

裝點叢殘大吏謀，江山次第可勾留。不防先被詩人賞，第一番遊是壯遊。

竹西歌吹想逢迎，頻倒芙蓉閣上觥。好語閉門王伯起，朝廷新詔起經生。

阿翁四載西涼住，聞道今秋準到家。君待西風駕孤鶴，歸來同折廣寒花。

【校記】

〔一〕詩題，錢批本及十二卷本作『送漁所之泰州』，第一、二、四首未收。

過古隱精舍東原上人出瓜田畫山水幅屬題其上〔一〕

北苑萬木奇峯圖，我初未見得其槩。彌伽居士瓜田自號倣一角，大筆淋漓元氣在。峯色參雲樹蔽虧，縈紆細棧蟠林內。中有百道鳴泉飛，溪漘髣髴清泠匯。平橋仄徑通閒房，好安筆硯溪山對。想得幽人獨往來，孤情邈與老莊配。招攜猿鶴即吾徒，變幻雲煙隨世態。灑墨無多意有餘，尺幅看成尋丈倍。若令縱筆掃東絹，恐有過之無不逮。愛畫入骨東原師，坐我山窻玩螺黛。悤悤寫貌未寫神，他日題詩為君再。

【校記】

〔一〕錢批本及十二卷本未收此詩。

朱韡原於五月初往武林山邱菴讀書未及匝月抱病而歸歿於舟次因同友人走視其喪作輓詩八首〔一〕

四月二十八日，冰壑過余，云秋試且迫，將入武林山邱菴讀書，此中兼可逃暑。遂別去。五月十九日，驚聞其病而遄歸，歿於舟次。亟偕沈果齋走哭之。君無子第，幾姪某者相從菴廬。未病前幾日，尚為小詩示之，其志足悲也已〔二〕。

豈為科名急，都忘性命全。回頭纔半月，彈指即重泉。死竟無兒哭，生惟有母憐。魂歸升自屋，造次孰呼旃。

見說端陽醉，來朝便入山。齋廚渾不肉，禪榻儼成鰥。苦行誰能忍，虛名詎足慳。何因偏示疾，未見佛慈顏。

辛酉秋殘日，邱菴夜坐時。一僧能縛虎，四客共題詩。破被雲同宿，寒燈鬼暗吹。山深難久住，早使我心疑〔三〕。

篤疾寧緣此，歸時早不言。扶持惟幼姪，定省祇殘魂。志業應長已，人琴痛莫論。臨終詩一首，愁有餘恩。君攜幼姪課業菴廬，歿之前一日尚為小詩示之。

偶圃去年歿〔四〕，來書君細陳。五經進士第，百里宰官身。不得妻孥假，都成露電眞。君言徒自識，何以慰頭巾。

嗜潔倪同癖，貪奇米不狂。清尊廿年話，小閣永相望。表志誰當讀，圖書莫與藏。孑然身後影，齎志問中郎。

少小魚同隊，過從酒必擔。狂登東塔寺，醉臥太平菴。暗覺花生眼，明憐雪上簪。亦知生老病，死竟復何堪。

同輩復同齒，相憐吾共君。中年空汲汲，未死強云云。健者看如此，傷哉不願聞。交期待泉路，煎茗告新墳。

【校記】

〔一〕詩題，錢批本及十二卷本作『哭冰壑五首 並序』，第二、四、六首未收。

〔二〕序文據錢批本及十二卷本補。

〔三〕『早使』句，錢批本及十二卷本作『吾已慮當時』。

〔四〕歿，錢批本及十二卷本作『殁』。

八月二十六日宿白衲菴〔一〕

百八鐘聲百八珠，醒然澈曉夢都無。前因未了成三過，甲子、丁卯及今凡三過。慧業難消剩故吾。棲並山禽燈影瘦，吟兼秋蟀月痕孤。筇枝未忍圓蒲擊，卻怕禪心易得枯。

《浙西六家詩鈔》評：『禪心未枯，遽成賈島佛，誦五六一聯可知。』

【校記】

〔一〕 據錢批本及十二卷本補。

酷暑得雨齋中驟涼快然短述〔一〕

赤曦蒸矮簷，溽暑酷於甑。羸軀爍成竹，狂汗日流脛。仰天呼雲師，百禱始一應。豐隆汝誠能，鞭起癡龍醒。空院驚翻盆，急溜瀉深徑。淨掃蝨蠅毒，暫覺心神瑩。池邊荷氣來，柳外蟬聲定。翛然嚼菱藕，鉤簾坐煙暝。枕簟增嫩涼，江湖動清興。翻愁旱魁葉，惱我夜深聽。

【校記】

〔一〕 錢批本及十二卷本未收此詩。

海日樓看桂

萬萼綴如粟，數株高出簷。香濃分鷲嶺，影重壓犀簾。山氣秋偏拗，禪機佛細拈。夕陽漏雲外，澹澹額黃添〔一〕。

【校記】

〔一〕澹澹，錢批本作『淡淡』。

半山至臨平道中聯句〔一〕

洩雲翳亭午，又曾 餘濕漏蓬罅。出林薄靄鮮，謝墉金圃 隔竹疏鐘乍。迤邐嶺露脊，又曾 巒環橋壓胯。松陰撐酒簾，墉 齗口簇漁舍。鵝鴨鬧同隊，又曾 菰蒲亂相架。野菊落落黃，墉 村釀深深瀉。暫洗塵土襟，又曾 別作風雲咤。麈柄且麾王，墉 屐齒肯折謝。許事付蛤蜊，又曾 佳境入甘蔗。濃翠薰微晴，墉 新涼逼初夜。聽泉指寶幢，又曾 放溜快泥壩。荒江稻蟹肥，墉 歸買莫論價。又曾

【校記】

〔一〕錢批本及十二卷本未收此詩。

題綠筠閣〔一〕

身在碧雲裏，憑虛渺渺然。寒聲將暮雨，疎影帶殘蟬。秋老風烟瘦，山深節目全。明當看石筍，更上後峯顛。

《浙西六家詩鈔》評：『寒聲十字，中晚高格。』

【校記】

〔一〕　據錢批本及十二卷本補。

舟夜聽秋蟲同謝金圃作二首〔一〕

西風蕭瑟滿離憂，幾部清商送客舟。漁火亂明河畔草，市喧初斷水邊樓。吟魂到處偏相攪，歸思何曾得自由。為語霜華休造次，此聲先易白人頭。

憂患依然類小蟲，放翁句『小蟲與我同憂患』。苦吟身漸作衰翁。江湖尚有知音賞，箏笛休誇俗耳工。漫以秋聲傳賦好，未妨清怨托塗窮。湘蘭沅芷真愁汝〔二〕，繡被香殘夢併空。

《浙西六家詩鈔》評：『不即不離，神味兼到。』

【校記】

〔一〕　『二首』，錢批本及十二卷本無。

〔二〕　湘蘭沅芷，錢批本及十二卷本作『沅蘭湘芷』。

送督學于夫子入都〔一〕

甲第清門舊，聲華上苑先。文章唐巨手，經術漢名賢。毫彩輝宮錦，衣香惹御煙。趨承瓺視日，供奉木為天。使節來雲表，台星映斗躔。春風徧披拂，化雨盡陶甄。玉尺衡量準，冰壺皎潔懸。沙披金共揀，茅拔茹還連。南北高峰麗，東西浙水漣。菁莪咸被澤，桃李各爭妍。驥已羣空顧，琴猶爨後憐。寒窻慚學陋，下士荷恩偏。堂共崇宣陟，裾頻籍湜聯。葵傾真側塞，瓜代肯遷延。鄭重留題句，（公賦絶句留別並書聯對見贈。）殷勤望着鞭。長安知不遠，計日拜階前。

【校記】

〔一〕錢批本及十二卷本未收此詩。

重陽後五日里中諸君招集南湖即席分韻〔一〕

瑟瑟蘆邊雪墜舲，老晴秋色夕陽汀。今年霜菊心偏冷，只汝沙鷗眼最青。雞黍招邀歡近局，文章商略見遺型。西風別有閒棖觸，莫恠迴燈醉不醒。

【校記】

〔一〕據錢批本及十二卷本補。重陽，錢批本作『重九』。

歲暮渡江從研北借一僮自隨〔一〕

暫歸茆屋且安居，強起秦淮折簡書。煞尾年華為客又，打頭風雪渡江初。禁寒未辦酤新釀，借力差強僱蹇驢。囝亦無端別郎罷，吾家僮約意何如。僮，閩人。

【校記】

〔一〕據錢批本及十二卷本補。

玉李招飲朱氏水榭即席同作四首〔一〕

黃梅花放雪飄衣，正欲歸時未得歸。不是紅牙一聲拍，防他鄉夢又橫飛。

徵歌密坐障圍屏，一一開元供奉伶。親見朱脣橫玉管，李謩纔得隔牆聽。

百花釃酒凸金罍，隔座探鉤眼色催。翻恨春心太融冶，雪花拗作雨飛來。

題徧張郎絕妙詞，當筵暫遣熨雙眉。天涯無賴成荒醉，孤負留髠滅燭時。

【校記】

〔一〕詩題，錢批本及十二卷本作『玉李招飲朱氏水榭二首』，第一、二首未收。

題上元曹西有着色翎毛畫幅〔一〕

魏武子孫盛文采〔二〕，丹青昔數將軍霸。赫然千載傳芬芳〔三〕，重見聲名江表跨。上元曹君英傑姿，詞翰紛綸世無亞〔四〕。八分書壓衛鍾王，五字詩凌顏鮑謝。早年耽畫師秦漣，意象經營不能罷。寫物真得物性情，南方草木多嬌奼。秦淮臘月春意回，官齋寂歷譚深夜。忽然示我兩幅圖〔五〕，絹素漠漠紅燈射。飛者走者數各六，毛羽森然勢欲下。想見十指慘澹中，真宰蒼茫乞神化〔六〕。趙昌崔白安足比，李靄王凝遠相駕。於戲男兒弄筆何所成，可憐出處兩無藉。漫學屠龍達士嗤，更恐雕蟲壯夫罵。絕藝翻遭俗眼白，盛名豈有齒牙借〔七〕。江山欸我少勾留，羈旅逢君暫休暇。卷還此圖勿復道〔八〕，試問淮南新酒價。

【校記】

〔一〕十二卷本未收此詩。錢批本繫於己巳年。

〔二〕『魏武』句，錢批本無。

〔三〕『赫然』句，錢批本無。

〔四〕『上元』二句，錢批本無。

〔五〕『早年』七句，錢批本作『官齋秋老出雙圖』。

〔六〕『想見』二句，錢批本無。

〔七〕『絕藝』二句，錢批本無。

〔八〕道，錢批本作『云』字。

辛未

聖駕南巡幸浙恭進三十首[一]

龍旂扇扇捲東風，玉帛真看萬國同。報導至尊先幸洛，普天誰不效呼嵩？
萬家春樹暖雲重，寸寸湖隄意態濃。玉輦行來平似毯，不勞天廐出飛龍。
霓旌絳節照南邦，梅柳偷春早渡江。第一安排臨幸地，琉璃屏障水精窗。
開到花紅綠又吹，行宫老柳最參差。白頭内監渾相識，道是仁皇雨露垂。
排當鹵簿出林霏，驚起沙頭雪鷺飛。最好花間微雨潤，不妨霑灑侍臣衣。
徼道盤回盡直廬，時時宣唤出中書。從容每預園亭讌，不異瀛臺賜釣魚。
青山三面裹西湖，便是孤山也不孤。對酒桃花真得氣，一時開近御前爐。
草色碧連湖裡外，花光紅壓浙東西。天章宸翰淋漓在，盡是仁皇御筆題。
霽色和風協睿懷，兜圍十景耀璇牌。會看仙仗經行處，白叟黄童一一偕。
曉日羣峯四照開，鶯花勸酒此樓臺。水晶宫闕金銀界，不是神仙不得來。
年時歌舞徧黎民，卻問天公借好春。報答君王知有處，杏花菖葉一番新。

霄來吹角帳屯軍，天樂微微隔綵雲。明月滿山花滿樹，不知何處異香聞？

曾是孤山攀法駕，卻看雙樹改慈門。湖山底福能消受，只有君王與世尊。

西湖真作月明看，亭子湖心是廣寒。舞罷霓裳羽衣曲，落紅壓徧玉欄杆。

晴峯百朵遶煙鬟，水到淨慈灣復灣。應敕三潭艤龍舸，月明聽唱櫂歌還。

飛來峯對寺門偏，梵唱希微雜冷泉。料得山靈知聖意，先安筆硯候吟篇。

錢塘二月長春潮，迴合旌旗夾岸招。風伯雨師各料理，片颿安穩百靈朝。

鵷班虎旅肅晴郊，頓轡饘盤潔御庖。海國鰣魚剛尺半，進鮮一隊馬輕跑。

祥雲深護赭黃袍，燕見雍容侍各曹。恩命上尊行法酒，敢誇越釀是醇醪。

翠蓋鸞旗緩緩過，千山花笑復鶯歌。蘭亭真到山陰道，修稧佳辰又永和。

賀監湖頭一曲花，新教供奉聖人家。四圍紅影低臨水，猶似當年出浣紗。

激湍映帶曲流觴，寒食清明御路香。迤邐園林燕來筍，多煩野老獻盈筐。

村女溪童也解迎，虎賁行處不曾驚。採茶聲裡乘輿過，新焙春芽按法烹。

萬壑千巖次第經，六橋三竺鎮消停。筆花灑處羣呵護，一片江山集萬靈。

禾興山水遜吳興，三過堂餘壞衲僧。一簇樓臺偏望幸，磯頭煙雨簖邊燈。

一柵雞豚十角牛，平田歲歲穫新收。要將樂事聞天子，但聽吳江發櫂謳。

願奉宸遊蔀屋心，翠華到處樂魚禽。赦書綸詔更番下，恩與錢唐江共深。

在藻依蒲小雅耽，何心遊賞到江南。時平封祝衢歌遍，勉狥輿情跨寶驂。

帷宮小駐月開奩，四野風傳語笑兼。赤子戀君兒戀母，驛程還冀緩郵籤。丹鳳久飛天子詔，黃羅暗想侍臣衫。承恩父老懷思切，盡日江天佇錦帆。

【校記】

〔一〕十二卷本未收此詩。

三月三日賜緞恭紀〔一〕

柳拂行宮細，花開上巳多。嵐光明曉仗，鶯語答衢歌。佩許紛蘭茝，衣先脱芰荷。西湖今夜望，一片是恩波。

【校記】

〔一〕錢批本及十二卷本未收此詩。

初五日召試西湖行宮恭紀〔一〕

宮漏初沉放曉闗，天教扶屐對青山。螭坳影靜菰蘆士，鵲尾香分玉筍班。小技文章愁自獻，上方筆札愧新頒。近臣傳得龍顔喜，真覺微才報稱難。

【校記】

〔一〕錢批本及十二卷本未收此詩。

十一日恩賜舉人授為內閣中書恭紀二首〔一〕

驚傳異數古無同，脱白除黄一日中。許對薇花臨鳳沼，真攀桂樹到蟾宫。殘氊淚裹三秋雨，矮屋燈寒廿載風。不第不官愁子舍，君恩兼與慰衰翁。

緋桃影裡肅鵷鸞，玉墄彤墀拜舞寒。幸際聖朝知賤士，宣來恩命動千官。何當寶墨題名氏，竟爾青霄振羽翰。袖得天人三策在，許身還向静中看。

【校記】

〔一〕錢批本及十二卷本未收此詩。

四月上旬賜御製詩石刻一卷恭紀〔一〕

文思睿藻溢黄緹，帝在江東念浙西。至寶遠儕周十鼓，短歌直陋漢三兮。展來薤葉芝花馥，捧出金風玉露低。一夕蓬蒿光燄發，水天涼月貫虹霓。

【校記】

〔一〕錢批本及十二卷本未收此詩。

徐穀函以綠萼梅貯小甆見貽報以一絕句〔一〕

瘦倚東風耐夜寒，迴燈相照畫應難。開遲總帶冰霜氣，莫作棠梨一例看。

【校記】

〔一〕據錢批本及十二卷本補。

城南探梅循峴山之麓迤西行四五里竹樹泉石頗極幽致〔一〕

茗南山即出城是，一笑探花人杖藜。綿帽溫爐春半負，青苔翠篠路叉迷。巖腰雲抹淙淙澗，籬角烟深喔喔雞。招手谿邊問樵父，道場猶隔數峯西。

【校記】

〔一〕據錢批本及十二卷本補。

重五日獨遊道場山卻簡徐穀函〔一〕

曉榜夾山濱，蒲岸深吠蛤。未傳林際磬，早涌船頭塔。螺髻翳輕紗，雲日遞吐納。泥巷耕牸臥，秧扉蠶婦闔。升麓苔磴紆，到寺風泉雜。山門盡勝槩，曷用眾峯踏。苦茗僧自供，清言竹為答。榴朵豔道場，蕭然悅塵榻。意行愜靜便，惜不吾友拉。惟吟坡老詩，罄我三升榼。

【校記】

〔一〕詩題，錢批本及十二卷本無『重』、『徐』。

湖上迎秋和錢唐丁敬身韻〔一〕

昨夜西林露腳斜，炎官早避釣人家。清搖葭亂風初響，涼逼甌鳧夢轉賒。詩老健生方竹杖，秋情濃惜紫微花。應須排日看山去，鏡裡雙鬟翠更加。

【校記】

〔一〕詩題，錢批本及十二卷本作『次韻錢塘丁敬身立秋節迎秋湖上』。

為姑蘇陳南垞題周椒庭畫竹卷〔一〕

唐之畫竹誰入室，神妙獨推蕭協律。後來好手看代興，能者無過王右丞。宋元寫意最酷肖，與可子瞻並稱妙。房山侍郎尤出羣，一筆兩筆煙而雲。吾鄉仲圭擅山水，墨汁淋漓巨然擬。有時貌出嬋娟條，腕底颯覺秋飄蕭。周君取意不取貌，枝葉臨摹如手拗。丫叉个字縱復橫，演漾清鏘疑有情。竹旁惝怳佳人立，以手摸之絹猶濕。陳君南垞古澹人，愛畫入骨看如真。屬君寫此蓋有以，性情骨骼美無比。伏暑靜對風淒其，髣髴官奴秉燭時。還憑一片江南雨，喚醒東華夢塵土。『京華客夢醒，一片江南雨。』鮮于伯機題高房山墨竹句，時予將北行。

【校記】

〔一〕錢批本及十二卷本未收此詩。

題何東江桐陰曉坐圖〔一〕

清旭動梧梢，涓涓露猶滴。坐來衫袂涼，曉夢杳難覓。

經函硯匣琴囊，消受竹梧曉涼。不用籠頭紗帽，井華淪試旗槍。

比來東閣興何如，白壁青瑤有妙譽。安得先生無箇事，類年帖首注蟲魚。

【校記】

〔一〕錢批本及十二卷本未收此詩。

題家樹階二首〔一〕

綠陰樓閣欝金巵，記共吳山聽雨時。翠帔練裠年最少，碁枰琴薦會偏遲。文章舊價真成玉，雲樹新愁漸入詩。見說芙蓉芳可采，澹煙涼月渺江涯。

檢點烏衣舊譜荒，與君俱是渡江王。風流肯落齊梁後，遊處欣同羯末行。最盼鷲峯搴早桂，相期燕市賦長揚。西風吹皺湖邊淥，暫許相攜判袂涼。

【校記】

〔一〕錢批本及十二卷本未收此詩。

八月廿七日北行〔一〕

平生惡噉名，勝於畏箭笴。蹉跎過盛年，瞇眼同石火。還念老親老，閒居怪坎坷。慘淡求科名，時文計良左。旁人昧時命，但訶汝懶惰。不學誠自餒，仰事情則頗。今春蒙召試，趨走足敢裹。恩許授中書，糠粃謬揚簸。異數先書生，高厚慙負荷。庶慰望子心，感激淚雙墮。我舟急理檝，我車已載輠。

比年空西笑，此夕行始果。霜葉紅欲燃，籬菊黃漸朵。早晚急西風，塵沙揚堀堁。亦念衣裳單，別語略碎瑣。兒無報主術，毫筆劾青璅。事君道則同，一官詎么麽。中年感知遇，但慮受繮鎖。老親慎眠食，兒去無念我。

【校記】

〔一〕錢批本及十二卷本未收此詩。

吳門與研北別兼示兒姪〔一〕

踈燈蓬底忽離悰，未許相依等駏蛩。惜別話長今夜酒，思家夢短異鄉鐘。蟹螯拋汝持何日，雁足傳君待杪冬。為語童騃諸子姪，扶將白髮慎枯筇。

【校記】

〔一〕錢批本及十二卷本未收此詩。

甘露寺

徑尋鐵甕城邊塔，雙屐扶來古道場。飛盡劫灰惟剩佛，坐看很石儼成羊。寒催北固層層霧，豔拂南朝葉葉霜。第一江山登眺美，客情還擬作重陽。

京口渡江同謝金圃陳寶所兩同年作〔一〕

高掛秋帆健午潮，眼邊晴翠湧金焦。霞飛天半疑三島，江瀉東來限六朝。日麗風清豚敢拜，柳明沙輭鷺還翹。隔船大有詩人在，喚酒中流倘見招。

【校記】

〔一〕錢批本及十二卷本未收此詩。

揚州雜題六首〔一〕

木蘭荒院渺江津，寄食英雄感夙因。為語八即添一笑，籠紗人是打鐘人。

急難千載重交遊，後世都無范叔裘。惟有康山一抔土，佳名端為武功留。

歌吹揚州俗耳為，箜篌遺譜幾人知。布衫草屩今多少，誰向橋邊認阿師。

謁者眞成見面難，雲山閣迥冷相看。俊人未數秦淮海，容易台星頌廣寒。

曾說參軍賦最殊，妖童豔伎只須臾。蕃釐觀外秋蕭瑟，留得瓊花住也無。

邗溝東去蜀岡雄，秋老淮南落木風。騎馬只應無所詣，平山堂下拜歐公。

【校記】

〔一〕錢批本及十二卷本題作『揚州雜題四首』，本詩第一、五首未收。

酬別蔣孝廉〔一〕

之子別經歲，迢迢秋夢生。昨從京口驛，徑度廣陵城。江館聞清語，瑤華慰去程。明年二三月，酒市約同行。

【校記】

〔一〕詩題，錢批本題作『酬別蔣敬持』。十二卷本未收此詩。

邗上逢錢唐陳竹町以韓江雅集詩見遺賦贈〔一〕

比年手君詩，見詩如見君。今朝握君手，出詩益云云。君詩本若春空雲，藹藹變態生氤氳。近詩窅窱深莫測，彌覺所見逾所聞。廣陵城中富文彥，瓏瓏山館傳芳芬。朅來寓公十數輩，拔幟掉鞅爭出羣。妙韻似聆笙竽奏，偏師直轢鵝鸛軍。于喁酬唱日不足，蟬聯環轉猶螺紋。玉山草堂集差遜，酣歌未免圍紅帬。深秋鞠老楓葉赤，邗溝繫纜流沄沄。喧淒碎語都撥置，相與抗手高論文。惜不留此共寒歲，劈箋夜擁銅爐熏。閒居豈無不朽業，乃效蠅蚋趨羶葷。君家老屋西湖濆，年時遊寓辭鄉枌。人生去住那能料，難得相逢手又分。

【校記】

〔一〕錢批本及十二卷本未收此詩。

晚泊露筋祠〔一〕

卸帆紅粉牆腳，繫纜白楊樹根。擬剔苔碑海嶽，神鴉啼上靈旛。斜日深村刈稻，小姑新婦都歸。今年秋晴太暖，豹腳蟲猶亂飛。

【校記】

〔一〕錢批本及十二卷本未收此詩。

高郵〔一〕

甓社湖光照鬢絲，輕帆肯借便風吹。山遙雲冷秦郵路，不似當年女壻詞。

【校記】

〔一〕錢批本及十二卷本未收此詩。

敝裘二首次查初白先生韻〔一〕

生衣早為驟涼捐，裘敝還將抵薄綿。瘦骨怕寒還禁架，弱齡伴老亦因緣。重衾醉覆猶加惜，大布新縫倍可憐。清儉未輸齊相國，算來衹欠四三年。

透骨尖風我備知，半生磨耗五羊皮。過冬等是牛衣爾，通籍依然鳳尾為。酒涴淚痕行處有，鄉儺社會見常披。無錢欲典寒難忍，且免傭兒索垢疵。桑維翰未仕時衣襤褸，名『鳳尾袍』，見陶穀《清異録》。

【校記】

〔一〕 錢批本及十二卷本未收此詩。

從寶所乞酒未首兼以解鷫鸘換酒之嘲〔一〕

惡浪驚沙拂面過，難將醒眼看黃河。小詩要兌餘杭酒，不直十千錢奈何。

徑問隣船乞一瓶，不須巡到第三廳。雙絲方便蓬窗遞，絕倒元家運酒舲。《石林詩話》五代李濤從李昉求酒有『依稀巡到第三廳』之句。

十年冰雪羊裘破，何處相如典酒來。誑道鷫鸘人不信，敝裘詩句為君猜。來詩有『撥甕卻浮雲，一朵為君留。』取鷫鸘裘之句。

【校記】

〔一〕錢批本及十二卷本未收此詩。

金圃命家人造餅餌以余方齋期别製薺菜者數枚見餉并繫以詩次韻奉答〔一〕

屏除餕餡易蕪菁，纖手香搓五里秔。輭勝春綿同不托，潔於玉粉得長生。傳來寒夜何妨説，知我清齋未可更。似聽紅綾私祝語，媿分風味到荒傖。

【校記】

〔一〕錢批本及十二卷本未收此詩。

丁辛老屋集卷十

渡黄河阻風述懷酬次金圃六十韻兼呈寶所〔一〕

男兒生墮地，便與桑蓬親。形骸等虀臼，一一當受辛。讀書不自激，何以首四民。蹉跎負聖世，懼終鹿豕羣。天子舉春狩，諸侯盡來賓。瑟縮參縫掖，鞠跽瞻天人。袖獻三禮賦，敢望加冠紳。天子大仁聖，軫此菰蘆身。殊恩駴鴛序，有喜傳楓宸。抱經伏生老，懷刺禰衡貧。安排隨氣數，援引乏媾姻。彈指過少壯，中年益邅迍。忌者但目笑，所親亦交嚬。科名既不易，仕宦姑因循。遭逢忽過分，弗穫迺有困。平生一掬淚，感激迸性真。秋深戒徒旅，練吉維良辰。昨渡黄河岸，滔滔輸崑崙。驚沙狂撲面，狼藉嶺嶠春。豈不骨月念，慷慨赴國門。謝君早登壇，叱咤領一軍。經綸出腹笥，大義須致君。處囊輒穎脱，遑復惜勞筋。長篇示我和，古誼兼金珍。望闕情所切，水宿愁淹旬。臨風亟把讀，兩手為之皸。少日頗骯髒，氣可雲夢吞。功名事瑣屑，擁鼻笑不聞。惡口任謗訕，狂吠空狺狺。清狎鷗鷺侶，閒浮江湖濱。吾身豈不慎，出處自逡巡。立朝實大節，本末當具論。難進而易退，側聞賢聖言。報國務經濟，黽勉勤朝昏。文章特小技，區區涉涯津。頫媿致遠器，偪側行踆踆。豈無揚馬儔，仙翮辭紅塵。一朝荷拂拭，迥與雲霄隣。下筆動萬乘，顧盼來慇懃。託詞雖諷諫，措意徒敷陳。茫茫千載下，但賞瓊琚新。不為鳳鳴岡，終類蝨處褌。曠觀洞今古，拘守膠涼溫。同行幸相勗，庶賴砭石存。寧作兒女戀，離別銷我魂。所念高堂老，至樂孤人倫。橘田罷茗椀，鴛渚停釣綸。北行勢孔亟，回首情彌敦。聊計升斗養，寧為祿利熏。窮士或驟貴，不祥古人云。不憶終歲食，早晚菘與芹。造物特寵異，矯然拔芸芸。努力各自愛，天道有屈信。朔風凜肌粟，衣薄懷悒悒。一尊共寒飲，歡戚當相均。同舟誼罔闕，即此為恭寅。何必事徵逐，快意羅羶葷。勿憚行役苦，但懷君父恩。請整青雲翮，終奮南溟鱗。不朽在樹立，無為悲湮淪。

【校記】

〔一〕錢批本及十二卷本未收此詩。

臺兒莊遇風簡金圃寶所六絕句〔一〕

渡江千里始看山，一霎風沙掩翠鬟。銜尾船停呼不應，隔篷渾似隔重關。

苦被篙師惱客襟，順風又遇惡風禁。提鞭徑欲書驛券，可笑囊無一鎰金。

閃爍疏燈一豆紅，船窗面面盡當風。翻思打槳秦淮渡，露頂惟遮兩葉篷。

雁叫寒羣作鷈聲，四無村落易猜驚。鍾吾小驛茅柴酒，傾盡三升醉不成。

江南人憶最憐渠，僮僕親時骨月疎。徹曉聽風還聽水，醒開雙眼似鰥魚。

經卷藥鑪君念我，冰牀雪被我憐君。崔郎自賦鴛鴦什，依舊雙棲夢水雲。時金圃挈眷北行，戲有此句。

【校記】

〔一〕 錢批本及十二卷本未收此詩。

曉起雪作〔一〕

渡河青柳尚髯鬙，十月暄知未可憑。徹夜顛風號野兕，漫空飛雪趁饑鷹。薄澆魯酒醒如此，敗擁齊裘暖詎能。北望長安二千里，水程即恐至堅冰。

【校記】

〔一〕 錢批本及十二卷本未收此詩。

疊韻贈金圃〔一〕

書芸奩粉散髯鬙，蠡殼船窻笑共憑。手畫遠山青點黛，寒添半臂綠浮鷹。似聞第一仙人語，親許無雙國士能。去聽宮壺趨曉仗，早朝詩句琢春冰。

【校記】

〔一〕 錢批本及十二卷本未收此詩。

韓莊牐〔一〕

石泐崩沙後，林空剝棗餘。清流交汶泗，淳俗半樵漁。屋壘三春燕，鞭呼四尺驢。荒臺不可望，風色問何如。

【校記】

〔一〕錢批本及十二卷本未收此詩。

仲家淺謁先賢仲子祠二首〔一〕

虛寢如聞瑟，荒江此問津。情難展雞黍，義實感君臣。劍佩千秋肅，烝嘗異代新。差酬將母意，子姓未全貧。

行行升堂士，棲棲奉轡年。車裘雖與共，沮溺肯相憐。泗水源從魯，嶧山青際天。臨風讀殘碣，宰樹晚蒼然。

【校記】

〔一〕錢批本及十二卷本未收此詩。

千金亭〔一〕

一飯恩難忘，千金報未多。平生蕭相國，國士遇如何？

【校記】

〔一〕 據錢批本及十二卷本補。

舟中雜詠同謝金圃陳寶所四首〔一〕

帆

婀娜來天上，飄飖向日邊。雲垂鵬翼化，風急鯉魚仙。秋影掛江樹，晚晴收浦煙。年時笑無恙，準與客心縣。

蓬

篛笠大如許，棧棚低恰纔。收綸寒自蓋，冒雪夜還推。書畫仍身擁，江湖有夢回。吳孃船六柱，誰共話深盃。

篙

力許開頭捷，材緣就淺長。及鋒資寸鐵，多節衛輕航。琴曲水仙操，艑歌黄帽郎。記投嚴瀨宿，撐過釣臺旁。

槳

已訝魚鱗小，還看畫作殊。打來春水活，驚起雪鷗俱。輕利波裁錦，匀圓月吐珠。遥憐桃葉渡，一笑得迎無。

【校記】

〔一〕據錢批本及十二卷本補。

初至都下祝豫堂舍人周松巖孝廉東皋編修錢薱石徵士姚蘆涇庶常汪厚石孝廉招同謝金圃舍人集保安寺街寓舍即席分體得七言絶句八首〔一〕

熱炕煤煙冷炕灰，鞭驢急趁朔風來〔二〕。故人念我衣裘薄，出手先擎煖頰梧〔三〕。

六街冬暖似春三，巷北車音響巷南。半刺懷中從漫滅，只來捉臥甕人談。

執手暄凄坐便深，依然文酒脱朝簪。頻開笑口皆鄉語，轉舌無煩效北音。

盃汎麻姑紅琥珀，盤行天馬紫葡萄。圍燈語笑春風透，仿像瑤池讌正高。時太后六旬萬壽前三日。

相看童稚舊情親，實喜青雲各致身。賤子何心求速進，莫嘲渠是一生人。『一生人』見陸放翁《老學菴筆記》。

桂玉難堪守敝廬，一官饑朔定何如。我無野火春風句，敢謂長安竟易居。

比歲江關隔笠簦，新詩胝沫急燒燈。輭紅塵裡心冰雪，除卻諸君料未能。

萬壽山明看入畫，太平鼓急已催年。佳辰取醉非容易，人海憑誰乞酒錢。

【校記】

〔一〕 詩題，錢批本及十二卷本題作『初至都下祝豫堂周松巖錢薱石周東皋汪厚石姚蘆涇招同謝金圃集保安寺街寓舍二首』，收本詩第一、第七首。

〔二〕朔，錢批本及十二卷本作『雪』。

〔三〕栖，錢批本及十二卷本作『盃』。

恭祝聖母皇太后六旬萬壽八首〔一〕

玉琯調元氣，璇宮慶履長。一人宏孝治，四海仰慈光。寶帨騰華彩，霞觴祝壽康。安貞看式訓，迓福正無疆。

長信花正發，恒春樹更滋。居尊天下養，秉德後妃師。曉景開金鑰，初陽麗玉墀。聖人躬問視，蘭殿遂含飴。

華渚星流彩，金樞電繞躔。自然鍾聖德，長此戴堯天。世並躋仁壽，家多奏管絃。皇風歌溥海，慈教豫敷宣。

蜀徼收功捷，南巡沛澤頻。聖朝崇典禮，母后溥慈仁。德在睢麟上，風真任姒親。星軒多瑞氣，亞歲已生春。

玉篆鐫華冊，金泥燦寶書。高擎千歲酒，穩待六龍輿。徽號傳方遠，鑾坡慶有餘。梅花將放臘，愛日益徐徐。

寶島飄香篆，銅龍啟邃扉。西池春乍轉，南極曜方輝。芳宴雲璈奏，瓊霄紫鳳飛。萬方瞻聖孝，舞綵煥垂衣。

王會圖開處，樓臺聳壯觀。花明春叵匝，燈簇錦團圞。氣治千官舞，心同萬國歡。慈顏應有喜，玉輦聽鳴鑾。

萬壽山青疊，昆明水碧紆。看來瑤島是，畫出蘂宮殊。色養隆堂陛，謳歌溢巷衢。年年頌堯母，率土効嵩呼。

【校記】

〔一〕錢批本及十二卷本未收此詩。

立春日集雙樹軒詠盤中香櫞

東風透蟄室，四座春洋洋。中有甆縹碧，髣髴騰清香。團圞雙復隻，磊砢青而黃。蠟蒂貯瑤甖，及時陳華堂。供養玉梅右，位置銅爐旁。心期狎寒歲，時物軫故鄉。長安不易得，遠致江淮航。迎年簇幡勝，對此交芬芳。分囊儕柚肉，蓄子同瓜瓤。倘復念酒渴，解膚流瓊漿。

豫堂移寓雙樹軒二首〔一〕

怪偏寒影聚，愁又夕陽分。近寺雙輪待，連霄百盞醺。勿孤殘歲約，且辦送窮文。僕亦移琴冊，相呼便作羣。時予亦將移寓梁相國第。

只隔東西巷，天涯且比閭。曾吟雙樹老，還此閉門居。朔雪春將壓，寒梅臘已初。無嗟時太晚，兩鬢各希踈。

【校記】

〔一〕錢批本及十二卷本未收此詩。

臘月廿四日重集保安寺街寓舍遲撵不至同用蘇公和孔君亮郎中見贈韻〔一〕

故應排日共開樽，歷尾年華似水奔。破臘好風偏戀客，凌晨小蹇又當門。人如近局尋常見，春約寒梅次第論。草草辛盤同炙硯，擘箋分寫寄王孫。

【校記】

〔一〕據錢批本補。

壬申

和太僕張夫子正月三日限三字原韻〔一〕

蟬聯佳句落雲藍，老輩招尋共兩三。日早當門薰細草，煙纔着樹漾浮嵐。元宵鼓動燈先賣，酒市車停客半酣。我亦討春騎馬出，冰花猶帶玉河含。

【校記】

〔一〕錢批本及十二卷本未收此詩。

春雪和梁沖泉水部〔一〕

簾帷飄瞥上眉稜，偃臥時還斂袂興。寒勒藤梢偏弄蘂，春融硯水又添冰。戀溫鵲尾爐相傍，覓句烏皮几獨憑。可憶西溪將凍櫂，短簷帽壓崦梅曾。

【校記】

〔一〕錢批本及十二卷本未收此詩。

初六日直廬夜雪呈同年諸公〔一〕

彤雲晚色靜宮鴉，清切綸扉手獨叉。光迴龍樓和月灑，舞深鳳沼背燈斜。玉船擬汎逡巡酒，瓊樹真開頃刻花。想像宵衣頻祝歲，不煩珠桂還思家。

【校記】

〔一〕詩題，錢批本無『初六日』三字。十二卷本未收此詩。

直廬雪霽〔一〕

鏗然簷角墜冰釵，鵲語喳喳逗好懷。清削花甎箋乍研，寒開玉宇鏡新揩。遙看春色浮三殿，暗憶遊氛淨六街。為報昇平車馬客，上元準擬踏燈皆。

【校記】

〔一〕錢批本及十二卷本未收此詩。

人日集保安寺街寓舍同限七字〔一〕

初正俗避客，百往不見一。脫畧惟素心，會面時六七。乍雪懽老晴，始生徵是日。皇天大慈愛，額手平安必。凍泥融巷南，清喜塵坌失。筮卦兼得需，酒食定貞吉。盃深後至傾，燈暖圍坐密。請各述好語，寫以春風筆。

【校記】

〔一〕錢批本及十二卷本未收此詩。

上元夜直廬獨酌看月簡同直諸公用東坡送陳睦知潭州韻〔一〕

夜氣盎盎浮屋棟，化為香雲如撥甕。天外俄飛白玉盤，門前早卸青絲鞚。官燭有花春不孤，良宵無伴飲亦痛。窻交樹影橫畫格，階殘雪色湧銀汞。瓊樓滉漾驚棲烏，金闕參差浴雙鳳。玻璃世界水精宮，身是遊仙轉疑夢。葳蕤靜鎖漏箭遲，珠斗低垂露華重。深巷菩提葉定張，誰家粔籹糖還送。踏歌燕女想遊冶，舞袖郭郎任飄動。是夕諸公有歌酒之會，以入直不赴。隔牆憑喚李謩吹，消息江梅作三弄。

【校記】

〔一〕錢批本及十二卷本未收此詩。

十六夜張太僕招同鄭鏡渟謝金圃兩舍人梁沖泉水部飲寓齋仍用三字韻〔一〕

出奩圓鏡印澄藍，無算杯行早過三。良夜消凝遲玉漏，好詩醞藉染宮嵐。窻融雪點蘭燈暖，市送春聲畫鼓酣。髣髴上林芳信報，向陽枝已十分含。

【校記】

〔一〕錢批本及十二卷本未收此詩。

澄懷園用東坡安國寺尋春詩韻　園在西苑東偏為桐城相國舊業〔一〕

老樹未葉枝搖風，荒嵐數凸斜陽同。山鳥不知晝錦改，強來壞檻尋春紅。厨空無煙立病馬，磯冷壓雪窺豹翁。百年亭館有興廢，倒影寒落冰池中。滄桑只在憑欄外，滿眼春愁浩如海。鏡中衹怕髩毛加，肘後何勞金印佩。平泉草木吁可憐，買醉肯惜青銅錢。重來僝𠋫知幾日，卻看隣家杏花發。

【校記】

〔一〕錢批本及十二卷本未收此詩。

坐池上廢館再作〔一〕

落燈風過暖頭番，池館無人靜似村。北闕迴飛雲擁樹，西山晴帶雪當門。沉思往事黄粱夢，暗攬春愁百舌言。為問階前閒草木，當時手植幾株存？

【校記】

〔一〕錢批本及十二卷本未收此詩。

昆明湖新堤〔一〕

晴虹一道轉龍腰，宛在西泠第幾橋。楊柳葉初迴細眼，蓬萊宫自傍層霄。花連上苑紅相亞，月映西峯翠可招。暖放揔宜船兩槳，湖光裡外打春潮。

【校記】

〔一〕錢批本及十二卷本未收此詩。

歸自西苑與沖泉飲青乳軒同用東坡雨後行菜詩韻〔一〕

軀軀望煙歸，岸柳芽漸長。流澌動寒溪，似聞劃雙槳。雪泥輭可踏，撲面少灰壤。我身如桔槔，因事作俯仰。解鞍投西軒，聊云息塵想。得酒無孤斟，剪蔬必共饗。燈前索我詩，醉後或過賞。春日方妍佳，未稱草蟲響。遊處浹晨昏，歡來拍雙掌。還蠟西山屐，稍待腳力養。

【校記】

〔一〕錢批本及十二卷本未收此詩。

二月二日同沖泉作限二字〔一〕

春花如處女，欲出還復避。稍聞枝上鳩，喚晴聲婉媚。東風太撩人，髣髴飄酒幟。鞭絲肯放閒，未借短驢試。癡坐等蝸牛，負屈行自躓。相對各羈旅，依依動鄉思。君家湖上峯，鏡裡寫鬟翠。郭門呼小航，蕩漾入煙寺。社茶已展旗，園筍早含刺。何當逐春人，佳辰共遊戲。買山俱未得，聊用憑夢寐。轉瀉蘂玉舩，深宵共爇二。

【校記】

〔一〕錢批本及十二卷本未收此詩。

偕吳杉亭舍人遊澄懷園四首〔一〕

一徑入青靄，數峯環碧潯。雪亭曾獨倚，花嶼復幽尋。好鳥窺簷網，春雲起夕陰。漁樵誰問答，有客共題襟。

弱絮低欄角，斜陽滿屋山。重來孤館坐，真愧釣人閒。花信愁遷次，車音織往還。東華塵十丈，飛不到荆關。

俯檻迴溪淨，徐行小彴橫。屐危荒磴蘚，帽側紫藤英。苑樹遥通碧，山雲極望平。舊巢棲托穩，雙燕語分明。

旅食寒還暖，春深早袷衣。驅車情復爾，持被意都違。櫻筍虚回首，林泉暫息機。心憐沙鷺宿，幽夢傍苔磯。

【校記】

〔一〕十二卷本未收此詩。錢批本收此詩前二首，題中無『舍人』二字。

喜桐石至得家書未及走面先之以詩兼簡松巖東皋蘆涇〔一〕

六街三月泥溝穿，舊聞月令非浪傳。子困鞍背只思睡，我驢躃躠尤難鞭。憶昨急裝趁黄雪，不待簖蟹肥雙拳。長安閉門百餘日，已見牆角紅桃然。微名絆人亦何益，賃僕未足償俸錢。我饑寧不念老稚，家書再讀心煩煎。黯黯仍為雞肋戀，坐無負郭二頃田。不然清明上巳好，天氣缺瓜日上南。湖船待子強起僕，徑造保安寺曉槐生煙。更招厚石暨葎石，為子輭腳開新筵。騷壇便請牛耳執，笑口且作魚頭駢。但勿馬蘭燕筍還述卿味美，實恐醉後有人笑我流饞涎。

【校記】

〔一〕據錢批本補。

金圖移寓憫忠寺東偏〔一〕

保安寺街乍暖席，又賃憫忠寺旁宅。君豈前身粥飯僧，長安慣作聽鐘客。臨書絕嗜顏魯公，萬本芭蕉破寒碧。大字家廟碑宛然，小字麻姑壇肖劇。近來亦愛蘸靈芝，百匝僧廊剔苔石。響搨裝池矮紙摹，鸞鯌環肥更標格。輭紅到處恒河沙，獨依淨域蔭松柏。攜將傢具各靜好，錦機琴匣與書冊。相如鎮日對文君，鉤簾但畫遠山額。長鬚赤腳給掃除，嬌女慰情弄晨夕。京華旅食亦復佳，底要狂歌拓金戟。昨聞買麴試釀法，青錢不費直三百。春風作達且須顛，問訊隣牆海棠坼。

【校記】

〔一〕錢批本及十二卷本未收此詩。

范結廬明經至京沖泉招同馮孟亭編修飲青乳軒分韻〔一〕

吾鄉歲屢稔，米價貴莫數。萬一值洊饑，何以活編戶。患在馳海禁，錢刀競商賈。大吏籌事後，智或短未雨。君方浙潞來，目見口覼縷。停盃望南箕，未免歸興鼓。京師米不賤，他食類賃廡。相對獨酸辛，名媿掛朝簿。所賴聖主慈，先時發京庾。家給兩歲糧，儲蓄到罌甀。醉擬問水程，輕裝買煙艣。我上有老親，我下有稚乳。

【校記】

〔一〕錢批本及十二卷本未收此詩。

春暮同人集金圃同年新居步至法源寺看海棠各賦七古一首〔一〕

輭紅着雨春酥和，燕子銜作雕梁窩。春衫紗裁春扇羅，短驢四尺方便馱。城南幽絕非巖阿，中有寶刹金碧峩。舍人新居肩與摩，栴檀逆鼻牆頭過。重尋禪悅參烏窠，粥鼓洶洶鳴江鼉。潑襟古黛青銅柯，老僧導客穿煙莎。衣搭半體側翅鵞，昨來看花花顏酡。今雖未盡落已多，彈指今昨鶯拋梭。釵橫髩亂愁雙蛾，忩忩小劫沙恒河。侍郎提唱眾賓哦，擺脫拘檢掘臼科。謂錢少司寇。散花方丈婆而娑，盍煩天女蠲微痾。諸草廬編修以疾不至。湘靈搖筆吐琲珂，肯以餘瀋沾薜蘿。時擇石方試京兆。浮生作達須高歌，花前忍放鸚鵡螺。一飲可抵阿揭陀，畢竟諧笑烏尾訛。明將碎踐紅錦韡，枉費遶樹三摩挲。醉中更拾花片搓，試證佛說當云何。

【校記】

〔一〕詩題，錢批本作『三月十七日集金圃新齋步至法源寺看海棠同賦』。十二卷本未收此詩。

四月二十日集嘉樹齋觀六和塔宋人書佛說四十二章經拓本各賦五言排律二十四韻〔一〕

夏果盤初飣，春華句漫拈。談空仍酒盞，參偈得經奩。認墨光浮蠟，披箋滑勝縑。居然晉唐格，各以姓名僉。左僕射開國公沈該等四十二人合書。近樹枝鶯鴿，當階月印蟾。栴檀聞鼻觀，龍象欝毫尖。夢記金身兆，馱煩白馬剸。流傳曾駱偃，繙譯等支謙。四諦觀因果，三乘現妙嚴。恍聆伽葉語，迴轉法輪暹。譬喻燒香爇，中邊食蜜甜。惡塵須暫滅，磨鏡急加砭。風雨狂南渡，波濤涌白鹽。浮圖撐岌嶪，舍利肅窺覘。願力羣公大，慈悲古佛兼。江神威竟讋，蜀客意都忺。後有紹興己卯冬西武布衣武翊跋。百八珠虔誦，三千弩敵銛。憂時還筆札，苟活且髭髯。算是偏安盛，留為後代瞻。東南殘劫燒，碑版鎮淵潛。省牒題開化，金經話建炎。尚書省牒及《金剛經》石刻俱在六和塔。幾時教響拓，並為致郵籤。勝槩湖山儼，羈愁日夜添。歡場非鹿苑，合掌下廳簾。

【校記】

〔一〕詩題，錢批本作『集嘉樹齋題六和塔佛說四十二章經拓本二十四韻』。十二卷本未收此詩。

送杉亭同年乞假歸覲六首〔一〕

與子相攜未判年，抛余徑趣孝廉船。抽帆直到青谿曲，商略江行唱和篇。時借金椶亭孝廉南歸。

望雲欵欵赴荆扉，杖履平安一笑歸。親老應憐吾較更，獨看君去著萊衣。

耽酒狂吟奈此身，多君暫去息勞薪。須知拄笏看山客，擁鼻寧輸洛詠人。金圃初捷南宮。

因君清夢落江南，堅約提鞭並曉驂。牛首桃花攝山桂，酒栖未許獨清酣。余擬明年乞假南旋遶道之金陵。

笛牀箏舫冶遊孤，為覓金陵舊酒徒。謂陸柳塘、張玉李。十里清淮寒雨後，定知一點輭紅無。

畫眉休戀六朝窻，傢具秋攜潞水艭。譬似紅襟雛燕瞥，去時還隻再來雙。杉亭云明秋挈眷北來。

【校記】

〔一〕錢批本及十二卷本未收此詩。

送錢唐相國梁夫子請養旋里四首〔一〕

廿年北闕望南閶，孺慕深情灑淚攄。竟荷聖人宏錫類，非關元老合懸車。立朝名德周三少，祖帳風流漢二疏。太息都門傳盛事，綵衣晝錦史臣書。

陟岵輕攜一束裝，清勤無忝御書堂。都人競識太平相，天子還憐江夏黃。寵賚紫葠題字濕，贈行華什擘箋長。恩深翻祝歸期晚，百歲真看俾壽臧。御製贈行詩落句云：『翻祝歸期晚，鄉家慶倍深。』又面諭公云：『再踰二十年，鄉父一百一歲矣。』此詩皆紀實也。

烏衣私第角巾還，到及春風慰老顔。人羡看花隨杖履，天教養福有湖山。御賜額名湖山養福。三台自傍薇垣動，八座真依子舍閒。想泊釣船官柳下，主恩次第話鄉關。

南巡異數古無倫，猥許凡材溷爨薪。每勗文章報明主，兼分俸米慰哀親。藤陰假館年華晚，潞水抽帆别思頻。何日歐陽門下士，籃輿陪賞故園春。

【校記】

〔一〕詩題，錢批本作『奉送梁薌林夫子得請侍養南歸二首』，收此詩第二、四首。十二卷本未收此詩。

題相國梁夫子望雲歸櫂圖四首〔一〕

馨潔頻賡束皙篇，白雲凝望一年年。乞歸真向雲邊去，始覺前賢媿後賢。

急裝犯雪泛輕艖，赤舄真看綵服加。天許抽身恩莫數，岸邊指點潞河沙。

莫言元老遂初衣，烏哺深知戀夕暉。多事枌榆諸父老，但傳天上作霖歸。

散花灘去六橋春，一片家山侍養真。無那衝風呼蹇衛，師門猶有望雲人。

【校記】

〔一〕錢批本及十二卷本未收此詩。

和周讓谷同年長安旅寓述懷韻四首〔一〕

蘭蕙何曾溷艾蕭，賞音未便歎寥寥。文章實喜逢青眼，名字虛憐掛碧霄。挼手殘碁成敗局，當場妙舞鬪纖腰。舍人絕藝蓮花格，枉試狼壺一箭驍。讓谷舉庚午鄉闈第一。

蹇衛淩兢駕小車，緇塵撲面憶耕漁。看囊依舊三牲誤，攬鏡還愁兩鬢踈。報國空慙賦鸚䳇，抽身且擬重璠璵。愉君掉首滄江外，夢到花南水北閭。

隨人趨步笑邯鄲，自信生涯著處安。嘗到芥茶翻得味，行經灩澦更何難。驥才龐統那堪屈，鼓吏禰衡肯漫干。著述名山窮亦好，苦心尚望後人看。讓谷登第後銓發畿輔試縣事以疾辭。

草堂好去縛榛菅，從古高才例得閒。越鳥依巢便野性，佳人遺世惜朱顏。眼看髠乙評何凖，齒冷雞蟲趣本慳。徑袖平生簪筆手，五湖深處釣綸嫻。

【校記】

〔一〕錢批本及十二卷本未收此詩。

疊前韻簡錢蘀石謝金圃梁山舟趙鹿泉四庶常〔一〕

朔風枯葉鎮飄蕭，旅思無端覺寂寥。未見泥塗信尺蠖，竟虛沆瀣吸三霄。漸衰每苦霜垂領，太瘦頻驚帶減腰。稍喜登壇飛將在，蝥弧影裡各騰驍。

還往頻煩喚犢車，相看都是舊佃漁。知渠命世才非偶，笑我謀生術太踈。擬掣鯨魚慚翡翠，寧懷燕石詆璠璵。阮生縱不窮途淚，底物持將慰倚閭。

敢云廝養嫁邯鄲，惟覺孤雲託未安。骨肉關心貧較切，詩書食報古猶難。千金駿骨方求隗，三拜科名未數干。醫國平生那出手，空於肘後檢方看。

蓬生差喜附黃菅，微祿需來卻愧閑。分得頭綱烹苦味，支將手版看孱顏。未妨醉倒三升薄，衹覺憂來一笑慳。衣馬輕肥有公等，疲驢破帽我能嫻。

【校記】

〔一〕詩題，錢批本作『同用上谷長安旅寓述懷四首韻簡錢蘀石謝金圃梁山舟趙鹿泉』。十二卷本未收此詩。

將移寓大司空汪夫子第山舟沖泉招同諸公飲味初齋再疊前韻四首〔一〕

踈燈寒髩兩蕭蕭，裙屐相攜慰寂寥。室密爐煙霏曲館，夜深宮漏滴層霄。酒波泛蟻浮缸面，月魄凝霜抹樹腰。泥飲天涯歡不易，逢場跋扈一時驍。

隔巷招呼不藉車，蕭然清語落樵漁。風塵大類江湖聚，心跡寧緣出處踈。竹實桐華無枳棘，方珪圓璧總璠璵。諸公袞袞清時器，未用林泉憶舊閭。

生憐古道走邯鄲，孫龍光孝廉將之平陽。算我羈棲得少安。聽雨喜連晨夕數，同心學到駏蛩難。醖雞夢只恬春蠶，凍雀生惟戀紇干。去住當筵成小劫，朋箋猶拂壁塵看。

採擇仍煩及苧菅，官閑未便竟身閑。彭宣但索師門飯，蘓季終愁壯士顏。饑凍何方醫可療，平安無事夢都慳。匝月不得家書。蒼茫百感瞢騰醉，斫地哀歌或未嫻。

【校記】

〔一〕十二卷本未收此詩。

三疊前韻勸讓谷就職〔一〕

便攫驪珠易緯蕭，未妨此意問參寥。濁清泉自歸滄海，舒卷雲終托絳霄。警露底堪裁鶴頸，釀花應得瘦蜂腰。柔能繞指剛原在，略試登壇賭十驍。

苦憶山中薄笨車，行吟恐被笑江漁。著書仰屋心長在，聽鼓應官計未疎。好種青松成琥珀，或憐太璞是璠璵。不然投劾非難事，竟爾角巾歸敝閭。

孝友人憐是鄙鄲，得謀菽水且須安。千秋肯為科名誤，百里深知骨相難。賸說寒氊還故物，儘容釣石坐江干。萍浮南北休相訝，鴻爪原從雪上看。讓谷以母老不願就職，思改授教官，可遂迎養。故後二詩廣其意。

半生漂泊等蓬菅，樂事還贏此日閑。繡褓於菟歡暮景，讓谷尚無子。板輿春服慰慈顏。百年蠶甕真難了，五日花豬想破慳。但取皋比償墨綬，經生結習定能嫻。

【校記】

〔一〕 錢批本及十二卷本未收此詩。

送蘆涇假省南歸即次留別韻〔一〕

酒盞菰蘆每判年，玉河匝歲又舟旋。郎官舊藉文昌府，祖帳新圖小雪天。宮錦遥看裁綵戲，家江未許穩鷗眠。腳韝手版空塵土，暫謝樊籠即是仙。

【校記】

〔一〕 據錢批本補。

送濮顯仁同年授教職南還二首〔一〕

城南幾徧送騾綱，下第心憐氍毹裝。君去不愁寒到骨，頭銜卻好鬭冰涼。

著書最稱冷官貧，特地烹雞豈為身。傳語江鄉諸弟子，先生來養太夫人。

【校記】

〔一〕 錢批本及十二卷本未收此詩。

東皐同年移寓雙樹軒諸公醵飲賦詩余病不赴奉同一首〔一〕

今年臘月寒太甚，我病杜門骨猶戰。聞君移寓侍郎齋，雙樹何如嘉樹蒨。雙樹軒為錢少司寇舊寓。溷藩庖湢百不省，第一先謀安筆硯。阿兄對床夢春草，令子奉几課文選。閒呼酒盞招酒人，耳熟車音一鈴善。過申犯卯醉復吟，戶外朔風任如箭。客居如此亦不惡，腳韉手版知何羨。冷官蹤跡本浮萍，逆旅光陰同掣電。偶看春雪踏飛鴻，瞥爾雕梁巢社燕。舊今兩合聊云云，主客圖成各眷眷。惡寒止酒不能出，空憶琴尊接文讌。但乞儺翁儺母靈，病魔為我驅除徧。

【校記】

〔一〕錢批本及十二卷本未收此詩。

西苑雪霽次左耕堂韻〔一〕

初日烘霞照上闌，偏宜雪後借春看。參差玉骨分新樹，片段青膚出舊巒。宮漏隔花頻送暖，朝衣典酒劇為歡。東風畢竟先瑤島，見說城中尚曉寒。

【校記】

〔一〕詩題，錢批本作『次韻左耕堂西苑雪霽』。

九日直廬作和陶公九日閒居韻〔一〕

我昨凜冬來，還延涼風生。時序豈不永，迫促緣微名。旅食寡營競，炯懷抱秋明。持被更夜直，每赴歸禽聲。樗散恥禄米，顧己非壯齡。日入聊就息，一尊惟獨傾。沉思百卉腓，黄鞠猶孤榮。任運雖薄報，遺世良非情。過分事請謁，詎知毁與成。

【校記】

〔一〕錢批本及十二卷本繫於壬申年。

後一日和陶公己酉歲九月九日韻〔一〕

黄塵慣撲面，奈此輪蹄交。西風更淒厲，嘉木亦見凋。枯榮會有時，托根何必高。微末倘結實，土壤方雲霄。無為感摇落，轉傷歌者勞。知音未之顧，庶葆桐身焦。閉户謝來軫，濁酒且復陶。不然攖世網，何以延昏朝。

【校記】

〔一〕錢批本及十二卷本繫於壬申年。

送周犀舟歸杭〔一〕

潞沙忽理一枝篙，握手西風首獨搔。四海無醫宜勿藥，兩峰對酒且持螯。别時貧病關吾輩，話到身名任汝曹。勤把南華庋行篋，不須更去讀離騷。

【校記】

〔一〕 據錢批本補。

丁辛老屋集卷十一

癸酉

和方廉水上舍移寓崇文門東述懷三首〔一〕

西風準待刷秋翰，堅忍年時旅夢單。懶把漁竿臨某水，閒隨棋局到長安。浮生漂泊原萍跡，往事消磨等藥丸。東野苦吟殊未達，出門天地本來寬。〔二〕

客子奚傷寡定居，可吟可臥即吾廬。雪泥印處還非爪，家俱移來只有書。手補庭花春露活，坐延山月竹牕虚。故園清景知難似，也勝西泠夜望餘。

嘗茶看畫儘勾留，底要荒江占一邱。子舍詎無牲鼎念，家山何至鶴猿愁。恁春亦自邀青眼，塵海猶堪狎白鷗。但取科名償旅食，一枝穩託更何求。

【校記】

〔一〕三首，原作『二首』，因據錢批本補入一首，故改題。十二卷本未收此詩。

〔二〕 此首據錢批本補。

諸艸廬編修屬和雙頭同心芍藥繡纓二詩即次其韻〔一〕

跗萼評量眼與心，不須鄭重品腰金。合歡轉訝將離誤，駢首剛宜兩鬢參。臨水祓除成雅謔，鉤簾吟賞莫孤斟。醉紅三萬株看徧，惟覺春風此處深。

琢玉裁瓊起朽枯，一花旋輥百花鋪。春深幻出團風雪，月黑飛來照夜珠。影動粉墻疑躅躅，豔承斗帳當流蘇。天工自試鍼神手，誰補圓光繡佛圖。

【校記】

〔一〕 十二卷本未收此詩。

題諸艸廬高松對論圖 卷中自注云：『松為嘉靖間項襄毅宅中物，余今卜居焉〔一〕。』

尚書宅有松，不知種何年。依稀壽二百，嘿嘿延朝昏〔二〕。其顛巢白鶴，其根漱流泉。蒼然脫皮骨，此心長歲寒。先生青松姿，澹爾世味刪。愛樹屋亦好，輒復賃僦焉。閒來手一卷，科頭以盤桓〔三〕。冷拂松影坐，靜對松風言。浩浩真性出，疎疎清韻翻。始覺眼耳外，別有知音存。得此意便愜，蕭寥共乾坤〔四〕。蘭桂亦自佳，姑作餘子論。

【校記】

〔一〕宅中，錢批本及十二卷本無。

〔二〕『依稀』二句，錢批本及十二卷本無。

〔三〕『閒來』二句，錢批本及十二卷本無。

〔四〕『得此』二句，錢批本及十二卷本無。

題鄭鏡渟舍人春江曉渡圖二首〔一〕

單羅衫扇趂晴烟，一束書輕喚渡便。剛是嫩寒江店曉，柳絲風裏出紅船。

幾遍春江待渡時，鷺花次第入新詩。東風綠得柳如許，肯為行人染鬌絲。

【校記】

〔一〕錢批本及十二卷本未收此詩。

送劉景南舍人出為新安司馬〔一〕

三百六灘江水奔，使君綵鷁向江門。樊川仙籍紫薇豔，司馬才名紅藥翻。判牘試磨龍尾硯，行春定過昉溪村。放衙想拄南山笏，雲海遙擎酒一尊。

【校記】

〔一〕 錢批本及十二卷本未收此詩。

題錢唐陸芑洲寒山舊廬圖次張文端公韻〔一〕

南渡南園剩故邱，珍禽恠石臥堪遊。眼看五百年前樹，夢落三千里外樓。撲面塵灰多苦趣，在山泉水是清流。還憐北郭詩人畫，展向春風特地愁。園本宋韓平原南園故址，圖為萬柘坡徵君寫，柘坡下世已四年矣。

遭逢端合賀茲邱，重整林亭續勝遊。萬竹聲中招白鳳，百花頂上結飛樓。江光冷傍紋簾瀉，琴語清兼翠瀑流。好是家山娛著述，閉門那更惹閒愁。園有明馬三才題「來鳳岡」三字刻石。

【校記】

〔一〕 第二首據錢批本及十二卷本補。

三月十日同袁愚谷錢辛楣陳寶所紀懋園丁海農紀曉嵐周筠谿集陶然亭補休禊事二首〔一〕

十日不來花片飛，前朔日過此〔二〕。綠楊齊掃釣魚磯。岸蘆迸筍妨高屐，村蝶翻灰涴袷衣。三月風光歸曲水〔三〕，百年樓閣佔斜暉〔四〕。祓除誰擬蘭亭序〔五〕，禊事重修未覺非。

招攜裙屐叩禪關，暢好登臨暮未還。棋陣靜圍花匼匝，鶯歌暖送酒循環。春濃轉怕形人老，官冷真宜伴佛閒。片雨忽來如有約，天教少坐看西山。

《浙西六家詩鈔》評：『情景夾寫，綽有風趣。隨園所謂《陶然亭休禊》七律二首，一時傳誦即此。』

【校記】

〔一〕詩題，錢批本及十二卷本作『三月十日同人補修禊事集陶然亭即席作二首』。

〔二〕錢批本及十二卷本無注。

〔三〕歸，錢批本及十二卷本作『懷』。

〔四〕佔，錢批本及十二卷本作『倚』。

〔五〕祓除誰擬，錢批本及十二卷本作『縱然不擬』。

三月朔日清明同人登陶然亭值雨用壁間田退齋韻二首〔一〕

抽身塵海入花陰，大有高臺面水臨。風動柳梢纔綠淺，煙低韋曲已春深。但煎紫筍茶同啜，可聽提壺鳥自吟。好片青郊盤馬地，雨雲無賴阻幽尋。

西山遮盡碧攢攢，雙眼模糊出樹端。名勝自供羈客賞，清明祇覺老晴難。城根波蕩蘆洲活，村曲泥添燕壘寒。稍待丁香花盡放，重攜畫榼此追歡。

【校記】

〔一〕據錢批本補。

春雨次陶篁村上舍韻二首〔一〕

如絲風外颺纖纖，早晚丁紞響畫檐。芸餅衾裯春夢擾〔二〕，杏花樓閣曉寒嚴。時窺吹沫魚浮沼，不放銜泥燕入簾〔三〕。除卻緼袍無可典，城南酒債任頻添。

青郊未騁玉鞭長，芳信空巡宛轉廊。閒點茶甌成水厄，病拈藥裹鬭身強。社翁冷賽催花鼓，鳩婦陰呼夢艸塘。要是東君晴意快，春衫須試剪刀忙。

【校記】

〔一〕詩題，錢批本及十二卷本作『春雨和陶篁村』，未收第二首。

〔二〕擾，錢批本及十二卷本作『淺』。

〔三〕不放，錢批本及十二卷本作『且待』。

同諸艸廬編修李鶴峯侍郎周東臯編修周松巖孝廉錢撵石庶常謝金圃庶常陳寶所舍人梁沖泉比部汪厚石孝廉周青在孝廉過法源寺看海棠分賦三首〔一〕

柳絲煙縷織山門，春到城西別作村。有底風心堪被惱，偏於淨域為銷魂。隔牆喚客煩鶯語，連歲看花證佛恩。定惠碧雞凡幾劫，陳人還對老僧論。

隨意拈花又散花，世尊天女太豪奢。日高紅閃經筵燭，風過涼生翠袖紗。底要旃檀方佛國，暫離塵土即仙家。道人春睡何曾著，簷角蠭聲鬧午衙。

花外清尊憶侍郎，乞身端合為花忙。謂香樹少司寇〔二〕。羈棲也買春風笑，懺悔終憐絕代妝。心眼意中原夢幻，去來現在易滄桑。時汪桐石同年下世〔三〕。憑將布施傳因語〔四〕，寫幅丹青供法王〔五〕。時屬蘀石寫圖以遺方丈，諸君並題詩其上〔六〕。

《浙西六家詩鈔》評：『襟期瀟灑，詩有跌宕流麗之致。』

【校記】

〔一〕詩題，錢批本及十二卷本作『二十一日同諸草廬李鶴峯周松巖東皐錢蘀石謝金圃汪厚石陳賓所梁沖泉周篔谷法源寺看海棠分賦三首』。

〔二〕謂香樹少司寇，錢批本及十二卷本作『謂錢香樹先生』。

〔三〕時、同年，錢批本及十二卷本無。

〔四〕語，錢批本及十二卷本作『話』。

〔五〕寫，錢批本及十二卷本作『一』。

〔六〕『時屬』句，錢批本及十二卷本作『蘀石寫圖以留方丈，諸君題詩其上』。

四月九日大司空汪夫子招同莊方耕學士錢東麓編修令嗣幼泉農部集麗景軒分韻得首字〔一〕

名園夏木深，清蔭落烟阜。好花明餘春，婭奼枝不醜。淨淥滙溪灣，窔㝯澄戶牖。磯靜鷺淘沙，波空絮吹柳。尚書暫休暇，招攜命尊酒。談諧流琴箏，脱略到組綬。韶濩諧雲山，瓦甂敢擊掊〔二〕。倒陪山公，痛飲笑犀首。仰慙昌黎門〔三〕，猥附籍湜後。遊處欣獲同，溫風灑襟肘〔四〕。請看瓜皮艇〔五〕，暑月來踏藕。園池將製小艇。

【校記】

〔一〕詩題，錢批本及十二卷本作『汪謹堂夫子招同莊方耕錢東麓暨令嗣勗初飲麗景軒分韻得首字』。

〔二〕『韶濩』二句，錢批本及十二卷本無。

〔三〕『痛飲』二句，錢批本及十二卷本無。

〔四〕『遊處』二句，錢批本及十二卷本無。

〔五〕請看，錢批本及十二卷本作『請斫』。

味初齋藤花盛放梁山舟沖泉招同讌集花下用朱竹垞先生紫藤花下醉歌同查上舍弟嗣瑮賦詩韻〔一〕

東風去我裁一旬，未怕春心便枯槁。鼠姑初謝鸎粟遲，恰又藤花豔芳草〔二〕。齋寬十笏本清絕，几淨點塵還汛掃〔三〕。側帽渾憐蘂拂簷〔四〕，低頭自覺香入腦。鬘梢紛掛徧瓔珞，虯榦屈蟠同栲栳〔五〕。去年賓榻橫花陰，坐臥不妨西日杲。相國朝回拄杖看，每共清言散懷抱。公子華筵又一時，遲我花前更傾倒。粉牆穩縛棚架高，畫檻晴黏蠭蝶蚤〔六〕。相於盃斝接羣公，回首湖山歸一老。尊前枉自動鄉愁，渺渺江村若瀛島。感君愛客為君醉，且免花時典衫襖。古藤書屋想風流，一片斜陽映辭藻。籠陰落格重聯吟，肯讓竹垞簹谷好。

【校記】

〔一〕詩題，錢批本及十二卷本作『味初齋藤花盛放梁山舟沖泉兄弟招同周松巖東皐錢萚石紀心齋謝金圃陳寶所趙鹿泉集花下用朱竹垞先生紫藤花下醉歌韻』。

〔二〕又，錢批本及十二卷本作『裹』。

〔三〕掃，錢批本及十二卷本作『埽』。

〔四〕渾，錢批本及十二卷本作『殊』。

〔五〕虯，錢批本及十二卷本作『虺』。

〔六〕　蚤，錢批本及十二卷本作『早』。

直廬秋暑得雨涼甚同吴杉亭用韋蘇州龍門香山泉韻〔一〕

秋氣猶鬱蒸，塵勞牽我慮。蕭條飛雨來，稍覺炎氛去。滃滃西山雲，冥冥海淀樹。涼迫絺衣生，清思御溝注。跡淹獲新適，心賞非陳趣。藕花香漸微，蟬語冷何處。雙襟自披豁，濁醪共情寓。

【校記】

〔一〕　據錢批本及十二卷本補。

五月廿四日直西苑同蔣晴墅同年賦四首〔一〕

問訊西山色，蒼然老翠增。短扉依禁籞，高樹遏炎蒸。候勑遥瞻鳳，書簽孏逐蠅。蓬壺渾不暑，底要踏層冰。

晝永遲宫漏，花深轉午牌。絺衣涼好著，髹几淨還揩。事簡敲棋可，譚清捉麈皆。冠紳爾何物，肯使縛形骸。

赤日深防旱，頹雲旋作陰。生成看物態，潤澤見天心。好鳥語當户，清風閒在襟。羲皇發遐想，幽卧亦園林。

懶性官宜冷，微勞祿媿霑。文章那報國，車馬且銜炎。鬬茗過三椀，分冰定幾檐。見周必大《玉堂清話》。昇平足清暇，故事手頻添。

【校記】

〔一〕錢批本及十二卷本未收此詩。

累日訪趙甌北孫中伯張觀五諸同年於西苑東偏雜記園亭之勝用晴墅直廬即事韻四首〔一〕

風際暑猶斂，雨餘塵亦微。園荒蚯蚓語，港闊鷺鷥飛。小逕竹初箭，新墻苔未衣。時澄懷園新葺周垣。茶盃安石上，啜到日西歸。

綺錯周廬外，池臺蹟舊豪。月明花破靨，松響鶴移尻。幾夜盃還把，因君首重搔。田田荷際水，怕近鑑霜毫。中伯寓齋舊為某上公別業。

紅版橋南路，都連水竹居。座中聞愛士，濠上想觀魚。日月真相傍，勳名信有初。文孫方小學，蘭藻映階除。觀五館西林相國舊日賜園，課其令孫，時方讀小學。

蓬勃塵埃裏，翛然自往還。織林煙漠漠，漬袂雨般般。憑弔都闗客，清涼半在閒。名園從記取，回首渺鄉山。

【校記】

〔一〕 錢批本及十二卷本未收此詩。

酷暑得雨曉過味初齋山舟為煮天泉瀹龍井茶啜之並出示煮茶詩輒同用東坡試院煎茶韻〔一〕

一夕涼雨秋夢生，霹靂驅盡蟲雷鳴。葛衫曉出索茗話，毒暑忽覺筋骸輕。翰林嗜茶勝斛二，阿奴適來同此意。王濛小字阿奴，見《世說》〔二〕。科頭攜具亟就折腳煎，策勳要在掄天泉。合并雙美一時得隴蜀，洗湅心腸宛雪玉。長安解渴如解饑，譜茶何異圖十眉。想子憫農心更苦題詩，當與喜雨詩相隨。柴門反關一椀兩椀我自足，安得徧給黃塵赤日六街銅盞砰磕時。

【校記】

〔一〕 詩題，錢批本及十二卷本作『酷暑得雨曉過梁山舟為煮天泉瀹龍井芽啜之同用蘇公試院煎茶韻』，十二卷本繫於壬申年。

〔二〕 見《世說》，錢批本及十二卷本無。

次和俞槐谷舍人詠冰茶〔一〕

深甌蒸炊信莫當，差便寒苦味兼嘗。玉壺碎攪銀匙滑，嫩乳光融積雪香。嚼冷最宜心鐵石，銜炎仍覺境清涼。籠頭紗帽親煎點，仙露何勞出上方。

【校記】

〔一〕錢批本及十二卷本未收此詩。

七夕宿直〔一〕

少女風吹袂，金梭月挂檐。傍明蛛網密，將宿鵲聲添。夢未秋衾著，涼先禁樹黏。相思渺河漢，無語下疎簾。

【校記】

〔一〕十二卷本未收此詩。

陶西圃明府屬題梅雪同清圖同東麓編修用東坡李公擇梅花詩韻〔一〕

七月暑未退，凜覺寒氣動。蕭然展尺幅，矮屋春已弄。試齅鼻有香，欲捫指畏凍。邈想鳩茲城，玉花塡市閧。冷呼四尺驢，一鞭屏傔從。澗底瀑流細，雲外鶴影縱。凌競灞橋側，詩意相伯仲。先生人中仙，早歲玉堂貢。未肯效郊島，神骨本寒重。下視枋榆雀，纖末雜鳴哢。高坐梅雪際，清絕但吟諷。孤興宜烹茶，不在一飲痛。疎花明丫叉，積素互蔽雍。飄瞥杳靄閒，定幻羅浮夢。可知修得到，根自幾生種。近將訪姑射，秋風駕塵輊。奚囊一琴外，晨夕此畐共。拍手迎兒童，煙宵下鳴鳳。仙吏把一麾，拄笏有巖洞。心跡仍雙清，為倒襄陵甕。時將之官洪洞。

【校記】

〔一〕錢批本及十二卷本未收此詩。

七月十一日赴西苑見同直諸公垂和拙詩幾滿齋壁疊韻四首〔一〕

雨乍溪頭歇，秋於樹杪增。空齋一蕭爽，深甑罷炊蒸。伏枕抛元塵，循墻拂凍蠅。佳詩吟上口，清擬嚼壺冰。

翠障荷池扇，青搖酒市牌。已涼便縱飲，殘垢淨新揩。筆硯香茶有，槐榆竹柏皆。此中兼小隱，一笑乞吾骸。

深柳妨殘暑，輕雷作晚陰。風來蘇病肺，葉下急秋心。影薄疏蟬鬢，紅彫舊燕襟。士衡感羈宧，清夢即家林。

稍喜朋簪盍，時同酒盞霑。人情無主客，蟲語變涼炎。瘦覺寬衣帶，吟惟仰屋檐。遺音再三歎，孤興為重添。

【校記】

〔一〕錢批本及十二卷本未收此詩。

秋夕新霽坐時晴齋小飲趙甌北同年為舉微雲疎雨之句以況眼中清景因效襄陽體〔一〕

涼雲澹疎影，斜月漸西落。蔽虧蒼綠陰，殘雨猶漠漠。螢火濕暗砌，蟲吟度幽壑。素心四三輩，衫帽袪塵縛。捉麈仰空宇，清言出寥廓。眷然展情悰，迴鐙具盃酌。水石恣賞延，淒暄感今昨。露飛桐井寒，風擺竹枝弱。依依愛清景，款款寄所托。攜琴坐石橋，還期候圓魄。

【校記】

〔一〕眼中，錢批本及十二卷本無。

雙谿汪氏雙節詩

望夫兩青石，突兀不可剗。中有節婦魂，萬古淚珠泫〔一〕。緬維開國初，粵徼苦兵燹〔二〕。么麽肆反側，命將六師殄。兩汪在軍中，謀畫罔不善。艱難守思恩，參軍實小阮。瘡痍雖漸復〔三〕，殘寇更驕蹇。孤城同睢陽，食盡雀鼠鮮。兩公相繼死，乃一巡一遠〔四〕。忠臣死為君，敢爾延息喘。節婦死為夫，生存顏則靦。嗚呼戴與吳，大義從容踐。身死家亦傾，先澤無乃翦。以是撫藐孤，相顧勖黽勉。孀幃三十稔，辛苦血在眼。兩子各成立，覆巢有完卵。孫曾遞燕貽，食報方不淺。彼歟巾幗儔，每患志計短。當聞所天殞，輒效溝壑轉。慷慨豈不佳，於義未為辨〔五〕。雙節成雙忠，彌令潛德顯。鬚眉誠偉然，何可薄閨梱〔六〕。黄山高差峨，魂氣有時返。合傳誰特書〔七〕，幽光照青簡。

【校記】

〔一〕『中有』二句，錢批本及十二卷本無。

〔二〕苦，錢批本及十二卷本作『尚』。

〔三〕『參軍』二句，錢批本及十二卷本無。

〔四〕『兩公』二句，錢批本及十二卷本無。

〔五〕『彼歟』六句，錢批本及十二卷本無。

〔六〕『彌令』三句，錢批本及十二卷本無。

〔七〕『黄山』三句，錢批本及十二卷本作『魂氣有時返，黄山高差峩』二句。

題朱秋舫故園秋色圖三首〔一〕

津橋衰柳萬行斜，吹殺西風客憶家。更為披圖小悵觸，秋窻休掛玉鴉叉。

黄葉蕭蕭澹夕陽，竹寒沙碧浣花莊。幾時一舸成還往，馬曈橋南買蟹嘗。

君家長水吾曾訪，檻外六峯青有餘。茗盌經函拋不得，輭紅深處寫林盧。

【校記】

〔一〕錢批本及十二卷本未收此詩。

褚鶴侶錢辛楣兩同年招同諸君食蟹作〔一〕

隔宵招客道南街，預縛寒蒲幾輩偕。配劑的需薑氣味，拍浮眞樂酒情懷。螯還勝跪肥能爾，尖不如團老便佳。回首江湖當食歎，秋風歸計又參差。

【校記】

〔一〕詩題，錢批本及十二卷本作『褚鶴侶錢辛楣招同諸君食蟹』。

風樹吟〔一〕有序

汪用明上舍出示風樹吟秋圖，泫然曰：『甚矣，余之不辰也。生百餘日，而喪其母；裁五歲，而吾父繼歿。伶仃孤苦，無怙無恃，寄育他母以有今之身。傷哉，孩提無知，弗克記憶，音容髣髴如夢如隔世。誰非人子而獨無父母天乎？胡使我至此極乎？菽水弗逮親存，他日雖列鼎而祭，惡能解終天之恨哉？此余之所以尤痛也。』請為賦之。因為作《風樹吟》八解，代孝子危苦之音，以寫其思慕無已之情焉。

樹兮何悲，風其吹汝。兒兮何悲，生不見父與母。一解繁霜零兮，西風愈寒，悠悠三十載，不得父母憐。二解父兮兒號，母兮兒啼。載號載啼，曾莫之知。三解兒饑誰乳，兒寒誰復。重泉窈冥，顧影惟獨。

四解嫉彼鴞兮，生而戕其母。嗟我雖人，而與鴞為侶。五解踆踆者烏，反哺胡巧。哀哉鮮民，不如彼烏。六解生不饜半，菽罍其恥。而豐厥饗祀，終恐父母之吐之。七解曖兮嘅兮，於堂於戶。昬昬嘿嘿，終莫得其處。八解

【校記】

〔一〕錢批本及十二卷本未收此詩。

次陶篁村雪中見懷韻即送南歸〔一〕

吳山越山爭咲人，不專一壑趨紅塵。或言神仙託官府，所見直與兒童隣。杜公一生好權勢，至老不登要路津。掉頭那及孔巢父，珊瑚枝上橫釣緡。君才擅場矜犄距，見人振足搖其脣。誰賞朱絃疏越奏，但看翡翠蘭苕新。兩試京兆不稱意，青纏芒屩歸哉秦。飄飄暫逐雲際鶴，束縛肯效籠中鶉。寓齋兀臥駃玉戲，高吟稍破袁安貧。人海留蹤咲鴻爪，歲寒結友憐松身。鉤簾冬霽倍清豔，西山脉脉橫而陳。長箋維誦同嚼雪，乃知幽澹方天真。說餅煨芋度殘臘，欲去姑待梅花晨。君歸竢我雙峯下，買酒西湖共主賓。

【校記】

〔一〕錢批本及十二卷本未收此詩。

十一月十七日獨赴西苑直遇風感作三首〔一〕

朔風斗淒厲，擁袂峭寒增。搖樹日光薄，漲埃雲氣蒸。飄飄孤似雁，黑白溷無蠅。蚤計寧關我，霜深定至冰。

一一記行店，不須沽酒牌。壞墟寒自燄，凍盞澀難揩。近市雞聲應，無人馬影皆。園扉報造次，稍喜息筋骸。是夕宿謹堂，夫子賜園。

地迥騰寒氣，山圍結遠陰。未妨成雪意，可以見松心。莫把浮邱裏，誰題漢上襟。高齋聊獨夢，凍月貼煙林。

【校記】

〔一〕據錢批本補。

臘八日集味初齋同限八字

昨交二九頭，連夕即飛札。缺雪時正晴，鞭驢踏凍滑。是日傳灌佛，婦孺走十剎。街頭臘鼓鬧，實助酒思茁。面惟朔風當，腳不輭紅拔。庶幾片餉樂，冷語太清殺。維摩疾始平，險韻屢抽軋。鄉音團復佳，曷用羅鱧鮎。食粥自吾輩，故事笑禿鶬。堅坐霜鐘催，醉數一百八。山舟初病起，出示尖叉韻詩近作十首〔一〕。

【校記】

〔一〕 近作，錢批本及十二卷本無。

二十三日集杉亭寓齋喜金棪亭孝廉至都即席賦八首〔一〕

彈指聽鐘已隔塵，夜闌秉燭數前因。飛揚跋扈無如子，歷落嵚嵜可咲人。聽鐘山房，金圃同年寓齋名。

割面寒風障眼灰，了無清事佐詩材。愛君新格標雙井，剛自西江社裡來。棪亭道出江西時，以新刻詩稿見贈。

趨庭匝歲儘承懽，潔白添供苜蓿盤。欲試袖中醫國手，重攜三策上春官。

吳楚艱難路幾千，應憐去索作碑錢。莫教盡數書驢券，不辦長安買醉眠。

聞道謝家寒釀熟，未將缸面酒澆儂。怪君甕側先堅臥，細聽春槽瀉淥濃。時棪亭仍寓聽鐘山房。

隻影都無眷屬恩，地爐榾柮共誰溫。差贏一事無驚擾，米券煤逋不打門。

別淚西風隔歲顏，酒人次第喜重還。煗爐排日須高會，休沐裁贏幾日間。昨秋棪亭偕杉亭南歸，今年杉亭先至。

景德花甆煉玉砂，新安花炮散紅霞。開年打量無餘事，一棹䑳船看好花。二物並棪亭見遺。

【校記】

〔一〕 詩題，錢批本無『二十三日』及『孝廉』六字；『八』作『六』，收第二首及最後一首。十二卷本未收此詩。

甲戌

病中杉亭遺粥米

薄粥能清胃，香秔最滑匙。一身長累友，四海歎無醫。酷瘦成寒竹，癡眠類伏雌。淮南如米賤，扶疾卜歸期。

閏月作五首〔一〕

栢身青銅堅，衆葉乃獨苦。嶧陽桐百尺，孤生莫與伍。其德可徽軫，其材中梁柱。歲寒勵霜雪，夜黑嘯風雨。知音出樵蘇，大匠惠斤斧。吁嗟枯朽株，光彩照官府。不然任樗散，默默守厓滸。

我有古時鏡，寒光射奩外。開奩放光出，妍媸形既太。何時蝕青紅，如月桂叢害。縱不殊虧盈，未免雜明昧。

和氏玉未剖，良工鑒莫真。夜光置路隅，按劍奚遭嗔。至寶恥自衒，悠悠任屈伸。燕石及鼠璞，聊充君子陳。

窈窕桃李顔，實悅三春目。此時輪囷姿，甘心屏幽谷。迺蒙引纆徽，長短裁作轂。俯首謂桃李，穠華去人速。

青青黄楊樹，高者如人長。偃蹇百霜露，遇閏還見殃。詎無雲霄望，剪剔謬所當。長養倘終惠，令德矢勿忘。

【校記】

〔一〕詩題，錢批本及十二卷本作『閏月作三首』，第三、五首未收。

重五後一日曉雨出安定門〔一〕

梅雨暗郊野，湖光涼似秋。麥黄猶剩割，秧細已全抽。出塞隨羣馬，眠沙媿白鷗。飄颻瞻綵仗，天際濕旌旒。

【校記】

〔一〕錢批本及十二卷本未收此詩。

南石槽扈蹕陪海寧相國陳夫子翫月〔一〕

千山環拱儼周垣，萬幕連雲夜不喧。綵幟紅燈天外影，嗚笳嘶馬月邊屯。受降定看龍沙靖，投筆虚嘲燕頷尊。自識羈縻誠遠畧，聞雞終擬舞劉琨。去歲北路都爾伯忒車楞等納欵者萬餘戶，聖駕將詣熱河行宴賜禮。

【校記】

〔一〕錢批本及十二卷本未收此詩。

密雲縣

小縣古庠奚，重重霧樹迷。風高溫谷北，日落冷關西。豐歲收禾黍，清時絕鼓鼙。不須資障塞，野老自扶犁。居庸，一名冷關。〔一〕

【校記】

〔一〕錢批本及十二卷本無注。

渡潮河〔一〕

凹凸既崟崿，坱圠復阡陌。陸行防濁泥，水渡怯齒石。河流非一源，千山萬山積。應知塞外來，龍身見其脉。如人有血氣，流轉不可畫。輪蹏識淺深，曷用試短策。新月升巖扉，未得陶佳夕。回瞻如虹梁，橫界清漢碧。

【校記】

〔一〕錢批本及十二卷本未收此詩。

石匣營戲書所見〔一〕

儂家住近九株松，九松，山名，在密雲縣界。生愛山光淡復濃。不獨雙蛾偷學畫，雲鬟高更似雲峯。

【校記】

〔一〕錢批本及十二卷本未收此詩。

出古北口

太行山坳七十二，西來一一奔駭浪。中有雙崖屹一門，天教北面為巨障。極狹堪封泥一丸，探幽那破屐幾緉。百歲縱息烽烟驚，千屯自衛關河壯〔一〕。長墻憶築勝國時，少保曾經連戍帳。豈知今王大無外，斗絕重關開詄蕩。來牟夏熟塞翁收，苜蓿秋肥邊馬放。承平士女中華風，年年豹尾瞻天仗〔二〕。離宮避暑古所規，涼亭置駟蹟非刱〔三〕。斜陽紅掛石梁西，謂青石梁〔四〕。疎雨晴飛柳林上。柳林，古北口南三里。輦路駈馳雜佽飛，酸寒叢笑書生狀。槖筆聊為出塞吟，封侯終讓防邊將。

【校記】

〔一〕『極狹』四句，錢批本及十二卷本無。

〔二〕『來牟』四句，錢批本及十二卷本無。

〔三〕駉，錢批本及十二卷本作『驛』。

〔四〕『謂』，錢批本及十二卷本無。

氈帳和相國陳夫子韻〔一〕

乾坤一逆旅，到輒跼雙縮。坐臥宜隨緣，昧者苦奔逐。觚稜覆如磬，圜轉脫類轂。茲惟行帳然，其製頗清淑。寬平隨沙墟，迫陿傍林麓。揸撐易卷舒，過眼浮雲倏。嗤彼桑下戀，迺必定三宿。雪泥本無痕，偶然鴻爪蹙。風雨安如山，廣廈有翻覆。我來窮荒夜，燒燈不廢讀。凌晨輒捆載，實之小車腹。譬騎仙人驢，摺疊置巾屋。出塞銘爾功，歸酬酒一斛。

【校記】

〔一〕錢批本及十二卷本未收此詩。

歸度廣仁嶺〔一〕

嶺下鳴泉嶺上霞，穿來線路裊秋虵。翠華過後深泥壅，惟剩紅欄一道斜。

【校記】

〔一〕錢批本及十二卷本未收此詩。

入塞作〔一〕

峯色連關黑，河聲入塞流。高原動禾黍，落日散羊牛。哀角柳邊帳，戍旗天外樓。時平諸將樂，譚咲取封侯。

【校記】

〔一〕錢批本及十二卷本未收此詩。

塞上雜詩二首〔一〕

深夏山中杏熟遲，漿甜最美吸黃肌。不同歐李翻嫌醡，索性梅酸也自宜。歐李一名烏喇李子，亦塞外産〔二〕。

山中貞木不知名，奩盒盃盤巧斲成。若比木瓢真率例，都應錫號曰長生。熱河山中産一種木，製器甚堅勁。

【校記】

〔一〕詩題，錢批本及十二卷本「雜詩」作「雜題」。

〔二〕亦，錢批本無。

三家店苦淖〔一〕

積雨泥真沒輮深，沿溪蹭蹬土墻陰。荆扉晝掩村夫子，坐聽郎當過鐸音。

【校記】

〔一〕錢批本及十二卷本未收此詩。

冷布〔一〕

輕擬方容薄，疎逾艸葛麁。暑風遮不斷，窻月逼看無。轉咲花藏霧，渾宜網吐蛛。此間逃夏得，涼氣上眉須。

【校記】

〔一〕錢批本及十二卷本未收此詩。

簡許雪鴻明府〔一〕

我昨北行君送我，拏船徑纜湖邊隄。別來四載一彈指，聞君堅臥西山之東東山西。碧雲西爽舊遊熟，想得題詩滿青竹。君才定復應時須，底許佳人在空谷。憶君關中為政人所賢，扶風志乘空殘編。排纂乃出活國手，此事便可千秋傳。我住京華不得已，鎮日思親念鄉里。掉頭擬喚潞河船，稍待秋風下秋水。就鷗閣主老更窮，謂樵史。寄書久闕南飛鴻。我方來歸君未出，相期往來長水張輕篷。

【校記】

〔一〕錢批本及十二卷本未收此詩。

送吳鞠田孝廉歸錢唐六首〔一〕

我住長安結友，快人快語數君。憶同味初齋夕，剪燭傳盃論文。

秋雨秋風柳老，江南江北楓丹。定知鄉味纔好，菱角蓮蓬芡盤。

見面飛揚跋扈，其人磥砢英多。浩然徑歸太驟，彈指三年擲梭。〔二〕

湖光裏外綠淨〔三〕，峯色北南〔四〕翠齊。買酒散花灘口，撑船浴鵠灣西。

生涯得過且過，世事道來不來。鶩鴨比隣任鬧，雞蟲得失寧猜。

得廡伯鸞且住，無田陽羨亦歸。煩君為報江水，安頓鱸香蟹肥。

【校記】

〔一〕六首，原作『五首』，因補第三首，故改。錢批本及十二卷本作『送吳鞠田歸錢唐三首』，本詩第一、二、五首未收。

〔二〕此首據錢批本及十二卷本補。

〔三〕裏外緑淨，錢批本及十二卷本作『千頃緑早』。

〔四〕峯色北南，錢批本及十二卷本作『峰色雙高』。

丁辛老屋集卷十二

六月十八日同諸艸廬中允周松巖廣文錢蘀石編修謝東君孝廉金圃編修汪厚石孝廉姚蘆涇比部錢荿齋孝廉周稚圭庶常遊南新門外集飲王氏園分賦得今字〔一〕

我住京華歷三暑，豐宜門外初未尋。實恐褦襶不曉事，亦坐懶惰無閒心。草廬先生砭我疾，手扶笻竹期登臨。時雖積雨道苦濘，霽旭迸射明烟林。驅車轔轔車腳健，鞭馬得得馬力任。出郭塵土亦不惡，入門邱壑何其深。同游十輩到先後，汪子蚤俟溪之潯〔二〕。大小阮及大小謝，更名父子周姚參〔三〕。時蘆涇亦攜令嗣入座。羣行未怕橋磴滑，暫憩亦覓槐榆陰。細路綫伏白鉤帶，崇邱髻聳青簪岑。風潭匯作大圓鏡，擎出萬柄琅球琳。朱顏一一試天女，芳氣徑欲凌秋襟。竹里結屋類襪雀，一房二房涼森森。解衣散坐呷茗汁，玉瓶旋就沙頭斟。擔來畫榼雜餖飣，令徵故實兼雅吟。能飲者飲不則止，無取一醉同湎沉。磯邊自亂蜻蜓陣，天外任沸蟪蛁音。前游彈指倏露電，未妨鴻爪纔斯今。侍郎予告舍人去，香樹先生豫堂舍人。周汪宿草嗟人琴。東皋桐石二同年。我輩登陟勇腰腳，未肯乾死隨書蟫。清言已遣大暑避，高唱足令羣竅瘖。西園雅集非一產，何若桑梓情欽欽。林泉會合可不朽，此事定不關華簪。竊果時竄墻角鼬，窺魚或落枝間禽。兹游相顧樂莫樂，改席未免離懷侵。時草廬、松巖、犂石、厚石暨余俱將南歸〔四〕。水香無語澹斜照，揚觶還乞先生箴。

【校記】

〔一〕詩題，錢批本及十二卷本作『六月十八日同諸草廬周松巖錢犂石謝東君金圃汪厚石姚蘆涇錢雨時周稚圭遊右安門外飲王氏園分賦得今字』。

〔二〕蚤，錢批本及十二卷本作『早』。

〔三〕更名父子，錢批本及十二卷本作『名父子更』。

〔四〕俱，錢批本及十二卷本無。

余在儀曹僅十五日即移比部賦此自嘲〔一〕

移官捷似轉江飃，一笑冰廳半月監。不及婺州吳禮部，自將詩集署頭銜。元吳師道有《禮部集》〔二〕。

【校記】

〔一〕比部，錢批本及十二卷本作『秋曹』。

〔二〕十二卷本無注。

題德清徐陶尊綠杉野屋圖四首〔一〕

瀑聲飛入小橋衕，翠色晴圍百朵峯。閒倚茅簷無箇事，萬杉影裡一枝笻。

小築餘不溪上住，陰陰直木想當門。賜書移就樹根讀，幾月從嗔不出村。

記手柳樊詩一卷，集名應合自評詩。㸃𣘤增省何煩校，但斫釣船真是宜。陶尊詩名《綠杉野屋集》〔二〕。

碧浪曾為半月游，緣慳野屋小勾留。披圖翻憶理安寺，緣到山門古佛頭。

【校記】

〔一〕『四首』，錢批本及十二卷本作『二首』，第一、四首未收。

〔二〕『陶尊』句，錢批本及十二卷本作『陶尊即以「綠杉野屋」名其詩集』。

題錢唐陸明溪上舍寒山舊廬圖 並序〔一〕

錢唐陸丈芑洲所居曰『寒山舊廬』，一時林壑之美，賓客燕遊之樂，蓋亦許左丞『圭塘別墅』、顧仲瑛『玉山艸堂』之亞也。余友萬柘坡孝廉嘗為之圖且記，先是龍眠張文端公有詩刻石於是湖上，和其韻者數十輩。令嗣明溪上舍續乞得都下諸公詩累至百篇，可謂盛矣。明溪有聲太學，六載於茲，而卒無所遇，言歸未遂，有若不釋然者，因於柘坡寫意圖外，屬友人別作一規橅近似之圖，取其時，觀之以自適焉，亦猶韓昌黎畫記之意云爾。又以詩必佇興而成，乃可窮其旨趣。文端拘於四韻，和者或未足以罄其長，欲持此圖，徧丐名作，無拘成格，明溪其深於詩教歟。柘坡獨詳於記，今復詳於畫，如此作者即圖中之景，以想其人而得其命意所在。明溪庶幾大適已，他日者篇什滋多，眾體該備，仍郵傳彙刻，以博堂上歡顏，是又一養志之方也。夫爰敘其所以，並系長句一篇，資羈旅中共一嗢噱焉。

萬子作記細如畫，溪山屋木歷歷宛向素壁掛。萬子作畫清於詩，淋漓墨汁自吐蓬勃胸中奇。君今寫圖復何意，直令家山一曲摺疊歸吟笥。邀余題句千裒裹，我無坡翁烟江疊嶂之仙才。羈棲不得返林麓，三徑蕭然憶松菊。舊廬點染要逼真，未免畫蛇更著足。平生齒冷韓平原，殘山剩水空南園。五百餘年轉清絕，養鶴種竹添雛孫。眼中突兀見樓閣，滿逕青苔滿欄藥。雲峯抹處露娥眉，翠瀑飛來穿署礿。茶烟細細裊檐楹，琴韻微微度簾箔。風廊月榭冬夏無不宜，想得窮年著書樂。一抛老屋今六年，黄塵衮衮提吟鞭。歲時亦念雞豚社，杜曲知少桑麻田。蘭成寂莫小園賦，江關搖筆空自憐。追摩幻影禦當真實相，不類寓言十九南華篇。圖中刻劃真非假，此意窾窾知者寡。看雲步月識君情，我亦思鄉淚盈把。得歸不復寫成圖，便說艸堂貲亦無。若待買山卜築始卻去，何時笠檐蓑袂真釣鴛鴦湖。

【校記】

〔一〕錢批本及十二卷本未收此詩。

送汪秋汀之寧夏四首〔一〕

天涯翻鼓倦遊蹤，鞘首秦關百二重。昨夜西風吹落葉，鞭絲犯曉出居庸。

晴秋古馹桂連蜷，自寫新詩玉版箋。倘過城南韋杜曲，烹雞應合酹樊川。

銷愁共把千盃酒，逃暑聊耽一局碁。他夜月明椿樹緑，第三條巷獨相思。時同寓宣武坊南椿樹第三條巷。將離欵欵話通宵，計日茸裘雨雪飄。只怕歸時吾已去，朔風吹送渡江橈。

【校記】

〔一〕錢批本及十二卷本未收此詩。

和山舟移竹用漁洋山人韻三首〔一〕

翰林青雲姿，雅尚恥粱肉。每愛劉巖夫，瀟灑記植竹。乘醉移數竿，辰日秉舊俗。疏韻清孤襟，涼陰霽雙目。吟賞日夕佳，新詩壓鄭谷。露坐張素琴，相邀滅明燭。

聲音貴自然，人謂竹遜肉。風外君試聽，天籟故在竹。所以巖棲人，無此便云俗。清鏘兩小叢，森森露節目。坐令三伏時，幽冷若空谷。暗翠滴黃昏，還來螢火燭。

平生笑皮相，不以骨以肉。此曹曷足恠，蓄眼未見竹。我無肘後方，何藥可醫俗。君看絕代姿，詎肯悅凡目。翠袖立無言，娟娟媚崖谷。歲寒有本性，涼月自照燭。

【校記】

〔一〕詩題，錢批本及十二卷本作『移竹和山舟二首』，第一首未收。

秋日過味初齋見新竹迸筍再用前韻〔一〕

吾鄉春夏交，每飯筍配肉。過時斸非宜，祇可養成竹。種雌生意繁，君意殊薄俗。寧緣口腹謀，但要飽心目。今秋風雨多，迅雷動山谷。回想籜龍驚，電影掣遥燭。

【校記】

〔一〕錢批本及十二卷本未收此詩。

送厚石同年南歸四首即用令弟乡石送余北上韻兼簡乡石〔一〕

君才定不許終閒，無那歸雲戀舊山。三策春官千佛外，今歲春闈，厚石以外舅分校，不得與試。一帆秋水五湖間。暫支窠石陰叢桂，好養丹砂鍊玉顔。宣武坊南諸巷陌，月明他夜酒人慳。

簪筆難陪視艸臣，西曹策蹇禁垣循。晚年讀律翻勤學，半世雕蟲合讓人。燈燄成灰憐鳳脛，琴絲欲語誚龍唇。依棲敢謂知音易，索向南湖共采蓴。

昨聞米價賤淮南，蚤擬吴船匝月譚〔二〕。姜被開應歡念四，黄山谷有《喜念四念八至京》詩，「拂榻喜開姜季被」，詩中句也。奚囊抱尚怨初三。「初三、初四」，二僕名，見《貴耳録》。難抛竹葉浮深盞〔三〕，終伴梅花結小龕。堅約銷寒期不遠，凍虀几甕我能堪。

金陀一夢愴餘情，感庚午夏秋間事，時令弟桐石下世已二年矣〔四〕。蛩雁聲中子獨行〔五〕。骨肉倍當珍現在，文章底要太分明。剩憐處士鶴為子，厚石以仲子為桐石後。真羨水仙梅是兄。謂彡石。蛩晚方壺酬勸足〔六〕，我來沙席可容爭。

【校記】

〔一〕詩題，錢批本及十二卷本作『送厚石南歸即用令弟彡石送余北上韻兼簡彡石二首』，第一、二首未收。

〔二〕蛩擬，錢批本及十二卷本作『擬共』。

〔三〕盞，錢批本及十二卷本作『盌』。

〔四〕『矣』，錢批本及十二卷本無。

〔五〕蛩，錢批本及十二卷本作『早』。

〔六〕蛩晚，錢批本及十二卷本作『晨夕』。

再送鞠田之雲和廣文〔一〕

一桁仙都好翠嵐，兩齋弟子奉幽探。金華酒熟過山賣，肯與彌陀共一龕。秦觀曾監青田酒稅，寓僧寺中，有『來與彌陀共一龕』之句。

【校記】

〔一〕據錢批本及十二卷本補。

重九後四日同戴孟岑比部發張家灣阻風薄暮乘月舟行分韻〔一〕

南歸最要朔風尖，無那輕帆轉滯淹。瞥眼寒江平似縠，當頭圓鏡淨開奩。且隨陽雁辭塵土，敢謂神龍判見潛。四歲離家將父急，老睛同向蠟花占。

【校記】

〔一〕十二卷本未收此詩。

同年查梧岡農部屬題京口渡江圖〔一〕

通潞河頭船未發，歸夢先落江之東。采蒓斫鱠百不省，惟念起居堂上翁。長安秋老逼重九，青女豔發籬邊叢。兩涯水落木葉脱，張帆對酒秋瓏瓏。京江去家十舍近，寸心直寄冥冥鴻。行纏布襪且姑去，肯戀十丈東華紅。丈夫立身有本末，不在出處分窮通。掇拾科第點郎署，盛年得此亦已豐。銜恩詎無駑馬戀，反哺要是童烏工。喜聞耋老逾八十，健強我汝家翁同。由來家世出忠孝，豈有宦達方英雄。捧檄依然毛義屈，著書奚礙虞卿窮。君家舊業東海曲，流匙香稻烹園菘。宫衣卻作萊子服，孺慕未輸江夏童。仙舟幸得附李郭，急裝請假情悤悤。一官轉令雞黍缺，四載始果南歸蓬。大癡落墨迴天際，佳詩寵餞叨羣公。頃余出都，時張篁村農部寫天際歸舟圖見贈〔二〕，長安諸公為詩寵行者凡四十餘人〔三〕。金焦瞥眼請休矣，目極霜後南湖楓。長江之水空復空，津吏打鼓聲鼕鼕。翦江一笑趨庭亟，與子破浪乘長風。

《浙西六家詩鈔》評：『起結有氣勢，中間多作整煉語，使不散漫。甚合度，雖是應酬之作，亦尚可誦。』

【校記】

〔一〕詩題，錢批本及十二卷本作『題查梧岡京口渡江圖』。

〔二〕『余』、『時』、『農部』，錢批本及十二卷本無。

〔三〕『寵行』、『凡』，錢批本及十二卷本無。

贈馬嶰谷二首〔一〕

蚤聞壇坫擅江東，美璧明瑤世莫同。賦手驚傳赤鸚鵡，藥欄爭賞小玲瓏。由來烟月淮南獨，應識文章老輩工。記讀韓江詩一卷，題襟人說使君雄。

帬屐東南藉主盟，扶輪大雅夙心傾。遙憐北海孔文舉，絕倒崑山顧仲瑛。博物遠窺雙劍氣，讐書老傍短燈檠。三朝文獻資搜討，善本還憑乞宋明。時方從借鈔宋元明人集目。

【校記】

〔一〕錢批本及十二卷本未收此詩。

湘客今年八十矣同人分詠湘客平生所經勝地為壽得小孤山〔一〕

小孤亭亭江中央，風鬟霧鬢凝新妝，勢與大孤相低昂。江心更較宮亭險，卻抹朝霞鏡中臉，憑仗詩翁與皴染。詩翁平生愛壯游，靈蹤異境罔不搜，昔方盛歲今白頭。吳頭楚尾水所國，斗起一拳中屴崱，髣髴神山不可即。翁也好奇勇一登，絕磴綫伏攀蘿藤，斜陽社鼓鳴鼕鼕。茲山奇麗無可擬，翁心方盛詎能已，瀟湘洞庭從此始。翁才唐勒景差過，補綴騷頌添新歌，名山入手成媌娥。翁今八十氣肯下，髗發朝華殊未謝，會見彭郎小姑嫁。

【校記】

〔一〕詩題，錢批本及十二卷本作『湘客今年八十同人分詠其平生所經勝地以寄之余得小孤山』。

登金山絕頂〔一〕

山在水精界，人登員嶠顛。平來行雁寫，深見亂帆縣。殘照瓜洲樹，寒燈北固烟。佛前敲玉磬，驚動蟄龍眠。

【校記】

〔一〕據錢批本及十二卷本補。

冒雨汎西湖小飲琴鶴樓〔一〕

不見跳珠又四年，衝寒仍放總宜船。暫閒塵海鞭驢手，重數旗亭買酒錢。野鴨避人歸岸嘴，宮梅迎臘出墻肩。東風幾日還晴色，來看雙峯翠插天。

【校記】

〔一〕錢批本及十二卷本未收此詩。

立春日香樹先生招同諸君集樂順堂分韻得樂字〔一〕

破臘來東風，昨夜春有腳。早起聞鞭牛，香土散烟郭。果先祀竈陳，船未送窮縛。年華惜歷尾，更覓文酒樂。侍郎予告歸，門徑任羅雀。素心乃過從，禮數必脫略。自插銅瓶花，紅顆間磊落。清鹽齏春朝，灑然見高格。棋枰合清影，酒座暢雅謔。呼燈擘長箋，十客皆有作。淵源溯歐門，筆媿少游弱。寸莛發華鐘，詎免資嘔噱。取急返里閭，未敢戀邱壑。屈蟄夫如何，其道視龍蠖。堆盤嚼生菜，春明夢如昨。尚憶詠黃團，北南今又各。辛未臘月立春日，集都下寓齋詠盤中香櫞。〔二〕

【校記】

〔一〕錢批本及十二卷本「同」作「集」字，無「諸君」二字。

〔二〕此句錢批本及十二卷本作『記都下立春詠香櫞』。

後一日豫堂招集綠谿小築疊前韻〔一〕

歸家五十日，喜拔輭紅腳。春來甫昨今，艸色綠西郭。入門熟園扉，藤蔓舊纏縛。水石如故人，見面得至樂。冰解窺游魚，花暖爭啅雀。微徑屢升降，卅載存約畧。老樹添孫枝，齒髩我乃落。浮生信有初，甚媿名利格。谿堂團舊雨，感極翻成謔。盃酒澆及時，重泉厎可作。謂偶圃、乳巢。驚雷筍未迸，隔戶柳漸弱。開春須縱飲，一日百咲噱。君家有令子，吟嘯專一壑。可知汗血駒，肯久蟠泥蠖。我顔或改昔，心眼特如昨。明朝襆被來，還請題詩各。

【校記】

〔一〕錢批本及十二卷本未收此詩。

乙亥

正月廿八日同人宿綠谿追懷朱偶圃明府陳乳巢明經〔一〕

腸斷梅花空滿枝，轉頭春夢杳難追〔二〕。谿堂卅載擎盃地，夜雨諸君共被時。舊鬼能招燈半滅，陳人相顧鬢全絲。鵞湖冷月祁陽雪〔三〕，拗得東風不自持。偶圃殁於鵝湖書院，乳巢殁於涼州。

【校記】

〔一〕詩題，十二卷本作『正月二十日同人宿綠谿莊追懷偶圃乳巢』。

〔二〕轉頭，錢批本及十二卷本作『分明』。

〔三〕鵞湖，錢批本及十二卷本作『鉛山』；祁陽雪，作『祁連雪』。

二月朔日犨石招集迴谿草堂觀張篁村農部張瓜田徵士所畫瀲湖二圖即用竹垞先生題迴谿聯語拔山傳諫草遵海重清門十字分韻得諫字〔一〕

庚戌八月雨，戴笠訪西澗。斜陽展新圖，幅幅烟雲幻。重湖霽圓鏡，秋雪舞葭亂。澄涵百朵峰，環吐芙蓉瓣。山田芝菌蠢，沙嶼鳧鴨豢。拖筇記同游，鏗然響磴棧。暮投丙舍宿，深隝一樓覸。暇輒述祖德，孤憤攖世患。闔禍天崇際，慷慨事直諫。墓碣光海堧，萬古不可鏟。忠孝運方隆，詩書澤未晏。於茲耕且讀，先緒資貫串。結隣願莫果，塵鞅困腳骭。藏山足不朽，底在論仕宦。巖壑動素壁，春風轉雙盼。了了指前蹤，相顧錯真贋。二張並神妙，斂衽我無間。出處偶殊軌，未可折鵬鷃。晴簷喧午蠭，暖宇喜歸雁。臥遊聊復佳，終擬青鞵辦。

【校記】

〔一〕詩題，錢批本及十二卷本作『二月朔日集回谿草堂觀張瓜田張篁村所畫瀲湖二圖即用朱竹垞先生題回谿草堂聯語拔山傳諫草遵海重清門十字為韻分得諫字』。

晚出西郭至斗門道中戲集絳守居園池記中五字句為二絶〔一〕

遵瀕西漭望，風日燈火之。氣畜兩河潤，霨欝蔭後頤。

自源三十里，正西曰白濵。可會脫赤熱，蟲鳥聲無人。

【校記】

〔一〕錢批本及十二卷本未收此詩。

邗上盧雅雨運使招飲二首〔一〕

大雪南歸急，空江凍合遲。兵廚將進酒，官閣細論詩。春去亂鶯老，人來紅藥滋。使君心愛客，鄭重果深期。昨冬雅雨訂余今春作紅橋之游〔二〕。

輯録溪藤滑，雕鎸棗木堅。時方續刻竹垞先生《經義考》，並選輯《山左詩》。斯文鼇派別，吾道勇流傳。才大空餘子，情深憶隔年。紅橋官柳細，涊拂酒人船。

【校記】

〔一〕詩題，錢批本及十二卷本作『邗上過盧雅雨留飲』，第二首未收。

〔二〕錢批本及十二卷本無注。

易松滋招集抱山堂偶話龍湫舊遊同人輒為題龍湫晏坐小景余亦繼作〔一〕

平生邱壑緣，頗笑謝康樂。經行屐齒雙，徧為佳處着。雁山峙東南，海氣所噴薄。千峰骨瘦聳，寸土必湔削。二靈尤瓌富，外視若郛郭。自非窮幽險，面目罔約畧。龍湫吾耳熟，凌晨勇腰腳。盤迴嵐翠交，迤邐苔逕拓。一登忘歸亭，坐怪巨靈鑿。飛流五千尺，劈面向我落。其上星月棲，其下蛟龍躍。支派析銀河，宮商諧廣樂。於時春向深，雲暖舞雙鶴。漫山繡芳草，踏處皆靈藥。暫容腸胃洗，還就塵坌縛。彈指倏十霜，鬢絲異今昨。殘春展舊圖，卻顧成錯愕。舉因非戀嫪，觸物逾澹泊。滿座聞琤淙，並荷清風作。為言諸尊者，終踐還山約。

《浙西六家詩鈔》評：『語意沉著，寫龍湫瀑布亦簡而該，漫山繡芳草，踏處皆靈藥，入仙境，康樂祇遊永嘉一路山水，未曾開闢雁宕，應有餘憾。』

【校記】

〔一〕　詩題，錢批本及十二卷本作『易松滋招同張瓜田程午橋張嘯齋陳竹町閔玉井張漁川橙里家梅洪集抱山堂偶話龍湫舊遊同人輒為題龍湫晏坐小景余亦繼作』。

和漁川題趙文度五城十二樓圖

漁川云，圖後題五言四絕句，為茅止生悼陶姬作。時漁川初喪一姬。

仙山縹緲白玉京，眼中突兀樓與城。畫師狡獪善變化，玲瓏界畫澄東瀛。東瀛迢迢三萬里，隔斷蓬萊雲氣紫。霞衣風馭時往來，想像真靈會於此。彼姝綽約顏如蓮，降謫經今五百年。一朝撒手竟歸去，舉頭極睇空雲烟。傷心一一神樓散，續命那教覓和緩。雲英玉臼難重尋，智瓊絹被空餘煐〔一〕。心存目想神魂睒，耳邊恍碾麒麟車。冀逢金女西王母，再覩青衣萼綠華。人間天上何曾見，髣髴曇華時一見。意象經營付渺茫，淒涼枉卜他生眷。文度雲山曾未窺，似米非米徒猜疑。陳眉公謂文度雲山在似米非米之間〔二〕。可能消息傳青鳥，卻簡東風一首詩。

【校記】

〔一〕煐，錢批本及十二卷本作『煖』。

〔二〕陳眉公，錢批本及十二卷本作『陳仲醇』。

馬嶰谷半查兄弟招同程風沂程午橋閔玉井陳竹町陸渟川集行菴同題東坡海外石刻像即用集中贈寫真何充秀才詩韻〔一〕

春夢無痕隨露電，精誠裂石同強箭。謫來海外殊蕭然〔二〕，冷若饑鶴投空山。邦人刻像紀公德，緬想風流元祐間。飽飯和詩妙齊物，雪泥指爪何形跡。秀才寫貌太清寒，此老胸中仍大適。蒼茫獨立冰雪容，歸心片月峨嵋中。瓣香徑下涪翁拜，笠屐無煩更畫公。

《浙西六家詩鈔》評：『作者定是坡翁再生，故有此神來之筆。譬如畫手臨摹時花美人，易到佳處，若是粗枝大葉，正不易到也。』

【校記】

〔一〕詩題，錢批本及十二卷本「午橋」前無「程」； 陸渟川，作「金棱亭」。

〔二〕海外，錢批本及十二卷本作「東海」。

放舟紅橋步上平山堂小憩萬松亭

出郭三二里，橋影玉虹臥。船屑狂絮吹，岸腳野花裹。開襟趁麥風，聯屐入烟邏。松聲當晝喧，山色隔江大。延眺蜀岡長，亭角斜陽破。倦蝶草頭雙，殘鶯柳深箇。可惜穠華非，春夢不煩作。啜茗了勝情，底須定三過。

淮陰舟次遇無錫李生二首〔一〕

欵欵離筵瀉玉壺，尊前吹徹玉龍孤。宮牆偷得霓裳譜，身是開元舊李謩。

五兩南風片雨晴，白頭始識米嘉榮。憑將笛裡伊涼月，冷照長淮一曲清。

【校記】

〔一〕錢批本及十二卷本無「二首」，第一首未收。

為張情田題其大父顓夫山水遺冊〔一〕

房山老人最簡澹，此畫絕與房山同。試看淋漓元氣在，直凌北苑與南宮。

蕭然老屋武林門，閒寫丹青付子孫。便與萬錢寧肯賣，忍饑抱冊向林園。

北來半月滯淮堧，讀畫還停柳外船。五月披來渾不暑，清風陣陣拂吟肩。

【校記】

〔一〕錢批本及十二卷本未收此詩。

淮陰釣臺〔一〕

一飯哀王孫，大將酬國士。何如嚴子陵，把釣動天子。

【校記】

〔一〕錢批本及十二卷本未收此詩。

程蕁江漁門兄弟招同戴玉洲李養恬墨巢集南園分體〔一〕

珠湖好風日，漾舟至南園。馴鷗立沙觜，亂水穿籬根。主人乍識面，情好夙所敦。柴荆迎一笑，握手惟清言。茲辰日短至，窺戶紅榴繁。逕叉度木彴，山凸升苔墩。竹樹並長大，一一手扶援。清淺隔城市，髣髴弱水源。風流合褰屐，陶寫資琴尊。依然林壑美，身入江南村。遊船散斜照，老牧歸荒原。清涼可結夏，無令孤鶴猿。

【校記】

〔一〕據錢批本及十二卷本補。

六月二日雨中移寓秦淮張氏水榭感懷舊遊觸緒成詠用商寶意太守舊題青谿邀笛圖詩韻四首〔一〕

黏天穹翠濕雲埋，渡口將船到水齋。桃葉渾看流別恨，榴花豔欲逗風懷。便饒北里翻新曲，誰信南朝有斷釵。彈指眼前人事改，十年深覺負秦淮。

鏡裡潘郎感鬢絲，年來猶未賣騃癡。受辛本屬勞生分，嚼蠟新從宦味知。南北經過隨雁度，江湖浩蕩沒鷗時。明宵好喚鍾山月，對影揮盃我共伊。

碧波灩灩映雕疏，往夢騰騰未擺除。玉笛橫秋曾送客，楊枝遺日最憐渠。謂寶意。儘教風雨清尊在，無復鶯花上巳初。更憶當時諸酒伴，晨星飄散竟何如。謂玉李、樵史、柳塘諸君。

憑闌曾費酒千鍾，蹔損當歌兩點峯。絲琯儘如前度脆，心情爭比舊時濃。空簾燕去巢痕掃，壞壁蛛緣墨漬封。游處模糊那悉憶，青谿祠畔雨雲重。

【校記】

〔一〕 詩題，錢批本及十二卷本作『六月二日雨中移寓秦淮張氏水榭感懷舊遊用寶意見題青谿邀笛圖韻』，第二、三、四首未收。

朱鏡堂上舍招同里中諸君泛飲秦淮次韻二首〔一〕

燕拂簾前柳，人移鏡裡天。水痕高到檻，雨氣散如烟。衫扇清殘暑，笙歌貯別船。雙鬟誰氏女，一曲想夫憐。隣船有歌者〔二〕。

那信炎歊日，翻成夢雨天。青谿祠畔樹，桃葉渡頭烟。漫奏懷人笛，頻迴運酒船。鄉音團不易，泥飲亦堪憐。

【校記】

〔一〕 詩題，錢批本及十二卷本作『朱鏡堂招同諸君泛飲秦淮』，第二首未收。

〔二〕 錢批本及十二卷本無注。

傅雨田招同吳衫亭龔梧生集朝天宮景陽閣分賦〔一〕

空壇靄靄曉烟和，已覺秋光閣外多。短塔聳如道士髻，遠峯横似美人螺。乍停孤磬還聞笛，漸見雙星欲渡河。未免西風動鄉思，仙家離别定如何。

【校記】

〔一〕據錢批本及十二卷本補。

題天長家惺齋太守觀駿圖〔一〕

先生之才若天驥，不與凡馬爭雌雄。偶然臨陣一敵萬，但要與人成大功。圖中誰寫雙龍種，鬉鬣飄蕭骨骼攫。得非大宛渥洼來，頓令旁觀毛髮聳。眼中突兀真乘黄，以指喻指聊比方。風塵驤首未竟用，迺與駑駘欵段遺置道路旁。當世豈無王良與伯樂，忍使驊騮在艸澤。伏櫪猶懷千里心，空向人間受籠絡。五柳先生歸去來，誰與書劍相低回。可道麒麟行地上，千金終為買龍媒。

【校記】

〔一〕錢批本及十二卷本未收此詩。

同人過集水榭分韻〔一〕

雨腳深從柳際暝，四圍秋氣逼空亭。人緣久别添霜鬢，天送新涼瀉玉瓶。紅燭丁簾搖昔夢，清歌子夜欵雙萍。比年頗愛冠纓潔，不是滄浪不擬聽。

【校記】

〔一〕 錢批本及十二卷本未收此詩。

書吳徵君敏軒先生文木山房詩集後 有序

又曾自乾隆癸亥冬一至秦淮，嗣是丁卯、戊辰、己巳間，屢歲客遊於此耳。先生名最熟，徒為館扉所闔，望見顔色為難，然詩篇書尺或見之於他所，輒互為傾倒至矣。辛未春恭逢聖駕南巡，召試又曾與令嗣舍人烺均蒙異數，私心竊喜，以為天假奇緣，從此可一見先生。而牽挽北去，羈跡京華，與舍人共風雨數晨夕，至專且久，終以未見先生為憾。去秋取急南還，道出邗上，停舟館驛前，為十月之廿有八日，此間故有先生族人舍人曾為余言：先生每過維楊輒止。宿其廬，試走訪焉，則先生果在。薄暮，先生來舟中，相見如舊識，縱譚今古。且訂又曾作客底銷寒竭歡乃已。又曾敬諾不敢辭，是夕歸，先生竟以無疾終。凌晨而訃音至。於戲傷哉！又曾願見之心積之數歲，得一見矣，而先生遽一夕而殞，人世怪愕之事無逾於此。於戲先生之命果止於是耶？抑一見又曾而不憾耶？今夏復來秦淮，值舍人居憂，里門握手感慟之餘，出先生詩集如干卷，將付梨棗，授又曾，且校且讀，悽愴舊懷，輒敘離合生死之故，為題集後十絕句。

國初以來重科第，鼎盛最數全椒吳。曾手漁洋居易録，先生家學本來殊。

住近青谿江令宅，頻年棲泊闕過從。風流轉向鯉庭得，話盡長安幾寺鐘。

塵海抽身意漸灰，江湖耆舊好追陪。那知一夕蕪城語，特與先生永訣來。

優曇華即瓊華是，千載惟留一見恩。嗚咽邗溝化為淚，徐寧門是西州門。

重覓秦淮十年夢，因看吳質一編詩。驚心把袖揚州路，燒燭篷籠夜話時。

古風慷慨邁唐音，字字盧仝月蝕心。但詆父師專制舉，此言便合鑄黃金。『如何父師訓，專儲制舉才』，詩中句也。

一首老伶吳祭酒，幾篇樂府白尚書。人間具眼定能辨，論屬蓋棺非面譽。

杜老惟耽舊艸堂，徵書一任鶴銜將。閒居日對鍾山坐，贏得儒林外史詳。先生著有《儒林外史》。

前賢真信後生模，藥火曾然李相須。試誦中年詩哭姊，教人珍重紫荊圖。

詩說紛綸妙注箋，先生有《詩說》八卷。好憑棗木急流傳。秦淮六月秋蕭瑟，更讀遺文一悵然。

【校記】

〔一〕十二卷本未收此詩。錢批本收此詩前四首及第七、八首。

題龔酌泉小景〔一〕

脫葉林中趁晚晴，不笻不笠氣縱橫。山深秋老無沽酒，添寫葫蘆卻負行。

【校記】

〔一〕據錢批本補。

家孟亭太守招集池上竹下亭分賦〔一〕

下上空亭一綠雲，水光翠氣極氤氳。不曾暑退秋先到，已過雨來風又聞。響澈棋枰山鳥熟，坐深釣席白鷗分。酒盃暫許陪林下，清絕江湖最數君。

【校記】

〔一〕錢批本及十二卷本未收此詩。

晚晴和孟亭〔一〕

低頭盡日閉簾坐，簾溜暫停霞射衣。鴉背忽將雙眼去，蝶團閒弄夕陽歸。濕雲風外如吹籜，清月宵來定掛扉。暗憶南湖横釣艇，鷗凫曬翅滿漁磯。

【校記】

〔一〕錢批本及十二卷本未收此詩。

分詠秦淮古蹟得到公石〔一〕

石長一丈六，恍見西來相。竅竅藏洞穴，峯巒辨背向。一睹輪華林，永謝淮水上。石兮不能言，懷舊心惻愴。還憑語到溉，試取鍾山當。

【校記】

〔一〕錢批本及十二卷本未收此詩。

冶城納涼〔一〕

尚有將軍樹，悲風白晝多。炎氛飛不到，秋思竟如何。鐘鼓閒斜照，江山得放歌。悠然王謝意，千載許重過。

【校記】

〔一〕錢批本及十二卷本未收此詩。

水榭七夕同人詠齊穿鍼樓以題為韻各四絕句〔一〕

危樓何處訪南齊，一片明河掛柳西。仿像華林鐘乍定，晚妝初罷出璇閨。

宮衣窄窄露娟娟，針孔珠絲向曉穿〔二〕。至竟君王誰愛惜，兩頭纖月巧難圓。

天孫方便度金針〔三〕，憐取層城此夜心。橋影徘徊廊宛轉，宮壺海水一時深。齊玄圃中有徘徊橋、宛轉廊〔四〕。

往蹟那將問女牛，琉璃青漆一齊休。鉤簾疎雨微雲外，等是仙人十二樓。「青漆」，世祖樓名，即興光樓，見《齊書》〔五〕。「琉璃」，東昏侯語。

【校記】

〔一〕 同人，錢批本及十二卷本作「招石蘿杉亭飲」。

〔二〕 針，錢批本及十二卷本作「鍼」。

〔三〕 針，錢批本及十二卷本作「鍼」。

〔四〕 錢批本及十二卷本無注。

〔五〕 見《齊書》，錢批本及十二卷本注無。

答夏培叔京口見懷之作〔一〕

淮水向誰綠，客心聊自閒。多情憑玉笛，無恙對鍾山。雨到愁時枕，秋生別後顔。月明望京口，雁字寫迴環。

【校記】

〔一〕 詩題，十二卷本無「京口」；錢批本無「夏」、「京口」。

丁辛老屋集卷十三

為沈補蘿司馬題李晴江明府水墨畫竹梅蘭三首〔一〕

好詩在口竹在手，與可平生掃千畝。李侯竹癖將毋同，四丈圖中風雨走。太常曾為貌寒林，見直西涼十錠金〔二〕。補寫萬竿壓宋克，時聞谷底蒼龍吟。

村梅當年曾奉勅，屋壁張來蜂蝶識。更作江南雪後春〔三〕，冷葉疎枝清氣逼〔四〕。前身原是孫雪居，萬玉圖成定不如。西谿鄧尉興荒遠，徑欲隣家借蹇驢。

開牖僧壁傳保安，其西養蕙東養蘭。山谷老人太多事，強分涇渭非達觀。那知素心殊臭味，萬葉千莖此為貴。恍坐湘潭澧浦間，莫言江上春風末。

【校記】

〔一〕詩題，錢批本及十二卷本無『司馬』、『明府』、『畫』。三首，十二卷本作『三卷子各一首』。

〔二〕錠，錢批本及十二卷本作『鋌』。

〔三〕春，錢批本及十二卷本作『香』。

〔四〕葉，錢批本及十二卷本作『蘂』。

題補蘿意園圖〔一〕

洛陽名園曾作記，經營斷手煩贔屭。何如先生創此園，不藉人工搆以意。老屋突兀來眼中，四面環以楓杉桐。山水奧曠備眾妙，得非輞川盤谷相包籠〔二〕。中有一人幅巾而據案〔三〕，蕭然惟取雙鶴伴。架上周易老氏書，腳韡手版真冰炭。吁嗟平泉草木徒爾為〔四〕，杜公草堂須乞貲。那知不費一錢直，子孫世守永永無毀時〔五〕。安樂窩中憑趺宕，神仙福地長蕭爽〔六〕。胸中我亦占谿山，結隣願就東西瀼。

《浙西六家詩鈔》評：『放筆為直榦，揮灑自如，意無不達，卻能掃除海市蜃樓，一切荒誕之言，而歸於切實，題中應有必有，不肯使虛氣凌人，大家斂才就法，往往如此。』

【校記】

〔一〕詩題，錢批本及十二卷本『題』前有『再』。

〔二〕『得非』，錢批本及十二卷本無。

〔三〕『中有』，錢批本及十二卷本無。

〔四〕『吁嗟』，錢批本及十二卷本無。

〔五〕『永永』，錢批本及十二卷本此處無。

〔六〕長，錢批本及十二卷本作『真』。

乞晴江畫蘭辱並寫墨梅見遺賦此報之〔一〕

先生腕底春風酣，艸木當之色香足。灑砌成芳灑林玉，敬仲蘭葉分枯榮。補之寫梅梅性情，誰其兼者惟先生。從來作畫論品地，雲林石田各高寄。可知畫外猶有事，當時先生曾得官。摧眉折腰情勿安，至竟碩人歌考槃。可知竟體皆芳澤，一笑心腸還銕石。蘭邪梅邪共標格，胡然求隻翻得雙。國香國色兩莫降，時有蜂蝶來秋窗。玉鴉叉常不離手，春風鎮日吹左右，酌君葡萄為君壽。

【校記】

〔一〕詩題，錢批本作『乞晴江畫蘭辱並寫墨梅大幅見遺賦謝』。十二卷本未收此詩。

秦澗泉殿撰出示嵇錢兩侍郎平山堂倡和詩石刻追憶舊遊即和原韻寄雅雨運使〔一〕

芍藥花開春晝長，紅橋迤邐來山堂。沙明竹淨客屬屐，燕婉鶯嬌人斷腸。眼中突兀蜀岡湧，興發肯籍笻扶將。蜿蜒蹬道屢迴矚，漲空花柳搖芳塘。前年翠華此臨幸，雲中仙樂風飄揚。逸響流傳萬松頂，泠泠猶作笙竽當。摳衣徑趨堂下拜，玲瓏窗牖紛翕張。歐公手植久化去，新桐未葉修枝僵。撐空一樓峙真賞，披襟來借南薰涼。惜哉龍蛇竟銷蝕，壁上無復存偏旁。前賢蹟賴後賢續，詎以今昔區懦強。使君生同慶歷盛，高詞爵律雲煙蒼。重來文讌合裙屐，東南名士齊頡頏。隔江山色可平視，俯仰惟覺青茫茫。中原屹立此壇坫，沓來爪距矜擅場。我朝繼美有公等，且莫但數王漁洋。第五泉清試苦茗，大明寺古閒斜陽。蕭然蘿逕緩歸步，木容樵牧譏悤忙。棲烏漸向林外繞，斗酒宜就壚頭量。春風絕倡旗亭壁，試聽雙鬟定不忘。

【校記】

〔一〕錢批本及十二卷本未收此詩。

岳水軒招集竹軒諸公就竹下圍碁周漫亭輒寫成圖各為詩題其上〔一〕

未登清涼山，忽得清涼境。脫帽投竹軒，滿地漏雲影。演漾日亭午，風外斜復整。有客攜楸枰，泠然就昃景。綠色浸人面，涼氣灑衣領。丁丁聲乍勻，淡淡畫方永。簷牙鳥或窺，甎縫蛩漸警。亮無賭墅心，得失兩俱靜。周昉妙體物，畫竹最妍靚。兼寫鬬碁人，此集西園併。翠搖几簟清，陰過壺觴冷。明當逃暑來，何必度西嶺。

【校記】

〔一〕據錢批本及十二卷本補。

八月六日同人飯史家墩踰小倉嶺迤邐訪隱仙菴看桂遂上清涼山登翠微亭望江出清涼寺循南麓至龍潭小憩汪氏園亭〔一〕

石城秋最爽，佳景尤在北。連山藥草香，清曉與登涉。緜雨恆老晴，相顧健腳力。游情若赴敵，一鼓勇朝食〔二〕。林迴晝霧屯，風定山烟直〔三〕。小倉梳高鬟，亭亭翠鈿飾。中有著書人，帖首蠡魚蝕。袁簡齋太史結廬山中〔四〕。沿竹轉陂陀，牽蘿上崱屴。路細嬝蛇蚓，艸荒伏鉤棘〔五〕。驀聞木樨香，一綫出淨域〔六〕。隔牆桫蘿樹，翠與眾峯逼。入門香益辣，髣髴來薝蔔。庭廣可一畝，陰為雙樹黑。軀幹大合抱，不知何代植〔七〕。杈枒抽可條，萬葉光薿薿。根盤蟄泥龍，頂覆垂天翼〔八〕。巖深欝老氣，日午顯正色。樓橫山東南〔九〕，偏界香光塞。曷為真靈栖，禪悅鼻觀得。可知仙佛間，妙悟胥在默〔一〇〕。拔足升山巔〔一一〕，漠漠江練織。亭空倚齊梁，寺古識功德。緬懷撮襟書，避暑傳寶墨。蒼蘚霾龜趺，秋蟲聲唧唧。茲遊窮奧曠，異境不我匿。小巷穿復幽，平波淨如拭。敗荷亂葭葦，老柳蓋鸂鶒。園廬深窅窱，牕戶翳水側。盃茗馥斜陽〔一二〕，黃雪落不息。共道亦復佳，回頭眾香國。

【校記】

〔一〕　詩題，錢批本及十二卷本「看桂」作「門內桫蘿樹甚古，樓前雙桂，大皆合抱，花正繁，蓋數百年物也」；「龍潭」作「烏龍潭」；「小憩」作「憩」。

〔二〕『緜雨』四句，錢批本及十二卷本無。

〔三〕山，錢批本及十二卷本作『涼』。

〔四〕太史，錢批本及十二卷本無。

〔五〕『路細』二句，錢批本及十二卷本無。

〔六〕一綫，錢批本及十二卷本作『馥馥』。

〔七〕『軀幹』二句，錢批本及十二卷本無。

〔八〕『根盤』二句，錢批本及十二卷本無。

〔九〕東南，錢批本及十二卷本作『南北』。

〔一〇〕『曷為』四句，錢批本及十二卷本無。

〔一一〕巓，錢批本及十二卷本作『頂』。

〔一二〕馥，錢批本及十二卷本作『向』。

寄家書二首〔一〕

銜恩北闕忍言歸，回首那堪白髮違。豈謂抽簪謀定省，翻因負米隔庭闈。年衰行坐須扶侍，秋晚眠餐怕凍饑。幾月寄書常不報，寸心時逐片雲飛。

殘春記看廣陵花，建業西風桂霰斜。子舍半年成浪跡，秦淮孤月照離家。片詞漫咲陶公拙，斗酒深憐稚子賒。抛卻俸錢虛潔白，空囊羞爾在天涯。

【校記】

〔一〕錢批本及十二卷本未收此詩。

雞鳴寺望後湖簡澗泉殿撰〔一〕

黄雪滿山秋雨晴，憑闌疎樹帶湖明。沙深蒲葦依洲短，風細鳧鷖汎渚輕。野汊荒磯閒釣艇，暮鐘殘照戀臺城。惟應輪與神仙侶，真向蓬壺清淺行〔二〕。

【校記】

〔一〕詩題，錢批本及十二卷本『簡澗泉殿撰』作『簡秦澗泉』。

〔二〕真，錢批本及十二卷本作『直』。

中秋夜龔梧生同年招同合肥廖鶴餐舍人集晚翠軒二首〔一〕

黄雪紛飄砌，叢深晚翠添。觥船方一櫂，玉鏡漸開奩。絃管休頻促，蝦蟇敢久淹。是夕月食。燒燈看屢跋，泥飲夜厭厭。

比歲鳳池上，舍人曾我偕。江南重見面，把酒此高齋。盈缺心無住，行藏道未乖。良宵團主客，不必感天涯。

【校記】

〔一〕 錢批本及十二卷本未收此詩。

湯鍊師道院納涼劇飲〔一〕

道士今之湯惠休，桐陰滿院散觥籌。關門搖扇清涼借，岸幘投壺酩酊留。笑殺神仙求姹女，醉來天地等沙鷗。便當飽啖胡麻飯，迴臥層城十二樓。

《浙西六家詩鈔》評：『五六兩句詩思不羣，想見劇飲大醉光景。』

【校記】

〔一〕 據錢批本及十二卷本補。

因是蕣白秋海棠

雙樹慈門色是空，牆陰霽翠澹秋叢。佛鐙半滅一蛩語，月冷霜清立曉風〔一〕。

【校記】

〔一〕 立，錢批本及十二卷本作『開』。

孟亭太守招集不離西閣看晚桂同用桂字〔一〕

先生家淮南，夙昔小山憩。結廬青溪濱，猶眷連蜷桂。古香散隣舍，外戶弗能閉。高閣秋竟老，鼻觀參次第。茲花稟炎德，晚節彌自勵。秋月不常盈，似斫半規翳。如何落人間，巖罅結根柢。蟉枝橫曲沼，翠葉蔭幽砌〔二〕。斜陽蕩迴飆，金粟吹細細。黃兼粉蝶飄，紅襯海棠麗〔三〕。至色含澹泊，真芳韞迢遰。素心三五同，升堂戢各嚌。應悟祖師禪，沉吟出妙諦。請誦招隱篇，中林伴蘭蕙。

【校記】

〔一〕詩題，錢批本及十二卷本「孟亭太守」作「家孟亭」。

〔二〕翠葉蔭，十二卷本作「金粟點」。

〔三〕「斜陽」四句，十二卷本無。

贈碎琴上人二首

不儒不道偶成鰥，學佛譚禪底顧嫻。瓶拂盡攜江左住，歌詞真許嶺南攀。上人為南海獨漉先生文孫〔一〕。名應癩可瘦權上，醉倒笛牀箏舫間。想得旗亭頻畫壁，袈裟舊染酒痕斑。

同年吳蔣逢人說，謂杉亭晴墅兩舍人〔二〕。早熟君名信莫雙。拄頰閒來習鑿齒，敲詩合遇賈長江。三生繡佛鐙前影，一曲桃花扇底腔。上人録示近詩中有分詠桃花扇〔三〕，得丁繼之詩最佳。市隱蕭然簾穿地，過堂肯聽飯鐘撞。

【校記】

〔一〕『上人』句，十二卷本作『碎琴，南海人』。

〔二〕『謂杉』句，錢批本及十二卷本作『杉亭晴墅』。

〔三〕上人，十二卷本作『碎琴』。

次韻答石蘿飲水榭戲贈之作二首〔一〕

西風漂泊雁南歸，底事他鄉戀翠微。去國筋骸成汎梗，離家絺綌改寒衣。湘簾煜煜星當戶，沙柳蕭蕭水滿磯。回首雙湖好秋色，今年又負蟹螯肥。

醉去接䍦渾倒載，過江拍手任兒童。解嘲舊院滄桑外，一笑南朝子弟同。窈窕珠喉清管脆，瓊瓏水閣夕陽烘。客情至竟難消遣，惆悵新詞賦比紅。

【校記】

〔一〕據錢批本及十二卷本補。

步城南入天界寺循方丈行至普德寺小憩僧舍遂沿雨花臺之麓尋永寧泉飲山店〔一〕

行逢破衲僧，導我入破寺。午鐘方寂然，空院益清閟。古佛半塵苔，尚現金色臂。瑑煉餘荒堆，焉聞第一義。霜後林葉黄，摵摵亂飄墜。清眺展北岡，饑鷹翻兩翅。喬松八九株〔二〕，離立相軒輊。得非齊梁餘，年深欝老翠。一峯立秀聳，萬竹翳娟媚。邐迤辨背向，脚力忘骫骳。度澗踐忍草，碕岸轉幽邃。僧雛渴供茗，食蜜妙罕譬。回頭宗泐門，振策靈光地。天花邈無影，泉上泠同跂。路叉樵逕伏，行歌逢荷蕢。感彼世外適，悟此區中累。遺榮道匪艱，仰事情則媿。浮沉顔信強，詬病跡終寄。肯效釋氏言，一切屏身意。妙理憑濁醪，千憂姑撥棄。

【校記】

〔一〕詩題，錢批本『步』作『出』。錢批本及十二卷本『行至』作『邐迤至』；『小憩』後無『僧舍』。

〔二〕喬，錢批本及十二卷本作『老』。

丙子

正月三日汎舟出北郭過楞伽精舍三首〔一〕

换歲新晴老，挐船北郭佳。炊烟遲土銼，吠犬出荆柴。雲日澄初地，琴尊愜好懷。未嫌蔬筍氣，居士正清齋。

已覺東風暝，憑吹佛面溫。初五日立春。庭空松影直，晝静竹聲喧。讀畫宜高枕，敲碁就小軒。聯吟今廿載，不返玉梅魂。亡友萬柘坡徵君舊居在壽興寺橋側〔二〕，與精舍最近。乙卯小除夕偕錢蘀石編修聯句於此〔三〕。

佳日過元日，今年定有年。甕傾寒酎熟，樓倚海紅然。更約清明節，來參玉版禪。還携支許輩，捉麈佛堂烟。慧淵長老訂燒筍之會。

【校記】

〔一〕 詩題，錢批本及十二卷本「北郭」後有「憩」字。錢批本收此詩前二首。

〔二〕 徵君，錢批本及十二卷本無。

〔三〕 編修，錢批本及十二卷本無。

病中陳漁所祝明甫兩茂才授詩見訊次韻酬之〔一〕

綠谿之上棵乍蘖，清絕踈枝照寒水。豈謂二妙聚一臺，臣今不敢復相士。漁所下榻谿莊。平生夢落棵邊樓，愛而不見添我愁。織女裂下錦繡段，鯨魚掣得滄溟流。古來逸足今非杳，爭覩驊騮與騕褭。如此才名各盛年，春風迢遞思增繞。將詩直當梅花看，髩鬅翠袖吟春寒。長者疾平收盞坐，道場恣取天花餐。

【校記】

〔一〕錢批本及十二卷本未收此詩。

花朝集范湖艸堂賦春陰得與字〔一〕

今年元日天老晴，不待東作占西成。諺言花朝晴亦好，看花且飽雙眼睛。范湖一曲舊吟處，客來同聽花間雨。花朝花向霧中看，欲乞老晴天弗與。人心底用分險夷，萬物自賴皇天慈。舉頭避席視鴻雁，我輩何取沉湎為。花謝明年會重發，穀貴幾人饜糠麧。麥苗豆莢祝篝車，猶恐豚蹏老翁鬫。林深鳩婦驅不回，黯黮空堂清讌開。終須祈取元康盛，重與諸君痛飲來。《賓退録》：漢宣帝元康間嘗穀石五錢，此古今所少。東魏元象興和中穀斛九錢，可以為次矣。

【校記】

〔一〕 錢批本及十二卷本未收此詩。

題南樓老人水墨荷花二首〔一〕

水墨娟娟貌水涯，水禽閒踏翠蓬斜。澄懷勝似曹宗婦，著色臨平寫藕花。宋宗婦曹夫人有臨平藕花圖，見《續骫骳說》〔二〕。

家法深知妙白陽，十分風露溢金塘。手中想像楊枝水，滴作陂池六月涼。

【校記】

〔一〕 錢批本及十二卷本無『二首』，第二首未收。

〔二〕 『見《續骫骳說》』，錢批本及十二卷本無。

坐小雲臺水閣

翠篠連祇樹，春風到穆湖。水光寒動壁，花氣暝黏鬚。晝靜低眠柳，沙澄亂浴凫。慈門貪茗話，無那喚提壺。

饑鶴篇〔一〕

遼天一隺蓬萊客，丹頂元裳羽衣白。曾隨阿母劉徹家，更侍麻姑蔡經宅。自墮風塵恒苦饑，芝田蕙圃無還期。猶能一舉幾千里，暫謀粱稻來華池。吁嗟乎淮南米貴同珠顆，官府神仙計良左。鸞漂鳳泊或遭鞭，獨往逍遙饑亦可。饑亦可，知奈何，終當俛啄玉山禾。明朝養翮騰霄去，城郭空勞挾彈過。

【校記】

〔一〕錢批本及十二卷本未收此詩。

送沈梯煙判騰越兼簡謙谷開化秋汀祿勸〔一〕

沈郎跡狹九州大〔二〕，秦楚燕齊洎吳會。意氣平生未肯銷〔三〕，之官亦在萬里外。越賧於古哀牢國，宋唐竊據憑作隘。勝代分州領永昌，屏障西南極邊塞。陣雲黃壓諸葛營，殺氣陰纏關索寨。聖朝幅幀大一統，僰爨諸蠻猶戶內。江山底用限華夷，一髮高黎畫為界。鎮以重臣示撫綏〔四〕，輯以長官絕顛齗。沈郎慷慨棄繻生，矯首蒲關遠邁邁。龐統聊當展驥足，盧峴終看賜魚袋。飯加蒟醬蔞葉蒸，衣量細布桐花裁。倖免寒餓妻兒歡，日但吟哦竹松對。監州差贏徐武功，牧守他時好更代。二汪昆弟並故人，幾歲音書念我在。孔雀屏開讌定張，麝香林密衙方退。從容簿領頌昇平，循吏扶風會同載。

【校記】

〔一〕詩題，錢批本及十二卷本『送沈梯煙』作『送蓉村』。

〔二〕狹，錢批本及十二卷本作『偏』。

〔三〕意氣平生，錢批本及十二卷本作『平生意氣』。

〔四〕撫綏，錢批本及十二卷本作『綏撫』。

和厚石五日見杜鵑花感作〔一〕

茲地便為隺林寺，問君何苦憶天台。但饒人共拔香對，不怕春歸閬苑開。蜀魄空憐心有託，紅裳定費手親裁。尊前好映菖蒲酒，豔賭麻姑五色來。

【校記】

〔一〕錢批本及十二卷本未收此詩。

宿松毛場僧舍懷金圃編修〔一〕

翠螺一點涌棋秤，山有棋盤石。小舍松毛暑夕清。重到香鐙彌勒笑，當時邱壑幼輿盟。隣鐘杵冷僧寮月，謂金闆都下寓。宮柳烟迷帝里鶯。去國三年寧不戀，蒓絲菱角鑒余情。

【校記】

〔一〕錢批本及十二卷本未收此詩。

琴鶴樓 並序

壬戌夏五月，偶圃之官高安，邀家仲兄暨予偕往，冰壑追餞至西湖。於時方重五，湖中盛張水嬉，遂累醉茲樓，縱觀競渡，忽忽十有五年，今將重游，豫章來經湖上，則湖山如故，花柳依然，而三人者化為異物久矣。裵𠙶壚畔，命酒獨酌，念舊撫今，愴然隕涕，賦此以志感慟〔一〕。

湖上青山太不情，年年冷笑行人行。寺門老柳爭舒眼，看盡別離渾不管。琴鶴樓爾何不築在荒谿之側窮巖幽〔二〕，陸不得馬水不得舟〔三〕。我行不到於汝何怨尤〔四〕。乃當湖山花木最佳處，葡萄深盌釃紅油。一時朋友自膠漆，何況兄弟相勸酬。無端死生哀樂一彈指，添我千秋萬斛之牢愁。君不見樓角皺皺榴齊發，昔日紅裙今是血。又不見樓前交交鷽亂啼，昔日清歌今轉悲。重到黃壚非少壯，況聞隣笛增悽愴〔五〕。成佛升天本是虛〔六〕，求名作達俱成妄〔七〕。回首經今十五年，西湖依舊好風烟〔八〕。吟魂醉魄難呼取，獨上西江三板船。

《浙西六家詩鈔》評：『追感舊遊，悲歌當泣，一結彌覺黯然魂銷。』

【校記】

〔一〕 錢批本及十二卷本序文為：『壬戌夏，偶圃之官高安，邀家仲兄暨余偕往，冰壑追餞於西湖。是日重五，同醉茲樓觀競渡。丙子五月重游，豫章來經湖上，花柳依然，而三人者化為異物久矣。裴裏壚畔愴然隕涕，賦此以志。』

〔二〕 築在，錢批本及十二卷本作『移去』。

〔三〕 『陸不』句，錢批本及十二卷本無。

〔四〕 『我行』句，錢批本及十二卷本作『我不復見』。

〔五〕 『何況』八句，錢批本及十二卷本作『萬古弟兄曾勸酬，黃壚黃壚非少壯，不須隣笛增悽愴』。

〔六〕 升，錢批本及十二卷本作『生』。

〔七〕 名，錢批本及十二卷本作『官』；俱，作『真』。

〔八〕 『回首』二句，十二卷本作『西泠依舊好風烟，回首經今十五年』。

寓樓酷熱

矮簷面山色，亦覺青鬅鬙。奈此日亭午，火雲方鬱烝。開書輒霑汗，對食難驅蠅。小輿畏觸熱，壞檻聊獨憑。吾鄉梅黃候，水勢連溝塍。移時秧始插，人事常相承。今茲未夏至，毒暑先憑陵。高田苦龜裂，矯首雲霓興。頃時過多雨，豆麥減所登。秋成更無望〔一〕，何以活黎蒸。倘非儉歲後，小歉理亦應。我儕為口腹，過望情宜懲。道殣已數月，疫癘何頻仍。但盼時雨作，一為解蘊癥。四散飛霹靂，詎不豐隆能。旅牕蹋壁臥，厎用淩層冰。

【校記】

〔一〕無，錢批本及十二卷本作『失』。

過富陽學舍淩康伯廣文留飲〔一〕

江田水溢已無麥，青秧不插將無禾。老農望雨心更苦，長吏下帖惟催科。廣文先生坐歎息，歲或洊饑知奈何。倖邀祿米缺甘旨，對客未飲顔先酡。君方乏食念鄉里，我更何法蘇沉痾。時浙西患疫。皇天應復大慈愛，會令一雨霑滂沱。病夫起立秧盡插，取禾定取三百多，飲君之酒為君歌。

【校記】

〔一〕錢批本及十二卷本未收此詩。

泊桐廬

江上生微涼，來分白鷗席。白鷗忽飛翻，橫界桐君碧。漁檣聯四五〔一〕，烟堠凸雙隻。此景問方干，何處招吟魄。

《浙西六家詩鈔》評：『遙情逸致，飄然而來，不可思擬，嚴滄浪所謂羚羊掛角，無跡可求，殆指此種。』

【校記】

〔一〕聯，錢批本及十二卷本作『連』。

雨過七里瀨

青竹篙無恙，於今七往迴。先生成舊雨，把釣又黄梅。入饌魚仍美，銜船鷺莫猜。曉雲濃濕處，山翠且紛來。

移船就篁步宿

我非橘中叟，乃就橘林宿。恍然凌洞庭，今夜夢魂綠。

將至南昌舟中寄蔣心餘舍人二首〔一〕

潞河先後一帆斜，風雪宮亭想到家。各以衰親辭日下，翻緣薄宦又天涯。車輪未信能安角，銕樹而今肯作花〔二〕。但問匡廬高興在，谷簾同去試春芽。

裹糧未辦十年多，壬戌客筠州未果，遊廬山。褦襶空慚觸熱過。見說還朝攜眷屬，可能留客啟烟蘿。西山朝爽須逃暑，淮浦天涼好渡河。遲我深秋寫驢券，與君聯騎意如何。

【校記】

〔一〕舍人，錢批本及十二卷本無。

〔二〕銕，十二卷本作『鐵』。作，錢批本及十二卷本作『着』。

簡和秋宜觀察二首〔一〕

秦淮鴻爪省前蹤，交臂偏慳半面逢。乍擬張為圖主客，終虛東野逐雲龍。戊辰己巳間流寓金陵時事。文章定復追雙井，羈旅還來託短笻。真到南州懸榻地，踈簾清簟許相從。

乞歸未敢遂抽簪，伏雨闌風望闕心。駑馬平生惟戀主，爨桐終古要知音。來逢銷夏冰桃熟，肯放論文酒盞深。寄謝湖神便風力，江關一昔慰題襟。

【校記】

〔一〕錢批本及十二卷本未收此詩。

過訪心餘不值疊前韻二首〔一〕

東湖柳色尚夭斜，取逕遙尋蔣詡家。豈信客來題鳳字，仍憐人遠渺江涯。新愁未展芭蕉樹，舊夢能忘芍藥花。想像書牀連鏡檻，種珠生蒞玉生芽。

攜得鷲湖釣具多，全家十二洞天過。心餘由鉛山移家南昌。夫君見說同蘐草，山鬼依然帶女蘿。畏熱幾成犀望月，嚳期終盼鵲填河。也知命駕來千里，此歲相思定若何。

【校記】

〔一〕錢批本及十二卷本無『二首』。

心餘兩和拙詩再疊前韻二首〔一〕

橫卷開看整復斜，底須雙井說黃家。文章九命都成劫，去住三生尚有涯。小別更添頭上雪，清詩頻洗眼中花。羨君靜著閒居賦，兩度園菘嚼凍芽。

板輿花下樂方多，羅雀門庭客暫過。略似雙江合章貢，共看涼月上藤蘿。佩腰敢復望〔二〕金印，回首終難忘玉河。摠〔三〕為白華馨夕膳，浮榮我汝待如何。

【校記】

〔一〕錢批本及十二卷本無『二首』。

〔二〕望，錢批本及十二卷本作『希』。

〔三〕摠，錢批本及十二卷本作『祗』。

酬心餘夜坐見懷之作三疊前韻二首〔一〕

玉兔纔升珠斗斜，主人思客客思家。登臨未上西山腳，漂泊空淹楚水涯。排悶憑裁燈下句，皈心自供佛前花。禪牀每夜纏鄉夢，徑竹行鞭藕長芽。

南浦分攜十載多，豆花門巷斬新過。火雲幾日銷風露，老樹當庭曳蔦蘿。萬事違心皆苦海，浮生轉眼即恒河。煩君題醒羈栖恨〔二〕，只合齊聲喚奈何。

【校記】

〔一〕錢批本及十二卷本無「二首」。「夜坐」，錢批本作「十八夜露坐」。

〔二〕醒，錢批本及十二卷本作「出」。

心餘招飲即席四疊前韻二首〔一〕

今識升堂小徑斜，晚涼吹到玉川家。便教痛飲成河朔，暫緩歸心向海涯。懷袖香生三歲字，庭階豔拂幾枝花。衮師扶出燈前拜，愛道芳蘭又茁芽。舍人南歸復舉一子〔二〕。

爵行無算不言多，熟客相攜判數過。龔畏齋同年在座〔三〕。蟬語最能留返照，松身慣自引高蘿。前塵一笑蛾投燄，酒間偶話舊事。小戶徒慙鼠飲河。伏暑那堪嚴百罰，酒邊可怕有蕭何。

【校記】

〔一〕錢批本及十二卷本無『二首』。

〔二〕舍人，錢批本及十二卷本作『心餘』。

〔三〕同年，錢批本及十二卷本無。

余將遊匡廬心餘賦詩促裝五疊前韻二首〔一〕

湖濱幾徧短篷斜，延望洞天深處家。詩句舊題青玉案，夢魂飛度白雲涯。壬戌客筠州，有《夢遊廬山歌》及追和坡公《漱玉亭》、《三峽橋》諸詩〔二〕。十年畫地空成餅，一笑優曇未見花。徑拉先生尋五老，結廬同去養黃芽。

太守人傳好事多，謂九江董恒巖太守〔三〕。籃輿應為一經過。有時看瀑招黃鶴，得句摩厓拂翠蘿。蓮社儻容叅玉版〔四〕，宮亭應不限銀河〔五〕。此行未見香鑪頂〔六〕，如負平生兩屐何〔七〕。

【校記】

〔一〕錢批本及十二卷本無『二首』。

〔二〕『諸』，錢批本及十二卷本無。

〔三〕太守，錢批本及十二卷本無。

〔四〕叅，錢批本及十二卷本作『參』。

〔五〕應不，錢批本及十二卷本作『猶是』。

〔六〕未見，錢批本及十二卷本作『不上』。

〔七〕如，錢批本及十二卷本作『真』。

心餘將偕友人避暑清泰寺有詩見別六疊前韻二首〔一〕

雙樹郊扉翠影斜，擕朋聞就苾芻家。安床磬外眠無暑，舍筏鷗邊渡即涯。心地涼催金掌露，鼻根香透木樨花。炎官贏得冰銜制，火種青蓮也發芽。

應愛僧閒入句多，宗雷都為遠公過。只防彈指歸壺嶠，未便將心託薜蘿。行坐更消虀几甕，機鋒聊試口懸河。似聞甘露廚無酒，今夜攢眉客奈何。

【校記】

〔一〕錢批本及十二卷本未收此詩。

奉新王泰元甘惟服兩茂才同寓僧舍邀余小集七疊前韻二首〔一〕

橫檻桫羅午蔭斜，盍簪喜共梵王家。靜排棋陣清無暑，滿汎觥船醉是涯。苦熱商量聽夜雨，愛閒懊惱說槐花。廣寒桂樹雙枝在，看折涼風最嫩芽。

佳文見說等身多，譚藝清尊快意過。愛客不曾嫌褦襶，斷虀惟覺戀煙蘿。好風已送滕王閣，良會何勞織女河。我更遊情逐盧皐，題襟肯使負羊何。

【校記】

〔一〕　錢批本及十二卷本未收此詩。

南昌龔畏齋雷存齋劉宣齋三同年招集龔氏祠屋遲心餘不至八疊前韻二首〔一〕

渡江頻覺接籬斜，一笑離家等在家。赤日火雲成苦趣，藕絲冰水即生涯。深盃燕市通蘭臭，瘦馬春風看杏花。星散幾年重會和，舊情如草競抽芽。

苦愛諸公著述多，紛綸經笥井丹過。畏齋兩舉敕科，尤邃於經，時以所刊《周禮》、《春秋》、《客難》見示。即看劍氣沖牛斗，存齋近修《雷氏家乘》。尚覺藜光照薜蘿。宣齋將服闋赴補。對食豈能忘短壑，當筵齊起望明河。無端臥甕人難捉，繡佛燈前爛醉何。

【校記】

〔一〕　錢批本及十二卷本未收此詩。

訪豫章山長沈泊村九疊前韻二首〔一〕

千章夏木翠横斜，風月孤吟自一家。白鹿規條真似續，西江流別此津涯。藜光舊照羣仙籍，棠蔭曾開滿郡花。更為兩齋諸弟子，新栽玉筍與蘭芽。

霅水鴛流幾舍多，元亭曾未一經過。不隨内史吟階藥，偏向南州拂逕蘿。精舍定知耽著述，皋比寧便戀江河。邵平瓜熟貽清暑，五色東陵感若何。泊村以西瓜等物見遺。

【校記】

〔一〕錢批本及十二卷本未收此詩。

武寧汪輦雲茂才以所刻魚亭越中諸集見投賦二詩為荅〔一〕

白雪留鴻爪，青松見寉心。儒冠身肯誤，萊服世同欽。馨爾茝蘭佩，寥然山水吟。南州一片月，可以共鳴琴。

雲水十年夢，天台雁宕間。遙知荷鉏去，定睹金童還。瀑布五千尺，芝花次第斑。夫君隸仙籍，好駐芙蓉顔。

【校記】

〔一〕 錢批本及十二卷本未收此詩。

七夕後一日出豫章南郭行藕花菱葉間約五六里入清泰寺與心餘葦雲茗話而返十疊前韻二首〔一〕

喚涼蚤雁一繩斜，走傍漁家更釣家。小別即看秋幾日，十二日立秋。相思須到水之涯。青菱葉似貝多葉，白藕花連優缽花。鐘磬不聞山院閉，雨餘忍草自萌芽。

茶瓜留客未嫌多，絕倒南塘杜老過。荷氣暗吹調鶴檻，蟬聲涼動飲猿蘿。空牀單枕知仿佛，昨夜雙星奈渡河。綺語縱教瓶水洗，清輝香霧思如何。

【校記】

〔一〕 葦雲，錢批本作『汪葦雲』，十二卷本無。錢批本及十二卷本『十疊』字作『六疊』，無『二首』二字。

丁辛老屋集卷十四

彭蠡湖曉望廬山

昔夢遊廬山，模糊心已許。今識面目真，迢迢不得語。相思缺相見，一十五寒暑。默羡彭蠡湖，開奩相映取。霼霼川雲飛，晶晶峰日吐。雲日媚清曉，山水氣錯伍。其外若郛郭，其中藏洞府。巖居想隱流，服食慕仙侶。未辦靈芝採，或許枯藤拄。清秋健腰腳，名蹟探幽阻。朵朵金芙蓉，亂擷不可數。不聞李與蘇，瀑流共終古。諸宿盟豈孤，心饑跡猶距。招手謂山靈，應憐滯羈旅。

女兒港

弭楫女兒港，迴眺大姑塘。群峰赴湖口，遠黛銜斜陽。柴荆山色裏，深樹江風涼。人家足漁具，兒女解鳴榔。塘上花灩灩，塘下水汪汪。移舡唱歌去，月底睡鴛鴦。

鞵山

渺渺凌波子，遺此履一隻。獨立萬頃流，羅襪亦輕擲。仿像真天人，終古留巨跡〔一〕。不見望夫山，望夫化為石。

【校記】

〔一〕『獨立』四句，錢批本及十二卷本無。

曉過石鐘山不得泊

空江不聞鐘，清曉續涼夢。黃帽不解事，靈境瞥焉送。金石首八音，次第若伯仲。茲山胡為兼，虛牝妙相控。拳然凸水次，形質類覆甕。竅穴中玲瓏，微風嬲其空。水石暗擊撞，元音發一中。此理本坡老，少見怪者眾。我言亦耳食，歸尋水樂洞。

老雅磯〔一〕

曉出湖口縣，未覩曙鴉影。胡來伏江濱，似矜毛翮整。廣仞修以倍，露脊迺沒頸。恐是三足烏，下浴咸池冷。萬古嘉其慈，兒童不敢打。惟有釣翁歸，停船曬笭箵。

【校記】

〔一〕錢批本及十二卷本未收此詩。

過九江董恒巖太守留飲郡齋兼訂暑退後同遊廬山次蔣舍人奉寄韻四首〔一〕

官齋吟對短燈檠，太守清貧太瘦生。香篆無人凝燕寢，隱囊終日壓桃笙。暑飄玉麈霏冰雪，秋汎朱絃洗笛箏。到處左司能臥理，江州五袴又謠成。

吏散携琴暘紫烟，治後樓名。清秋白日大江縣。琵琶絃語觥船底，廬岳雲生印匣前。天遣文章化吳楚，時出示新雕文集。郡臨山水即神仙。樵童釣叟風流往，未見前賢勝後賢。

鎮日烟霞在戶庭，銜盃同話翠瓏玲。瀑流便想寺門看，棋響因過花院聽。準備一筇秋後健，肯孤雙眼使君青。他時歸詫茲遊絕，畫作谿堂六六屏。

微波曾與蚤通辭，燈下重繙幼婦碑。蔣舍人述太守《芝龕記傳奇》甚佳。地有江山真得助，事關忠孝便成奇。探幽興更同坡老，止飲情難為遠師。明月滿天秋滿樹，看余飛度紫霄時。

【校記】

〔一〕詩題，錢批本及十二卷本作『過九江董恒巖留飲郡齋兼訂暑退後同遊廬山次心餘奉寄韻』，第一、二、四首未收。

登琵琶亭二絶句

誰問霓裳與六幺，江頭衝曉一停橈。羅裙酒涴青衫淚，并作潯陽昨夜潮。

淪落天涯事可憐，西風吹入四條絃。我來卻是江州客，不聽琵琶也惘然。

《浙西六家詩鈔》評：『即點染白傅歌行語，入詩乃得有此新警。』

出湓浦口望黄梅五祖諸山

我愛鮑參軍，築室黄梅縣。樂府何瑰奇，雄得江山面。諸峰秀天造，一一湓口見。靈怪遠近聞，烟霞朝暮變。西來有鼻祖，遞結香火院。人尊古道場，呵護山靈先。清泉破額流，甘露白蓮濺。至今窣堵波，慈雲覆還徧。輟櫂興方極，抽帆情尚眷。禪悦與山心，倘亦祖師善。迢迢塵外緣，款款域中戀。但頌賈島佛，莫洗綺語硯。

蘄州道中

山雲鬱蒸炊，須臾盡墨汁。涼風江面來，疎雨篷背集。颯然秋滿襟，頗覺殘暑戢。遥憐濃緑際，幾點白鷗濕。窈窈望盤龍，茫茫隔城邑。但信去帆遲，長年慎蓑笠。

蘄州

雨暗蘄陽驛，江連伍員洲。漁船鯹午市，水鳥語城樓。艾問幾年蓄，泉看三縣流。釣臺如可上，横覽楚天秋。

《浙西六家詩鈔》評：『每作地里詩，都不可移置他處，尤以筆力爽健，為不易得。』

食江魚

翠網千絲細，銀花半尺強。擊鮮過白小，重味笑鱘鰉。黄州大江產鱘魚。配飲三盃釅，加餐一箸香。江行課僮僕，日盼罟師檣。

道士洑

江岸多逶迤，茲山繚而曲〔一〕。船行循曲處，盡得山面目。山勢插江起〔二〕，數峯環似屋。尖削萬石筍〔三〕，質本骨勝肉〔四〕。碎石磥砢然，位置同錦簇〔五〕。轉若施人工〔六〕，而與假山族。其麓挺古杉，其罔翳美竹。蒼深韞羣有〔七〕，峭蒨含眾綠〔八〕。中空架崖厂，樓觀儼飛矗。此焉結香火，可以安薖軸。昔者元次山，樊口暫栖伏。誅茅入飛雲，把卷吟且讀。茲山或其儔，徒爾緬芳躅〔九〕。迴湍迅於弩，十槳九退縮。漫尋散花洲，且别道士洑。

【校記】

〔一〕『江岸』二句，錢批本及十二卷本無。
〔二〕山，錢批本及十二卷本作『其』。
〔三〕尖削，錢批本及十二卷本作『乃抽』。
〔四〕質本，錢批本及十二卷本作『礫砢』。
〔五〕『碎石』二句，錢批本及十二卷本無。
〔六〕轉若施人工，錢批本及十二卷本作『得無人工鏤』。
〔七〕蒼，錢批本及十二卷本作『清』。
〔八〕峭蒨，錢批本及十二卷本作『亦復』。
〔九〕『茲山』二句，錢批本及十二卷本無。

黄州曉泊回望隔江武昌樊口諸山〔一〕

曈曈晴旭江之東，下照江水開青銅。煙消雲淨天復空，但覺嵐光翠氣窈窕堆青紅。楚水不可極，楚山何蓁蓁。武昌樊口更幽絕，此語傳自東坡翁。坡翁黄州五年住，長日惟有吟詩功。定惠海棠日相賞，西山野梅時復同。杖藜載酒選奇勝，搖筆每與山爭雄。觀其所書煙江疊嶂卷中句，足知老子於此興不窮。我無此筆輒敗興，兩足自裹非人攻。神山縹緲不可即，何必弱水迺在滄溟中。我行忽秋序涼色，凋踈桐江山清空。自間暇塵容，抗走壍悤悤。婀娜征帆逐去鴻，密林幽澗負西風。那尋謝朓題詩處，還過吳王避暑宫。

【校記】

〔一〕錢批本及十二卷本未收此詩。

矮柳舖

江水亦不渾〔一〕，澄漪綠如積〔二〕。得非萬柳條，迤邐蘸成碧。樹陰四五家，各纜漁艇隻。惜不伏暑過〔三〕，暫借清涼宅〔四〕。老牸浴浮鼻，閒鷗冷翻翮〔五〕。西風忽蕭蕭，愁絕江南客。

【校記】

〔一〕水，錢批本及十二卷本作『流』。

〔二〕綠，錢批本及十二卷本作『色』。

〔三〕惜不，錢批本及十二卷本作『儻令』。

〔四〕暫，錢批本及十二卷本作『可』。

〔五〕冷，錢批本及十二卷本作『下』。

江行雜詩十一首〔一〕

篙師歌笑下江門，一葉風帆掛曉昏。瞥眼已過山萬疊，兩涯只少幾聲猿。

近峯攢攢鬢髩明，遠峯疊疊蛾眉横。篷窻終日畫不得，一峯老人方畫成。

兩岸微茫水際天，長風萬里破江煙。揚舲擊汰非容易，百丈曾牽上瀨船。

大艑峩峩飄畫旗，只怕礮車雲起時。一霎收帆竄江汊，大家同候便風吹。

生涯戶戶倚罾船，打槳賣魚年復年。也比五湖論斗賤，一升只買幾青錢。

小魚只待扳罾得，大魚應須撒網來。浪高月黑無船渡，舴艋截江深夜開。〔二〕

再熟江田歲滿車，江村織苧更編麻。木棉裘待深秋製，一路柔枝盡作花。

西塞山前泊釣船，鱸魚斫雪鱠肥鮮。何須更覔鹿門子，去釣槎頭縮項鯿。

江上丈人空復期，蘆花如雪覆蘆漪。江波流盡千年事，明月白鷗都不知。

一輪月涌大江秋，風便還乘竹箭流。大有曹公横槊興，不煩命酒上南樓。

過雨清江勝熨羅，醉來銅斗拍高歌。迎秋卻要帆如箭，翻祝江豚拜浪婆。

【校記】

〔一〕詩題，『十一首』，原作『十首』，因據他本補其六，故改。錢批本及十二卷本作『七首』，本詩第二、三、五、八首未收。

〔二〕此首據錢批本及十二卷本補。

初汎漢水

嶓蒙流何遠，滄浪衍更清。參差連市舶，左右采蘺蘅。翠羽明珠在，朝雲暮雨生。瀠洄入江處，故遶漢陽城。

晴川閣晚眺

活城返照楚波紅，倚閣蒼茫問禹功。鄂與漢陽分據大別中挾巨津號為活城，見元郝經《班師議》。禹功磯在大別山東磯上，舊有楚波亭，今廢〔一〕。根斷柏身歸劫燒，兵殘鎖穴笑英雄。滔滔江漢空奔馬，莽莽雲山有去鴻。徑向旗亭沽美酒，客愁難遣是西風。

【校記】

〔一〕今廢，錢批本及十二卷本無。

禹碑

康熙間，武進毛會建從岣嶁山拓歸，刊於大別山禹廟前。

毘陵毛子霞，奇古性所嗜。青山荷鍤可以埋，子霞罷官後，足跡徧天下，晚築墓於大別山南，題顏曰『萬里青山』〔一〕。敝帚一官真不啻。嘗登嶽麓岣嶁尖，手搨蒼崖蝌蚪字。晴川黃鶴晚來遊，大別山南一杯置。墓側建一杯亭以居。袖中拓本藏風雷，山鳥夜嘯江猨哀。神工鬼斧惜不得，亟令匠石鐫崔嵬。字奇文古發光怪，客來廟口千裒裒。摩挲縱不形橅舊，猶勝乾姜仆綠苔。漢陽吳主廟皇象碑久泐，前明康武功有拓本完好〔二〕，或云即乾姜碑，乃唐姜楚公臨本重刻，元人移置城南者，今亦亡矣。姜書好用枯筆，故有乾姜之名。

《浙西六家詩鈔》評：『岣嶁石鼓等題，非韓蘇大手筆不敢措辭，此篇雖不及昌黎之凝重，別有一種清剛之氣，流露楮墨，足與題稱。』

【校記】

〔一〕顏，錢批本及十二卷本無。

〔二〕前，錢批本及十二卷本無。

登黃鶴樓〔一〕

朱欄粉堞俯瀛寰，目極烟波第幾灣。洲掛亂帆鸜鵒沒，山橫殘照鳳凰閒。漢珠湘竹虛悲感，退谷杯湖好往還。便問仙家借長笛，夜涼吹送月彎彎。

【校記】

〔一〕錢批本及十二卷本未收此詩。

渡漢水汎月湖〔一〕

浹旬臥江漢，天氣颯已涼。晨興輒嘯侶，渡口呼野航。微飔洩爽籟，初日澄清光。舍舟復入舟，漾漾沿迴岡。輕槳逐鳧鴨，單袂牽菰蔣。楚僧妙禪觀，吳客能酒狂。時偕一客一僧〔二〕。中流一叩楫，山水俱蒼蒼。共惜湖上月，不醉湖上觴。

【校記】

〔一〕詩題，錢批本作『八月廿一日偕一客一僧渡漢水汎月湖』；廿一日，十二卷本作『二十日』。

〔二〕錢批本及十二卷本無注。

登大別山頂入桂香殿南軒望漢陽城

蘚磴怯初斗，泥岡勇漸坦。卑險高反夷，兩腳一蕭散。忽然到上頭，佛火射亭館。曠以雲外軒，浩浩江風滿。人家漢陽樹，歷歷秋烟暖。鷗雛沙際明，荷柄鏡中短。長鬟采菱女，打槳唱歌緩。楚雲渺難極，寒雁涼呼伴。山川獨客愁，風月閒僧管。語笑下方聞，憑欄共茗盌。

《浙西六家詩鈔》評：『與前臺宕諸作各極其妙。』

漢上逢諸親舊累邀泥飲李遜脩表兄以詩敘情賦此志感二首〔一〕

漢上相攜笑拍肩，奈何漆髮變華顛。門楣僂指今三世，童稚回思已卅年。客路翻隨萍梗住，浮生枉被利名牽。春明舊夢無端續，輭腳筵開又別筵。

明燈高館拍聲催，大阮招邀小陸陪。難得異鄉逢密戚，謂徐鳴瑲。可能良夜不深盃。江連清漢分還合，人過中年樂亦哀。珍重天涯老兄弟，淮南米賤好歸來。

【校記】

〔一〕據錢批本及十二卷本補。

祇陀林看秋色〔一〕

蕎麥花飄壟，椶櫚葉覆簷。絺衣涼自覺，秋色老逾添。紅翠交斜照，空明霽隔簾。籬邊斑菊蘂，漸可醉陶潛。

【校記】

〔一〕十二卷本未收此詩。

入蔣氏廢圃〔一〕

小徑無人草不刪，夕陽烘染到荆關。籬邊倚倚幾叢菊，亭畔遥臨一朵山。鷹翅每盤孤島樹，鷗羣猶占碧湖灣。人言地亦琴臺舊，千古知音出此間。

【校記】

〔一〕據錢批本補。

尋郎官湖故址〔一〕

勸飲尊前鸚鵡螺，通宵歡賞水雲窩。即官愛客投荒徼，文士當筵合楚歌。時席上文士鞠龔岑靜並賦詩刻石。陵谷遷來紛虎落，主賓散去弋鷗波。不如三十六灣月，猶照夜船吹笛過。

【校記】

〔一〕據錢批本補。

漢陽竹枝詞五首〔一〕

解珮珠皋事有無，荒唐神女夢模糊〔二〕。遊人盡說桃花洞〔三〕，爭識石榴花塔孤。女郎山在縣治西十里，志載襄王會神女事。桃花洞在大別山下，有桃花夫人祠。石榴花塔在城西一里，宋紹興間，漢陽軍孝婦殺雞奉姑，姑食而死，坐罪臨刑，折榴花一枝插石罅，花茂成陰，時人哀之，為立塔花側。

鶴背仙人識姓名，隔江遙見玉龍橫。不如說笛武昌老，真向樓中吹一聲。劉禹錫有《武昌老人說笛歌》，『曾將黃鶴樓上吹，一聲占斷秋江月。』詩中句也〔四〕。

春風香處賞黃花，春水生時蕩槳牙。莫怪揚塵東海上，滄桑歲歲見儂家。漢口有黃花地，春時遊人極多，四五月間則成巨浸。

柳外秋娘語不哤，蜻蜓舟小逆風撞。武昌魚賤漢陽貴，時有賣魚人過江。漢陽人呼蟬為秋娘，見縣志〔五〕。

幾夜西風動夕蕖，洞庭波冷葉飛初。漢陽樹與武昌柳，隔著江兒對面踈。

【校記】

〔一〕錢批本及十二卷本作『四首』，第五首未收。

〔二〕荒唐神女夢，錢批本及十二卷本作『女郎山不翠』。

〔三〕盡，錢批本及十二卷本作『盡』字。

〔四〕錢批本及十二卷本注為：『曾將黃鶴樓上吹，一聲占盡秋江月。』劉禹錫《武昌老人說笛歌》也。

〔五〕見縣志，十二卷本無。

九月杪返至九江恒巖太守約天晴入山〔一〕

朝辭黃雀樓，暮至潯陽郭。匡君闖歸篷，穹翠向人落。轉瞬欻凜秋，小雨重陰閣。太守勸持螯，看山省前諾。謂當脱朝鞾，相與共芒屩。天晴亮可必，今夜燈花灼。緩登南山顛，且上北山腳。若待郡齋閒，終年但塵縛。

【校記】

〔一〕詩題，錢批本作『九月廿八日返至九江恒巖招飲郡齋約天晴入山』。十二卷本未收此詩。

次日大霽同恒巖經甘棠湖踰嶺南望雙劍峯復從蓮花峯下緣溪度彴折入深隝遂登濂溪書院〔一〕

天意驩客遊，山靈定箋乞。頓掃五里霧，蚤吐三竿日。臨江停竹兜，飽飯結布襪。雙劍削清秋，岧嶢照天闕。遂遵甘棠湖，躋嶺興飛越。官路雖如弦，輿人趾每抶。始知行漸高，山脈有暗凸。九月稻齊穫，高原類禿鬜。旋栽塌地菘，青連芋魁發。碎石露齒齒，小水鳴泱泱。寥然雞犬音，時問村舂出。人言太守賢，率作罔敢佚。斜景蒸蓮花，空翠倉宇拂。窈窕轉林麓，蒼黃入深樾。微見霜葉明，次第綴紅纈。野彴跨迴溪，清湍凡幾折。遂造五峯間，錚然響簷銕。圖書儼紛陳，鐘鼓匪徒設。境闢道斯造，賞真物莫奪。庶幾鹿洞規，音塵殊未歇。

【校記】

〔一〕詩題，十二卷本作『九月二十日返至九江恒巖以輿從來即襆被登陸經甘棠湖踰嶺南望雙劍峯行約二十餘里從蓮花峯下緣溪度彴折入深隝遂登濂溪書院』，錢批本詩題文字除首句與十二卷本不同外，『九月二十日返至九江』作『廿九日大霽』。

謁周元公祠

吾道洛閩啟，斯文洙泗攀。圖書原太極，風月自空山。谿水有生意，蓮花無世顏。肅然新氣象，春在五峯間。

《浙西六家詩鈔》評：『此題作者甚衆，理語不腐，且有意趣，獨推此作。』

恒巖導登書院新搆諸景輒命酒酌客屬詩以落之

元公家春陵，遊釣濂谿湄。暫來茲水上，濯纓心恬怡〔一〕。終獲諧夙願，輒以濂名之。蓮花手所種，書堂手所治。旋復被兵火，堂燬花亦萎。大賢赫靈爽，振興及淳熙。斯文發光霽，或版或以碑。遞嬗置學舍，生徒瞻神帷。庶用嗣鄒魯，矯矯百世師。名山有顯晦，吾道有盛衰。緜延歲七百，未免漸陵夷。公之於斯人，元氣沁心脾。譬當斲喪後，必用參苓醫〔二〕。太守廣川嫡，一秉道誼規。屢典山水郡，江州渥恩慈。慨然舉廢墜，山中訪遺祠。度地蓮峯下，有水美淪漪。彳亍走山阿，儼然具堂基。裒裒巖壑間，有洞亦有池〔三〕。範土合陶埴，庀材集楝榱。鈴鐸竄山鬼，鳥翬驚野麋。便令鼓鐘考，爰陳俎豆儀〔四〕。我來拜木主〔五〕，登眺還陪追。位置辨向背，帖妥分崇卑〔六〕。羣山抱如萼，一江横若眉。洵哉此寤歌，可以紘書詩。經始昨歲秋，斷手將在茲。為善定須勇，古人不我欺〔七〕。或言谿故在，妥侑難屢移。不知名本假，安取前谿為。臨谿飲我酒，既醉申以辭。此道可千載，頑懦永提撕〔八〕。

【校記】

〔一〕『暫來』二句，錢批本及十二卷本無。

〔二〕『公之』四句，錢批本及十二卷本無。

〔三〕『彳亍』四句，錢批本及十二卷本無。

〔四〕『便令』二句，錢批本及十二卷本無。

〔五〕我，錢批本及十二卷本作『揭』。

〔六〕『位置』二句，錢批本及十二卷本無。

〔七〕『經始』四句，錢批本及十二卷本無。

〔八〕『此道』二句，錢批本及十二卷本無。

濂谿書院五詠〔一〕

濂谿

谿偶名以濂，茲水遭可慶。不然呼貪泉，詎非匡廬病。清濁合自知，君毋於水鏡。

五峯

次第陟五峰，一峰一亭儼。褭褭日方中，晴翠不相掩。興盡詠而歸，喟然吾與點。

蓮花洞

其上蓮花峯，其下蓮花洞。呀扉懸珠簾，陰壁溜乳湩。曲尺此中眠，蓮花應入夢。

愛蓮亭

種蓮蓮已活，築亭亭復幽。愛之未能割，目存心與謀。誰來同此意，花外拳沙鷗。

太極廬

東海有員嶠，我廬可頑頡。渾然天地初，請視圖中說。人勿小茲山，陰陽五行列。

【校記】

〔一〕錢批本及十二卷本未收此詩。

宿山長齋中有懷桑弢甫水部遊北嶽二首〔一〕

聞說來匡阜，西風又戒塗。秋辭宗炳宅，手握向平圖。笠屐行皆徧，乾坤道益孤。曲陽祠嶽處，曾上玉華無。

雁蕩最幽絕，高探龍鼻泉。看題獨往字，暗記丙寅年。江遠孤萍汎，山寒細火縣。空齋惟一榻，聊為拂塵眠。丙寅二月遊雁山，登龍鼻泉，上壁間見水部題名「獨往」〔二〕，先生其自號也〔三〕。

【校記】

〔一〕水部，錢批本及十二卷本無。

〔二〕水部，錢批本及十二卷本無。

〔三〕『先生其自號也』，錢批本及十二卷本作『先生蓋弢甫自號也』。

曉出谿口循蓮花峯西麓入太平興國宮

夜來霜風厲，沿谿蹋黃葉。羣峯白糢糊，霧氣霑我笠。筍輿趁鳴泉，度澗聲澌澀。盤盤往復還〔一〕，但覺草逕雜。似斷忽復連，方開又重合。陽崖日未升，陰嶺雲猶匝。須臾赬霞興，林罅涌雙塔。勇拖綠玉前〔二〕，未怕芒履濕。洞天次第八，傳是仙靈集。不聞開元中，賜額留篆法。明皇賜繆篆額：『九天使者之殿』。宋初煥新構，臺殿高巀嶪。道流累百千，繁盛東南甲。如何金碧闇，冷見壞扉闔。周覽穿松陰，徘徊遶苔堞。我懷黃知微，冬夏擁一衲。痛飲歌黃顛，秘旨探玉笈。谿雲谷鳥吟，佳唱誰與答。黃有『谿雲拂地送殘雨，谷鳥向人啼落花』之句。我慕劉虛谷，翫易常開閤。擺除煩惱緣，舉手洞門揖。劉化於青牛洞絕頂。還丹剛百篇，晦翁心所愜。晦翁嘗贈之詩有『細讀還丹一百篇』句。吁嗟黃劉徂，寂寞名山業〔三〕。荒雞上樹鳴，野豕窺垣入。林壑此間美，迷津倘可涉。探道領祠官，願受宮使牒。

【校記】

〔一〕『度澗』二句，錢批本及十二卷本無。

〔二〕勇拖，錢批本及十二卷本作『遂支』。

〔三〕『吁嗟』二句，錢批本及十二卷本無。

踰東嶺經香鑪峯下訪樂天草堂即用白公草堂即事詠懷題於石上韻

亭亭香鑪峯，蚤覩秋鬟偏。踰嶺較明霽，耳畔聞琤潺。聲疑峯際落，流出萬筠竿。白公知道者，有美森琅玕。俯首江州謫，厥在元和年。日造遺愛寺，經聲銅爐烟。由來好林壑，遭遇亦有天。拓茲寺旁地，愛山情依然。草堂今何處，陵谷倏屢遷。山僧指幽勝，云昔開茶園。遂烹山中茗，還汲山下泉。心怡澗底雲，目想池中蓮。緬邈企高躅，仿像揮鳴絃。茫茫千載上，渺渺二林間。斯人不可作，撫松誰與言。男兒具膚髮，豈免外物牽。驅馳力負米，皇皇歸舊山。惡能戀他郡，結屋臨泉源。歎息古人轍，吾道誠艱難。

憩東林寺三笑堂用壁間陽明先生從東林登山石刻詩韻二首

招手鑪峯蹋瑤草，霜葉一株兩株好。虎谿橋畔一笑迎，秋與住山僧共老。飯鐘未動曙猿哀，朱扉黯黮林間開。蓮花漏斷不知午，且看十八高賢來。遠公影堂重回首，潦倒淵明一盃酒。抗懷彌覺范甯賢，仲思道祖俱骨朽。茗話蕭然立蘚庭，身隨旅雁度江汀。汲泉洗眼玩山色，比似龍眠畫更青。

神運之殿鬼壘墻，劫灰幾度餘蘭若。陶公死後白蘇來，出處那分道高下。名山有分各隨緣，淨業何煩真結社。八功德水七寶池，金色定中誰見者。我來念佛僧亦寡，惟有哀湍向池瀉。吁嗟遠公千載人，佛影龕深松拂瓦。

《浙西六家詩鈔》評：『葎翁亦有和韻，詩品在伯仲之間。』

白蓮池

巖前甃方池，云昔謝公鑿。種蓮請入社，遠師迺屢卻。如何攢眉人，招之翻不諾。廬山原自高，池水有時涸。蓮花無髣髴，蓮葉亦搖落。

西林寺用韋蘇州從姪成緒西林精舍書齋詩韻〔一〕

青山俱老蒼，我齒非壯少。東林復西林，次第領其妙。一塔日方午，四面無遺照。孤響遞鏗鎗，群崢合奔峭。小市雁門荒，散腳展清眺。永師嗣竺曇，不復向嶺嶠。捉缽怪鴟避，清齋饑虎療。至今香谷中，一縷煙光耀。入社想箋經，手持如意詔。蕭然清散風，鎮南寧復誚。

【校記】

〔一〕韋蘇州，錢批本作『韋應物』。十二卷本未收此詩。

循石門澗曲折屢渡村犁水極田野林麓之趣入古松徑上至脩竹坪轉憇報國寺看鉢盂峯〔一〕

山南秀諸嶺，山北曠平田。山田本磽瘠，灌溉需山泉。言尋石門澗，幽磬雜鳴絃。山農利陂蓄，壘石隨陌阡。水溢始放注，聲激碓屋椽。鴉軋林麓際，亭午生炊煙。村口堆黄雲，刈割亮斯全。乃復勤率作，一犁原上鞭。高下漸登頓，曲折頻洄沿。泉聲遠逾厲，邈與松風連。樵歌既互荅，竹籟復相宣。道旁古蘭若，暫息輿人肩。山僧安耡耰，不解文字禪。茗園更活計，飽食以窮年。稍上磴漸澀，壓壓峰迴旋。拖笻寺門看，削立彌嬋娟。世尊昔持鉢，往資舍衛緣。如何乞食罷，徑覆茲山顛。回眺東西林，老翠紛蒼然。還乘竹兜去，澗水仍潺潺。

【校記】

〔一〕十二卷本未收此詩。

度錦澗橋望錦繡谷歷半雲甘露諸亭上至竹林寺經披霞亭盡九十九盤始達天池寺〔一〕

輿人踐平地，健捷故有種。稍升磴道滑，背汗神漸悚。橋迴湍瀨激，谷轉灌莽壅。庶幾資眺聽，佳景或坌涌。每上經廢亭，偪側不旋踵。未知搆何年，遽爾成闒茸。壁立面與削，石危手待捧。綫路百丈崖，盤盤益修聳。舍輿寒兢兢，跼蹐類梏拳。況當山斗立，風勁勢呼洶。回頭浩雲海，目眩身欲蛹。山行破煩惱，乃轉生怖恐。華表窪不歸，猿洞但荒壟。悵望歐公詩，竹林誰作俑。愒息升披霞，到寺足反蛹。一笑謝輿人，汝曹亦已勇。

【校記】

〔一〕錢批本及十二卷本未收此詩。

天池

世界現金色，方池涵玉流。夜涼宿河漢，秋老蟄龍蚪。心已空諸相，身今到十洲。片雲無倚著，天地此生浮。寺東有『金色世界』四字摩厓書。

聚仙亭 明祖舊祀天眼尊者、周顛仙、赤腳僧、徐道人四人於此。

傳聞竹林隱，形影窈難即。空亭表遺蹤，來往不可測。雲飛南山南，鶴語北山北。

文殊臺

石賸清涼色，松仍偃蓋形。客來孤塔現，僧拜一龕靈。暮鼓鳥時下，斜陽峯亂青。煩君炷爐𤏲，我欲夜繙經。清涼石偃蓋松舍利塔並在臺下。

銕船白雲二峯

一峯沉沉銕光黑，一峯漠漠雲氣白。怪雨腥風龍虎居，碧林瑤草神仙宅。我聞峯下有石如青蓮，徑煩天女下採乘此船。又聞峯前有洞結茅屋，烟霏霧合何處尋幽谷。船耶雲耶遠莫窺，夜半神燈更可疑。一甌香茗維摩室，坐到猿鳴鐘動時。

《浙西六家詩鈔》評：『與前篇皆似蘇玉局。』

宿天池方丈〔一〕

佛火搖松壑，剛風撼竹關。客同池水住，僧伴嶺雲閒。此夜可無夢，來朝何處山。翻嘲謝農部，苔石姓名斑。山頂浮圖有嘉靖六年四月戶部主事謝旻等三人題名。

【校記】

〔一〕 十二卷本未收此詩。

曉登白鹿昇仙臺

大峯陰崢嶸，小峯亦森矗。微徑藏驚蛇，很石奔駭鹿。初日依臺升，白雲傍亭宿。山跡邈難追，碑詞摸還讀。霜氣染槲林，烟姿媚僧屋。隙地可規園，陽陂便栽菊。龍角任鉤衣，壺天堪送目。俯視天池塔，頽然佛頂禿。亭石上刻『壺天勝覽』四字，龍角石在臺西道旁。

由昇仙臺東北至佛手崖是山北林石最勝處〔一〕

初從昇仙臺，蚤覩佛手妙。垂手親接引，慈悲冷相詔。稍近如提攜，逼視倍窅窱。髣髴兜羅綿，幻影人天照。想當身臂使，不見首尾掉。千手罕與同，一指領其要。巨靈豈能鑿，混沌天與竅。孱顔高瓌瓏，很壁疊皻皻。外拓飛蜃樓，中空闢員嶠。含潤欲噢雲，流丹若經燒。嵌竇泉一滴，縣絲儼垂釣。頭寒因露聽，目眩為仰眺。崖前小躋足，仄徑俯深徼。左右巖老蒼，一一變韶少。風濤戛杉檜，煙翠噴蘿蔦。沿崖少南去，枯笻撥荒藋。當時訪仙處，幽境百徧繞。清音恍鸞鳳，何必孫登嘯。冥搜可窮年，圖畫終難肖。指點煩世尊，拈花倘一笑。崖下有一滴泉，其南為訪仙亭。

【校記】

〔一〕錢批本及十二卷本未收此詩。

出山口號〔一〕

好把廬峯比翠鬟，無言修竹倚天寒。恩恩背地偷窺影，未得徐妃半面看。

【校記】

〔一〕錢批本及十二卷本未收此詩。

馬當山

未登小孤祠，曾吟小孤詩。今到小孤翻不作，留寫馬當風浪惡。楚江已與漢沔同，復挾彭蠡相爭雄。秋水時至兩涯闊，兹山忽跨江之東。江流横截江聲怒，豚拜波心老蛟舞。白頭浪聳高於山，拔木風狂嘯如虎。崖勢猙獰更壓篷，磯形巉嶮將摧艑。黄帽艑郎轉笑歌，長年估客頻驚怖。我聞水之險，灩澦與瞿塘。我聞山之險，孟門與太行。惟兹二險合為一，天隨之銘非荒唐。津鼓鼕鼕吹篳篥，扁舟緩下龍城驛。我無子安賦手堪驚人，順風不用祈江神。

閏九日過東流縣〔一〕

山遶東流曲，江連彭澤深。饑鴻遵枉渚，荒郭帶寒林。歲月孤帆影，風塵濁酒襟。陶公栽菊所，延望一沉吟。縣治後有菊所。

【校記】

〔一〕據錢批本及十二卷本補。

攔江磯

平生拘尺寸，未免志氣單。每有欲行事，意外輒見攔。蹉跎守益固，偪側心反寬。亮知時運蹇，肯信道路難。磊落仗忠信，蒼茫涉濤湍。頗諳風水性，一任非意干。但戒整帆桅，俟其怒氣殫。吁嗟攔江磯，我行方平安。

燕子磯守風二首

歌酒秦淮記昨秋，重來難道不回頭。眼中別淚心中事，花外涼篷柳外樓。

作意西風勸客停，為君今夜宿寒汀。轉登燕子磯頭望，祇覺鍾山老眼青。

憶與厚石別有持螯看菊之約歸舟多滯恐遂愆期悵然有作〔一〕

別君五日杜鵑卮，兩度重陽尚水涯。叢菊過頭無我分，團臍雖美及齋期。十月余與厚石俱齋期陸放翁句『齋廚仍禁擘團臍』。寒燈孤艇懸鄉夢，白月清江照鬢絲。天念勞人容暫息，歸來乞訂半年詩。

《浙西六家詩鈔》評：『學宋人七律，中間必得有渾成之句乃佳，五六頗得此意。』

【校記】

〔一〕據錢批本及十二卷本補。

永濟寺登樹杪江聲閣用壁間張文端公詩韻〔一〕

寒纜磯頭楚水船，巖扃高上興猶偏。鐘聲暮與江潮落，王氣秋殘佛火懸。陰洞歸雲龍暗蟄，桫羅墜子寉驚眠。山僧漫話南朝事，只結圓蒲一餉緣。寺有桫羅樹甚古。

【校記】

〔一〕錢批本及十二卷本未收此詩。

送沈丈退翁之官睦州廣文二首〔一〕

老去資清俸，冬深就冷官。雪晴孤艇白，江遠一氈寒。便下富春驛，應過七里灘。雙清好心跡，學舍小猶寬。

道出羲皇上，經傳弟子行。官仍唐博士，名自漢賢良。小律方干琢，佳泉陸羽嘗。兩齋清課罷，歲晚嶺梅香。

《浙西六家詩鈔》評：『雅潔，非天機清妙者不能。』

【校記】

〔一〕沈丈，錢批本及十二卷本無。

宿馬陵店同厚石作〔一〕

一舍丹陽隔，停車問故陵。荒途惟馬過，壞樹有雞升。返照如留客，西風轉解冰。三山真在望，曉趁店門燈。

【校記】

〔一〕據錢批本補。

再次厚石韻〔一〕

呼燈荒店坐，不覺有風侵。天竟老晴色，余增長别心。時厚石偕計北行。渡江明日又，余方歸自漢上。昨夢隔年尋。昨夏曾遊邗上。共被茅簷底，寒星幾點臨。

【校記】

〔一〕據錢批本補。

題舉盃邀月圖〔一〕

平生少壯時，頗復慕伶籍。蹉跎氣漸衰，轉欲避醉客。惟當好林泉，或值風月夕。輒思破酒戒，一命甕泥擘。朝來展君圖，萬竹弄寒碧。蒼然邱壑深，瀟灑坐瑤席。夜氣況澄霽，當空掛圓魄。想見飲興來，浩浩屢浮白。踞地仰青天，大類謫仙謫。清宵倘與同，僕亦能一石。

【校記】

〔一〕錢批本及十二卷本未收此詩。

邗上逢澗泉殿撰即送北行兼簡擇石金圃山舟家西莊二首〔一〕

雪花陣陣欵旌軺，乍喜晴雲展絳霄。一笑捲簾尋玉樹，相逢換酒解金貂。循陔夢去春扶杖，望闕吟成曉掛瓢。料是東風曾管領，馬頭吹綻柳千條。

三年聽鼓為應官，珠桂長安住未難。君去校書依瑣闥，我留讀律遠騷壇。文章何以酬天眷，出處聊同語夜闌。倘晤故人勤問訊，家山耽愛白雲看。

【校記】

〔一〕錢批本及十二卷本未收此詩。

金壇道中曉行〔一〕

壟雪滋新麥，潭水壓凍蛟。車猶侵曉駕，春已隔年交。時立春已四日。戍古聵雙堠，山晴湧大茅。江天孤鶴影，蚤晚定歸巢。

【校記】

〔一〕十二卷本未收此詩。

丁辛老屋集卷十五

丁丑

迎鑾詩三十章〔一〕並序

臣謹按：《虞書》五載一巡，孔安國謂堯舜同道；《王制》五年而狩，鄭康成謂夏商同規。惟《周禮》十有二歲，王巡狩殷國，然其間三歲徧頫，五歲徧省，再朝而會，再會而盟。禮綦繁矣。惟皇帝撫萬邦，式九有，三靈薦社，五緯叶符。政事得其宜，神人獲其敘。薄海内外，悉主悉臣，罔不靡然響風，奔走無斁。歲在重光協洽，月惟攝提孟陬。因大吏之入陳，舉省方之盛典，斗車東指，辰象南迴。士拔其尤，民安其俗。圜膏漱醴，溢陌盈塗。皇帝協叡思於源泉，表璿題於日月。掩熏風之曲，陋柏梁之詞。永昭千年，作睹萬物。吴山越水，繼芝盖而難留；白叟黄童，瞻翠華其餘慕。遂乃俯順輿情，重申綸涣。將諏柔兆之次，載賡時邁之詩。乃者晦歎十鐘，人虧四鬴。皇帝軫如，傷之念切。已饑之懷，如遇金穰。頓稽玉輅，神功侔於拯溺；賑貸兼施，天道捷於轉圜。雨暘時若，立臻大有，倍取十千。然後允臣工之請，招搖肅衛，箕畢清塗。稔泰岱於天中，駘河淮於海澨。摧薪瓠子，沉璧宣房。經睿算之維新，亘長隄而永固。於是黃龍夾轂，綵鷁凌江。奉慈輦而觀遊，飫民情以休豫。賜衣接篚，大酺餘酣。蓋酌古今之宜，而塞臣民之望。順時而動，率祖攸行。巍巍乎，蕩蕩乎，非歌詠之所能及也。臣質本邱樊，才非侍從，猥隨召試之末，遽膺特達之知。薇省清班，秋曹郎吏。罕涓埃之報稱，暫眷戀於庭闈。恭遇時巡，將無芹曝。情深捧日，多慙野老之辭；筆豈凌雲，敬效輿人之誦。

春滿瀛寰暢惠風，東南望幸更無同。直如日月迴環照，聖德崇應過華嵩。

歲省河濱刻玉重，萬楊柳外綠波濃。螭頭穩渡桃花水，瑞應何須紀景龍。

絲鷁遙臨照水邦，無邊花月麗春江。村莊野店新裝裏，斑竹籬笆雲母窗。

甘雨和風鎮日吹，樓臺極望總參差。杏花十里紅橋路，添得珠簾幅幅垂。

江行安穩侍慈闈，羽衛周防襍佽飛。草長鶯啼黃夾岸，菜花開近袞龍衣。

饘盤環衛儼同廬，較射初停候御書。剛及天廚行午膳，江鄉二月進鰣魚。

迤邐橫塘枕石湖，浮圖高插上方孤。名山自合邀宸翰，墨汁霑濡七寶爐。

龍淵新漲綠平隄，翠盖霓旌拂水西。歡喜世尊凝望切，佛光金色耀璇題。

婦子盈寧慰籲懷，渴烏漏箭緩壺牌。可知共享昇平樂，天子親教萬物偕。

髫鬌塗山御座開，熙熙重見走春臺。較遲一歲民懷切，昨夜歡呼萬乘來。

吳越年饑蚤賑民，天心驟轉物皆春。金根度處親扶侍，同聽黃鸝布穀新。

期門衛士悉親軍，繡纛翻翻拂綵雲。應是九重申戒勅，八旗行處靜無聞。
明聖湖邊麗景暄，夭桃穠李豔山門。恩膏溥似楊枝水，敢道空餘見佛尊。
圓池深甃月波寬，一片蟾蜍倒廣寒。曉日丁仙洞門啓，明霞飛上碧欄杆。
淨慈西畔裊烟鬟，小有天園浴鵠灣。一自品題邀睿藻，白雲時共鶴飛還。
山北紆迴景更偏，紫雲古洞白沙泉。居然石室金堂儷，驚喜山靈荷睿篇。
潮音洞口響春潮，靈鷲山光翠可招。舊是至尊移蹕地，嵩呼仍聽萬山朝。
紅白株林豔近郊，野人筍菜供南庖。雨前龍井新芽嫩，更勅山泉瀹虎跑。
檻外波光映錦袍，侍臣深柳各分曹。君王日午移龍艦，羣道湖如玉色膠。
六橋重幸六龍過，賜酺街衢徧踏歌。父老歡同呼萬歲，果然聖德邁元和。
嫩日溫黁正養花，羣仙供奉玉宸家。湖邊侍仗香雲繞，漸暖天教換扇紗。
百僚齊獻萬年觴，五綵宮衣惹御香。湛露蓼蕭歡頌禱，黃封宣賜徧教嘗。
身隨竹馬杖鳩迎，暫假非關猿鶴驚。生幸皇仁宏錫類，鼎牲自愧缺朝烹。
少賤寒鄉冷抱經，雙峯忽荷翠輿停。行宮待曉蒙宣喚，佳麗湖山筆硯靈。
萬柳陰中霽景澄，殊恩拜賜別東塍。四年鳳閣雲亭夢，獨對長安午夜燈。
春雨犁鞭兩具牛，江田歲晚已多收。幸逢玉輅重遊豫，爭效康衢擊壤謳。
小臣葵藿自傾心，敢謂南枝戀越禽。弱羽經營惟反哺，烏私冀達五雲深。
煙霞爭奉聖人探，賞徧雙高北更南。猶有六朝山望幸，蒼蒼虎踞佇龍驂。

恩命頻頒撿印奩，巡遊仍自萬幾兼。侍臣歸院花間散，行殿繙書聽漏籤。時雨重教霑繡壤，惠風頻與拂朝衫。東西浙水江南北，依戀君恩願駐帆。

【校記】

〔一〕錢批本及十二卷本未收此詩。

偕周稚圭同年泊舟丹陽次章融谷待御韻二首〔一〕

憶昨朝回散紫宸，有時並馬出郊闉。乞歸忽漫萍蹤合，同醉荒江月似銀。濃春遥為隔江憐，未試南泠第一泉。說與丹陽岸旁柳，相逢寒食自今年。時擬渡江不果。

【校記】

〔一〕錢批本及十二卷本未收此詩。

治平寺

古井隋猶字，慈門宋易名。觀空翻竹色，入定忽鐘聲。春女貪皈佛，禪枝喜坐鶯。楞伽如許問，心共石湖平。

《浙西六家詩鈔》評：『五律學唐易舊，學宋易薄，一篇之中，如得此三四之超卓，則通體因之生色，更何必論其是唐是宋。』

乘月出楓橋泊横塘三首〔一〕

鐘聲隱隱送寒山，好趁輕帆半夜還。剛是江南好風景，烏啼霜落句全删。

艫劃橋心月未西，塔尖堠影認高低。清宵要傍漁灣宿，拍拍水禽飛上隄。

月宫三萬六千戶，下與太湖寬窄同。白玉盤從銀蒲出，月波水鏡氣原通。

【校記】

〔一〕詩題，錢批本及十二卷本無『三首』，第一、三首未收。

恭和御製淨慈寺瞻禮原韻〔一〕

華鐘法鼓莊嚴相，祝嘏經筵向晚開。仙梵浮空通御仗，煙嵐過雨湧蓮臺。湖雲迴似慈恩覆，佛面光緣聖澤來。共慶南山壽無量，法門龍象鎖康哉。

【校記】

〔一〕錢批本及十二卷本未收此詩。

恭和御製表忠觀原韻〔一〕

吳越百年國，箕裘奕世忠。順天崇正朔，割地鎮群雄。廟貌蒸嘗肅，江潮日夜東。將軍樹無恙，頻與拂春風。

【校記】

〔一〕錢批本及十二卷本未收此詩。

恭和御製漪園原韻〔一〕

翠蔚幾朵峰，清涵一方水。雅搆傍精藍，嘉名輞川擬。恍聆川上言，聖心默有取。乘春魚鳥歡，憑檻湖山美。一聲南屏鐘，妙悟迺如此。

【校記】

〔一〕錢批本及十二卷本未收此詩。

恭和御製上天竺原韻〔一〕

靈鷲遥通處，芙蓉類削成。煙霞諳佛性，鐘磬得山情。花並香臺迥，春從法海生。惟應淨瓶水，偏灑下方輕。

【校記】

〔一〕錢批本及十二卷本未收此詩。

恭和御製湖心亭原韻〔一〕

曉日湖光面面晴，憑欄真似在方瀛。畫中屏障迴環映，鏡裡鶯花下上迎。暫聽菱歌遲晝漏，偶觀魚樂愜皇情。廣寒宮闕原天上，更諳人間住水精。

【校記】

〔一〕錢批本及十二卷本未收此詩。

上巳後三日同穉圭彡石武林返櫂雨中過半山桃花已落分韻三首〔一〕

綠陰無際信歸船，何處春深不可憐。咲攬髩絲仍過客，追思人面已當年。辛未三月過此值花盛放。兔葵燕麥狂爭賞，峯翠湖波澹自妍。未必仙源在人世，漁郎錯認此中天。

十日西湖賞翠嵐，尚餘襟上酒痕酣。漫呼小艇忽忽去，敢望名花處處探。吹面好風過廿四，題詩曲水記重三。周郎一顧風流甚，刻意傷春恐不堪。

落紅都作馬蹄塵，猛雨無端又浹旬。花信不曾慳倦蝶，山光惟是管閒人。多情漫自縈斜照，得氣終先據要津。莫道東君未憐惜，明年還汝上番新。

【校記】

〔一〕錢批本及十二卷本未收此詩。

雨中集竹所賦春陰得烟字〔一〕

雨絲漠漠散如烟，竹外軒窻綠可憐。花盡簾垂看燕乳，桑濃村暗想蠶眠。閒居鎮自消香篆，近局猶能判酒錢。莫道春隨人老去，春歸還復有明年。

《浙西六家詩鈔》評：「初夏光景如畫。」

【校記】

〔一〕據錢批本及十二卷本補。

立夏日始晴集范湖草堂看綠陰分韻得絲字〔一〕

曉來呼婦聲在枝，春光瞥去天之涯。幽人臥起戀殘夢，陰陰翠幄圍清池〔二〕。餞盃欲浮紫瑪瑙，宿雨尚濕紅荼蘼。惆悵芳時挽不得，空令百丈牽遊絲。

【校記】

〔一〕分韻，錢批本及十二卷本無。

〔二〕『陰陰』句，錢批本及十二卷本作『高樹淡濃圍小池』。

即席同詠時物八首〔一〕

芛餅

青壁應朱明，反覆盤中熱。卻配櫻筍廚，未須寒夜說。

香椿

老榦滋嫩科，掇之在木末。信知春八千，香氣久時達。

海蜥

稍異珠蚶雋，差遜香螺大。風味尋中邊，只費錢一箇。

烘筍

龍孫百千頭，屈曲縮春蚓。世味逃酸鹹，我不如石筍。

蠶豆

花時蠶上簇，實時蠶上山。倒坐門限喫，炒法坡老嫺。『倒坐門限喫瓜子炒豆』，見坡公札。

灰彈

混沌雖未鑿，中已具鹹味。昨夜秦郵路，停船晚飯未。

櫻桃

琰琰火齊堆，輥輥珊瑚琢。但懷徑寸丹，顔匪熱中渥。

青梅

青青飣冰甃，見輙酸我齒。何時消渴蠲，不食十年矣。

【校記】

〔一〕錢批本及十二卷本未收此詩。

集疎快軒分賦得竹彌勒〔一〕

排日會燒筍，春去同幻泡。復此林下集，禪悦參烏巢。刻畫見佛面，未用山門敲。念珠一百八，粒粒寒翠苞。對客坦其腹，徑欲布袋抛。我醉坐解帶，戛簾風幾梢。錯疑布金地，瑣碎窻影交。詢之玉版師，合掌方騰嘲。

【校記】

〔一〕錢批本及十二卷本未收此詩。

綠谿觀棋六絕句〔一〕

青桂碧梧陰滿莊，客來巾韈散胡床。火雲赤日復何必，已借君家别墅涼。

二妙真堪聚一臺，蛛絲蜩甲暗相猜。可知黑白心能判，豈有青蠅混得來。

閒身天地今無著，勝敗都將斂袖看。翻手雨雲裁一局，輭紅仍似踏長安。

難覓沿邊一路通，閒居誰復較英雄。略憑坐隱清殘睡，說法何煩乞遠公。

日轉花陰劫劫翻，孤軍一角竟無援。殺機未便當場破，風急西南我不言。

支頤甘作爛柯人，蠻觸燈前佈陣新。要自目明非耳食，較于姑婦局偏親。

【校記】

〔一〕錢批本及十二卷本未收此詩。

簡倪隨菴大總戎二首〔一〕

手持符節靖橫戈，玉帳春生海不波。左氏一經傳杜預，中原老將倚廉頗。風清古島鯨鯢息，月滿秋屯鼓角多。襟帶東南懷重鎮，澄江詩句問如何。南湖南閣越江船，別後相思更十年。老去韜鈐仍虎踞，閒來煙水共鷗眠。予以侍養家居。南陔花草心懷忘，東粵雲山跟望穿。倘借便風航海渡，紅旗影裡拂吟箋。

【校記】

〔一〕錢批本及十二卷本未收此詩。

次韻酬樵史當塗見懷之作〔一〕

春歸鎮自閉閒門，書到猶煩記別尊。好句飛來思謝朓，倦遊老去愧文園。江湖轉憶孤舟夢，昨歲九〔二〕月訪樵史於姑孰不值。雞黍難忘一夜論。頃樵史過禾一夕而別。重約小樓殘燭底，聳肩相和冷吟喧。

【校記】

〔一〕之作，錢批本及十二卷本無。

〔二〕九，錢批本及十二卷本作『閏』。

四月九日同錢慈伯蔣春雨兩茂才光達上人放舟出西郭過嚴陵西津諸蘭若限韻二首〔一〕

沙亂衝船鴨，風搖出郭簾。過橋吹竹粉，入院淨經奩。僧病花應散，蠶饑葉盡拈。村深樓閣小，佛面也莊嚴。

欲問西津渡，麻塍路轉西。香清裁灌佛，風暖卻聽鸝。頻與新茶啜，傳看小扇題。他時如避暑，二妙更相攜。

【校記】

〔一〕詩題，錢批本及十二卷本「錢慈伯蔣春雨兩茂才」作「錢鳳蕖慈伯」；「放」作「汎」；「限韻二首」作「同限嚴字西字」。

輓陳漁所茂才四首〔一〕

昨歸自廬嶽，訪君於范湖。蹩躠啟戶闔，類不利走趨。心疑秋報罷，蹭蹬良不無。霜蹄更一蹶，神削貌亦癯〔二〕。君言中風濕，上下周我軀〔三〕。病先受以足，夜臥同攣拘。着地輒楚痛，如以弩攻膚。

我乍聞君言〔四〕，口應心内吁。庚午桐石病，此不毫髮殊。桐石如不死，於君復何虞。斯人而斯疾，嗚呼命也夫〔五〕。

改歲春漸溫，兩足痛良已〔六〕。病轉入胸膈，嘔逆不可止。醫者謂余言，桐石而已矣〔七〕。縱復遇盧扁，莫死彼活此。寒食猶上塚，力疾奮蹶趾。歸輙就牀褥，沉綿遂不起。小樓枯桐陰，百匝往省視。我尚冀其生，斯人而遽死。

若翁乳巢翁，逮朱偶圃與祝豫堂錢〔八〕。暨又曾而五，定交乙巳年。新詩訂南郭，晨夕吟肩聯〔九〕。忘形共風雨，異姓骨肉然。聚久散亦忽，各各以事遷。朱兄殁西江〔一〇〕，旅櫬鷲湖邊。若翁復客死，魂招自祁連。朱兄殁無子〔一一〕，身後彌可憐。若翁雖客死，有子才而賢。謂不於其身，必於子孫焉。君死復何望，吾將問之天〔一二〕。

君父我謂兄，君母我謂嫂。君父既下世，君母亦垂老〔一三〕。令子復孩稚，尚甫離翠褓。俯仰百憂集，豈不掛懷抱〔一四〕。親戚惡衰歇，身在庶稱好。慎哉千金軀，性命反草草〔一五〕。惟賴舅氏賢，生死永相保。終撫膝下雛，以安堂上嫗。地下逢若翁，倘用勿悲惱。

【校記】

〔一〕　詩題，錢批本及十二卷本『輓陳漁所茂才』作『輓漁所』。

〔二〕　『霜蹄』二句，錢批本及十二卷本無。

〔三〕　我，錢批本及十二卷本作『吾』。

〔四〕　我，錢批本及十二卷本作『吾』。

〔五〕『斯人』二句，錢批本及十二卷本無。

〔六〕兩，錢批本及十二卷本作『君』。

〔七〕而，錢批本及十二卷本作『既』。

〔八〕偶圃，錢批本及十二卷本作『沛然』；豫堂，錢批本及十二卷本作『維誥』。

〔九〕『新詩』二句，錢批本及十二卷本無。

〔一〇〕殁，錢批本及十二卷本作『歿』。

〔一一〕殁，錢批本及十二卷本作『歿』。

〔一二〕『君死』二句，錢批本及十二卷本無。

〔一三〕『君父』四句，錢批本及十二卷本作『君母我謂嫂，君母亦垂老』。

〔一四〕『俯仰』二句，錢批本及十二卷本無。

〔一五〕反，錢批本及十二卷本作『乃』。

六月六日集綠谿莊驟雨涼甚限冰字二首〔一〕

深甑蒸炊病未能，莊窩來共四三朋。持盃失卻空林暑，聽雨依然卅載燈。懶惰生涯橫故榻，清涼心地抱寒冰。相看一笑搖雙手，赤日炎風詎可憑。

溪上風多酒力勝，輕雷作雨更馮馮。可知水閣本無暑，未信夏蟲難語冰。碁局儘教深夜賭，葛衫頻為嫩涼增。明當眞踐五湖約，一舸紅酣能不能。

《浙西六家詩鈔》評：『第四句翻用莊子，毫不費力。』

【校記】

〔一〕詩題，錢批本及十二卷本『限』字前有『同宿』二字。

綠谿觀碁六絕句〔一〕

青桂碧梧陰滿莊，客來巾襪散胡床。火雲赤日復何必，已借君家別墅涼。
二妙眞堪聚一臺，蛛絲蜩甲暗相猜。可知黑白心能判，豈有青蠅混得來。
閒身天地今無着，勝敗都將斂袖看。翻手雨雲裁一局，輭紅仍似踏長安。
難覓沿邊一路通，閒居誰復較英雄。署憑坐隱清殘睡，說法何煩乞遠公。
日轉花陰劫劫翻，孤軍一角竟無援。殺機未便當場破，風急西南我不言。
支頤甘作爛柯人，青桂檐前布陣新。要自目明非耳食〔二〕，較於姑婦局偏親。

【校記】

〔一〕詩題，錢批本及十二卷本作『綠磎莊觀碁』，前五首未收。

〔二〕自，錢批本及十二卷本作『是』。

集汪水亭看荷花禁體得魚字〔一〕

驚秋昨夕井梧疏，昨夕立秋。面面香生拂檻徐。二老風流搖白扇，群公詩思豔紅蕖。插頭閒愛萍間鴨，銜尾清同葉底魚。一曲涼波逃暑得，未須持較鏡湖居。

【校記】

〔一〕據錢批本補。

陳竹町張嘯齋閔玉井張漁川易松滋各以詩見懷依韻為答五首〔一〕

答陳竹町

懷人河漢夕，脉脉耿横波。鄉樹小搖落，江關今若何。雲山秋望闊，鴻雁北來多。一誦清風作，新涼拂薜蘿。

答張嘯齋

江外衝寒雪，依依軫故人。昨冬曾過邗上〔一〕。歸偏忘歲序，別轉憶風塵。夢去離襟合，詩來舊話新。猶煩期後會，唤渡指西津。

答閔玉井

豈不竹西念，涼風無那吹。春暉寸草戀，鱸鱠五湖思。偪仄安醯甕，艱難到酒巵。霜華太無賴，飛入鏡中絲。

答張漁川

寂寞耽幽事，何心問拜除。饑寧驅曼倩，病或臥相如。不作向西笑，寧參種樹書。晨昏鳩杖側，此樂謄閒居。

同調諸君在，稱詩和者稀。朱絃可清廟，幽鷺各寒磯。水闊頻魚素，秋分易夕暉。加餐須努力，傳語莫相違。

【校記】

〔一〕詩題，錢批本及十二卷本作『邗上諸同人以詩見懷依韻答之五首』。

〔二〕錢批本及十二卷本無注。

盧雅雨屬和紅橋修禊詩四首〔一〕

幾度乘春泛綵舟，會逢佳節暢勾留。百年士女誇江左，三月風光賽越州。塘外馬嘶驕自並，花邊鶯語暖相酬。應拚爛醉昇平日，盡典朝衣作杖頭。

供奉今年倍往年，樓臺橫起蜀岡前。閒吟竹外春飛瀑，孤憑江南湧翠巔。人影衣香名士句，筆床茶灶使君船。舊時月色還無賴，冷照澄湖澈夜圓。

碧玉雙流宛轉通，長隄虹亘壓西東。香生杏酪清明火，聲動餳簫上巳風。仙樂繞雲天靄靄，綠楊吹霧晝濛濛。祓除卻喜宸遊後，春滿蘭田蕙渚中。

白塔朱樓最眼明，松濤竹籟總春聲。羣賢定繼永和盛，詩序爭傳曲水清。愁記青驄寒食路，長懷舊雨廣陵城。紅欄幾曲須重憑，坐聽棲靈報曉更。

【校記】

〔一〕詩題，錢批本及十二卷本作『雅雨屬和紅橋修禊詩』，後三首未收。

中秋後十日當湖胡立堂茂才招同海鹽吳蘭陔同年登煙雨樓返飲毓秀道院用東坡種茶詩韻〔一〕

秋光如秋士，漸老漸清瘦。出郭霽澄襟，沿流挹飛搆。共纜沙棠舟，登陟話孩幼。閣冷桂初雪，磯荒槐自壽。腳力方健在，天氣已涼後。君家澉上峯，次第霜葉茂。蘭陔家澉浦。滑思煮露蕈，肥想烹鳥咮。露蕈秋鳥皆澉浦山中所產〔二〕。湖邊道士廬，栽菊宜晚嗅。徑當臥篁攜〔三〕，先拚酒盞鬬。應夢縞衣人，戛然響林囿。

【校記】

〔一〕詩題，錢批本及十二卷本作『八月晦當湖胡鶴巢招同海鹽吳蘭陔登烟雨樓返飲毓秀道院同用蘇公種茶韻』。

〔二〕澉浦，錢批本及十二卷本無。所產，錢批本及十二卷本作『產也』。

〔三〕攜，錢批本及十二卷本作『捉』。

次日諸君過集齋中仍用前韻〔一〕

幾月罕嘉覯，那不念肥瘦。感子遠相存，袖中出雅搆。挽肘愧雞黍，看客慣童幼。我生豈社櫟，願借不才壽。庶奉堂上歡，晨昏敢違後。松柏緊有心，經霜逌彌茂。閒居刋寡務，吟弄矜爪咮。幸茲同心言，氣味清可嗅。逌然吐勁音，勇與秋戰鬬。請續歲寒期，翺翔共文囿。

【校記】

〔一〕錢批本及十二卷本未收此詩。

酬金圃同年園值歸途見懷次杉亭同年移居分賦詩韻二首〔一〕

望闕餘深戀，停雲軫素懷。葉聞寒雁叫，情豈輭紅乖。冰雪看題句，功名等夢槐。底須分出處，隨遇總為佳。

清宦君猶感，微名我久逃。一從歸海曲，頗亦厭塵囂。潔白安身賤，丹青任位高。吾兄煩再喚，巢許近聯曹。『吾兄吾兄巢許倫』，少陵句也，詩尾重書『吾兄』二字，故戲及之。

【校記】

〔一〕錢批本及十二卷本未收此詩。

同汪澄齋彡石祝明甫看菊分效唐人體得劉沓虛潯陽陶氏別業韻〔一〕

西風吹客帽，負手行籬邊。言尋素心約，看菊還今年。閒居澹無緒，逍遙趁涼天。玩物惜畹晚，悲秋增纏綿。白紅爛斜照，予心滋澹〔二〕然。一觴可陶寫，遑問種秫田。

【校記】

〔一〕詩題，錢批本及十二卷本作『看菊分效唐人體得劉沓虛潯陽陶氏別業韻』。

〔二〕澹，十二卷本作『淡』。

和澄齋得薛據出青門往南山下別業韻〔一〕

幾歲賦閒居，故人音信闕。看花暫回首，時序成忽忽。寒心耐早霜，疎影候清月。征雁方厲翼，孤蝶出復沒。良會詎可常，高興坐超越。香殘錦繡堆，秋老煙霞窟。徘徊戀晚晴，俯仰感節物。聊與餐落英，終然謝天伐。

【校記】

〔一〕錢批本及十二卷本未收此詩。

和彡石得儲光羲終南幽居獻蘇侍郎第二首韻

黄花何綽約，乃是藐姑神。對酒高堂上，相於情最親。冷光浮素壁，芳氣溢比隣。斷港折荷柄，荒庭摧棘薪。嚴霜自搖落，倔強短籬春。君壯意偏淡，吾衰顔詎新。古歡成一笑，誰是折腰人。

和明甫得祖詠田家即事韻〔一〕

城居迺僻左，雞狗同深村。不知秋已老，落葉時打門。君家佳水石，清氣連郊原。屋旁靄叢菊，坐臥花朝昏。養之舊瓦器，灌以寒泉源。寂寥鎮相對，語言為已繁。把燈或隱几，夢與羲皇論。白衣人倘至，花下酬一樽。

【校記】

〔一〕錢批本及十二卷本未收此詩。

剪菊歌　有序〔一〕

小春暖甚，月既望，菊始衰萎，輒近根剪之，取以插瓶。几案間猶有餘馥，迺移其盎檐下。竢明春秧發再蒔焉。識者謂其從容進退，得士君子順時顯晦之正，爰相屬作歌以美之〔二〕。

嚴霜着樹生氣斂，芙蓉凋殘楓柏脱。浮生物理堅脆殊，落落凌冬菊猶活。舊傍籬根低夕烟，今來堂上映新醱。繁華任爾早致身，誰耐衝寒意疎闊。小春晴暖皇天慈，黄蝶翻翻午排闥〔三〕。植骨自將元氣扶，舉頭不受羣芳抹。未辭剪伐要隨緣，暫屏寬閒聊作達〔四〕。軍持供養尚妍好，注以井泉聲溉溉。殘年庶奉君子歡，行樂豈宜今者不。吁嗟丈夫出處良有時〔五〕，絕倒向空書咄咄。

【校記】

〔一〕錢批本及十二卷本無『有序』。

〔二〕錢批本及十二卷本未收此序。

〔三〕『小春』二句，錢批本及十二卷本無。

〔四〕『未辭』二句，錢批本及十二卷本無。

〔五〕吁嗟，錢批本及十二卷本無。

彈松鼠　有序〔一〕

范湖草堂前後多古木，春夏時濃陰森鬱〔二〕，松鼠輒嘯呼跳踉其間〔三〕，百十為羣，或巢樹顛，或穴樹腹〔四〕，春則以花蘂為餌，秋則以果實為餌〔五〕。搜榦剔枝，殆無遺子〔六〕，甚且窺廚下而竊啖飲食〔七〕，竄卧室而横齧衣被〔八〕，曉夜為之不寧〔九〕。主人心惡之，迺命家僮伺以火藥屢彈得之〔一〇〕，斃且百數，而餘孽亦稍息矣〔一一〕。越年餘鼠輩復熾，主人益惡之〔一二〕，將聚族而殲旃。余慨夫小人無忌憚〔一三〕，而致喪厥軀，禍且延於醜類，其皆松鼠之故智也〔一四〕，故作此以諷〔一五〕。

鼠類以百眾〔一六〕，各各分細鉅。狼貓與竹鼬，皮骨皆有取。松鼠最黠慧，善盜迺獨數。白日竄榛莽，深夜嘯儔侶。持端不必兩，操技或過五。園林盡花果，几案翻鼎俎。火攻詎下策，恨不殲一炬。餘燄或然灰，良弓肯弛弩。庶幾羣醜藏，毋逢主人怒。再舉毛骨焦，慎哉汝松鼠。

【校記】

〔一〕有序，錢批本及十二卷本作『并序』。

〔二〕『范湖』二句，錢批本及十二卷本作『范湖草堂古木森鬱』。

〔三〕輒，錢批本及十二卷本無。

〔四〕『百十為羣』三句，錢批本及十二卷本無『百十為羣』、『或』、『樹』。

〔五〕『春則』句，錢批本及十二卷本作『春嚼花蕊』。『秋則』句，錢批本及十二卷本作『秋餌果實』。

〔六〕『搜榦』二句，錢批本及十二卷本無。

〔七〕『甚且』句，錢批本及十二卷本作『甚且窺廚竊食』。

〔八〕『竄卧』句，錢批本及十二卷本作『入臥齧衣』。

〔九〕『曉夜』句，錢批本及十二卷本無。

〔一〇〕『主人』二句，錢批本及十二卷本無『心惡之』、『迺』、『家』、『伺』、『彈』。

〔一一〕『而餘孽亦稍息矣』句，錢批本及十二卷本無。

〔一二〕益惡之，錢批本及十二卷本無。

〔一三〕余慨夫小人，錢批本及十二卷本作『余慨其』。

〔一四〕『而致』三句，錢批本及十二卷本作『喪軀延類』。

〔一五〕『故作』句，錢批本及十二卷本作『作此誡之』。

〔一六〕眾，錢批本及十二卷本作『數』。

十一月二十四日綠谿銷寒第一集即用明甫約同人作銷寒集詩韻二首〔一〕

如何不雪雨兼風，可識春生酒盞中。政要雞豚邀近局，直須功德頌元豐。荒林作蕚黃纔破，小澗初冰綠未通。蕭瑟江關還歲暮，園廬那分故人同。厚石方自京師歸。

相看一笑許誰知，只合前期更後期。話舊最憐翻手快，銷寒惟覺罰盃遲。冷隨鷗夢空江海，閑殺松心且歲時。瘦影無端團雨夜，差強氈笠走天涯。

【校記】

〔一〕錢批本及十二卷本未收此詩。

十二月十日范湖草堂銷寒第二集和乡石用半山明州錢君倚眾樂亭韻賦新葺茅亭歌〔一〕

城西荆扉掩高樹〔二〕，求羊來往人爭慕。草堂瀟灑水石間，別葺新亭亦延趣。數石削成華不注，隔水聲傳織女杼。荒筠落葉翳苔路，乞與掃除露寒嶼。香茅一把低蓋頭，啅雀眠鳧紛指顧。客來不費運酒舫，殘年爛漫醉亭上。食牛氣盛君自豪，斫地歌長吾能壯。平生耽作物外遊，知於世事何所求。青天一笠寒無雁，雪凍泥乾爪不留。

【校記】

〔一〕詩題，錢批本及十二卷本作『十二月十日范湖草堂銷寒和乡石用荆公明州錢君倚眾樂亭韻賦新葺茅亭歌』。

〔二〕西，錢批本及十二卷本作『曲』。

池上早梅禁體得教字〔一〕

曲沼冰方結，南枝臘未交。忽聞禽獨語，已吐萼千梢。豔破荒筠罅，香霏淺水[illegible]。岸容芳自覺，春脚動誰教。素面風從削，貞心雪莫包。忍寒愁薄袖，灑泣想潛蛟。漏洩芳魂暖，窺臨凍影膠。江南花信未，憑杖占晴郊。

【校記】

〔一〕錢批本及十二卷本未收此詩。

十四日桂花樓銷寒第三集用東坡次韻吳傳正枯木歌韻賦鴨腳樹〔一〕

城東小樓最孤絕，清晝濃陰夜還月。窮冬光景亦復奇，萬木荒寒凍飈發。南隣鴨腳尤倔強，昂藏直欲凌造物。寒雲平遠開絹素，老榦脩柯如畫出。腹穿定復蟄蛟蛇，身黑想經燒霹靂。孤高性不耐喧卑，闃然向空自振拔。浮華刊盡始露真，由來相士當以骨。小園枯樹賦難成，炙硯相看閣凍筆。空枝落日饑禽呼，抛盡西風百斛珠。危欄轉眼平仲綠，子規一叫春歸乎。

【校記】

〔一〕第三集用東坡，錢批本及十二卷本作『用蘇公』。錢批本『十四日』前有『十二月』三字。

樂順堂四盆梅歌銷寒第四集〔一〕

山塘棐枝偏天下，吳兒腕底直高價。栽接尤數梅椿奇，醜枝孕出花婭奼。臘月置酒臨前軒，酒面吹入香氳馨。先生擲杖指謂客，春風一一黄砂盆。南枝更先北枝吐，一一已升堂一一在宇。春色次第歸江南，綠衣一壓紅裳三。巡廊繞座香光洽，健步休移遠梅插。空堂夜夢飲羣仙，東皇定敕清班押。

【校記】

〔一〕詩題，錢批本及十二卷本作『樂順堂銷寒賦四盆梅歌』。

銷寒第五集分賦詠物二首〔一〕

敗蕉得非字

不信題詩是，渾疑聽雨非。滑難當臥具，瘦已減腰圍。舊夢低迷失，寒心輾轉違。褵褷憐鳳尾，慘綠記初衣。

凍竹得凡字

噤瘆愁難忍，丫叉骨不凡。梢危饑雀啅，影碎冷雲銜。個個風驚戶，珊珊雪壓岩。天寒休挫折，翠袖自矜嚴。

【校記】

〔一〕錢批本及十二卷本未收此詩。

丁辛老屋集卷十六

戊寅

穀日迴谿草堂銷寒第六集訂雨霽郊外探梅分韻得象字〔一〕

元日到人日，一雨斷來往。今日又穀日，深巷屐齒響。招我擘春甕，磊落間少長。握手出吉語，但飲屏餘想。古甆茶蕊明，芳所蕙叢養。雪壓色轉深，風恬氣已盎。春早舊年立，梅先一月賞。便恐雨妬花，零落忽一餉〔二〕。花信遲亦佳，北枝尚倔強。留取作上元，繁花耀晴朗〔三〕。整頓雙絲瓶，郊遊陪履杖〔四〕。也勝不出門，癡坐等犧象。蒼苔上下巖，春水東西瀼。梅花如美人，畫之族周昉。時將乞瓜田寫梅小幅〔五〕。

【校記】

〔一〕詩題，錢批本及十二卷本作『穀日藥房銷寒訂雨霽郊外探梅得象字』。

〔二〕『便恐』二句，錢批本及十二卷本無。

〔三〕『留取』二句，錢批本及十二卷本無。

〔四〕履，錢批本及十二卷本作『屐』。

〔五〕錢批本及十二卷本『將』前無『時』。

茹齋〔一〕

可以樂吾道，因而通佛情。澹知生菜味，癯對老梅清。恩怨從頭割，文章積漸平。六時方丈室，經卷木魚聲。

【校記】

〔一〕詩題，錢批本作『銷寒第六集賦茹齋』。十二卷本未收此詩。

銷寒第七集同人賦煖鍋二首〔一〕

剪錫同圓椀，名鍋仿舊圖。牆深羹匜沸，膽直豗中趨。護几譁教墊，霑脣氣急呴。隨宜下鹽醋，不必問庖厨。

暖頬盃頻呷，交頭箸亂叉。熱添二簋享，冷遶八籩加。盞水參消息，侯鯖辨咄嗟。銷寒憑醲醉，官炭不時賖。

【校記】

〔一〕錢批本及十二卷本未收此詩。

天寧寺僧舍看梅花返飲錢冲齋舍人齋中分韻得桃字銷寒第八集〔一〕

春陰苦泥客，匝月如潛逃。稍晴花吐氣，我興與之豪。僧窩舊遊地，攜手歡吟曹。屐齒尋蜂聲，瞥眼花枝高。繁英半委砌，遶樹空幾遭。愛花甚饑渴，我豈非老饕。貪癡佛所戒，焉慰我思勞。舍人顧而笑，兹理須濁醪。徑就沽一斗，酒痕霑襟袍。喚晴早春起，覓句猶寒號。醉魂花外語，別緒花前繅。煩君渡江去，更訪桃源桃。時冲齋將適楚。

【校記】

〔一〕詩題，錢批本及十二卷本作『二十日同人天寧寺看梅返飲錢冲齋宅銷寒分得桃字』。

二月二日銷寒第九集明甫招集綠谿題項聖謨海棠燕子畫幅三首〔一〕

暖雨連朝灑社公，嬌紅嫩白太悤悤。畫叉別放春如海，未要催他上番風。

千絲映日淺深粧，雙剪迎風上下忙。人說此中花解語，可無軟語與商量。

彈指法源寺中看，角巾五載返烏衣。去來真假當梧覺，卻問胥山樵是非。聖謨自號胥山樵叟。

【校記】

〔一〕詩題，錢批本作『二月二日綠溪莊銷寒題項聖謨水墨海棠燕子二首』，第一首未收。十二卷本未收此詩。

初夏同人泛舟紅橋至棲靈寺十絕句〔一〕

閉門枉賦送春詩，春在淮南正好時。行過紅橋紅不斷，綠陰深處殿春枝。

妬花風急忽紛紛，寒食青驄幾夕曛。商略今朝當上巳，水邊猶有女湔裠。

複閣重樓兩岸俱，花臺縹緲插方壺。縱煩小李將軍畫，十丈吳綃畫得無。

十里湖光瀲灩晴，一絲楊柳一聲鶯。畫船移去不知午，只向飯鐘敲處撐。

想像清風太守賢，昇平壇坫許誰先。我如坡老還三過，裹茗來烹第五泉。

南徐山色映檐牙，解帶空堂倚袂斜。米汁自澆花雨外，不煩官妓手傳花。

龍氣盤紆走蜀岡，萬株松樹拂天長。空亭略作看雲坐，心地因君得暫涼。

回船風定水波勻，船尾柳綿猶趰人。合喚雙鬟歌一曲，夕陽紅閃酒旗新。

誰家略彴亘橫波，百頃琉璃萬柄荷。高柳風涼拏艇睡，炎天六月定來過。

春歸那復喚春回，過眼繁華證佛來。作達未妨行荷鍤，且須爛覆掌中盃。

【校記】

〔一〕詩題，錢批本題作『四月四日泛紅橋至棲靈寺二絕句』，收本詩第一、六首。十二卷本『泛』後有『舟』字。『二絕句』，十二卷本作『同江畹香作二首』。

盧雅雨運使招同鞠未峯太史蔣春農舍人張惠夫明經家孟亭太守集蘇亭看芍藥即席送未峯遊楚〔一〕

花口開爭笑口先，兩叢豔拂使君筵。漫言累蕚重跗貴，恣賞黃絲碧股妍。興劇廣陵千載上，春留老輩一樽前〔二〕。沉吟怪汝將離字，催放江門鴨嘴船。樂天《芍藥》詩：『花口拆開時』〔三〕。

【校記】

〔一〕詩題，錢批本及十二卷本作『盧雅雨招同鞠未峯蔣春農金棧亭家孟亭集篠園看芍藥即席送未峯遊楚』。

〔二〕老，錢批本及十二卷本作『我』。

〔三〕錢批本無此注。

題樊川詩意春農舍人為嚴東有作四首〔一〕

落葉風前亂作堆，綠雲深護短籬隈。杖藜扶入南朝寺，牆角野花無數開。

茶煙輕颺鬢絲新，卻掃春風十里塵。便是揚州真一夢，清鐘幾杵了前因。

淨名居士本來空〔二〕，頭白難禁曉寺風。酒醒僧樓閒倚處，夕陽山色照江東。

暫撇家山問阿師，邗上有阿師橋。紅橋柳似板橋枝。舍人自寫江南好，粉本樊川何句詩。

【校記】

〔一〕詩題，錢批本及十二卷本作『題樊川詩意二首』，第二、四首未收。

〔二〕名，錢批本及十二卷本作『明』。

六月二日雅雨招同泛舟至三賢祠登新構高樓小憩三過亭返飲江園荷花深處即席賦〔一〕

六月梅黃雨不絕，夢繞湖上千娉婷。朝來洩雲漏炎景，使君早喚溪坳舲。披衣出郭急解纜，紅橋未度流芬馨。連船遊女巧梳裹，採蓮亦學蓮亭亭。水滿船如坐天上，雙隄曲曲開雲屏。煙霏一徑走祠屋，枝間宿雨巾衫零。孤樓迥立出樹杪，俯窺深竹禽梳翎。脩岡北遶延野趣，平疇漠漠青秧青。茗汁徑就亭檻呷，微覺舶趠風泠泠。山堂一簣在目睫，坡翁過訪頻淹停。流風未沫有似續，衰旺頗類躔回星。俯仰聊同捉塵柄，延緣仍自牽沙汀。相攜笑入花深處，壓波略約緯復經。紅錦十里剪半幅，西池惝怳移滄溟。方亭翼翼鏡心涌，欄楯曲折光瓏玲。隱囊木榻倚瀟灑，一蟬高柳音初聆。水面亂書黑蝌蚪，釣絲閒立紅蜻蜓。此間無暑況雨後，涼氣颯颯生窻欞。舉盃相屬共陶寫，傾倒畫榼雙絲瓶。文楸無聲嚼菱果，縱令百罰情彌醒。蕭蕭清語水邊落，此意惟許沙鷗聽。凌波未可涴羅襪，鼓瑟底用招湘靈。衣香扇影晚逾好，看下殘照花冥冥。迴橈可惜無月色，誰放舊苑秋風螢。

【校記】

〔一〕錢批本及十二卷本未收此詩。

張軼青招同小集分得園字〔一〕

斜日熏花檻，涼風動酒尊。隔年成一笑，倚竹各無言。幽夢生高館，閒情託小園。鄉愁莫造次，堅坐向黄昏。

【校記】

〔一〕錢批本及十二卷本未收此詩。

題雲間沈上舍松林策仗圖〔一〕

西風昨夜至，木葉已微落。蒼然萬鱗鬣，欝欝老巖壑。黛色連晴雲，濤聲走飛瀑。磥砢自春秋，夐與菀枯各。沈郎鈞圓泖，早歲漁蓑縛。蓬勃深黄塵，掉頭肯插腳。閒或拖短笻，家林恣盤礴。日暮九朵峯，一一迸蓮萼。處士太耽隱，草堂虛憶昨。何如得圖中，晨夕煙漠漠。有琴松下彈，有酒松間酌。

天空獨往來，幽境出寥廓。清襟無與同，孤月共標格。心憐張翰蓴，齒冷陸機鶴。自削白木鑱，茯苓行可斫。荒徑倘相攜，我當具芒屩。

【校記】

〔一〕錢批本及十二卷本未收此詩。

邗上留別惠夫東有二首〔一〕

長日桐陰坐，油窻共剪燈。閒吟清似鶴，結夏冷於僧。月白鄉情遠，衾單旅夢增。秋帆理江口，風便急須乘。

舊雨頻來往，新知復兩三。花圍過橋艇，樓憑隔江嵐。為客深相恤，當杯且共酣。明朝回首處，落葉滿淮南。

【校記】

〔一〕錢批本及十二卷本未收此詩。

秋日同陳鴻渚查巖門周松靄遊北寺觀石刻五百羅漢記因過放生池憩西菴用壁間韻二首〔一〕

鴻爪忽忽欻卅年，予少時曾遊北寺。經幢寶閣尚依然。數來羅漢怕成惱，聞着木樨先悟禪。壁蘚漫侵碑字澀，茶煙輕拂鬢絲牽。尊前行住俱彈指，那憶三生石火緣。

城隅草亂夕陽侵，水竹幽扉窅窱尋。長老休談前世果，主僧話陳文簡舊事。清泉聊印在山心。雲連秔稻歲還熟，霜染楓楮秋又深。攜手忽驚滄海上，晚晴鐘鼓帶潮音。

【校記】

〔一〕錢批本及十二卷本未收此詩。

重陽前五日泛舟城東步入東寺返至怡菴再用前韻二首〔一〕

招攜出郭喚長年，野店村橋路窈然。老去秋容偏近菊，閒來詩味最宜禪。一龕僧有塵編蝕，雙樹門無愛網牽。桑下何煩三宿戀，伊蒲供養亦因緣。

蔓纏小徑豆瓜侵，穲稏塍荒詰曲尋。入萬竹陰涼佛面，聆孤蛩語洩秋心。去來是劫恒沙積，老病相催鬢雪深。苦茗一甌香一炷，六時消受粥魚音。

《浙西六家詩鈔》評：『三四幽峭獨絕。』

【校記】

〔一〕詩題，錢批本及十二卷本作『九月四日泛舟城東步入東寺返至怡菴作』，第一首未收。

登占鼇塔望海歌〔一〕

去年八月至海上，賈用曾一浮圖登。今來涼秋迫重九，矯首益覺秋崚嶒。天清氣爽腰腳健，塔心圜轉旋螺升。澒濛一氣落吾掌，天半不怕危闌憑。蒼茫莫辨大海水斥鹵，綿亘百里十里同田塍。或堆者垤窪者井，牛牽夫擔細若糞溷蠅。竈丁燒鹽食鹽利，耳久不聞潮汐心戰競。當時龕赭夾立其間湧，一線怒勢險欲高塘乘。萬馬奔突誰可敵，強弩詎有錢王能。此邦岌岌任衝蝕，築塘連歲鼛鼓勝。魚鱉倖免禾稼損，怨咨那惜農民螣。日費斗金亦何益，人事要待天心承。帝咨良相汝予治，馮夷不復相侵凌。役使萬鬼鞏北岸，沙漲何啻恒河增。東海揚塵今幾度，高岸為谷深谷陵。茲理固由至化治，吁怪詎曰等常徵。晴秋登臨豁遠眺，霧霾淨掃蛟蜃蒸。但見遠峯百朵儼召列，斜陽隱現青鬅鬙。成連一去子春杳，水仙彈罷呼難膺。東坡好奇屬縹緲，有無海市將焉憑。江山清晏自可樂，目極島嶼盤孤鷹。夜來乘興或再出，同看塔頂光明燈。

【校記】

〔一〕錢批本及十二卷本未收此詩。

送海昌金柱峯明府告休回夏縣兼簡龔梧生同年榆次四首〔一〕

一官轉徙浙西東，海上頻年綰印銅。方倚仲康馴鳥獸，難教郭伋欵兒童。急裝臘雪寒雙鶴，長路晴雲喜片鴻。留取花封遺愛在，儘贏佳傳續扶風。

官梅破臘蕋斑斑，京口孤帆送客還。落日心飛三晉樹，空江臥看六朝山。到家社燕纔營壘，擘甕春醪好駐顏。便傍中條犁舊壤，田園無恙信歸閒。

喜君去理陶潛徑，歎我貧無陽羡田。薄俸輕抛償破硯，殘書坐擁耐青氊。文章原有饑寒分，出處都如聚散緣。忽憶秣陵龔進士，於今不見已三年。

中都城接夏城墟，便乞春風附尺書。經術匡時知不忝，英雄見面定何如。遙憐衙退飛雙舄，回首江寒老一漁。歲暮懷人重惜別，相思天末渺愁余。

【校記】

〔一〕錢批本及十二卷本未收此詩。

嘉定周牧山寫古樹幽篁小景為贈賦此酬之〔一〕

雲林畫惟北苑宗，潔癖乃過海岳翁。蹤跡五湖三泖裡，扁舟更類天隨子。周君自是江海人，畫仿倪迂常逼真。古樹幽篁渾漫與，幽淡天真乃如許。空腔疊個石一拳，蒼然數筆精神全。我見倪畫墨皆濕，世人學倪但骨立。

【校記】

〔一〕錢批本及十二卷本未收此詩。

題襄平于石薌詩草後〔一〕

丁年出塞三軍壯，子夜飛霜萬馬寒。二句集中詩。好似姑臧李常侍，任人寫作畫屏看。

【校記】

〔一〕據錢批本及十二卷本補。

索金壽門畫梅〔一〕

占斷孤山世外春，只教一鶴伴閒身。人間無筆能圖取，還乞林逋自寫真。

【校記】

〔一〕據錢批本及十二卷本補。

己卯

和宮保尹制府偕及門袁簡齋太史遊棲霞唱和原韻四首〔一〕

幽棲苦愛明居士，每擬登山便住山。採藥此生應有分，渡江幾歲竟空還。六龍駐後雲峯麗，千佛光開紫翠斑。半嶺時聞有笙鶴，流傳清韻到人間。

意致方袍竹杖勝，達官閒似六朝僧。新疏乳竇花間瀉，舊斫雲根翠作層。詩筆儘酬江總富，神功豈讓巨靈能。遙知山水清音在，法曲無煩鼓吹丞。

迢迢煙邏極幽窮，寶地琉璃現蕋宮。侍從依然趨闕下，風流今復冠江東。泉荒白乳題名續，雲罨西峯有夢通。真羨提鞭楓柏路，霜晴衣染萬林紅。

伊蒲茗汁前緣熟，風味巖棲待細嘗。月滿桂叢黄雪霽，鶴翻松頂翠濤長。緇流度紹身堪侶，勝踐江山興莫忘。便借徵君竹如意，僧樓拄頰鎮斜陽。法度、法紹俱僧紹同時住棲霞精舍，時號北山二聖，見《高僧傳》。

【校記】

〔一〕錢批本及十二卷本未收此詩。

題金冬心徵士墨梅〔一〕

畫梅但畫疎，枯枿不受春。吹嘘著墨或太淡，意思索莫光黯慘。先生下筆心手閒，中有元氣往復還。肥能有骨瘦有肉，妙與書法相轉圜。昨歲贈我一幅紙，張來素壁怪且喜。晴蜂偷眼抱花鬚，凍雀回頭啄花蕋。座客見之皆謂真，草堂荒寂生陽春。數枝婭奼自清媚，何必疎淡方傳神。先生家本孤山麓，前身原是林君復。請對梅花再寫真，笑余得隴還望蜀。

【校記】

〔一〕錢批本及十二卷本未收此詩。

邗江僧舍對月卻寄厚石同年〔一〕

一燈江外獨眠遲，春月偏贏臘雪姿。忽憶故人寒共被，還依古佛夜呈詩。『得句先呈佛』，陳后山詩。當庭影亂爭棲鵲，隔院聲喧賭劫碁。閲世早知歸有分，此行未為草堂貲。

【校記】

〔一〕錢批本及十二卷本未收此詩。

春日過秋雨菴二首〔一〕

步屧春風健，推扉徑竹深。大馴通佛性，蜂語出花心。美睡宜晴晝，清言洽素襟。最憐芳草色，車馬斷幽尋。

清磬響時作，幽蘭香暗吹。看雲僧並立，倚樹鳥潛窺。世事同棋局，春心判酒巵。諸君來定數，叢笑入林遲。

【校記】

〔一〕錢批本及十二卷本未收此詩。

抱山堂席上送汪持齋學士還朝分韻得删字〔一〕

櫻桃花底客愁删，還對紅燈發好顔。一夕清尊團主客，幾年名士各江關。文章身退知何用，出處心同豈愛閒。見話春明牽昔夢，乞傳芳訊到西山。

【校記】

〔一〕錢批本及十二卷本未收此詩。

雅雨招同泛舟登平山堂看梅花返飲篠園即席紀事三十二韻〔一〕

兹辰風日好，出郭尋嘉招。飛樓抗亭館，銜尾停紅橋。使君屏騶禦，雜還紛賓僚。旋解花下纜，行傍花邊軺。是時春向分，巷陌吹餳簫。草長青罽色，柳結黄金條。樓臺欝芳氣，鶯蝶含新嬌。兩岸裹紅錦，一川鋪碧綃。輕槳打匼匝，危堂升嶕嶢。羣賢忘少長，散策衣飄飖。遂登第五泉，呷茗蠲煩囂。水亭通略彴，宛轉春迢遙。喧午數蜂語，啄苔孤鶴翹。此邦梅較晚，風信難輕撩。迴睇巖石際，花光薄煙霄。紅綠縱殊色，天然分建標。尋香小登頓，曲廊轉僧寮。堂外與樓陰，一一裝琨瑤。如觀萬玉圖，惜不好手描。際晚更妍暖，穿松理迴橈。篠園啟扉待，拂袖風蕭蕭。碧檻俯幽曠，綠雲翳昏朝。翰林欸千載，林廬空寂寥。三賢此俎豆，魂氣來消搖。園為程午橋太史別墅，今易為三賢祠。風雅有更替，斯人宜不祧。未免感興廢，俯仰情無憀。有酒急酬勸，行厨美和調。飛花落滿座，斜日隱遠椒。已欣池上酌，復愜風中謠。渡江倏十日，勝踐頻相邀。誰為圖雅集，此樂江南饒。歸舟緩命爵，稍待羊燈燒。

【校記】

〔一〕錢批本及十二卷本未收此詩。

紅橋對酒歌〔一〕

雛鶯不語遊蜂定，髻影鞭絲動歸興。醉眼猶憐一水香，春心轉惜千花暝。主客相扶更入船，重開畫榼展芳筵。杯飛鸚鵡頻頻覆，燈颭玻瓈箇箇圓。那愁清夜無明月，射覆藏鉤拚百罰。陶寫端宜絲竹豪，霓裳小部聲初發。移船相並聽漸明，檀槽銅鉢琵琶箏。明皇羯鼓寧王笛，打得十番剛一成。靡音忽變如秦地，薛訪車兒年十四。喉舌真令響遏雲，關山怕有人彈淚。須臾换調入崑腔，減字偷聲妙莫雙。怪得春宵同白晝，晴絲一縷裊舩窗。不道曲終偏奏雅，鳳簫吹裂秦臺瓦。羈客含悽怨婦悲，潛魚出聽棲禽下。翠華往駐茱萸灣，鈞天一奏高莫攀。誰傍宮牆曾竊聽，分明仙樂在人間。四座紛然俱醉矣，城頭鼓急舟還艤。不教子野弄梅花，空想鄂君眠翠被。由來名士濟南多，讌賞風流不啻過。去年休禊看能續，此夜聞歌可奈何。

【校記】

〔一〕錢批本及十二卷本未收此詩。

題開平王孫灌園圖三首〔一〕

偏安江左事堪哀，離黍中原付劫灰。剩得數弓湖墅地，荷鉏親傍孝陵栽。

抗疏當年更莫論，饑寒誰復念王孫。亦知種菜英雄事，提甕何堪共灌園。謂徐夫人。

朝衫忍淚換袈裟，真似荒村老圃家。不是沙頭諸父老，東陵誰識故侯瓜。江都有地名常家沙，常氏聚族於此。

【校記】

〔一〕錢批本及十二卷本未收此詩。

送錢慈伯奉母入都並簡犨石編修二首〔一〕

羡君年少早登壇，去逐歸鴻奮羽翰。乙夜行陪藜閣校，青春遠侍板輿歡。看花得意無南北，舊雨相逢為暖寒。第一趨庭先致語，懶裁書尺勸加餐。

東華一夢五年餘，蹤跡應知怪我踈。葵藿心懸聊學圃，文章命達肯為漁。句中春草長安米，巷曲名箋短尾驢。遥憶清聲動京邑，比將老鳳定何如。

【校記】

〔一〕錢批本及十二卷本未收此詩。

集就鷗閣小飲時樵史暨姪曉亭俱將移居〔一〕

十年蹤跡話暄凄，小閣鷗邊省舊題。諸阮新聯道南北，吟曹近隔瀼東西。風前花動鶯遷樹，雨過谿陰燕啄泥。為頌斯干勸深酌，兩山從此數招攜。

【校記】

〔一〕錢批本及十二卷本未收此詩。

登硤山有感舊遊〔一〕

一片青山萬綠陰，雲房煙隝夢中尋。聽來粥鼓晝方寂，開到鼠姑春又深。暗憶歡娛非少壯，相攜朋舊復登臨。阮生雙屐陶公酒，千載無人識此心。

【校記】

〔一〕錢批本及十二卷本未收此詩。

朱貞女哀辭〔一〕

生兒令有婦，生女令有夫。孰謂父母心，而弗恤厥雛。一解。生兒業有婦，生女業有夫。孰謂父母貧，不能脩羅襦。二解。未婚兒病革，未嫁女心悲。脉脉若牛女，悵望銀河垂。三解。哀哉夫竟殞，女心當奈何。百身但可贖，遑復知其他。四解。百身贖不得，一身殉何益。女心亮匪席，女心亮匪石。五解。百年不同室，翻同千載藏。生前常苦隻，死後乃得雙。六解。死後雖得雙，吁嗟竟死矣。貧家女難為，阿爺痛何底。七解。南湖連理樹，上有比翼禽。恐是雙魂化，時吐危苦音。八解。

【校記】

〔一〕 錢批本及十二卷本未收此詩。

四月八日陳鬱為天中兄弟招集不可無竹居〔一〕

桑柘城隅綠到門，八窻洞啟午風溫。西園蝶化春成夢，後日立夏。旁舍蠶眠巷似村。泥落雕梁聲乍乳，箭抽蘚徑翠添孫。花南水北真瀟灑，老屋三間酒一樽。

【校記】

〔一〕 據錢批本及十二卷本補。

同梧岡同年訪陳微貞以所刻三十六琴居詩集見贈輒題集後二首〔一〕

可愛閉門陳正字，綠陰深處擁書眠。北窻夢穩羲皇上，老屋年多薜荔緣。客至試烹陽羨茗，心閒時搨永嘉甎。微貞嗜金石文，得一甎，上有『永嘉六年』字，因屬名手製為硯，有詩見集中〔二〕。此身合伴衣魚老，故相家惟插架傳。

曾聽三十六琴音，示我新詩妙過琴。雅樂何因獻清廟，良材自合飾黃金。閒居朋舊情偏洽，避俗文章感易深。當世幾人能識曲，為君讀罷一沉吟。

【校記】

〔一〕詩題，錢批本及十二卷本作『同查梧岡訪陳微貞出觀三十六琴居詩存輙題其後二首』。

〔二〕注文，錢批本及十二卷本『嗜』作『好』；『有』前無『上』；『因屬』二句作『琢為研』。

輓程春江二首〔一〕

鄭重交期三十年，離雲墜雨各悽然。題襟暫以閒居合，對酒俄成死別緣。春間往來硤川累同文酒之會。莫把袖中醫國手，春江精於岐黄。重吟卷裡哭兄篇。平生至行堪千古，不僅遺詩棗木傳。去歲以詩稿屬余刪訂，將謀付梓，附令兄存菴遺稿後。

白社年時奉典型，那知天道竟沉冥。州門遽下羊曇淚，謂令甥吳蒙泉。墓碣應題郭泰銘。藥鼎燒殘孤鶴白，吟筇擲去兩峯青。輓歌猶似賡酬夜，回首團圞涕更零。

【校記】

〔一〕錢批本及十二卷本未收此詩。

明甫招同人集綠谿賦新秋夜雨詩余病不赴遙和原韻五首〔一〕

方丈維摩誦六如，病懷最怕嫩涼初。忽聽夜雨絲絲密，不似新來髩髮疎。

未得盃浮池上荷，遥知吟斷街頭鼓。谿堂颯颯已秋聲，何苦西窻吹暗雨。應憐獨夜耽愁寂，小屋如舟入蘆荻。槖筆還同賦泬寥，更防清淚蟾蜍滴。徑擎吟朋與酒徒，涼深絡緯一燈孤。殘蟬早雁俱無賴，催墮虚廊幾葉梧。莊窩舊雨漸成空，今雨還慳一夕同。好待秋晴叢桂發，七絲乘月拂枯桐。

【校記】

〔一〕詩題，錢批本詩作『祝明甫招同張篔園項象尊蔣乾九錢鳳葉集緑溪莊賦新秋夜雨詩余以病不赴卻簡三首』，第三、四首未收。十二卷本未收此詩。

秋雨初晴陪少司寇錢香樹先生暨馮孟亭侍御汪幼泉農部姚蘆涇比部汪謙谷太守泛舟南湖觀稻同用昌黎南溪始泛韻三首時太守將北上〔一〕

今秋社日早，梁燕已知返。端居倦塵勞，舉櫂愜清遠。煙波屢回復，如度九折坂。於時積雨止，秋衫各牽挽。水濱任把釣，林際恣行飯。黄深椴實垂，香近桂枝偃。蒼然升樓顛，物色感歲晚。願言老輩箴，庶用策駑蹇。

素心亦三五，落落濟川舟。太守將北行，役車方未休。攜榼意鄭重，暫解青絲頭。出處但一瞥，雪爪飛鴻留。脱巾咬菱角，惟此堪自由。今年遭螟螣，未免傷禾疇。豐歲尚不飽，杞人寧弗憂。諸公並衮衮，而我方悠悠。道均詞豈忤，境異情自投。合并且為樂，忽焉忘凜秋。

農部來天都，幼泉至自休寧。衣上山雨跡。懷袖出新詩，口誦手莫擲。酒半復圍棋，賭墅悦安石。雲中雁字橫，風外漁歌激。即此共陶寫，庶用解促刺。元龍臥江海，有樓危百尺。杖履倘來過，高吟殷屋壁。風雨安如山，定勝泛舟役。

【校記】

〔一〕錢批本及十二卷本未收此詩。

立冬日過綠谿明甫出觀吳郡陳遵枯木寒禽圖分賦得六言律〔一〕

畏寒略同病葉，讀畫重來小園。風定禽聲在檻，日斜樹影當門。三間老屋如寫，一幅生綃對論。醉後欲呼妙手，彈琴深夜開尊。遵本嘉興人，善鼓琴，兼嗜酒。

【校記】

〔一〕錢批本及十二卷本未收此詩。

同人過建隆寺坐夢因方丈分韻得公字〔一〕

旅人倦塵役，出郭愁北風。遠尋一鈴語，淡日開琳宮。徑造方丈室，執手鄉音通。夢因海寧人。梵夾侍瓶拂，花雨飄寒空。客來置餘事，惟有吟詩功。蕭然嚼苦茗，更剪山園菘。伊蒲愜一飽，碑字蒐苔叢。遂使古懷遣，還欣今雨同。野雲凍釀雪，岸葦荒投鴻。凌兢傍古佛，煖藉琉璃紅。東坡逢蜀叟，杜老得巳公。撚髭忘夕景，絕倒寒號蟲。

【校記】

〔一〕錢批本及十二卷本未收此詩。

傅雨田上舍歸自楚中攜酒過余竹西寓齋言情敘往愴然感懷成詩四首並簡山舟侍講金圃編修杉亭舍人〔一〕

記共秦淮水，西風泛短艖。五年抛酒盞，昨夜忽燈花。悲喜須臾改，飛揚次第加。因知髀肉減，輾轉話京華。

不易長安住，提攜仗友生。忘形若兄弟，延譽徧公卿。負米情真切，奔星痛不輕。飄零生計拙，淚盡故人傾。

江漢隨知己，謂陳冶泉。東歸念舊廬。相逢廣陵雪，猶檢隔年書。燕楚談方洽，杯盤樂有餘。病身拚醉倒，酒戶怪生疎。

近臘身仍客，憐君更自憐。夢應疎薊酒，興或發吳船。朱雀橋邊樹，烏衣巷口烟。他時倘相訪，重與說當年。

【校記】

〔一〕錢批本及十二卷本未收此詩。

題徐荔村詩集後〔一〕

十年小別冬瓜堰，一夕相逢皂莢橋。大抵詞人慣羈旅，未緣明月戀吹簫。

【校記】

〔一〕據錢批本及十二卷本補。

丁辛老屋集卷十七

庚辰

送蘆涇同年入都並簡都下諸故人二首〔一〕

一賦閒居歲七更，見君歸又送君行。別多祇怕添吾病，親老原應有宦情。上苑花深重著燕，南湖柳暗獨聞鶯。尋常去住猶難忘，何況相憐似弟兄。

故人倘與問淒暄，為話長貧潔夕飱。賃屋書移天籟閣，看花杖出水西門。扶衰惟祝加親健，惜別翻慚報主恩。酒市銷寒期隔歲，巷深風雪訪西園。予擬明冬北上西園舊寓也。

【校記】

〔一〕詩題，錢批本無『同年』。十二卷本未收此詩。

題讓山上人南屏山房看梅圖

陰陰慧日峯，春信忽破臘。齋罷探南枝，數雀午爭踏。孤坐放小參，香雪落禪榻。冥搜發長吟〔一〕，寥然冷鐘答。欲問師前身，恐是梅花衲。

【校記】

〔一〕發，錢批本及十二卷本作『罷』。

得史茗湄閩中書並遺真武巖茶二器酬次來韻〔一〕

虞鄉原分著書窮，况是玄亭寂寞中。手版已拋漁艇月，頭綱新試瓦爐風。封題尚帶青巖潤，慰藉遙憑赤鯉通。稱我閒居滋味淡，茂陵消渴併教空。

【校記】

〔一〕錢批本及十二卷本未收此詩。

雪莊雜題七首〔一〕

師白草堂

草堂行坐吟，山雨溪雲句。為問許丁卯，何如白太傅。

鏡湖樓

四山如盤螭，中有大圓鏡。仿像倚樓人，離離鏡中映。

復齋

水汲丹砂井，齋隣瑪瑙坡。微陽昨夜動，春信到莊窩。

竹笑軒

高軒遶篠簜，清風縱長嘯。翠袖自無言，隔花成一笑。

寶雲精舍

隔隖颺茶煙，磬聲出髣髴。想傍一龕燈，得詩便呈佛。

待月廊

小築陶佳夕，虛廊宛轉通。青山缺處對，可以絃枯桐。

雪舫

莊本以雪名，更復製成舫。聽雪坐蕭蕭，人在斷橋望。

【校記】

〔一〕錢批本及十二卷本未收此詩。

上巳後二日積雨初霽香樹先生偕同人過集齋中補修禊事用昌黎縣齋讀書韻〔一〕

連雨濕鳩婦，始霽鳴煙林。花風弄餘馥，浩蕩遲春心。步屧枉巷曲，芳辰各開襟。花前再湔祓，一罋雲可斟。閉門春滿屋，曷用郊原尋。蠶事穫新暖，憂弗蠶婦侵。我輩庶慰藉，餘興尤難任。誰家好紅藥，明當訪腰金。

【校記】

〔一〕錢批本及十二卷本未收此詩。

輓汪息園〔一〕

疇昔文字交，我汝俱弱冠。跌宕錢張徒，謂蘀石、霽村。過從必染翰。谿山真意處，相賞浹昏旦。倦圃有谿山真意軒。吐辭蘭有臭，砥行金可斷。君家富圖史，經典尤研玩。窠臼肯襲宋，荀虞欲窺漢。偶製五言詩，高據青玉案。蒼然心貌古，髯也實偉岸。我昨京師歸，枉示錦繡段。所作益醇雅，考據並穿貫。

即此謂可傳，無須一詞贊。昔遊鬚始生，今欻霜雪亂。縱復壽滿百，而各已過半。顧君少三歲，況無窮老歎。君軀豐有肉，我骨瘦露骭。病輒歲再劇，便死君稍晏。昨聞先溘逝，迸淚復駭汗。造物太偏靳，予才不予算。遂令平生歡，笑語一朝判。隣笛暮休吹，悽絕山陽館。

【校記】

〔一〕錢批本及十二卷本未收此詩。

松谿草堂詩為喬瓶城上舍作〔一〕

若考作家室，厥子肯堂構。敝廬可以安，風雨曾不疚。舊宅晏嬰荒，一區揚子陋。彼皆重先業，亦見風俗厚。吾友起雲間，顧陸等世胄。門宜通德儕，里本鳴珂右。草堂縛松谿，嘉名百年壽。君之曾祖考，出贅始賃僦。遞見丙舍更，再入滬城簉。遷轉歷三世，扁自草堂舊。吾友壯游日，亦復利趨走。晚歲忽幡然，誓歸崇福又。君家舊居里名『崇福』。實惟祖武繩，亦用蓄稚幼。老屋闢花南，香茅資盖覆。棟宇顏舊名，義取南莊副。事業千秋大，花藥一欄富。籬根漁艇纜，門外秧田繡。何啻百城樂，底要一官授。葛藟草之微，尚思本根茂。越鳥亦何知，南枝鎮宿留。古人念桑梓，眷言祖德懋。釣游某水邱，先人如或遘。歐公彼大賢，中年請潁守。晚輒居潁上，意不瀧岡復。子孫隔墳墓，識者謂紕繆。吾友洵純孝，一氣續先後。愴然過墓哀，此情今莫覯。升堂思不匱，永儆末俗狃。

【校記】

〔一〕 錢批本及十二卷本未收此詩。

三月晦日彡石明甫春雨諸君過集齋中小飲以唐胡宿一春酒費知多少句中平字為韻各賦五律三首〔一〕

懊惱花時病，依然浪擲春。臥看營壘燕，閒殺苦吟身。逕淺羊求熟，堂卑語笑親。榆錢飄滿地，莫謂沈郎貧。

我有兵廚酒，諸君定夙知。徑來相就飲，且請覆殘棋。穀雨茶先瀹，貓頭筍旋炊。杯盤殊草草，藉賦送春詩。

夢已春前負，愁非病後多。時平須縱飲，興劇一高歌。翠架雨添蔓，甆缸風展荷。此間銷夏可，明夜肯重過。

【校記】

〔一〕 詩題，錢批本及十二卷本題作『三月晦日汪彡石偕祝明甫錢鳳棻蔣春雨過斜月杏花屋索飲各賦二首』，第三首未收。

四月四日同人出西郭憩資聖寺方丈遂泛舟爽溪至穆湖徧歷諸精舍返飲綠谿分韻得篠字〔一〕

城居如盲人，何處展清眺。曠以郊野遊，綠陰塞清曉。聞鐘古剎湧，喚渡野航小。徑造十笏齋，縱目傑閣表。長老若避人，瓶拂自幽悄。沄沄爽溪水，回復穿窈窱。上有詩人宅，飄忽等過鳥。亡友萬柘坡孝廉曾僦居壽興橋側〔二〕。黃袍見屋角，戴勝語林杪。屬時蠶始眠，村巷犬馴擾。採桑誰家女，隱約微徑遶。精廬小登頓，半為劫火燎。去歲楞伽菴被火〔三〕。佛前剩醉魂，述往心各愀。丙子夏，曾偕漁所、厚石、彡石曉醉於此〔四〕，今漁所下世已四年矣〔五〕。穆湖亦舊遊，澄霽鑒芒秒。中蓄鱍鯽肥，惜不釣絲嫋。僧雛但供茗，那解客情繞。悵然舍之去，回首萬青篠。筍苞已含粉，豆莢初綻醥。去來物莫齊，生死理尤渺。無端煩惱拾，所得禪悅少。不借君家盃，割置定難了。

【校記】

〔一〕詩題，錢批本及十二卷本『精舍』作『蘭若』，『綠谿分韻』作『綠谿莊』。

〔二〕孝廉曾，錢批本及十二卷本無。

〔三〕小注，錢批本及十二卷本在『述往』句下。

〔四〕曉醉於此，錢批本及十二卷本作『飲此』。

〔五〕矣，錢批本及十二卷本無。

新縛豆棚〔一〕

鑿地筍竿直，依檐草索交。縱橫徐引蔓，表裏欲含苞。當晝蜻蜓立，驚秋絡緯教。架空風露重，綻莢想千梢。

【校記】

〔一〕錢批本及十二卷本未收此詩。

夏雨連夕涼甚明甫招集綠谿同用丁丑歲避暑小飲得冰字韻二首〔一〕

早暮輕雷散鬱蒸，谿堂欄檻淨堪憑。興過河朔催開甕，樂甚濠梁漫試罾。見話紅雲千頃浪，時約苧村看荷。翻憐銅盞六街冰。北窻高臥羲皇上，袞袞諸公夢未曾。

出入園扉雨腳仍，楊梅盧橘嚼兼冰。襟裾涼似含風篠，枕簟清於結夏僧。濕尚將雛愁老燕，饑來着案厭癡蠅。浮生消得幾番暑，只合持盃喚不譍。

【校記】

〔一〕錢批本及十二卷本未收此詩。

六月初九宿范湖草堂曉夢家蘭泉舍人以僧服數種見遺紀三絕句〔一〕

藥裹經函病劇增，十年分作住山僧。田衣遠寄非無意，真箇出家吾不能。

換卻袈裟也不難，旁人應復笑相看。儂家自有萊衣著，戲綵春風正未闌。

舍人視草入彤扉，飽飯官厨跨馬歸。應怪閒居壓虀粥，解嘲翻與說傳衣。

【校記】

〔一〕詩題，錢批本及十二卷本作『五月八日宿范湖草堂曉夢家述菴以僧服數種見遺紀二絕句』，本詩第一首未收。

夏夕彡石明甫同過小飲翌日明甫以詩來輒次其韻〔一〕

似聞早雁拂秋邊，酒盡燈闌夜悄然。花外維摩仍示疾，甕頭畢卓竟虛眠。雞豚近局聊為爾，詩賦江關亦可憐。還往暮年寧厭數，柴門相送月嬋娟。

【校記】

〔一〕錢批本及十二卷本未收此詩。

彡石招同過白苧村看荷花晚泊釣鼇磯待月禁體得泊字二十韻〔一〕

好風東南來，追涼勇出郭。樓臺欝中洲，有國魚亦樂。衆客集清曉，開襟亦雙腳。暫得避塵喧，如鳥脱韁縛。風潭漾百頃，菱葉光的爍。延緣煙汊屢，到處香漠漠。羣鷗導青篙，船脣柳陰着。於時日卓午，豔蒸萬紅萼。細浪瓣不勝，風外枝枝弱。誰能惜娉婷，覆以千丈幕。鳴煙翡翠低，曬翅蜻蜓薄。心地已清涼，微雨忽間作。迴橈就深樹，冷剝蓮蓬嚼。漁村漏斜照，翳翳片雲閣。此中釀酒情，詩思亦澹泊。沄沄釣磯水，鑒我髩髮鶴。花外愧陳人，相顧輒命酌。三五盈復缺，瞇眼又今昨。狂欲坐深宵，衣上清露落。我醉喚不膺，但夢花綽約。

【校記】

〔一〕錢批本及十二卷本未收此詩。

浮瓜詞〔一〕

冰苔繡澀桐陰靜，花甃銀床井華冷。欲借清涼倩碧團，轆轤百尺垂修綆。亭午蟬枝翳綠紗，美人慵睡髻堆鴉。夢回香汗羅巾拭，渴憶金盤薦翠瓜。銀刀忽破深紅色，雪藕冰桃爭不得。自捻春葱啟絳脣，剖瓢欲吐嬌無力。漫嗤芳津展翠眉，玉肌無暑潤華池。鍼樓粧晚星河爛，乞巧筵前拜月遲。西風團扇辭秋暑，涼粉梅湯渾不數。攔街任賣故侯瓜，閒煞線絲牽玉虎。

【校記】

〔一〕錢批本及十二卷本未收此詩。

明甫命園丁籠促織見遺賸以二絶句奉荅三首〔一〕

花頭殘照霽歕壺，翳翳涼棚露葉敷。病暑經時同懶婦，可聞蟲語不驚無。

分少清音到耳邊，蜩鳴鴉噪亦忻然。煩君籠取秋聲至，聽到天明竟不眠。

應憐後夜雙星會，特地張來織女機。料得當窻成幾匹，好裁雲錦脫荷衣。

【校記】

〔一〕詩題，錢批本及十二卷本題作『明甫籠促織見遺賸二絶句次韻答之』，第三首未收。

以鸚鵡螺易夏茂才舊藏匏尊二枚先之以詩〔一〕

我病久惡醉，遇酒輒自訟。酒醇罍亦佳，飲或稍稍縱。昨者到君家，冰甆設清供。酒半更飛觴，一一葫蘆種。天然色蒸栗，縝密視無縫。深斟氣浮浮，香過醴酒用。既免鬃桼俗，亦笑鋄金重。酒酣復愛罍，得隴思蜀共。情知一螺換，不中作傔從。懷隻更求雙，毋乃割垣雍。此製出寺僧，里門熟傳誦。

鸚鵡倘能言，去念石佛頌。匏尊舊為石佛寺僧所製。

【校記】

〔一〕 錢批本及十二卷本未收此詩。

船坊歌有序〔一〕

禾俗村居近水之地，輒於水次架椽為屋，苫茅覆瓦，以為停蓄舴艋之所，名曰船坊，范湖舍前亦有之，日斜鐘動，渺然有江湖之思，爰為作歌。

昨浮春水船縱橫，縱者是港橫者浜。人家橫過緑陰處，結屋溪漘如豆棚。其下無地上為宇，蓋瓦苫茅柱石柱。梁間常掛桔槔閒，屋角時看楊柳舞。朝撑船出暮船歸，遠聞褉靄聲希微。艣音忽止篙影動，船尾倒入移斜暉。橛頭瓜皮雜三兩，撈鰕罱泥曬魚網。暫向船坊一宿來，明更賣薪駕雙槳。村落那知出闠闤，城根寺占清泠灣。眼中突兀見此屋，興發葦岸滄波間。此生悠悠宜泛宅，一舸鴟夷虛往跡。佛前但證五湖心，賭取米家書畫癖。

【校記】

〔一〕 錢批本及十二卷本未收此詩。

舷公舊隱題壁

說法滿天下，由然公獨吟。水空無住相，灰死得寒心。窻外老梅瘦，門前黃葉深。千秋詩兩卷，政不要知音。

《浙西六家詩鈔》評：『黃葉老人得此一詩，可謂有後世揚子雲矣。』

揚州水南花墅芍藥繁盛雅雨運使入覲南還忽開並蒂十二枝賦詩紀異屬和四絕句〔一〕

天許東風更借留，渡淮煙月自無愁。使君原與將離約，春殿淮南第一州。

漫說龍興幾萬枝，雙頭六六信堪奇。迴欄數遍還重數，直喚金釵步步隨。

仙人樓閣合歡粧，『雙頭並蒂合歡芳』，見劉攽《藥譜》。賓從風流劇酒狂。醉憶魏公烏帽插，問誰名士共傳觴。

婪尾尋春續舊遊，名花五色賦情周。惟應二十四橋月，佛面團團照上頭。

【校記】

〔一〕錢批本及十二卷本未收此詩。

題項易菴枯木竹石畫 自跋云：遊靈巖，記石隙中有此竹樹，還至江城寫此。〔一〕

昔我遊雁宕，奇秀東南甲。樹根淨寸土，迸必石罅插。雄類巨嶽鎮，小亦一拳壓。茲非南戒支，顧云靈巖眨。槎枒青銅柯，如劍初出匣。黛色聳千尺，石勢不敢夾。年深氣益勁，與山爭巀嶪。枝葉盡刪可，挫折定無法。吾鄉老畫師，遊戲閒步屧。吐納生暑寒，筆與真宰狎。其旁修纖竹，煙姿呈媚怯。館娃久髑髏，樹石歷千劫。

【校記】

〔一〕 錢批本及十二卷本未收此詩。

漏澤寺主僧乘牧退院詩〔一〕

舷公我鄉秀，昔居范蠡湖。吟對老梅樹，閉門抱寒臞。晚更遯郊野，遶菴黃葉枯。耻效棒喝陋，想古寒拾徒。師今舷公亞，早歲名浮屠。佳句在人口，往往畫瀜俱。漏澤亦淨土，湫隘臨街衢。龍象儼十笏，津梁疲三塗。慧刃勇一割，豎拂歸來乎。譬如青蓮華，皭然拔泥汙。行覔佳水石，日坐清冰壺。煮飯折腳鐺，自煨竹火爐。暇即富漁獵，輯録同追逋。乘牧方選輯本朝禪林詩鈔。至味出淡泊，大雅需羣扶。我欲過白社，商推聯吟觚。淵明近止酒，一笑攢眉無。

【校記】

〔一〕錢批本及十二卷本未收此詩。

為江西平題平安車圖〔一〕

軒轅造車輪必雙，凡三十輻共一轂。或益而三倍而四，引重固需驂與服。大車定駕牛蹄高，小車亦繫驢尾禿。輗衡軫軾軨轄轅，實藉輪行日月速。圖中之輪不成兩，更欠引羊兼挽鹿。前牽後推並人力，歷塊無虞況平陸。或云是古役車制，任載耒耜行郊牧。其上未可施文茵，其外何堪設青屋。解人往往出新意，翠軒羽蓋光歷録。此中髣髴儕輼輬，一任奔馳逐水曲。每逢佳景褰帷幔，但欲高吟傍楓槲。由來世路多險巇，北馬南船有顛覆。亦知輪隻不如雙，良御終當勝毛畜。東西南北意所如，祇似端居坐牀褥。籃輿懶臥笑陶潛，緩步酸寒陋顏蠋。轉歎勞薪未得閒，常乘薄笨鞭黃犢。

【校記】

〔一〕錢批本及十二卷本未收此詩。

江橙里集宋人詞句賦楊柳枝詞十二首兼為繪圖屬題四絕句〔一〕

寒食家家插柳枝，春城聲動柳枝詞。江南音好千金直，絕倒劉賓客舊詩。
新波蘸柳柳如煙，集句風流倍可憐。但有井華水飲處，大家齊唱柳屯田。
綠楊城郭是揚州，廿四橋邊聽栗留。輸與江郎夢花管，絲縈縷綰徧工愁。
裁剪東風綠萬株，分明是幅水村圖。畫書詩合成三絕，博得喉珠一串無。

【校記】

〔一〕錢批本及十二卷本未收此詩。

九日同人出郭過水南花墅晚飲東園三首〔一〕

渡水二三里，沿村八九家。霜深荒圃藥，秋老綻籬花。踈樹行看鳥，平臺坐啜茶。佳辰好風日，不怕帽簷斜。

野色過橋潤，筇枝入竹涼。黃雲秋大有，白髮客重陽。蝶趁茱萸岸，牛升〔二〕碌碡塲。田家真可樂，羈旅也能忘。

無地登高可，幽扉恣共探。松雲低鶴柴，蘆雪打漁菴。蟹味難求斷，泥香欲擘墁。鄉心對殘桂，小住亦淮南。

【校記】

〔一〕詩題，錢批本及十二卷本作『九日出揚州東郭至水南花墅遂野步數里』，第一、三首未收。

〔二〕升，錢批本及十二卷本作『眠』字。

題月巖聽泉圖〔一〕

空山秋老白雲封，落葉堆林過鹿蹤。憶得冷泉亭曉坐，四無禽語一聲鐘。

【校記】

〔一〕據錢批本及十二卷本補。

查香雨明府招集十八峯草堂即席次橙里韻〔一〕

蜀岡勝處聳吟壇，對酒羣峯共倚欄。江外主賓容跌宕，竹西風月倍清寒。座飛玉笛纏鄉思，秋激虬松響夕瀾。乘醉登樓繼高唱，黃花時序劇為歡。草堂之東為尺五樓。

【校記】

〔一〕錢批本及十二卷本未收此詩。

題杜補堂太守瀛洲送別圖四首〔一〕

明聖湖邊五馬回，行宫柳色憶追陪。記辛未春事。十年一别坡公面，忽見瀛洲送别來。

使君詩句叶鈞韶，典郡還傳五袴謠。渤海舊稱文獻地，生徒惜别緩征橈。

引年猶未及懸車，勇退真看賦遂初。想像賓僚佳話在，印床終日只堆書。

歸來長物畫圖存，回首麻姑酒一尊。閒與淮南諸父老，黄花開日話君恩。

【校記】

〔一〕錢批本及十二卷本未收此詩。

邗上喜晤汪香泉同年即送其北上次邵魚山韻二首〔一〕

頻年小别鳳鸞羣，仿像空亭杳白雲。豈意江天閒把釣，忽陪燈火細論文。縱無芍藥還攜酒，欲采芙蓉一贈君。十里邗溝二分月，暫時攜手又重分。

相見淮南似有期，丙子冬日亦相晤於此。清冬晷短去程遲。煙霜古驛吟情健，寒暖長途眷屬知。椿樹蔭留曾夢處，謂都中舊寓。唐花開近卸車時。軟紅倘憶盟鷗在，穩立苔磯席未移。

【校記】

〔一〕詩題，錢批本及十二卷本題作『邗江逢汪香泉即送北上次邵魚山韻』，第二首未收。

題徐石滄南山樵隱圖〔一〕

霜深秋轉佳，雲動山欲活。窈窕諸嶺秀，蒼黄羣木脫。中有樵斧厲，響應鳴泉聒。搜擇及榛莽，芟夷到杉栝。日暮荷擔歸，長歌激林樾。短衣信往來，封侯意疎闊。髣髴鹿門蹤，全家傍山骨。人語出煙蘿，荆扉上新月。

【校記】

〔一〕錢批本及十二卷本未收此詩。

孔竹廬郡丞招同潘潤蒼比部集寓樓看菊即席同賦五首〔一〕

相看俱是客他鄉，要向西風笑一場。難得使君續重九，霜花簪入鬢絲香。

僧樓迴立傍香臺，黦錦偏依佛座開。第一破除煩惱障，深憑米汁破禪來。

花信開遲正未殘，花光併入鏡心寒。緋羅帳外緋羅燭，百炬添燒更好看。
桑落頻斟玉琖深，任催街鼓夜沉沉。秋花豔極如春女，能挽南船北馬心。時潤蒼北行，余將歸里。
衰顏借酒未羞花，花影傳神要畫家。明日酒醒花盡處，相思便展玉鴉叉。

【校記】

〔一〕錢批本及十二卷本未收此詩。

為許偶生題李滋園畫〔一〕

秋氣澄碧宇，棱棱露高岑。蕭槭鳴墜葉，霽景銜空林。中有幽人屋，冷寂祛煩襟。口誦老氏言，聊復得此心。焚香具絃軫，亮匪求知音。晨昏罕餘事，身作蠹書蟫。百年味澹泊，庶幾千載歆。大澤縱巨魚，南枝巢越禽。偃仰勿復道，一臥前山深。

【校記】

〔一〕錢批本及十二卷本未收此詩。

將往淮陰留別江橙里雲溪即用雲溪贈行詩韻三首〔一〕

又見淮南落葉來，直將懷抱為君開。忽驚高館重圓月，每對寒花數舉盃。隔歲寧虛雞黍約，凜冬祇怕雪霜催。萍蹤轉徙成何事，未放江門一棹回。

冰銜那更憶曹司，喜遂林烏返哺私。北闕久虚青瑣夢，南陔應補白華詞。自知俯仰投門拙，頗覺艱難負米遲。行覓遺祠問漂母，可能此道不陵夷。

鷁首風揚堀堁塵，出門終遂在家貧。年華空逐清淮逝，肝膽誰憐白雪真。獨上荒臺慙國士，徒令末俗笑陳人。此行只合休懷古，打槳珠湖話夙因。

【校記】

〔一〕錢批本及十二卷本未收此詩。

姚素山別駕招同蔣春農程蕺園集柳衣園二首〔一〕

竹影青連屋，湖光綠到門。印床來鳥雀，官舍是園林。招客團鄉語，添燈啟夕樽。分明逗淮浦，如對兩峯論。

亥月寒初甚，江門客未還。風聲釣臺樹，雪意盋池山。與話長安舊，深憐晚歲艱。坐來街鼓動，直使旅愁刪。

【校記】

〔一〕錢批本及十二卷本未收此詩。

舟病〔一〕

貧也真成病，栖栖更遠征。江湖非活計，衣食太勞生。有父辭家數，無醫託命輕。布帆風轉北，穩與送歸程。

【校記】

〔一〕據錢批本及十二卷本補。

寄題汪亮詹水薌園二首〔一〕

紫霞潑翠阮溪澄，自合為圖仿右丞。谷口二瞻吟侶足，較量裴迪興尤增。

黄山古道此津涯，他日經遊倘許偕。三十六峰登次第，先從泉上縛青鞵。

【校記】

〔一〕據錢批本及十二卷本補。

辛巳

題查香雨秀峯觀瀑圖〔一〕

曩遊廬山背，未睹廬山面。邈想三峽橋，迢迢夢中見。披圖瑤草芳，恍到白鶴院。諸峯堆髻鬟，一峯累甑甗。合沓更窈窕，仰首目為眩。中有靈泉源，萬派引一線。盤盤忽交匯，轟豁走雷電。掛下千仞壁，皎如一疋練。吹寒每遥聞，灑霧欻飛濺。珠琲噴長空，鼉鐘戛廣殿。細響洩笙竽，餘姿飄雪霰。雲外野鹿驚，松根老僧戀。查君愛名山，遊屐五嶽徧。鼓舵來西江，彭蠡一杯嚥。探幽五百房，西聆經聲善。遂窮開先勝，靈境於此選。每逢奇絶處，輒復安筆硯。高吟水聲裡，有類古狂狷。太白東坡後，佳句應獨擅。跏趺忘日夕，欲去還眷眷。歸來急寫圖，清景去如箭。明當訪衡山，更請攀東絹。

【校記】

〔一〕錢批本及十二卷本未收此詩。

上巳前二日錢益銘招同家士會鎮之兄弟飲海棠花下分韻得馬字〔一〕

經旬臥病過寒食，強起探春春已寡。東風吹袂來君家，千枝萬枝態融冶。君家春色東皇偏，過雨臙脂倍嬌姹。濃堆黦錦壓簾犀，暖入紅雲烝屋瓦。蕩魂愕目晝向昏，頻勸深杯不停把。吾宗二妙蜀佳士，破格留題善摹寫。鎮之出示海棠詩。賞花誦詩樂復樂，忽憶法源舊吟斝。浮生現在未為真，去來彈指寧非假。天花散落何繽紛，想為維摩天女捨。歸來倒載任呼顛，絕倒碧雞坊走馬。

【校記】

〔一〕錢批本及十二卷本未收此詩。

道院養痾

三五初圓月，支離久病軀。涼風移枕簟，清夢割妻孥。世或神仙有，醫今緩鵲無。殷勤將藥裹，來就老君爐〔一〕。

【校記】

〔一〕『來就』句，錢批本及十二卷本作『來此就丹爐』。

為王湘草鍊師題魯得之雙筍二首〔一〕

大雪恰逢今日，小園那望春來。畫裡忽看雙筍，翻疑昨夜冬雷。

一笑錦繃未脱，相依稚子嬋娟。莫待明朝成竹，急參下版師禪。

【校記】

〔一〕錢批本及十二卷本未收此詩。

古松老人歌贈金陵姜若彤〔一〕

昔游金陵城南隅，曾訪六朝松幾株。歲久青膚轉蒼潤，鱗鬣自與常松殊。我詩未足為寫照，將尋好手傳形摹。十年浮浪去南北，客枕時夢虬髯鬚。廣陵城頭見姜老，恍惚肖我胸中圖。天骨瘦硬貌古質，外去雕飾中不枯。布衣芒屩今老矣，不願生封秦大夫。家本花盝岡下住，日夕松樹相招呼。看雲忽來鶴翅舞，乘月每至烏尾逋。古松老人遽自號，松兮人兮兩不孤。欲將尺幅狀奇特，畢宏韋偃畫不得。

【校記】

〔一〕錢批本及十二卷本未收此詩。

邗上逢寶所同年南還卻簡二首〔一〕

出處殊南北，相逢兩白衣。奔星君有慟，乞米我長饑。仍作荒江別，同看丙舍歸。臘殘冰雪苦，含涕一重揮。

埋室宜深戀，新年計莫踈。辛勤營馬鬣，鄭重捧鸞書。今年萬壽覃恩例邀封贈。此願惟君共，他鄉且歲除。臨風遙奠醊，悲感定何如。

【校記】

〔一〕錢批本及十二卷本未收此詩。

題姜靜宰孝廉遺照四首〔一〕

知名廿載鎮思君，走馬相邀悵夕曛。可是軟紅能障面，聯吟未得張吾軍。甲戌夏同客都中，金少宗伯邀同文讌，孝廉以事不至。

寒盡金閶雪色催，偏於客座共深杯。可知相見堪珍重，纔得優曇一現來。乙亥冬始晤於吳中朱氏酒座。

一面真成永訣期，雉臯目斷海雲垂。如今休話斯冰筆，題額傳來雪涕時。余於去冬乞篆書廳額。

前身可是梅花衲，一笑拈花為底來。畫裡維摩先示疾，留重公案後人猜。

【校記】

〔一〕錢批本及十二卷本未收此詩。

歲暮將歸石滄寫邗江送別圖為贈橙里諸君並題詩其上同作一首〔一〕

故人能惜別，欵欵寫成圖。風雪遲征艒，江城宿夜烏。持歸張屋壁，傳看及妻孥。度歲無餘物，聊憑一笑娛。

【校記】

〔一〕詩題，錢批本作『題石滄寫贈邗江送別圖』。十二卷本未收此詩。

除夕阻凍丹徒道中〔一〕

今夕是何夕，我行猶水涯。尺雪籠厓岸，鴉軋無行車。澤腹堅冰利，囓船如齒牙。長年凍蠅凍，船尾雙袖叉。東西罕村集，濁酒夜莫賒。米薪持六日，漸減炊煙斜。楚囚對僮僕，盖篷但嗟呀。父殁不能葬，要經趨塵沙。貧士世所畏，矧我非祥嘉。以此成左計，酸寒返其家。心口茹苦痛，勝於遭鞭撾。積痾近二載，中復憂患加。浮生多樂方，我行成坎窪。萬物各向晦，列炬妻兒譁。誰軫川塗苦，煢煢滯荒遐。勉進半盂飯，遑頌椒盤花。

【校記】

〔一〕 錢批本及十二卷本未收此詩。

丁辛老屋集卷十八

詞

長亭怨慢 送人歸吳門

見多少、征鴻飛度。一片鄉心，那留君住。蠡澤霜深，爐峰月冷恨誰語。貞孃短薄，早夢到、閶門樹。急槳下嚴瀧，認幾點、斜陽眉嫵。　我汝。共淒涼旅館，怎便拋儂先去。儻過鴛水，須訪我、城東書庫。第一話、遊子平安，過長至、定挐歸艫。但今夜燈前，又少江關儔侶。

酷相思 飲芙蓉花下〔一〕

一簇花光樓角倚。正花下、深杯遞。漸斜照，玲瓏紅影殢。人道是、花先醉。花道是，人先醉。　衣上酒痕巾上淚。嘗不盡、愁滋味。問秋色，如今還有幾。花去也、留無計。人往也、歸無計。

【校記】

〔一〕此詞據十二卷本補。

賀新涼 懷湘客即次贈別韻〔一〕

看過黃花末。想登高、眞如東塔，近纔三里。蕩口菱香蟹螯紫，好向黃壚買醉。更訪菊、北脂南蠡。杖履消搖酬唱足，問新詩卷裹今添幾。盼雁足，數行寄。　年時鷗鷺江湖徙。遶雲涯、斜陽鞍背，冷敲鞭弭。本自賣文為活計，反鞅白華甘旨。況落葉、寒蛩盈砌。似海鄉愁量不盡，最思親懷友情牽繫。楚尾月，咲留滯。

【校記】

〔一〕十二卷本未收此詞。

蘇幕遮 詠秋蚊〔一〕

重櫻桃，輕柳絮。日轉花陰，便自穿簾舞。團扇風微麾不去。織婦當牕，蹙損雙眉嫵。　下銀帷，扃繡戶。長喙纖腰，暗地驚雷聚。準擬清霜零落汝。蟋蟀孤鐙，先補歐陽賦。范希文《詠蚊詩》：『飽去櫻桃重，饑來柳絮輕。』歐陽公作《憎蠅賦》云『蠅可憎矣』，尤不堪蚊子，自遠喓喝來咬人也，因更作憎蚊詩。

【校記】

〔一〕此詞十二卷本未收。

買陂塘 雨夜旅懷

倍淒涼，江空草白，天涯又早秋盡。蕭寥荒館無人伴，落葉晚來成陣。風太緊，漸竹牖、昏黃惡雨吹燈燼。羈懷怎忍。況絮被冰寒，牀牀漏濕，歸夢也無分。　冥鴻杳，千里浮沉音信。江關空遞孤憤。霜華幾夜零階滿，都上愁人霜鬢。還自哂。料磨蝎、身宮偃蹇文人運〔一〕。升沉休問。但籠鳥思鄉，望穿隴樹，放去甚時準。

【校記】

〔一〕文人，十二卷本作『生平』。

菩薩蠻

雨聲一夜鳴簷瓦，西風又向吟牕打。羈客正殘秋，問君愁不愁。　兩般離別苦，一樣淒涼緒，不把爵金盃，雙眉那得開。

夢橫塘　春前客從京師來〔一〕，云柘坡有書見寄予〔二〕，至今未至，填此訊之時，柘坡客天津。

亂紅蝶逕，飛絮鷺簾，殘春無限離緒。遠道綿綿，忽報有、天涯魚素。舵轉辛江〔三〕，夢穿雁塞，漸移涼暑。歎相思加飯，一紙千金，浮沉暗、傷羈旅。

蓬根任自東西〔四〕，拚君居靜海〔五〕，我滯東楚。記話桐溪，燈畔雨、送君南浦〔六〕。念別後、麻姑勸醉，宮女箏歌洞簫賦。叵奈青衫，淚痕酒漬，問故人知否。

【校記】

〔一〕　來，十二卷本作『歸』。

〔二〕　十二卷本無『予』。

〔三〕　辛，十二卷本作『茌』。

〔四〕　東西，十二卷本作『飄零』。

〔五〕　靜，十二卷本作『東』。

〔六〕　南，十二卷本作『秋』。

眞珠簾

槐花小店鞭絲墮。感芳菲、壚畔盈盈三五。乍握荑苗，早自暗通眉語。鏡裏芙蓉描不得，但細看、綠嬌紅嫵。行旅。惜劉郎歸後，無人為主。惆悵。尋春遲暮。悔扁舟、不載五湖煙雨。莫要泣春風，把年華輕誤。一夢三生今十載，更愁記、夜涼風露。休顧。怕寄將紅豆，賺伊淒楚。

菩薩蠻

雨絲忽被西風翦，紅霞更試芙蓉面。人世幾歡場，得狂須要狂。尊前團舊雨，異縣聽鄉語。不信在天涯，天涯還是家。

意難忘 雨夜同鶴江話舊

回首淒然。記危樓壓雪，寒影相聯。迴燈呼酒盞，撥芋聳吟肩。君絕塞、我南天。分手各風煙。彈指間、十年離鬢，同上江船。生涯說也堪憐。且踈狂客底，跋扈尊前。筠州風雨夕，復此對牀眠。悲往事、感塵緣。一見一華顛。問甚時、鄉關翦燭，重話今年。

望湘人　筠州絕不得蟹，偶圃往南昌，許買見餉，遲久不到，填此〔一〕。

愛金穰鎔腹，酥片滿螯，水鄉風味從數。翠簖拎來，寒蒲縛就。夢到分湖魚步。自別江關，慵疏《爾雅》，鞠樽虛度。賴故人、心尚南朝，為覓洪都新府。　愁思荒齋風雨。但袖籠左手，楚天延佇。漫索畫韓公，捉臥甕人題句。殘秋漸退，齋廚禁擘。目斷陸機煙艫。箄底事、空伴監州，早是不如歸去。晉蔡謨見蟛蜞以為蟹也，食之委頓，謝尚曰：卿讀《爾雅》不熟。陸龜蒙詠海蟹句：『強作南朝風雅客』。唐韓晉公滉善畫，尤妙于螃蟹。宋陸務觀句：『齋廚仍禁擘團臍』。梅聖俞句：『幸與陸機還往熟，每分吳味不嫌猜。』〔二〕

【校記】

〔一〕十二卷本『偶圃』前有『朱』，『填此』後有『訊之』二字。

〔二〕十二卷本注為：陸龜蒙詠海蟹句『強作南朝風雅客』，韓晉公善畫蟹，梅聖俞句『幸與陸機還往熟，每分吳味不嫌猜。』

百字令　憎鼠

黃紬絮冷，正思鄉、無睡牕懸燈火。壁孔嘵嗸緣帳桁，一霎尋繩飛墮。香澤傾搜，箱奩騰踐，嚙我書帷破。麥芒豆角，淨瓶花底偷坐。　那不仙去淮南，飽依倉廩，反空齋寒餓〔一〕。睗睒睢盱空有技，枉自牀頭翻簸。手版難批，書符莫卻，客夢如何作。銜蟬聘取，今宵安穩閒臥〔二〕。後魏盧元明《劇鼠賦》：『出於人家之壁孔，或尋繩而下，或自地高擲。髯如麥芒半垂，眼如豆角中劈。』東坡《黠鼠賦》：『嘵嘵嗸嗸聲在橐中。』晉簡文愛鼠行跡，鼠白日行，參軍以手版批殺之。宋廣陵丐者杜可均能書符卻鼠。黃庭堅《乞貓詩》：『聞道貍奴將數子，買魚穿柳聘銜蟬。』〔三〕

【校記】

〔一〕反，十二卷本作『轉』。

〔二〕閒，十二卷本作『高』。

〔三〕黃庭堅，十二卷本作『黃山谷』。

滿江紅 旅夜聞雁

一片離聲，正黑夜，錦江霜落。人定後，冷院吹鐙，重門擊柝。枕上鄉魂飛不去，觽弦衝破金魚鑰。悵西風、顦顇臥江潭，驚飄泊。江左右，相思各。天南北，歸期莫。歎蒹葭夢遠，稻粱謀錯。不與粧樓將錦字，空傳清怨添蕭索。把年時、堆下萬千愁，心頭著。

玉女搖仙佩 題朱梧巢采藥圖〔一〕

裴休宅北，范蠡湖東，故相當時門戶。髯也超群，時乎未忝，才子鄉關爭數。暗惜流年度。攬巾裳恠底，青青如故。便嘘送、方壺員嶠，難道神仙不用官府。朱顔誤空教，笞鳳鞭鸞，傷心遲暮。縱有霞衣風馭，吸瀣餐芝，君豈是他儔侶。雲英未得，玉白空尋，歎息塵緣難遇。且伴長鑱住。謾愁畏、風雨空山無主。展一幅、丹青飛動，藍橋舊客，驀然驚顧。同心素。幾時把袖天台去。丙辰秋余遊天台，魯屬張瓜田徵士寫石梁觀瀑圖。

【校記】

〔一〕十二卷本未收此詞。

笛家　題撶石漵上讀書圖〔一〕

寶劍恩深，長楊賦罷，排閶莫叫，瞥然清夢家山曲。湘靈未老，抱瑟歸來，萬蒼春到，漵湖吹綠。朵朵煙螺，紫雲深窈，風雨先入屋。儘隨緣、伴耕釣，再領十年虀粥。幽獨。小樓清遠，鷹窠茶磨，海月湖天，翠袖無言，倚殘修竹。遙想、靜夜寒燈蓬逕，金石聲傳空谷。儻着朝韡，東華塵土，那必千秋卜。記坐暖、舊苔磯，抱被許來同宿。

【校記】

〔一〕十二卷本『撶石』前有『錢』。

東風第一枝 題乳巢西磎書屋圖，時乳巢客都門〔一〕。

蝶草鋪茵，鷗波織綺，東風漸綠磎館。將攜稚子山妻〔二〕，瀟灑筆牀鏡檻。竹寒沙碧，布置出、浣花江畔。更誤他、雙燕歸來，認是鮑家庭院。　看不盡、亂楊細綰。聽不了、嫩鸎脆囀。題詩賭酒年華，騎馬着紅頭面〔三〕。搖鞭花底，忍別卻、書堂茶琖。倩水村、寫出王孫，淚濕一方鵝絹。

【校記】

〔一〕十二卷本『題乳巢』作『題陳乳巢』。

〔二〕將攜，十二卷本作『攜將』。

〔三〕『騎馬』句，十二卷本作『偏惹香塵吹面』。

點絳脣 女蘿花

一握青絲，猩紅點滴朱脣破。纖柔髮髻，只合鴉鬟亸。　松栢西陵，許結同心可。休拋我，千纏萬裹，替你濃簪朶。

擊梧桐 啄木鳥〔一〕

翠舌金鍼度。誰遣使、長日敲鏗煙樹。一抹斜陽外，又牆角，嚶喔聲聲不住。青金鴉背，丹砂鶴頂，瞥見衣裳濟楚。隔竹、棋枰響，忽驚起葉動，枝搖何處。　槐陌陰踈，艸堂晝靜，任是倡俳來去。蠹蝕除難盡，饑且啄、空為鳳凰持斧。惆悵朱絲捍撥，美人雪面，寫綠窻怨語。待明年、司春來了，話汝辛苦。

【校記】

〔一〕十二卷本未收此詞。

喝火令 寒蛩

公子披衣歎，佳人放杼驚。月薣露葉弔三更。昨夜嚴霜飛了，何苦一聲聲。　牆闕秋將去，燈前夢不成。豳風時序感崢嶸，聽爾荒階，聽爾上堂鳴。聽爾單眠牀底，又攪故園情。

喜遷鶯 喜徐耕巖至自幽湖

楚江宿留。正夕陽吟望，倚欄搔首。一舸西風，三年別淚，忽共故人攜手。萍梗天涯何事，玉桂鄉關依舊。呼燈坐，見西山雨色，尚霑襟袖。　孤負相逢處。龜糲盤餐，寂莫傾寒酎〔一〕。久客情懷，離家心事，摠與菊花同瘦。簾外嚴霜如許，鏡裏朱顏難又。判今夜，把羇愁萬斛，話殘更漏。

【校記】

〔一〕酎，十二卷本作『奈』。

瑤花 朱鹿山太守招飲郡齋，時齋中建蘭盛開，填贈蘭宇鄰園〔一〕。

煖爐會早，驛騎飛來，報嶺梅開了。素莖綠葉，看又是，白石缸中春曉。光風簾幙，渾忘卻、江關秋老。判花前、醉倒觥船，還佩楚人芳草。　丹楓黃鞠參差，吹一縷真香，濃染衫帽。芝田蕙畝，恰供養，太守煙雲懷抱。庭階偎玉，況謝氏、諸郎盡少。倩崔徐、寫幅吳綾，那許清霜輕拗。

【校記】

〔一〕題注，十二卷本作『朱鹿山招飲郡齋，時齋中漳蘭盛放，填贈令子蘭宇鄰園』。

買陂塘 寄題樵史就鷗閣〔一〕

怪先生，賃廬如艇，深深撑入煙渚。年過半百顛盈雪，意外風波良苦。休再誤，筭鴨鬧、雞爭底似隨鷗鷺。急攜傢具。但稚子山妻，長鬚赤腳，此外更無侶。　漁竿在，便作江湖閒主。黃塵毫末奚補。綠楊淨掃苔磯滑，釣罷滿衣風絮。吾與汝。儘沙畔、聯拳幽夢頻頻作。好同心素。許酒琖茶甌，笠簷蓑袂，招我共題句。

【校記】

〔一〕十二卷本『樵史』前有『吳』。

花發沁園春 暮春出郭野步，見村岸緋桃餘花妖冶，謙谷為寫便面見貽，感而填此〔一〕。

箬逕泥柔，竹籬煙重，杜鵑聲裏紅減。蜂腰趁午，燕尾捎空，瞥見水村孤豔。年華荏苒，爭奈此、殘妝兩臉。筭只與、半晌低回，餞春詩句難欠。　廿四番風漸老，但青旗無人，搖颺空店〔二〕。劉郎便去，崔護須來，萬一那時相念。愁盈怨斂。煩替我、鈿皴脂染。無聊處，把看黃昏，楊花庭院深掩。

【校記】

〔一〕題注，十二卷本『謙谷』前有『汪』。

〔二〕『廿四』三句，十二卷本作『空店』，無『廿四番風漸老，但青旗無人，搖颺』句。

又

穀雨前一日，謙谷招同人泛舟，出皂林沿緣野岸，適僧人餉筍，輒作劇飲，仍用前調。

倦蝶黏花，遊魚嚙絮，淒然郊野綿綠。市梢兜盡，村角灣來，撐箇畫船如屋。幾聲布穀，聽喚起、人家耕犢。無賴是、一把晴絲，春愁吹散難束。　剛就林問燒筍，看僧廬纖纖，已長新竹。雀桑綻乳，蠶豆舒苞，煞地薔薇開足。東風太速，恁直待、明年方續。真無計，繫住斜陽，深盃斟滿須覆。

金人捧露盤

碧筒〔一〕

悄蟬吟，池塘外，水風搖。正涼堂，酒渴思澆。碧圓親拗，靈犀一點玉簪雕。丹唇雪齒，快教噏斟了隨消。　蒲彎伸，如看劍，櫻桃破，似吹簫。霎當筵，傳吸葡萄。金壺傾注，翠盤的皪萬珠跳。清虛漾作，五湖夢拼醉今宵。

【校記】

〔一〕十二卷本未收此詞。

薄倖 和呂聖求韻〔一〕

花風吹晚，漸鍼蘏，工夫也嬾。猛飛下，榆錢柳絮，攪起離愁無限。憶年時，逗與橫波，黃姑織女尋常見。伴索耳爐邊〔二〕，蛇紋琴側，深夜挑燈庭院。　恁放下，心頭事，羅袖上，啼痕長滿。如何有情緒，畫裙摺疊，開箱更把芙蓉展。淒涼誰管，悄無人臥向，屏山醒殺知更雁。從教作夢，喚起鸎聲未遠。

【校記】

〔一〕題注，二十卷本無。

〔二〕伴索耳，十二卷本作『伴鵲尾』。

好女兒 茉莉

歎了天泉。攜箇冰盤。向桐陰、自露春纖摘，正殘妝罷浴，隨宜梳掠，亂彈雙鬟。　風外雕闌斜靠，墜香雪、不勝寒。漸涼蟾、飛上紅羅帳，霎懵騰酒思，泥他清豔，不卸頭眠。

醉蓬萊 水蜜桃〔一〕

問靈和誰種，海嶠仙株，顧家林圃。吹熟梅風，漸纍垂紅嫵。鸚鵡時探，猢猻慣覓，倩園丁須護。翠籠封題，吳船遞送，頓消殘暑。　雋味初嘗，析膚分理，崖蜜應輸，雲漿猶妒。沁齒清寒，漫雪他新黍。料是蟠根，三千里遠，更三千年古。食盡冰盤，懷將珍核，怕人偷取。晉傅玄《桃賦》：『有東園之珍果兮，承陰陽之靈和。』〔二〕

【校記】

〔一〕十二卷本未收此詞。

〔二〕傅玄，原作『傅元』，蓋避清聖祖玄燁諱，故改。

紅娘子 夾竹桃

人面嬌如語。个字清堪數。定武甆缸，松釵棚子，蟬琴庭宇。記兩三枝綴、小籬門，認春江詩句。　莫要東風誤。更惹黃鶯妒。初種重三，未殘重九，早開重五。是那人翠袖，耐天寒，有恁般情緒。

西江月慢 懷偶圃

懷人渺渺，剛一葉、飄來庭樹。晚色靜蟬吟，牽牛花底，嫩涼微度。傍小樓、招手西風，便勾離恨，重提懽緒。奈故人、隔個關門〔一〕，惆悵斷魂賦。　料此日、蓴鱸情更苦。縱算是、儒冠不誤。鏡裏吳霜消不得，更淡煙疏雨。但暗憶、殢酒東軒，共看江月，共聽街鼓。恁別後、夢斷楚雲無續處。

【校記】

〔一〕隔個，十二卷本作『遠隔』。

望湘人 詠新荷

愛官蛙一部，花鴨半闌，綠槐幽夢池館。釀雨擎青，弄煙側暖。亂貼斜陽春晚。襪澣羅輕，袖翻翠薄，橫波雙翦。記晚涼魚戲西東，卻被沙鷗驚散。　傾與珍珠一串。奈湘皋佩解，故人天遠。便風綰留仙，謾妬別家團扇。萍根荇帶，此時相見。儘許芳心同展。怕後會，萬柄搖秋，瑟瑟空江清怨。

百字令　次韻詠梅〔一〕

繁華掃盡，倩東風、試把寒心先洩。管領荒園春幾許，點點殘年冰雪。簾額高褰，帽簷低亞，坐愛良宵徹。昏黄籬落，舊時多少磨折。　伴我老樹丫義，冷峰凹凸，況味愁難説。萼緑苞紅粧點處，訝許江南清絶。閑領羣仙，自招孤鶴，倚徧空亭月。夢回酒醒，者番光景親切。

【校記】

〔一〕據錢批本及十二卷本補。

臺城路　乙丑上元後，里中諸子紛然遠行，余亦有永嘉之役，感念離合，悵然填此。

斜陽一片春鴻影，東風可憐吹散。緑糝落衣，黄飄柳線，剛是燒燈庭院。齊擎酒盞。奈花外提鞭，遽成離讌。飲罷迴看，醉顔不似那時面。　相如遊興正倦，四三鷗鷺侶，不與相伴。橋堍簫聲，江邊賦手，一例天涯覊絆。吟魂頓遠。判去臥池塘，好山題徧。撇下荒廬，任他巢社燕。

西子粧

裙影搖簾，眼波漾酒，一朵嫩紅秋蘂。蛾峯兩點未禁愁，傍西風、靜橫春意。雲黏翠膩。那禁得、恁般滋味。悔當初，把一丸芳月，輕抛懷裏。　年華改〔一〕。夢到粧樓，笑語還雙倚。夢回攬碎雨千絲，是天公、替彈珠淚。餘情謾殢。奈長夜、挑燈各自。甚桃源、賺得漁郎似此。

【校記】

〔一〕改，十二卷本作『逝』。

探芳信　永嘉花信最早，二月中旬，諸花盡發，園丁雜綵數種插瓶几硯間，春意盎然矣。

甚瀟灑。奈暖絮融雲，輕綃蕩靄。漸江楳吹老，春愁頓如海。花郎手是黃蠭嘴，慣自和香採。也休教、走覔街頭，賣花人買。　簾底好風在。儘粉漬嘕痕，翠凝歌態。可惜無人，空拗與誰戴。燈前喚出花魂語，轉負東君債。笄南湖，正好踏青挑菜。

法曲獻仙音 永嘉觀燈

錦幄籠雲，綵毬飄翠，望去千光齊動。漏箭鳴城，露華霏巷，春深未愁寒中。正人在簾鉤側，荑苗自斜控。　暗香重。那禁伊、眼波遙送。防作弄，今夜霎時春夢。嫩綠小池塘，記情根、睂底曾種。料也相思，儘抛殘、鍼線閒空。待屏帷飛傍，化作綠毛么鳳。

渡江雲 江山一覽亭懷古

蒼煙環九點，斗城望極，落日海潮紅。驀然銷王氣，賸水零山，寂莫向春風。江心痛哭，歎衣冠，磨滅江東。彈指頃，么麽蛾賊〔一〕，遺孽靜煙烽。　飄蓬。牧童樵豎，島客鮫人，但等閒相送。誰解省，郭松丹井，謝草吟筇。垂楊即次飛狂絮，漸懶騎，寒食青驄。今古恨，一場春夢都空。

【校記】

〔一〕么麽，十二卷本作『麽髍』。

五綵結同心 詠甌巾

素絲經緯，綵綫衡從，織就一方文綺。裂下鳴機上，旋細澼，十八洞天春水。碁枰巧樣青紅錯，算湖縐，杭綾難比〔一〕。尋芳去，袖邊懷裏，記握那人纖指。　　裙腰者番休繫，端正揩粉汗，微霑香膩。萬一防輕墜，鮮痕褶，繡箇鴛鴦私記。陸郎一去斑騅杳，濕幾點，相思珠淚。更泥他，整釵攏髻，染得髩脣花氣。

【校記】

〔一〕『算湖縐』二句，十二卷本作『筭蜀錦，吳綾難比』。

城頭月〔一〕 雞鳴布

金釵河上寒閨女。月底機聲度。纔聽梭鳴，旋聽雞鳴，剪下甌江素。　　閒坊小市親持汝。細數青錢與。染就紅花，裁作輕裙，着向春天舞。

【校記】

〔一〕十二卷本未收此詞。

紅娘子　永嘉有紅梅名鴛鴦，一蒂兩花，結實雙仁，洵異品也。

綠萼休相妒。玉蝶應難數。翠幄雙棲，畫簾雙倚，錦鵨雙舞。趁微醺姊妹，立風前，更低回私語。鬟髻纖纖露。衫袂飄飄舉。庭院紅燈，亭臺紅粉，陌坊紅雨。仗高樓玉笛，莫輕吹，儘欄杆凝竚。

東風第一枝　柳絮〔一〕

欲起翻眠，將疏轉密，因風搖盪如霰。初飛送客江橋，又舞詠詩庭院。風流放誕，倩百丈、遊絲難綰。漫輕狂、彈指三生，夢繞白蘋溪岸。　休逐了、者番花瓣。重撲到、那時人面。飄來倦繡文簾，點入畫眉芳硯。年華催晚，怕愁損、傷春心眼。試倩伊、問訊江南，好在謝家吟管。

【校記】

〔一〕據十二卷本補。

過秦樓　寄乳巢揚州

倦蝏棲茵，老魚吹絮，斷送流年如水。草深池廢，笙冷臺空，畢竟春歸何地。愁海角望江南，蟾影虧盈，已輪三指。奈藥欄卅二，鳳簫廿四，迢迢揚子。 想別後、細馬垂鞭，玉船翻酒，聽否竹西歌吹。珠簾半捲，紅豆纔生，費盡樊川詩思。同是天涯，輸他帽側花陰，袖霑粉氣〔一〕。縱三生一夢，夢裏儘贏佳麗。

【校記】

〔一〕氣，十二卷本作『膩』。

瑞龍吟

江城路。又早母燕將兒，雄鳩喚婦。淒綿綠水朱橋，錦韉曾繫，門前那樹。 悄回步。瞥記眼波嬌小，冷凝衫紵。分明華蓋峯低，華陰里淺，恁時站處。 輕誤東風吹老，酴醾卸盡，頓消芳緒。惟有垂楊向人，猶自嬌嫵。夢紅浴碧，贏寫斷腸句。應難化、尋春鳳子，鬢邊飛度。事與東流去。遊絲不把〔一〕，斜陽絆住〔二〕。只解縈愁縷。歸院晚，離雲暗催闌雨。自薰繡被，細聽更鼓。

【校記】

〔一〕把，十二卷本作『絆』。

〔二〕绊，十二卷本作『少』。

又　重五前一日，仙門觀競渡，用夢窗『德清清明競渡』韻。

僊湖面。依約白鷺掀濤，老蛟吹練。錦標天際飛來，一龍奮攫，羣龍舞轉。疾於箭。遥指千橈齊動，雷驚雨濺。霎時翻簸鮫宮，腥風撼樹，墨雲弄晚。　容與翠旂綵索，神光離合，近前還遠。村角水涯髢香，鉛影零亂。繁絲急拍，聲隘東西岸。情搖颺、榴花妬豔，幂紅不斷。畫舫簾全捲。隔蒲一笑，鏡心分散。漸灑慵歌懶。愁作弄，芳蘭靈均幽怨。黛峯無際，綠陰一片。

瑞鶴仙　題美人撲蝶圖

暖風飄紫楝。正人在簾心，夢雲吹斷。無言弄紈扇。下苔階閒整，石榴裙襇。蘼蕪逕淺。印鞵幫、新痕瘦減、乍輕盈掌上，飛來又被，薔薇鉤轉。　難遣煙絲織翠，雲縷拋陰，漸闌鶯燕。窺香金眼。多情葉，底猶戀。悄花陰腕露，一雙跳脫，迤邐假山擒徧。笄條柔沒了，工夫那拈繡綫。

掃花遊　綠陰次中仙韻二闋（一）

淒綿巷曲，漸雲暖煙昏，亂楊狂掃。鶯身嬌小。記萬花遶閣，那回尋到。一徑蘼蕪，認取蘿裠色好。怎知道，被葉重子低，遮卻多少。閑立人悄悄，但穹翠浮晴，濃陰拖曉。舊情錯了，怕脂殘粉膩，鏡心偷老。偏覓餘香，霎眼鈿車去杳。恁懷抱，又催歸、一聲林鳥。

【校記】

〔一〕據十二卷本補。

又〔一〕

小庭似幄，早卸了鞦韆，掃清紅雨。芳心在否。被盧家嬌燕，盡情銜去。弄蘂攀條，不省濃粧那樹。黯凝竚，但一片綠雲，圍得如許。芳讌知甚處，更老卻尋香，蜨蜂無數。草池晚步，任遮遮密密，碧深無路。笙管慵拈，只剩啼紅杜宇。望平楚，最淒涼、客中春暮。

【校記】

〔一〕據十二卷本補。

丁辛老屋集卷十九

澡蘭香 永嘉重午用夢窻『淮安重午』韻〔一〕

梅陰結幄，榴豔拖幮，此景客情早覺。蘭湯浴曉，桃印黏扉，故事儘看如約。憶年時、細汎菖華，傳傾蓮缸幾蕚。玉糉同心共解，重重香蒻。　自別上元燈火，數到天中，五窺蟾魄。燕釵玉瘦，鳳扇綃殷，愁損綵絲簾幕。恁閒身、抛與江東，冷對蒲人自酌。更不耐、閣雨重雲，又低欄角。

【校記】

〔一〕十二卷本未收此詞。

殢人嬌 丁東花

珠珞紛披，金鈴齊颭。慣醉倚、梅風暈臉。紅心幾縷，朱脣一點，筭配與，垂絲海棠無辨。　雨潤姿明，日薰肌暖。怕六幅、榴幮妬豔。纖腰玉瘦，翠裳羅軟。便蝴蝶輕盈，也休騰踐。

金縷曲 簡惺齋〔一〕

幾日金臺醉。想提鞭、蘆溝書券，馬卿歸矣。問訊園林平安否，破屋數間而已。但贏走、六千餘里。袖裏上林殘賦草，倩細君、裁作糊窻紙。塞翁馬，勿憂喜。　虎頭誰是封侯器。只尋常、虀鹹粥淡，儘難料理。四十頭巾猶未脫，眼見已輸吾子。又何論、緋衣銀佩。許事淒涼思細話，但回頭、魚雁程迢遞。千重嶺，萬重水。

【校記】

〔一〕題注，十二卷本『惺齋』前有『家』。

沁園春 中秋前三日，厚石書來，并寄《沁园春》兩闋，見答清隱葊感舊之作，如數酬之〔一〕。

盲雨連吹，華蓋峯陰，涼風掃廬。正繩牀踈冷，飄殘孤蜨，甌江清駛，遞到雙魚。愁裏牽愁，夢中記夢，勾管儂情十倍渠。吟還憶，儼四三寒影，移傍西湖。　江山儘彀清娛。悔習氣當時未破除。漫書聲一縷，抛殘寥泬，箋題數字，今定模糊。瘦便能狂，老還未嫁，應被山僧笑腐儒。君休矣，只槐黃幾度，白了頭顱。

【校記】

〔一〕題注，十二卷本「厚石」前有「汪」，「并寄沁園春兩闋」作「並寄此調」，「如數」作「次韻」。

又〔一〕

舉眼良宵，不覺低頭，余懷渺然。算月如無恨，圓須休缺，秋之為氣，涼易催寒。檄可驅風，詩能已瘧，多謝良方僕病難。頻搔首，盼方壺縹緲，飛夢江關。　何時笑口團圞。奈粥飯譸來未判年。歎一錐漂泊，立還無他，孤雲掩冉，飛去何天。炊忝光陰，轉輪身世，不話前塵佛也憐。拚歸日，索鞭驢湖畔，重省枯禪。「小方壺」，厚石書齋名。

【校記】

〔一〕十二卷本未收此詞。

高陽臺　九日永嘉郡東山亭登高感作

亂葉棲蛩，蒹蘆逗雁，孤亭日景初斜。能幾重陽，登高又是天涯。黃花縱仗西風活，奈西風、吹老黃花。暗咨嗟，一抹涼雲，薄到蟬紗。　年華忽地都偷換，漸孤村黯澹，老樹槎枒。秋社蹉跎，那尋燕子人家。綵繩纖手難傳信，任新愁、堆積如麻。望參差，白了寒蟾，宿了昏鴉。

臺城路　偕倪生兄弟攜酒重過張毓文池上樓遲月

筇枝曾熟池塘草，相逢又聯清影。烏几憑高，綠窗拓晚，一箇翠蛾閑靚。量泉試茗。聽虛籟泠泠，冷飛松頂。幾笏峯凹，初更盡了涌圓鏡。　還拚酒邊醉醒〔一〕，呼燈圍小讌，同賞幽靜〔二〕。蓉蕾舒裳，菊苞綻錦，況是撩人秋興。羈懷暗省〔三〕。奈浪跡萍蹤，重遊無定。待約姮娥，夜寒來說餅。

【校記】

〔一〕『還拚』句，十二卷本作『恁時酒思難整』。

〔二〕同賞幽靜，十二卷本作『任醉無醒』。

〔三〕暗，十二卷本作『默』。

又〔一〕　樵史今年六十矣，九月之杪書來溫州，話舊敘今，今自傷貧困，因填此調代簡，且以當南飛之鶴云。

潘郎早自悲霜鬢，西風更催鴻陣。持鉢光陰，團沙心緒，爭奈恨中題恨。書勞問訊。把二十年愁，通盤輸進。一穗寒鐙，夜深和淚與挑盡。　黃花儘隨瘦損，怕他歡會日，大家難認。僕縱差強，君還未耄，稍待流年新運。生涯謾論。算兩字饑寒，未妨姑忍。且質金釵，換三升美醞。

【校記】

〔一〕十二卷本未收此詞。

八犯玉交枝

嶺雨縣絲，洞雲涌絮，淡冶春山似舊。尋入枇杷花逕小，那日斑騅來又。十年孤負，恁嫁卻了桃根，盈盈桃葉偏相守。叵耐背燈擁髻，愁深蛾岫。　琴心擘下做弄〔一〕，箇人者瘦。那分同斟芳酒。漫相見、又還相咒，料緣分、三生眞有。便解與、香囊暗齅。任教阿母窺幂縐。筭做夢多年〔二〕，今宵醒到雞鳴後。

【校記】

〔一〕做，十二卷本作『作』。

〔二〕做，十二卷本作『一』。

鳳凰臺上憶吹簫

糝絮煙村，霏桃雲洞，無端誤我重來。恁鴛鴦比翼，荳蔻含胎。一覺樊川舊夢，虛十載、飛上金釵。空尋覓，驚鴻片影，泥照粧檯。　猜猜。者分散也，想別後魚箋。底用親裁。惹輕魂一縷，飄蕩顛涯。賸有淒涼通德，燈影裏、伴我傷懷。傷懷處，迴腸幾轉，轉轉難灰。

鵲橋仙 七夕

羇鴻孤塞，暗蛩深院，涼浸一簾秋水。玉龍吹破指生寒，又幾杵、清碪空際。怕拈鍼綫，忍看星月，索向畫屏先睡。夜深夢去祝靈禽，可有分、銀河同濟。

臨江仙〔一〕 秋柳

驀地東風青眼老，春花看到秋花。強扶憔悴掃籬笆。眉摧腰又折，煙態沒些些。可惜長條攀欲盡，乳鶯換了昏鴉。夕陽幽夢冷窗紗。涼蟬無意思，猶換一聲遮。

【校記】

〔一〕 十二卷本未收此詞。

解語花 坐采山亭殘桂下擘蟹，時亭將更他主。

苔甎蛬咽，露井桐枯，亭館秋如許。翠煙凝暮。幽巖底、颺出冷香一縷。殘芳暗數。更費得、消凝幾度。琴罷彈、涼氣森森，飛上新詩句。　曾倚廊西那樹，每蟾蜍騰彩，深醉狂舞。酒盃如故。惟堪惜、不與此花為主。年華任悞，貪一晌、清歡留住。拚夜深、堅坐持螯，聽鼓樓更鼓〔一〕。

【校記】

〔一〕『聽鼓』句，十二卷本作『聽鼓』，無『樓更鼓』。

又 聽松苓度曲

燭龍吐燄，簫鳳歙溫，春溢瓊疏裏。箇人纖媚。夭斜甚、纔好鈿箏年紀。偷聲減字。比鸎語、更還清脆。應不須、縮髻塗粧，儘彀銷魂矣。　安頓一生花底，況風流梳裏，添與標致。暗吹香氣。分明認、的的素蓮芳蘂。蔥攕蛾細。那髣髴、柳枝通體。剛辦將、醒眼看他，蚤弄成荒醉。

南鄉子 丹陽道中

缺月帶踈星，袖裏輕鞭趁曉行。一領絮袍渾潑水，寒冰，半是霜零半淚零。　書劍太伶仃，忍聽騾網領下鈴。為問酒壚何處有，天明，過了長亭過短亭。

鶯啼序 題曹孺巖孝廉集句詩稿後，即送其偕計北上。〔一〕

西風正蘇肺病，倚連蜷桂樹。睇雲外、一字鴻低，迥寫秋景遲暮。歎懷抱、重陽過也，那堪鎮日風和雨。漸飄零菊蕾，蓉苞半霑泥土。

半世雕蟲，撿韻綴字，算儒冠久悞。謾憐得、繡虎才人，悲秋還製新賦。怪蟬聯、杜詩韓筆，想豪興、飛揚跋扈。一篇篇，似倩麻姑，細搔癢處。

紉蘭作佩，緝芰為裳，自來心貌古。數樂事、書倉甃石，跌宕琴尊，南面環城，破除珪組。衙官詞客，奴隸騷人，晉唐那復論餘子。暫抽毫、遊戲編詩句。評量色味，侯鯖比似酸鹹，古錦髣髴鍼縷。

登歌妙手，重上金臺，定注名官簿。只可惜、南湖煙柳，空掃荒磯，東塔晨鐘，誰聽殘杵。臣今老矣，鑽研故紙，長留天地詩卷在，判餘年、繙訂叢殘譜。傷心楓落天寒，瑟縮青衫，淚痕酒污。

【校記】

〔一〕十二卷本未收此詞。

解語花 鞭春

風蘇菜甲，雨漬苔衣，團弄冰霜化。碧紅填畫，宮壺斷、整備綵鞭將打。旛垂柳亞，俄眨眼、全身粉卸。芳宴開、翠縷朱絲，簫鼓喧晴野。

還記閣婆喚駕，有千頭繭栗，分送閒雅。彩錢酬價，停杯笑、今夕便成春夜。香泥散也，看燕戶、又營空榭。遊興催、塵土襟情，儘蹇驢相借。內宮用五色絲綵杖鞭牛，直閣婆掌管預造小春牛數十，飾以綵旛雪柳，分送殿閣巨璫，各隨以金銀錢彩緞為犒，臨安府亦鞭春開宴。並見《乾淳歲時記》。

又 翦綵

椒盤罷頌，栢酒微醺，慵理閒鍼綫。試燈亭館，沉吟坐、整頓鬟釵綴燕。輕寒未餞，知翦處、蔥攕定懶。菱鏡開、華勝親簪，現出宜春面。　愁憶玉梅小院，道勝常初了，何事消遣。斷縑零絹，裁量細、驀地惱人心眼。天涯旅倦，應揣得、者番清怨。孤夢遙、飛傍粧臺，看萬花飄散。

又 賣燈

紅雲弄曉，豔氣薰晴，錦簇新街巷。翠竿凝望，千燈揭、無骨最傳巧匠。朱帷碧幌，聽一片、春聲遞唱。人語闌、悄逗簾心，喚買新花樣。　因念趙家舊壤，剩琉璃珠絡，車馬遊賞。軟紅吹漲，斜陽淡、刺眼萬光高颺。流年暗想，須坐守、月華圓朗。看綵棚、香影騰宵，賺臉霞都仰。《乾淳歲時記》：新安所進無骨燈，雖圈骨皆用琉璃，姜白石句：『珠絡琉璃到地垂』。

又 試鼓

餳簫漸動，爆竹猶聲，催趲春來路。綺窻朱戶，鼕鼕響、驚斷夢雲一縷。雙槌旋舞，偏賽得、官蛙兩部。街市喧、密約看燈，喜上新鬠嫵。　少日細腰打處，歎蕭郎空老，分付兒女。漁陽殘譜，消磨盡、不記摻撾情緒。歡場漫與，還準擬、踏歌同去。聽上元、十棒飛來，看錦綳韡袴。

玉漏遲 上元前一夕翫月武定橋上〔一〕

綵雲低玉宇。暖光搖影，暗香飄縷。冷拍闌干，漸濕滿衣春露。為詢姮娥好在，可曾染、齊梁塵土。相憶苦。似應念我，者番覊旅。　江山舊醉蘭成，幾花落閒臺，葉凋芳渡。翠榭珠簾，不認那家高樹。縱道繁華是也，算惟有、秦淮如故。回首悞。水邊任催歌鼓。

【校記】

〔一〕 題注，十二卷本作『武定橋上翫月』。

臺城路　胭脂井

高臺冷落朱門閉，寒灰又生芳草。古甃泉枯，壞欄綆斷，曬得胭脂紅老。臨春窅窱。想瓊樹朝新，轆轤催曉。倉卒隋兵，黃塵袞袞動江表。　牽拂袞衣繡襖，笑絲繩共挽，分付休掉。長夜尊空，後庭花謝，衹要償他官號。心肝詎少。怪剩辱難澗，殘銘堪悼。恁說無愁，幾時愁得了。陳末時有一鳥，獨足飛上宮城臺，以嘴畫云：『獨足上高臺，腐草化為灰。欲知我家處，朱門當水開。』見宋曾慥《靈異小録》，曾子固有《辱井銘》。

蝶戀花　水榭有見戲調許漢槎

試院街平清月映。十棒楊花，見說今宵盛。自揭珠簾堅意等，夜深只怕鞵幫冷。　瞥眼全身驚不定。一縷衣香，殘酒都吹醒。僥倖芙蓉雙蒂並，迴燈壓住人兒影。

喜遷鶯　春曉賦春聲

短檠消暈，漸影動碧紗，棲禽難穩。花打旛鈴，欄敲簾押，料峭曉風偏準。暗記鬧燈街遠，又早賣餳簫近。翠霞上，惹閒心一縷，驚雷如筍。　休問。殘夢斷、偎煖泥衾，喚起流年恨。鶯在紅樓，燕愁繡戶，軟語弄人嬌困。二十四橋流響，二十四番吹緊。笑羈旅，乍聽來倚擔，未成歸信。

南鄉子 題梅夢小景

斜月正昏黃，倚竹無言徹骨涼。脈脈巡檐剛索笑，寒香，勾引輕魂赴蝶牀。　相見只尋常，一覺三生恨轉長。翠羽啁啾渾訴別，思量，繫住流年聘海棠。

憶舊遊 暮春客白下漁所〔一〕，緘寄此調，煙綿霧織棖觸旅愁，輒用玉田詞韻郤簡。

甚錫簫一縷，嬝霧吹霞〔二〕，管到愁邊。正作江南夢，被空簾喚覺，羈旅山川。酒旗水村飄處，那惜典衣錢。奈細馬吟春，輕煙翠柳，誰共尊前。　堪憐。小園裏，但燕蹴香泥，鷽滑流泉。悵望鄉關杳，賴楚江雙鯉，遙遞吳箋。苦憶兩湖煙雨，雙槳載花船。怕彈淚東風，青衫染就紅杜鵑。

【校記】

〔一〕　十二卷本『漁所』前有『陳』。

〔二〕　霞，十二卷本作『雲』。

掃花游　瞻園送春

乍晴又雨，恁翠幄陰陰，障來如許。亂紅塞路。更風飄萬點，滿天離緒。人柳三眠，尚記那時眉嫵。漫狂舞。早池面遊魚〔一〕，吹嚼晴絮。　彈指春已去。沒半晌溫存，便無尋處。年華暗度。被東君草草，作成遲暮。雙燕樓臺，任占雕梁自乳。悄延佇。怕殘鶯，笑人羇旅。

【校記】

〔一〕遊魚，十二卷本作『錦鱗』。

憶少年〔一〕

殘春時節，傷春心事，送春詩句。春禽也無賴，喚春花姑住。　不見春來春又去。筭春光、總消風雨。江南看春盡，問明春何處。

【校記】

〔一〕據十二卷本補。

聒龍謠 送董會嘉歸成都

翠滴牽牛，涼生促織，驀動思歸情緒。回首蠶叢，早夢兒先去。纔聽盡、建業昏鐘，漸看過、漢陽秋樹。筭郵程、萬里差強，問重九，到家否。　江風緊，棧雲低，念歸日好及，芙蓉紅嫵。浣花溪畔，想草堂如故。試郫筒、美酒頻酤，正丙穴、嘉魚堪縷。怕那時、忘卻秦淮，有人孤旅。

金縷曲 秦淮次張玉李韻

恁地鶯花冷。賸斜陽、數株髡柳，悄然重省。飄瞥酒壚花底夢，歡緒漸灰芸餅。虛髣髴、那回煙景。清淺淮流寒漾綠，記褰簾、豔照驚鴻影。圓月底，幾番等。　喉珠拋與成僥倖。便而今、翠帷深密，賺人閒聽。費盡錦纏狂一顧，空買斷魂歌令。真不願、夙因重證。為語樊川休刻意，怕傷春、贏得三生更。吾去矣，喚江艇。時擬返禾。

一剪梅 詠瓶梅〔一〕

拗損東風玉一枝。影綴離離，香逗絲絲。寒泉滿注養冰甆，蠭已先知，蝶又偷窺。　綠萼紅苞賭豔姿。不是江妃，定是瑶姬。春來無計躲相思，琴韻希微，笛韻參差。

【校記】

〔一〕據十二卷本補。

探春慢　上元署樓望鐘山積雪

鵲尾爐煨，龍脣琴掛，客窻相對枯槁。卯酒銷紅，丁簾捲白，獨倚危欄寒眺。横放乾坤眼，奈江國、久留鴻爪。破裘爭忍天風，泠泠飛下孤峭。　空裏玉鱗狂舞，曾醉撫萬松，秋夢頻到。冷塢埋春，遥岑斂翠，山色也隨人老。一角斜陽漏，漸幾片、癡雲都掃。待喚騾綱，梅花還去同拗。

沁園春　雪水

鵲喚移時，拭眼晨曦，四簷有聲。想被寒凝住，元惟暫白，和泥流出，濁豈撓清。瘦減梅魂，濕黏峯黛，趲取江波一夜生。天公意，問終朝幻化，冷暖何情。　冰霜悮我深盟。早同向東君印證明。任爐紅融玉，旋加松卵，甌香沁骨，靜注茶經。搓得元宵，篘將新麴，須喚鍘童貯滿罌。荒村外，記段橋寒盡，細漱沙汀。

又 冰花

熨貼微波，巧漏冬心，乍當氣寒。恁蜀江鋪練，濯來素錦，越溪澄鏡，澣出文紈。霰雪裁根，琉璃作地，任是良工鏤琢難。晶簾下，謾簪釵拗玉，並彈煙鬟。　分明簇簇團團。有意外文章水面看。筭凝肌太脆，鴛鴦休浴，銷魂無氣，蛺蝶寧穿。不待春妍，卻緣春卸，說與繁華只等閒。孤清甚，趁東君未至，著意輕憐。

齊天樂 登朝天宮飛霞閣次玉李韻〔一〕

東風扶上春雲頂，回頭九龍街小。雁背橫晴，欄腰靠晚，驀記枯筇曾到。飄然木杪。認無恙江山，那回清峭。俯仰蒼涼，斷霞一片颾斜照。　忽忽勝遊過了，冶亭無限樹，零落多少。玉笛飛花，銀笙喚月，閑拉黃冠憑吊。狂來脫帽。把萬斛牢愁，盡輸孤嘯。鶴夢驚迴，幾聲清怨繞。

【校記】

〔一〕 題注，十二卷本無『次玉李韻』。

買陂塘　玉李以詞來，頗有離索之感，同陸柳塘次韻慰之〔一〕。

乍淮流，暖風吹動，泠泠冰下清響。王孫久客歸無計，愁與草痕齊長。春漸盎，聽玉笛、橫宵轉助飄零想。休添悵惘。待忍過輕寒，脆篁生澀，欵欵嫩鶯養。　燒燈過，謾憶神情散朗。詩篇聊寄幽賞。無端昨夜廉纖雪，定盼剡溪雙槳。神已往。奈海底、沉冥未製珊瑚網。歡盟易爽，判撇了江南，一丝烟雨，〔二〕冷落共秋幌。

【校記】

〔一〕題注，十二卷本無「同陸柳塘」。

〔二〕「判撇」二句，十二卷本作「判撇煙雨」。

意難忘　次答玉李見懷之作

各抱寒冰。恁迢迢旅枕，夢也何曾。歡場隨地減，愁緒逐年增。從雪虐、又風凌。江閣賺同憑。笑過堂、冷虀殘粥，管住閒僧。　東風分散鷗朋。任簷鈴打雨，巷陌收燈。離心紛楚水，春怨濕吳綾。香百合、翠千層。遊興轉飛騰。約甚時、晴郊散腳，慰汝枯藤。

白蘋香 詠新綠

芳緒不勝燕子，春痕欲惹鶯雛。微陰嫩日卷簾徐。昨夜小樓聽雨。　多謝東風著力，江南噓盡寒枯。搓香弄色更能無。借取胭紅越女。

摸鱼儿〔一〕 題許雪鴻寒江釣雪圖

恁清寒，短蓬如葉，蒼茫飄墮銀界。連江玉戲顛狂甚，風急滿身飛灑。孤興在，把嫋嫋、珊竿靜擊玻璃碎。長空晻曖。任抖擻青蓑，四無人影，幽夢落嚴瀨。　千峯白，贏取桃花西塞。沉沉青景難買。知君袖得垂綸手，冷與沙鷗相對。姑且耐。等拉個、漁師一笛橫天外。煙波共載。好喚起詩魂，水精宮闕，應勝跨驢背。

【校記】

〔一〕詞牌，十二卷本作『買陂塘』。

鬢雲鬆令〔一〕 柳腰

態夭斜，粧濟楚。通體苗條，羞澀翻低俯。隔戶看來纔十五。怕說顛狂，苦被春擡舉。　翠帬圍，緗帶縷。新燕風流，穩抱將愁訴。瘦倚東君擽一舞。轉影迴身，送出鞦韆女。

【校記】

〔一〕詞牌，十二卷本作『蘇幕遮』。

又 柳眼

悄橫波，寒一點。嬾困扶頭，眇眇開還掩。月曉鶯啼凝瀲灩。情盡橋邊，看殺離人慘。　注風簾，撩雨檻。擒淚相思，只怕珠飄臉。弄白迴青明又暗。偷覰春心，少婦樓中豔。

又 柳眉

雨梢梢，煙寸寸。絮惹絲牽，無語先凝恨。學畫修蛾愁蹙損。淡掃江南，脂粉東風褪。　翠螺深，晴黛嫩。十樣新圖，那及天然韻。試把芙蓉人面襯。髩鬌文君，差比春山近。

又 柳絲

甚芳魂，吹不斷。嬝嬝煙空，慣把離人絆。玉女盆繰園客繭。想睹春工，碧落抛金綫。染難成，梳更亂。惹蝶牽鶯，組繡閒池館〔一〕。纖雨初零清影輭。誰試穿將，珠淚剛盈串。

【校記】

〔一〕『組繡』句，十二卷本作『繡出閒池館』。

又 柳綿

暖黏空，晴墮影。攧鷂風來，一陣斜難整。春去春來蹤不定。誰惜飄零，轉笑輕狂性。逐飛花，穿野徑。水驛溟濛，魚膢吹青鏡〔一〕。判共浮雲根蔕淨。回首章華，清瘦無人省。

【校記】

〔一〕膢，十二卷本作『騰』。

探芳信 聞新鶯

悄無語。漸脆舌初調，新篁試鼓。恁江南春好，風標尚如故。關山夢熟璇閨女，漫自穿簾戶。記分攜、月曉寒輕，共聽悽楚。　次日正覊旅。歎丸藥心情，抛梭時序。淨飾金衣，只怕翠襟妬。清圓自在花深囀，一索喉珠賭。要知音、除是東風作主〔一〕。

【校記】

〔一〕　東風，十二卷本作『東君』。

丁辛老屋集卷二十

沁園春 紅葉

碧綠青林，露下微黄，霜高漸丹。似斜陽返照，芙蓉臺榭，東風吹暖，芍藥欄杆。三匝烏飛，一繩雁呌，好駐籃輿仔細看。葫蘆酒，便傾來一醉，比較朱顔。　明霞點綴煙鬟。縱奪得春工霎地殷。奈空山雨歇，晴烘寺角，秋林翠薄，濃抹江干。二月花光，御溝詩句，不信天公着意寒。淒涼甚，是離人血淚，染此斑斕。

憶舊遊 自題青谿邀笛圖 并序

戊辰七月，留滯秦淮，友人將入蜀，攜歌酒取别，遂作夜汎，移船過丁字簾前，寶意尚未就寢〔一〕，爲吹笛作《梅花三弄》。碧天無雲，涼月在水，清淮十里，渺渺兮予懷也，痛飲達曙而别。明年夏，重客谿上，追摹前景，如墮煙霧，長洲黄方川爲余寫此圖。舊雨前塵，一時在目。眞山谷老人所謂『作夢中夢，見身外身』也，悵然成此闋。

記長橋古步，買酒徵歌，嘯侶呼船。撩撥關山恨，正淒涼蜀道，低唱離筵。兔華暗生鍾阜，飛上泬寥天。奈一片西風，玉龍怨澈，丁字簾前。　淒然。故人去，恁雪貌珠喉，不到愁邊。何限銷魂意，只倩他周昉，圖入蠻箋。世上幾回離合，青鬢換華顛。算六代風流，消磨也只同去年。

【校記】

〔一〕十二卷本『寶意』前有『商』。

疏影　春暮偕杉亭同年遊昆明湖上作〔一〕

晴波瀉淥，正曉風澹澹，吹縐文縠。一片神光，金碧澄鮮，參差倒影浮玉。嬌鶯飛入宮雲暝，料百囀、花陰難足。更彩紅、迴跨中流，似為翠鬟粧束。　迤邐亭臺映帶，草痕望不極，隄遶湖曲。髣髴西泠，落絮遊絲，慣與鈿車相逐。繁華自被東皇惜，肯轉憶、林園幽獨。待倩他、小李將軍，細筆染成橫幅。

【校記】

〔一〕詞牌下注，十二卷本無『偕杉亭同年』。

沁園春　都下有歌童，工色藝，而特妙於口輔，梁山舟名之曰『笑渦兒』，屬周西隴、汪桐石兩同年填詞贈之，邀余繼作〔一〕。

秋翦橫波，蹙起微潮，輕圓有痕。想登臺擁袂，乍迴舞雪，搴帷舉扇，細嬝歌雲。欲語歛鬢，佯羞弄帶，逗露靈犀一點春。天然韻、便啼眉齲齒，欠此風神。　芳名錫自情人。更銷盡春風別後魂。任陳王賦好，輕憐翠靨，施家村遠，莫泥嫣曠。翻水年華，拈花態度，歡喜偏成懊惱因。無聊甚、試圖成輭障，喚下眞眞。

【校記】

〔一〕詞牌下注，十二卷本作『都下有歌童，姿藝冠一時，梁山舟名之曰「笑渦兒」，索賦一闋』。

疎簾淡月　題金絜齋先生秋林覓句圖〔一〕

涼風乍起。漸月露盈盈，滿襟秋思。一院桐陰演漾，碧窗烏几。溪灣菡萏殘猶未，脫紅衣、又添紅蘂。短詩初就，矮廊欲暗，竹聲敲碎。　儘描出、歐陽賦意。稱旅人懷抱，冷官滋味。疎雨微雲，不數孟公清致。披圖自笑空泥滓〔二〕，引歸情幽夢煙水。夕陽老樹，南湖小艇，伴鷗同睡。

【校記】

〔一〕詞牌，十二卷本作『桂枝香』。詞牌下注，十二卷本『金絜齋先生』作『金丈絜齋』。

〔二〕泥滓，十二卷本作『羈滯』。

又　送吳祺芍同年歸歙〔一〕

江東賦手。恁策馬金臺，便思南首。欸欸離情話盡，數聲宫漏。東風綠煞千行柳，怪無端，與添清瘦。乍同春到，忽隨春去，是春孤負。　奈分散、者般太驟。暫輭紅無味〔二〕，往尋歌酒。六六峯前，暫許煙霞消受〔三〕。提鞭只怕東華又，筭文章聲價誰偶。遲君幾歲，芳樽再把，杏花時候。

【校記】

〔一〕詞牌下注，十二卷本無『同年』。

〔二〕無味，十二卷本作『離卻』。

〔三〕暫，十二卷本作『儘』。

望湘人　題家蘭泉同年三泖漁莊圖〔一〕

乍涼波動葹，高柳喚蟬，好秋飛墮圓泖。穩縛香茆，淨專翠島。儘許乾坤長嘯。閒帶笭箵，自挐舴艋，稱身校衬。把釣竿、低拂珊瑚，那放遊塵吹到。　九點青螺縹緲。但雲山韶濩，曲終人杳。恁海雨江風，消得此生懷抱。叢蘆作雪，冷霑衫帽。忽憶前盟鷗鳥。待甚日、去覓漁兄，肯借筆牀茶竈。

【校記】

〔一〕詞牌下注，十二卷作『題家述菴三泖漁莊圖』。

高陽臺　杉亭招同蔣晴墅、陳賓所兩同年飲寓齋，杉亭填此調見示，輒為繼聲〔一〕。

柳綫黏鶯，苔衣襯蝶，輭紅不到花深。一曲迴欄，相思肯厭頻臨。商量便脫寒衣典，要東風、暝熨愴心。泥芳斟，免使春愁，驀地搜尋。　酒人燕市飄零盡，怪酣歌擊筑，邈矣餘音。壯士江山，還容我輩題襟。怱怱即怕春光老，想胭脂、漸染西林。謂憫忠寺海棠〔二〕。待行吟，萬一湔裳，人在煙潯。

【校記】

〔一〕詞牌下注，十二卷本『杉亭』前有『吳』，『陳寶所』後無『兩同年』。

〔二〕憫忠寺，十二卷本作『法源寺』。

洞仙歌 酬杉亭

青驄寒食，漸落紅催趁。又點潘郎那時鬢。正嬌鶯、喚醉弱絮牽愁，無聊處、何苦題他前恨。　金荃煩譜就，減字偷聲，自寫清狂舊風韻。羅扇拂輕塵，旅夢年華，休空想、粉圍香陣。好將息、吟身莫傷春，怕枉費、相思睡都難穩〔一〕。

【校記】

〔一〕都，十二卷本作『情』。

解語花 有序

李養恬有女僮名雙雁，年甫十二，歌舞並妙。乙亥五月，過訪淮上，索觀不得〔一〕，蓋方侍其如夫人暫詣梅里舊居也〔二〕。養恬老懷寥寂，酒邊話及，輒形於詩，故拈此調以解之。

朱闌卍字，暮雨巫峯，憑數華年小。髻丫梳了。纖明甚，是朵櫻桃開蚤。人前強笑。怕背地、怨情都曉。何苦將，紅豆輕抛，作弄鶯聲惱。　名取雁兒恁好，儘雙飛雙宿，誰耐孤悄。霎時鴻爪。秋風未、一點楚雲先杳。書傳不到。應料得、悞人青鳥。如要他〔三〕、行步相隨，但喚伊春草。『終須買取名春草，處處相將步步隨。』劉禹錫《寄贈小樊》句。

【校記】

〔一〕索觀不得，十二卷本作『不得一見』。

〔二〕如夫人，十二卷本作『其姬人』。

〔三〕他，十二卷本作『伊』。

凄涼犯　秦淮秋柳同杉亭用白石韻

夜來簾外，蕭蕭甚、清淮曉動離索。畫橋水淺，紅樓粉褪，尚搖欄角。西風太惡。恁吹得煙消翠薄。算當年、金城舞態，一種付冥漠。　追憶春遊處，婀娜腰身，儘隨行樂。嫩鶯老去，剩門前、舊鳥寥落。漫說江潭，怕雙鬢霜華點著。奈依依、擁袂注眼，望後約。

鵲橋仙 七夕前一日偕杉亭坐水榭遲所思不至

一蟬高柳，幾峯斜照，鋪寫滿襟秋思。清淮十里翦橫波，奈盼斷、仙槎飛至。　浸簾星月，濕衣風露，涼氣泥人無睡。浪傳烏鵲解填橋，卻懊惱、今宵還未。

天香 詠淡巴菰吳門朱秋潭屬和

篋籠勻鋪，銀刀細切，絲絲盡化金縷。蔥莖點注，櫻顆含咀，散作一天花霧。恁般滋味，比橄欖、檳榔猶愈。髣髴挑燈夜悄，謾解羅囊無語。　相思日常幾度。把筠枝、頓忘吟苦。最是夢闌酒醒，那回情緒。石火星星迸處，漸一陣、蘭香暗中吐。怕不禁寒，爐薰更炷。

摸魚兒 題蔣心餘舍人《聽秋詞》後〔一〕

怪英雄，幾多清淚，拋成愁海無際。傷春纔過悲秋又，大半馬頭船尾。遊倦矣，嘗徧了、東西南北愁滋味。唾壺擊碎〔二〕。似霜壓營門，數聲哀角，徹夜走邊騎。　豪吟處，謾訴平生侘傺。才人千載如是。秦郎辛老皆吾與，何必竹山為替。差可喜。且手署、冰銜詩卷留天地。月華似水。待喚取紅兒，檀痕細掐，譜出斷腸字。

【校記】

〔一〕詞牌，十二卷本作『買陂塘』。小注，十二卷本『蔣心餘』後無『舍人』。

〔二〕唾，十二卷本作『吐』。

齊天樂 自題《丁辛老屋圖》〔一〕

長庚太乙都成幻，壬寅露霏庭院。樹拂辛夷，門藏亥市，渾似庚辛池館。丁簾自捲。待辰日栽瓜，掃除荒蘚。剛卯何憑，半年辛苦輭紅輭。　營巢信同紫燕，也知防戊巳，雕梁寧戀。道士庚申，詩人丁卯，并作閒中消遣。年庚漫筭。但壬癸平鋪，北窻人倦。玩易研朱，愛涼遲卯飯。壬癸席名見《湘東備録》。

【校記】

〔一〕詞牌，十二卷本作『臺城路』。小注，十二卷本『圖』後有『二闋』二字。

又

羈棲上巳還端午，玉河盡抛香絮。餞亥迎寅，過申犯卯，總是孤吟愁賦。丁年暗度。笑午陛晨趨〔二〕，短驢纔僱。子夜歸來，姓名那用掛朝簿。　竹風漸催織紵，料來無甲帳，閒讐辛鼓。丙午同生，庚寅我降，雌子甲辰無數。安心學圃。任六甲靈飛，閉關誰語。補屋牽蘿，甲申休夜雨。

【校記】

〔二〕　笑，十二卷本作『筭』。

東風第一枝　題夫人繡字圖　并序〔一〕

鉛山蔣非磷先生，心餘舍人尊甫也。少壯即賦遠遊，故舍人自髫齔以至成名，咸得太夫人鍾之教焉。先生下世後，太夫人從奩篋中檢得《詠梅》十詩遺稿，輒為和淚伸縷繡成一幀，並敘其所以，而自系三絕句於後。迺命工繪圖，合裝成軸，俾流示子孫，永章前徽。丙子七月，偶客南昌，舍人出示此圖，屬余題詞其上。

墨縷頻縈，金鍼暗度，鮫人淚漬東絹。曉鐘已動寒城，剪刀肯停小院。心花意蘂，仿佛是、天孫雲段。想繡牀、錦字迴文，未有者般清怨。　描不盡、半生冷面。題不了、傲人白眼。偶吟處士梅花，更拈謝家翠管。冰天雪夜，似再舉、當年食案。任倡疇、徐淑秦嘉，漫自鎮常相見。

又

雪老孀闈，春濃玉砌，曉風吟對孤樹。絳帷儼坐經師，板輿好巡藥圃。留賓剉薦，正有客、來尋雞黍。念故人、拜母登堂，為話芥荼辛苦。　歌寡鵠、漫營牖戶。勤劃荻、更完嫁娶。春暉百歲方長，壽萱一枝乍吐。披圖雒誦，竟不認、殘絨芳縷。料淚珠、成串橫拋，盡化冷香詩句。『淚珠成串上殘絨』，太夫人自題句也。

【校記】

〔一〕十二卷本未收此詞。

八寶粧　題汪秀峯《飛鴻堂印譜》〔一〕

素練光騰，丹砂豔發，錦袱翠函初展。油膩休教寒具涴，捧向疏桐高館。琳琅宛在，未殊煮石山農，指頭辨析周秦漢。絕勝古文奇字，玉書金簡。　摭羅急就凡將，李斯史籀，眼明難溷真贗。任珍畫、法書如海，藉鑒賞、圖書為券。何須說、停雲妙擅。印人還與增佳傳。待乞取鐫摹，譜中添個姓名看。

【校記】

〔一〕十二卷本未收此詞。

望湘人 題吴門女史徐映玉《南樓吟稿》後

正蟬琴曳響，蘭箭逗芳，綠槐高館深夏。沁雪抽思，敲冰琢句，頓地清涼遥借。扇詠班姬，絮吟謝女，最贏風雅。想玉臺、翡翠琉璃，鎮日隨身瀟灑。還憶南樓多暇。恁書牀鏡檻，淨明如畫。料帳遶青綾，未待剪刀工罷。裁雲縷月，嚼花含蘂，織就雲機無價。算不是、萼綠華來，那與飛瓊相亞。集中多與雲清夫人唱和之作，雲清姓許氏，名玉晨，蘭泉之新配也〔一〕。

【校記】

〔一〕『蘭泉』句，十二卷本無。

清平樂 題家山甫十三本梅花書屋圖〔一〕

玉闌干畔。倚遍情餘戀。消息南枝春已轉，恰趁試燈風輭。金徽漫託琴聲。夜寒惟自調筝。顛倒坡仙詩句，閑來招鶴荒亭。

【校記】

〔一〕據十二卷本補。

卜算子 秋牕聽雨圖〔一〕

生怕鐵衾寒，獨背蘭釭坐。一葉芭蕉幾樣聲，滴得秋心破。　涼夜最多驚，久客真無那。夢裏還家好當歸，夢也何曾作。

【校記】

〔一〕據十二卷本補。

法曲獻仙音 題沈學子六十歲像後〔一〕

珠黯吳奩，劍鳴秋匣，老去還餘豪氣。雙屐青峯，一竿圓泖，幽懷自耽煙水。回首風塵內，飄然竟歸矣。　半生事，欲相逢、幾人知己。只賺得、霜華鬢邊髭裏。花甲已平頭，問碧梧、小鳳巢未。便仗經神，也須要、蘭夢呈喜。趂嶺梅香暖，試覓六朝佳麗。

【校記】

〔一〕十二卷本未收此詞。

摸魚子　題金椶亭秋江擁棹圖〔一〕

楚峯青，翠螺千朵，横江迤邐如鎖。鷗翻鷺立蒼葭外，秋雪滿空飛墮。紅婀娜，更一片、赬霞髣髴穠桃裹。閒拏單舸。任叩楫中流，波平天遠，高唱有誰和。　船頭坐，儘許漁郎呼我。青蓑黄帽俱可。元眞夙有神仙分，也釣鱸魚幾箇。風漸大，勝十丈、紅塵蓬勃吹鈴馱。遮篷穩卧。但少個樵青〔二〕，玉龍喚月，半夜水雲破。

【校記】

〔一〕詞牌，十二卷本作『買陂塘』。小注，『椶亭』前有『金』。

〔二〕但少個，十二卷本作『但惜少』。

蝶戀花　為椶亭題徐定郎小照〔一〕

飛絮輕狂難捉定。卻被情人，一把絲牽定。幻影嬋娟呼定定，夜涼出浴更初定。　逝水流年莫定。攬袴輕紅，一晌歡情定。我似病僧剛入定，春風不動天花定。

【校記】

〔一〕十二卷本未收此詞。

齊天樂 桐陰結夏圖〔一〕

綠雲堆裏疏蟬響，沉沉晝長無暑。倦貼桃笙，慵拋竹扇，吟罷花枝纔午。好風暗度，但清拂琴牀，潤添茶具。一片濃陰，豆棚何用障庭宇。　桐華都已落盡，尚憐么鳳在，棲向深處。乳燕捎枝，青蟲墜葉，渾助清涼意緒。斜陽過雨。更豔氣飄荷，雪痕銜鷺。一枕羲皇，北窻幽夢作。

【校記】

〔一〕十二卷本作『臺城路　題沃田桐陰結夏圖』。

瀟湘逢故人慢 酬學子喜余至揚之作時寓江橙里齋中〔一〕

紅橋春暝，記徵歌卜夜，沉醉迴船。一別冷秋煙。又輕裝江滸，催渡霜天。相逢執手，筭重來、也是因緣。揚州夢、苦將青鬢，大家換卻華顛。　君休矣，題舊事，怕相思、淚痕還染吟箋。幸笑口團圞。但只管尊前，莫話從前。新詞脫手，愛清韻、和似箏絃。官梅外、綫添長至，倩誰譜唱當筵。時沃田六十初度〔二〕。

【校記】

〔一〕學子，十二卷本作『沈沃田』。

〔二〕 此注據錢批本及十二卷本補。

齊天樂 題江雲溪《杏花影裡填詞圖》，蓋取陳簡齋『杏花疎影裡，吹笛到天明』句也。

十年家近紅橋住，江郎最饒詞賦。雪盡長溝，煙低故苑，偏聽玉龍橫處。新腔自度。正草長江南，小樓春雨。短帽茸衫，忍寒獨夜向誰語。　東風暖催那樹，幾枝疎影裏，聲裊如縷〔一〕。換羽移宮，含葩嚼蘂，半為知音吟苦。花陰月午。怕牆腳潛行，有人偷譜。莫恁孤吹，小紅低唱與。

【校記】

〔一〕 裊，十二卷本作『嫋』。

又 題浦雨生孝廉《停琴翫月圖》〔一〕

篔簹千个風搖漾，空山更聞琴響。草亂邱中，泉鳴石罅，彈到煙消雲朗。餘音遠颺。漸眾籟泠泠，滿襟秋爽。舉首蒼茫，翠微闕處月初上。　孤懷共誰俯仰，一規清影滿〔二〕，相伴幽賞。宿鳥風驚，啼蛩露咽，都助高寒情況。閒披鶴氅。便離隔塵凡，置身崑閬。欲抱枯桐，夜涼還獨訪。

【校記】

〔一〕 詞牌下注，十二卷本無『孝廉』。

〔二〕 满，十二卷本作『裹』。

一萼紅 余愛中仙『一掬春情，斜月杏花屋』之句，因屬家鏡香寫《斜月杏花屋填詞圖》，而系以此解〔一〕。

鬧红枝〔二〕。又花風上番，吹過小樓西。閒煞南湖，聽殘春雨，深巷常掩荆扉。奈牆角、酣酣態度，漸月上〔三〕，籠住最相宜〔四〕。酒豔文君，腮横越女，都付清詞。　遙夜苦吟何事，恁愁羅怨綺，慣皺雙眉。鶯睡簾昏，燕歸樹静，誰與同話襟期。也曾傍、梅谿竹屋，更心折、白石是吾師。要唱江南一曲，只怕花飛。

【校記】

〔一〕 詞牌下注，十二卷本『屬』前無『因』；『而系以此解』作『自題此闋』。

〔二〕 鬧紅枝，十二卷本作『暖香吹』。

〔三〕 上，十二卷本作『影』。

〔四〕 最相宜，十二卷本作『最高枝』。

金縷曲 汪中也寫水仙小幅見貽，輒同雲溪效竹垞先生體，禁用湘妃漢女洛神事，并如其數題於左方〔一〕。

繡綫挑春醒。漸東風、釀出瑤花，十分閒靚。破臘江村寒欲罷，水淺沙明如鏡。有小隊、仙姝停等。一尺雲鬟釵股重，趁清宵、伴立涼蟾淨。倩誰與、寫香影。　王孫妙腕時乘興。肯輸他、錢老倪迂，識花心性。翠帔璫冠裝束巧，通體貌來齊整。更凍石、冰苔交瑩。雪後韶華先占取，待江梅、開了纔紅杏。幾莖玉，早持贈。

【校記】

〔一〕詞牌下注，十二卷本『汪中也』作『汪雪礓』，『見貽』作『見贈』；『禁用』句無，有『并如』句。

又

雨雪江城裏。正攔街、銀蒜千囊，擔頭爭市。蠟色黃梅高似屋，南燭子垂狐尾。更配取、山茶紅翠。插向銅瓶粧閙掃，算明姿、總遜雲裳麗。想標格，看江水。　波香露影誰堪比。要安排〔一〕、十二屏山，護他芳氣。練白新礬東絹幅，幻化粉光雲膩。似染出、平原公子。素壁黏防泥土涴，急裝池、滑笏吳綾細。畫叉短，要撐起。

【校記】

〔一〕要，十二卷本作『待』。

又

匝月僧廬住。怪桫羅、貝葉叢邊，嫩蕤芳吐。髹几銅瓶剛炙研，正助銷寒風趣。但袖手、花南無語。展向斜陽光照額，甚塗成、宮樣黃如許。須琢個、玉盤貯。灌花待乞金莖露。怕眞眞、幽魂寒悄，夜深飛去。一笑橫江風雪外，不見采香閒侶。幸未是、傷春時序。驀地成連彈一曲，為知音、珠淚抛無數。舊盟在，記鷗鷺。

又

幾日歸篷又。正瀕行、贈幅丹青，故人情厚。待到家園春已動，只怕牆陰開久。便掛向〔一〕、茅堂清晝。蝶粉蜂黃閒不得，玉闌干、圍處都穿透。香一縷，迸檀口。　賞花讀畫殘年守。鎮相於、梅兄礬弟，菜盤椒酒。小閣圖書天籟散，近賃居項氏天籟閣。此卷弆藏非舊。卻信是、孤芳難偶。肝膽平生渾不俗，用元牟巘句意。任披吟、幽豔霑衫袖。吾與汝，共寒瘦。

【校記】

〔一〕便，十二卷本作『但』。

琵琶仙　雲溪移寓康山填贈

深雪城隅，更移傍、凍雀踈枝籬落。猶想歌黛凝愁，峰螺尚如昨。門逕啟、東風漸轉，早安頓、研山琴嶽。奉母籃輿，馱書蹇衛，何用騎鶴。　聽簷際、冰柱抛階，又還似、琵琶響清角。瞥憶武功前事，剩牆頭紅萼。憑點染、江郎賦筆，筭此才、合置邱壑。他日雞黍追懽，甕邊人捉。

燭影搖紅 中也仿南田賦色紗燈見遺〔一〕

一色冰綃，點脂著粉東風活。華堂子夜試雙懸，面面春偷洩。一炬緋羅映徹。悄飛來、黃鸝紫蝶。趙昌風露，崔白丹青，徐熙凹凸。

佳賞風流，試燈曾約芳菲節。雲階月地照清狂，那怕燈花說。少壯而今消歇。縱歡娛、都成愁結。錦氍迴舞，翠扇翻歌，燭心空熱。

【校記】

〔一〕詞牌下注，十二卷本作『雪礓仿南田畫紗燈見貽』。

東風第一枝 雪霽渡江歸舟作

樹暗南徐，霞明北固，千山霽雪如練。遠疑粉彈偷勻，近知翠膚弄暖。船頭注目，直送盡、離亭長短。筭渡江，幾徧荒寒。未抵者番清怨。

春到也，歲華已換。裘敝也，酒痕未浣。倚篷冷擘紅箋，拍肩滿傾碧琖。歸心遙去，但忍負、東君青眼。待甚時，飛上金焦，喚取玉龍重按。

臺城路 舟中望惠山用玉田韻

雪殘古岸霜初曉，船頭九龍橫碧。巢鶴翻松，江鴻拂荻，攪亂峰間霞色。推篷望極。覺苔染遥岑〔一〕，舊年春入。可惜悤悤，故鄉無此好林石。　名泉應訪故跡〔二〕，品題虛第二，曾未遊歷。小閣風爐，都籃茗具，定試春風佳日。雲煙頓失。那姑緩輕颿，醉吟今夕。且等重來，為君鑱翠壁。

【校記】

〔一〕苔，十二卷本作『綠』。

〔二〕故，十二卷本作『舊』。

探春慢 歲暮山塘即事

一塔銜船，千家帶雪，山塘早已春動。餞臘光陰，迎年風物，無事不縈鄉夢。綵勝沿門貼，更火逼、唐花香重。惱他嬌小吳娘，色色把人攛弄。　絃管畫樓爭擁，恁祀竈行儺，者般倥傯。最好年光，偏愁客抱，面藥口脂誰送。驀記南湖畔，小園裏、老梅開凍。判取歸時，牀頭雲瀉芳甕。

玲瓏四犯 題朱吉人春橋《草堂圖》〔一〕

小郭雨晴，深春花暖，茅堂閑對芳草。檻前煙樹織，屋角風篁掃。藥欄又都放了。想簾心、篆爐香嫋。几淨烏皮，硯磨龍尾，長日鎮清嘯。

攤書那、知昏曉，但爬搜庫部，箋注蟲鳥。泠尋驢背句，靜下溪唇釣。村橋偶策枯笻立，更贏得、詩人丁卯。同調少，除非是，成都杜老。

【校記】

〔一〕據十二卷本補。

水龍吟 雲溪書來，云别後又殤一女，即次其送余之淮陰詞韻，卻簡慰之〔一〕。

那尋方士鴻都，一春盼斷仙山路。宫壺瀉漏，吳蠶抽繭，難描愁緒。勉撫遺嬰，長欹單枕，此情千古。恁泉臺間隔，殤魂縹緲，又索乳、孃邊去。

此際潘郎最苦。任忘情、忍澆芳醑。花房太嫩，瓊枝更脆，都消煙浦。雲溪今年悼亡後先殤一女。差幸孤桐，穩棲雛鳳，慰將羈旅。待重圓破鏡，還膠錦瑟，共鴛鸞侶。

【校記】

〔一〕十二卷本未收此詞。

踏莎行 題朱春橋《桐溪垂釣圖》〔一〕

竹粉飄肩，柳煙染袂。桐溪綠似桐江水。一竿冷釣甑山陰，菜花時節鱸魚美。　春老皃閒，磯空鷺睡。幽居愛覔漁兄弟。雲山韶濩有知音，底教常伴元真子。

【校記】

〔一〕十二卷本未收此詞。

清平樂 題汪生翠篠《山莊填詞圖》〔一〕

千竿風竹。杜老江村屋。瀟灑繩牀書百軸。儘與晝吟夜讀。　翩翩玉樹風姿。傳來樂府佳題。但有井華水處，都歌柳七新詞。

【校記】

〔一〕十二卷本未收此詞。

二十卷刻本跋

曹自鋈

穀原先生詩不名一體，而色色與古人相肖。《讀莊子》則似淵明之《讀山海經》，《遊廬山》則似靈運之《過始寧墅》。《五代史雜詠》則似王建『花蕋』諸宫詞。其他傷離贈别纏綿愷惻之語，無不直追古人而與之逼肖。然遺貌取神，非若有明王李諸人生吞而活剝之也。嗣君敦初以其集示余，余反復讀之不厭，深懼抄本零落，不足以永其傳。乃授之剞劂氏，凡兩月而工竣。就先生手定，自壬子迄辛巳，計詩一千三百餘首，離為十七卷。外有詞四卷，先為橙里江君梓於邗上，兹復加刪訂，併作三卷，附於詩後，共二十卷。其餘雜著文集，以俟續刊。丙申仲夏新安曹自鋈忍菴氏拜跋。

附録一　王又曾年譜

朱洪舉　編訂

丙戌（康熙四十五年，公元一七〇六年）出生

十月二十四日，詩人出生。《丁辛老屋集》卷六《十月二十三日重游江心寺歸坐張毓文池上樓倪生補齋雲垂兄弟招同方玉莽虞道持蔡雪齋攜酒饌至即席賦示倪生二首》有句『昨夜蛟龍雷動蟄，明朝四十景催闌。天涯何事關雙鬢，鏡裏偷窺雪一團。』自注云：『昨夕雷雨，明日余四十初度，已見白髮。』詩作於乙丑（乾隆十年，一七四五年），詩人四十歲。依此上推，詩人當生於一七〇六年，即康熙四十五年丙戌。

乙巳（雍正三年，公元一七二五年）二十歲

同錢載、朱沛然、陳向中、祝維誥訂交，五人聯肩吟嘯，情同手足，世稱『南郭五子』。（《丁辛老屋集》卷十五《輓陳漁所茂才四首》有句云：『若翁乳巢翁，逮朱與祝錢。暨又曾而五，定交乙巳年。新詩訂南郊，晨夕吟肩聯。』）

附：

朱沛然，字霖齋，桐鄉人。雍正三年移居滮湖南白苧村，自號偶圃。雍正己酉以五經舉於鄉。乾隆丙辰，以五經成進士。知高安縣三年，以病告歸。乾隆己巳四月初七日，病卒於江西。

陳向中，字書緣，號乳巢，嘉興縣人。副貢生。著有《桐乳巢詩》十卷。乾隆七年壬戌入京，三年始歸，復客於揚州。後轉客西安及涼州等地。（見錢載《懷陳丈向中西安》自注，《蘀石齋詩集》卷一一。）

祝維誥，字宣臣，號豫堂。先世居海甯袁花，後買錢氏綠谿莊，乃籍秀水。著有《綠谿詩鈔》。乾隆丙辰，舉博學鴻詞，部議謂非三品大臣之舉，不准試。戊午中舉人，官內閣中書。久官薇省，循例當以司馬外補，顧于簿書錢穀之事，非所樂為，遂解組南旋。卒於乾隆丙戌。（朱壬林《綠谿詩鈔》序）

金兆燕，字鐘越，號椶亭。吳敬梓從表兄兼連襟金榘之子。三十歲前，隨父休寧訓導任。後為揚州鹽運使幕僚，轉揚州書院學習。年近五十中丙戌科進士，任揚州府學教授，擢國子監博士，升監丞，分校四庫館書，著有《椶亭古文鈔》、《椶亭詩鈔》，後合為《國子先生全集》。

戊申（雍正六年，公元一七二八年）二十三歲

冬，與錢載（當時二十一歲）、朱沛然、陳向中、祝維誥集偶圃，合訂五家詩為一集，曰《南郭新詩》。（錢載《朱大明府沛然歿於江西四月七日靈櫬歸里五月二十日載之聞耗六月晦日久而不能哭之以詩今聞將以十二月八日葬於桐鄉某原賦寄輓詞十五首》詩自注：戊申冬，君偕陳二乳巢、祝大豫堂、王五受銘及載合訂試卷曰《南郭新詩》。《蘀石齋詩集》卷十二）

庚戌（雍正八年，公元一七三〇年）二十五歲

八月，同錢載游萬蒼山，相約他日結隣西磵。（錢載《憶雍正庚戌八月偕王五入萬蒼山延覽諸勝約

結隣西磵》，《蘀石齋詩集》卷四八）

壬子（雍正十年，公元一七三二年）二十七歲

接受陳向中所贈貢墨。（見《陳乳巢餉貢墨用山谷謝黄從善司業寄惠山泉韻》）

夏，同錢載泛舟過朱沛然處。（見《同錢蘀石泛舟過朱偶圃》、錢載《集厚石齋二首》自注：『壬子夏，同豫堂受銘于偶圃文會。』《蘀石齋詩集》卷六）

與吴興茅湘客相互唱和。（見《古意酬吴興茅湘客》）

癸丑（雍正十一年，公元一七三三年）二十八歲

為錢載畫題詩。（見《題蘀石為汪謙谷畫山茶二首》）

甲寅（雍正十二年，公元一七三四年）二十九歲

游丁家山、遊西湖。（見《丁家山》、《岳忠武王墓》、《西湖獨酌懷蘀石》）

同朱沛然、錢載等緣雨莊納涼。（見《偶圃招同錢七蘀石綠雨莊納涼》）

題搨本元祐黨籍碑。

同錢載、汪筠等詠藕。（見《汪七謙谷招集華及堂同蘀石詠藕》）

附：汪筠，號謙谷，汪森之孫，擅譜詞，有《謙谷集》六卷。

乙卯（雍正十三年，公元一七三五年）三十歲

為錢載畫題詩。（見《題蘀石為吴大樵史畫水仙》）

汪筠贈竹杖。（見《謙谷贈椶竹杖》）

為姚研北詩題詩。（見《題姚六研北聞湖櫂歌後》）

與吴興茅湘客相互唱和。（見《酬吴興茅丈湘客不嫁惜娉婷之作》）

十二月廿九日，與錢載聯句于萬光泰壽興橋側寓居。（見〔丙子〕《正月三日汎舟出北郭過楞伽精舍三首》自注：『亡友萬柘坡徵君舊居在壽興寺橋側，與精舍最近。乙卯小除夕偕錢蘀石編修聯句於此。』）

附：萬光泰，字循初，一字柘坡，秀水人。乾隆丙辰舉博學鴻詞，試罷，旋舉順天鄉試。尤精周髀之學。年三十九卒，著有《轉注序言》二卷、《漢音存正》二卷、《遂初堂類音辨》一卷、《柘坡居士集》若干卷。（全祖望《萬循初墓誌銘》）

丙辰（乾隆元年，公元一七三六年）三十一歲

過蕭山。（見《蕭山縣》）

七月後過新昌。（見《新昌曉發》），詩中『亂蛩醒客耳』，可知是秋天。此詩上首題作《舟中見新月》，詩中有『七月初三夜，一鉤渾爾光』句，可知詩人過新昌乃在七月後。）

遊天姥峰。（見《天姥峰棗樹歌》）

同天台陳拜君宿曇華亭。

觀石梁瀑布。（見《觀石梁瀑布歌》）

丁巳（乾隆二年，公元一七三七年）三十二歲

同錢載、陳向中、朱沛然集錢陳群齋中賦詩。（見《同乳巢萚石偶圃小集錢香樹先生齋中即席分賦》）

附：

錢陳群（一六八六—一七七四），字主敬，號香樹，浙江嘉興人。與長洲沈德潛被乾隆稱為『江南二老』。致仕後加尚書銜，晉太子太傅，死後贈太傅，謚文端。有《香樹齋詩集》。

八月初三，與錢載、陳向中集溪亭茗話，為錢載畫題詩。（錢泰吉《嘉興錢氏世藏書畫録》：『一蕾一啼痕，一萼一笑靨。買得小紅衣，底復憐根葉。王又曾題。』鈐受銘朱文印。）

八月十六日，與錢陳群、陳向中、朱沛然等集錢載回谿草堂。（見《中秋後一日陪錢香樹先生曉村乳巢偶圃集萚石回谿草堂詠盆中佛手柑得霽字》）

冬，同祝維誥、錢陳群、錢載、朱沛然一起賦詩。（見《祝豫堂歸自馬蘭峪同香樹先生萚石偶圃賦》，詩中有『至後大雪厚一尺，城西報我有歸艇』句，可推知祝維誥歸在冬季。）

與吳樵史相互唱和。（見《酬吳樵史二首》）

戊午（乾隆三年，公元一七三八年）三十三歲

在杭州送陳拜君還天台。（見《西泠送拜君還天台》）

同錢陳群等一起賦詩。（見《張瓜田歸自睢陽香樹先生招同諸君用少陵寄題江外草堂詩韻》）

送朱石蘿、鄭鏡渟。（見《送朱石蘿鄭鏡渟計偕北行兼簡祝豫堂》）

為張瓜田石梁觀瀑圖賦詩。（見《張瓜田為畫石梁觀瀑圖因屬狄君寫小影置其前賦二首》）

己未（乾隆四年，公元一七三九年）三十四歲

正月十六夜在春暉堂同諸友賦詩。（見《正月十六夜集春暉堂分賦》）

客紫微山下，六月邀吳樵史同賦梧桐花。（見《桐華歌》序：「月令季春之月桐始華，昌黎《寒食日出遊》詩『桐華最晚今已繁』是也。今歲余客紫微山下，曹氏齋前高桐一本，六月始作花，感其得氣過晚，輒邀樵史同作。」）

陳冰壑邀遊天台，詩人未去。（見《冰壑訂遊天台余不果同行略述前遊以為導》）

夏，在吳樵史處飲酒。（見《夏夜飲樵史茗香閣同用韓公山石韻》）

同吳樵史互相唱和（見《和樵史食芥心》、《和樵史醒後忽聞蟋蟀》）

庚申（乾隆五年，公元一七四〇年）三十五歲

送沈退翁。（見《送沈丈退翁遊還居二首》）

赴茅湘客之招，同盧敬甫、鄭鏡渟、錢𢹂石游姚園、真如寺。（見《湘客招同盧敬甫鄭鏡渟錢𢹂石探春郊外翼日赴招則湘客他適矣因偕三君出西郭遊姚園過真如寺遂至頂尚書墓下歸途醵飲村店敬甫賦古詩五章余為成五律八首》）

三月一日，同錢載、陳經業等重游姚園，陳維新留飲竟日。（見《三月一日湘客招同盧敬甫錢𢹂石陳匏村重遊姚園主人陳維新留飲竟日敬甫用余探春八首韻紀事余輒次和敬甫古詩五章並呈諸君》）

附：陳經業，字毓恬，號匏村，秀水人，貢生。著有《匏村詩集》八卷。

遊西湖。（見《西湖雜詩六首》）

夏，過沈茗源春暉堂。（見《過沈茗源春暉堂詠盆中黄山松》，詩中有『我屋漏雞柵，毒暑尤難蹲。朅來此茗話，祓滌眼耳根』句，故可推知應在夏季。）

過臨平。（見《臨平道中》）

為朱沛然送行。（見《題偶圃介石圖即送其謁選北上》）

辛酉（乾隆六年，公元一七四一年）三十六歲

夏，偕陳向中、錢載遊西湖，晚登南屏等地。（見《偕乳巢𢹂石汎飲西湖晚登南屏至壑莽憩山亭觀摩厓家人卦》，詩中有『是時殘暑斂，霽景豁臺榭』句，故推知當在夏季。）

游理安寺。（見《理安寺》）

遊靈隱寺。（見《飛來峯》）

秋，遊覽楊梅塢，上天竺、韜光菴等地。（見《蚤飯邱菴度後岡至楊梅塢憩興福教院遂登上天竺還至靈隱晚入韜光菴》，詩中有『時屬秋滂餘，苔磴滑復冗』句，故推知為秋季。）

與陳向中互相唱和。（見《和乳巢看菊花三首》）

與陳經業、陳向中、錢載等在南湖飲酒。（見《陳匏村招同陳乳巢錢蕖塘蘀石泛飲南湖》）

壬戌（乾隆七年，公元一七四二年）三十七歲

與汪筠看桃花。（見《謙谷招過華及堂看桃花鄭鄭圃先有詩見待即席賦酬二首》）

過富陽。（見《富陽縣》）

送陳向中入都。（見《送乳巢入都》）

五月三日，與晉江倪生兄弟在西湖飲酒。（見《五月三日晉江倪生兄弟餞余西湖》）

五月五日，朱沛然官高安，邀王又曾及其仲兄偕往，冰壑追餞至西湖。（見卷十三《琴鶴樓》序：『偶圃之官高安，邀家仲兄暨予偕往，冰壑追餞至西湖。於時方重五，湖中盛張水嬉，遂累醉茲樓，縱觀競渡，忽忽十有五年。』）

過桐江。（見《桐江》）

五月，自桐廬至瀧中。（見《自桐廬至瀧中四首》，詩中有『舶趠風來五月寒』句。）

過常山。（見《常山道中感興》）

六月，入彭蠡口。（見《入彭蠡口四十韻》，詩中有『我來六月朔，炎風正吹夏』句。）

登滕王閣。

受阻於松湖渡。（見《阻風松湖渡散步短述》）

夏秋之際，抵達筠州。（見《東軒三首》序『宋蘇穎濱先生謫監酒稅筠州，以稅司敝不可處，乃假部使者府就廳事之東，構軒曰東軒』。詩中有句『匝月臥江航，炎暑酷深甑。突兀見此屋，褰裳發清興。』）

在筠州寫信給汪筠、陳經業等。（見《代書詩三十韻簡謙谷》、《卻簡匏村即次其贈別原韻》）

至筠州後不久得病，與朱沛然、吳鶴江等一起喝酒。（見《秋日養痾東軒偶圃偕吳鶴江纍夕過飲得詩三首》）

游昭明太子廟。（見《梁昭明太子廟二首》）

寫詩給商盤。（見《贈會稽商寶意司馬二首》）

附：

商盤（一七〇一—一七六七），字蒼雨，號寶意，一作字寶意，號蒼雨，浙江會稽人。雍正八年庚戌科進士。初以知縣用，特旨改翰林院庶吉士，授編修。纍官至雲南元江府知府。精於音律，工詩，有《質園詩集》。

在筠州賦詩向陳右銘祝六十大壽。（見《九言詩二十韻寄壽陳右銘六十初度》，詩中有『我滯筠州距隔二千里，惜不聽唱孤雀南飛篇』句，可知此時詩人仍在筠州。）

秋，謁三閭大夫祠。（見《謁三閭大夫祠》，詩中有『薜荔村祠雨，蘼蕪楚塞秋』句。）

冬，於筠州賦詩與商盤相互唱和。（見《古詩五十韻次酬寶意》，詩有『霜深關塞寒，日短烏蟾快』句。）

為商盤《雲波集》題詩，欲啟程至江浙。（見《冬暖》，有『急趁輕船下嚴瀨，蘭谿美酒正堪斟』句。）

過彭蠡口。（見《彭蠡口夕望》）

過上灘。（見《上灘行》，詩有『寒風臘月猛於虎，怒打滄江嘯江樹』句。）

癸亥（乾隆八年，公元一七四三年）三十八歲

春，過吳樵史處信宿始別。（見《過樵史就鷗閣信宿始別集杜四首》，詩有『村鼓時時急，春流岸岸深』句。）

次韻酬鄭鄭圃。

五月十四日，同陳經業、祝維誥、萬光泰、汪孟鋗仲鈖兄弟集錢載寓齋，即席賦詩。（見《五月十四日匏村招同祝豫堂萬柘坡汪厚石桐石兄弟集錢蘀石齋即席徵題各賦八首》）

夏，臨平道中同人看白荷花。（見《臨平道中同人看白荷花六首》）

為茅湘客祝七十大壽。（見《同人分詠吳興故事為湘客七十壽得松雪齋》）

題江上女子周禧天女散花圖。

重陽前後，欲到姑孰，同祝維誥、萬光泰、錢載等飲酒賦詩。（見《將之姑孰厚石兄弟招同豫堂蘀石柘坡汪愓齋餞余小方壺即席分賦得姑字》，詩有『重陽溜歸艇，清霜應染鬢』句。）

與祝維誥、錢載、汪孟鋗、汪仲鈖等泛舟城東。（見《愓齋招同豫堂蘀石柘坡厚石桐石汎舟城東餞

行得詩二首》）

附：

汪孟鋗，字康古，號厚石，秀水人。乾隆丙戌進士，官吏部主事，有《厚石齋集》。

汪仲鈖，字豐玉，號桐石，秀水人。乾隆庚午舉人。有《桐石草堂集》。

至平望。（見《晚次平望》）

過荆谿。（見《荆谿道中》）

至姑孰，商盤留宿官齋。（見《初至姑孰寶意留宿官齋兼辱贈詩奉酬四首》）

為商盤等人畫作題詩。（見《題商今素先生出峽圖》、《題寶意樵風別業圖》、《題寶意廬山觀瀑圖》）

至蕪湖。（見《蕪湖懷古二首》）

秋，同商盤賦詩，詩人欲返回嘉禾。（見《江上送秋同寶意賦四首》，詩中有『見說梅花開嶺路，小春歸去亦差佳』句，後注：『時余將返嘉禾。』）

十月，同商盤贈別。（見《疊薄遊韻三首酬寶意贈別之什》，有『十月梅吐萼，小駟寒香吹』句。及《寶意送至江干風便遂行》、《將歸嘉禾留別寶意》）

觀太白樓。（見《太白樓觀蕭尺木畫壁歌》）

冬，抵金陵，登報恩寺塔。（見《登報恩寺塔浮圖》）

冬，觀雨花臺。（見《雨花臺》，詩有『朔風健毛骨，曉上雨花臺。初暘燭飛霜，千林白皚皚』句）

觀天界寺、瓦官寺、靈谷寺。(見《天界寺》、《瓦官寺》、《靈谷寺》)

甲子(乾隆九年，公元一七四四年)三十九歲

初夏，同王元啟之弟讀書石舟山房。(見《初夏同惺齋弟讀書石舟山房雜興四首》)

附：王元啟(一七一四—一七八六)，字宋賢，號坦齋、惺齋，嘉興人。乾隆十九年進士。晚歲專於《易》，精於曆算。著有《惺齋論文》、《惺齋雜著》。

過李養拙處，看杜鵑花。(見《雨中過李養拙看杜鵑花》)

秋，酬汪仲鈖。(見《酬桐石》，詩中有『稍緣病退秋情健，不為涼多酒力勝』句。)

與錢載和詩。(見《和蘀石翁莊感舊四絕句》，詩中有『西風殘夢在虛堂，忍得青衫一味涼』句。)

同王元啟微雨入山。(見《同惺齋微雨入山》，詩中有『小榜軋秋港，微陰帶殘鷺』句。)

是年，同錢載、祝維誥、汪孟鋗、汪仲鈖至杭州，寓清隱庵。(汪孟鋗《六月二十五日潘南廬訓導招同吳曉亭秀才彡石吉石二弟兒如藻放船西湖六首》詩自注：『甲子，同穀原蘀石豫堂先生桐石寓清隱庵，今為梁氏丙舍矣。』《厚石齋詩集》卷一〇)

秋，登杭州北高峰。(見《登北高峰絕頂下憩弢光葊》，詩有『秋日韜陰霾，涼風灑清壯。』句。)

訪靈山教寺。(見《昌雨入靈山教寺循後坡上飛來峰頂還過寧峰精舍》、《重過靈山教寺訪三生石還坐普安禪院》)

遊覽杭州雲岫葊、洗耳泉、飯猿臺、天竺寺、郎當嶺、梅家塢、虎跑寺、六和塔、理安寺。(見《循西麓

入雲岫莽東至洗耳泉稍上得呼猿洞遂登飯猿臺》、《度楓樹嶺下瞰天竺寺薄暮由南麓冒雨歸靈隱》、《由上天竺南麓度郎當嶺少憩關嶺下雄鷲頭過梅家塢數里行竹樹泉石中入洗心亭遂至雲栖寺坐寺後小亭還過天竺值雨》、《遊虎跑寺次坡公韻》、《登六和塔下循江岸西行入徐村尋九谿十八澗遂至理安寺》）

同陳經業、萬光泰、汪孟鋗、汪仲鈖等集獨樹齋賦詩。（見《匏村招同湘客柘坡厚石桐石集獨樹齋分韻二首》）

冬，次汪仲鈖韻。（見《雨夾雪詩次桐石韻》）

十二月，同錢載、萬光泰、汪孟鋗、汪仲鈖分賦歲暮故事。（見萬光泰《同受銘坤一康古豐玉分賦歲暮故事四首》，《柘坡居士集》卷七）

乙丑（乾隆十年，公元一七四五年）四十歲

正月生一子，後夭折。（卷六《九月十八日樵史書來覼縷近狀不勝感歎因賦六詩卻簡》有詩『失子愁繙潘岳賦』，自注云：『潘岳《西征賦》注岳以三月生子五月夭，余今歲以正月生子五月夭。』）

詩人將到永嘉，酬別錢載。（見《將之永嘉酬別蘀石三首》）

遊西湖過清隱菴。（見《獨遊西湖過清隱菴感舊卻簡蘀石厚石桐石二首》）

至麗水。（見《荆坑早發冒霧至桃花隘霧霽始踰諸嶺晚入麗水舟中》）

過永嘉學舍。（見《過永嘉學舍贈虞道持二首》）

暮春，攜倪生對酒江心寺。（見《攜倪生對酒江心寺二首》，詩中有『戰伐空殘壘，登臨且暮春』句。）

謁文丞相祠。（見《江心亭謁文丞相祠》）

九月十八日回吳樵史信。（見《九月十八日樵史書來覼縷近狀不勝感歎因賦六詩卻簡》）

贈詩永嘉張虎文。（見《贈永嘉張虎文明府二首》）

十月二十三日重游江心寺。（見《十月二十三日重游江心寺歸坐張毓文池上樓倪生補齋雲垂兄弟招同方玉莽虞道持蔡雪齋攜酒饌至即席賦示倪生二首》）

丙寅（乾隆十一年，公元一七四六年）四十一歲

仲春，重入剡溪。（見《重入剡感作》，詩中有『仲春風漸柔，吹綴半篙綠』句。）

經天姥寺。（見《經天姥寺》）

台州天寧寺觀佛牙香及渡江羅漢像。

度盤山嶺望雁宕山。（見《度盤山嶺望雁宕諸峯雨止大荆旅店》）

遊覽照膽潭、碧霄院、淨名寺、馬鞍嶺、龍湫莽、能仁寺。（見《雨後入淨名寺啜茗》、《曉度馬鞍嶺曲折行澗道中從翦刀峯下入觀大龍湫還憩龍湫莽》、《出能仁寺踰四十九盤晚入芙蓉村》）

輯《雁宕志》。（見《風雨病遺四首》有『細穎愛摹登善帖，新糊窻下畫烏絲』句，自注：『虞丈道持許搨右軍書容成太玉洞天石碣見遺，時余方輯《雁宕志》。』）

八月初十，同諸友於學舍飲酒賦詩。（見《中秋前五日道持招同諸君飲學舍即席賦二首》）

中秋，登華蓋山。（見《中秋夜半乘醉登華蓋山弄月作歌戲效李五峯》）

丁卯（乾隆十二年，公元一七四七年）四十二歲

吳山看桃花。（見《吳山看桃花獨飲旗亭二首》）

過金華。（見《昌雨乘蘆鳥船過金華見桃花不絕》）

二月八日入永康。（見《二月八日微雨入永康路見殘桃》）

入麗水，達溫州。（見《入麗水船值灘水迅甚一日行三百里遂達溫州》）

十月三十一日，同汪孟鋗仲鈖兄弟、錢載、萬光泰，集小方壺飲賦。（見《十月晦厚石招同蘀石柘坡桐石集小方壺分效唐人體得白樂天用東園翫菊韻》及萬光泰《初歸嘉興康古招同受銘坤一集小方壺效唐人體各用其韻五首時豐玉方病起坤一將入都》，《柘坡居士集》卷一〇）

與錢載、萬光泰、汪孟鋗等相互唱和。（見《和蘀石用孟東野百憂韻》、《和柘坡用韋蘇州自蒲塘迴駕經歷山水韻》、《和厚石用陸魯望雜諷九首之一韻》、《和桐石用柳柳州覺衰韻》）

十二月初六，與汪仲鈖共餉韭芽。（見《臘月六日桐石餉韭芽適甌人致柑輒以奉答繫二絕句》）

本年同袁枚等約為詩會，每月分韻河房。是年袁枚三十二歲。（許士傑編《先水部公年譜》本年條：『先大夫愛秦淮之勝，與袁明府簡齋約為詩會。同里則吳君嗣廣、王君又曾、張君星、查君岐昌、張君翼、王君大有、姚君景炘，暨妹婿陸君昌祖、從弟飛鵬，每月分韻河房。』）

戊辰（乾隆十三年，公元一七四八年）四十三歲

正月三日遊靈谷寺。（見《正月三日遊靈谷寺宿道公方丈次其除夕六首韻並示玉潛長老》）

遊覽雞鳴寺、翠微亭。（見《雞鳴寺坐憑虛閣啜茗》、《清涼山訪翠微亭址不得憩掃葉樓梅花下》）

正月十六，同舒樸菴讌集瞻園。（見《上元後一夜舒樸菴方伯招同讌集瞻園用韋蘇州郡齋讌集韻》）

商盤來金陵，相互唱和。（見《寶意以詩來金陵次韻酬簡四首》）

六月，喪仲兄。（見〔己巳〕《朱韡原書來知偶圃於四月七日歿於江西五月二十日其家始扶櫬歸里哭之以詩六首》，有句『緣君枯兩眼，淚盡哭吾兄』。自注『昨歲六月遭仲兄之喪，壬戌夏同客高安』。該詩作於己巳，乾隆十四年。）

七月十六，送董會嘉入蜀。（見《七月十六夜秦淮歌席翫月達曙即送董君入蜀五首》）

同万光泰、汪孟鋗、陈經業等論詩談藝。（見《論篆同柘坡厚石桐石四首》、《匏村招集精嚴僧舍分賦得糟蟹》、《將復之金陵桐石以詩贈行頗盡情事用申其意為答五首》）

同張玉李登雨花臺。（見《同張玉李登雨花臺作》）

是年與紀曉嵐等人結成文社。（『率半月而一會，商榷制義往往至宵分，中間暇日又往往彼此過從，或三四人，看花命酒，日夕留連，時時以詩句相唱和，一時朋友之樂，殆無以加也。』《紀文達公遺集》卷十四。）

己巳（乾隆十四年，公元一七四九年）四十四歲

四月七日，朱沛然歿於江西，五月二十日其家始扶櫬歸里，哭之以詩。（見《朱韡原書來知偶圃於四月七日歿於江西五月二十日其家始扶櫬歸里哭之以詩六首》）

中秋，友人從京師來，攜李坤四《秦蜀遊草》見貽。（見《友人從京師來攜李坤四秦蜀遊草見貽為題稿後四首》，詩中有『正是團圞三五夜，思鄉未了又思君』句，自注『是夕中秋』。）

與錢載書信往來。（見《荅蘀石都下見寄》）

庚午（乾隆十五年，公元一七五〇年）四十五歲

送陳向中到泰州。（見《送漁所之泰州四首》）

五月十九日，朱韡原歿於舟次，詩人偕沈果齋走哭之。（見《朱韡原於五月初往武林山邱菴讀書未及匝月抱病而歸歿於舟次因同友人走視其喪作輓詩八首》題下注：「五月十九日，驚聞其病而遄歸，歿於舟次。亟偕沈果齋走哭之。」）

八月二十六日宿白衲菴。

同謝墉臨平道中聯句。（見《半山至臨平道中聯句》）

秋，同謝墉作詩。（見《舟夜聽秋蟲同謝金圃作二首》）

附：謝墉，字昆城，號金圃、豐甫、東墅，晚號西髯，浙江嘉善人。乾隆十六年，墉以優貢生召試，賜舉人，授內閣中書。十七年，成進士，改庶吉士，授編修。後遷工部侍郎，督江蘇學政。

九月十四日，同諸友招集南湖賦詩。（見《重陽後五日里中諸君招集南湖即席分韻》）

同張玉李飲酒於朱氏水榭。（見《玉李招飲朱氏水榭即席同作四首》）

辛未（乾隆十六年，公元一七五一年）四十六歲

三月初五，被召試西湖行宮。（見《初五日召試西湖行宮恭紀》）

三月十一日，以獻詩行在，召試考取優等，特賜舉人，授內閣中書。（見《清史稿》、《十一日恩賜舉人授為內閣中書恭紀二首》。）

四月上旬受賜御製詩石刻一卷。（見《四月上旬賜御製詩石刻一卷恭紀》）

徐谷函贈綠萼梅貯小甆，以詩相報。（見《徐穀函以綠萼梅貯小甆見貽報以一絕句》）

五月初五，遊道場山。（見《重五日獨遊道場山卻簡徐穀函》）

與丁敬等人論詩談藝。（見《湖上迎秋和錢唐丁敬身韻》、《為姑蘇陳南垞題周椒庭畫竹卷》）

附：丁敬（一六九五—一七六五），字敬身，號鈍丁、硯林，別號龍泓山人、孤雲、石叟、勝怠老人、玩茶翁、梅農等，浙江錢塘人。精於篆刻，西泠八家之一，與金農友善，常相唱和。

八月廿七日北行，啟程赴京。（見《八月廿七日北行》）

於赴京途中與謝墉、陳章等相酬和。（見《京口渡江同謝金圃陳寶所兩同年作》、《邗上逢錢唐陳竹町以韓江雅集詩見遺賦贈》、《臺兒莊遇風簡金圃寶所六絕句》）

附：陳章，字授衣，號竹町，杭州人。與姚世鈺友善，詔舉博學鴻詞，相約弗就。弟臯，字江臯，號對鷗，工詩，兄弟齊名，號二陳。

十一月初八日，與謝墉同抵京師，錢載與祝維誥、汪孟鋗、姚晉錫、周義洙、周澧等集保安寺街醼飲。（汪孟鋗《十一月初八日喜王穀原謝金圃兩舍人至京同舅氏祝豫堂舍人周松崖孝廉錢蘀石徵士周東臯編修姚蘆涇庶常招集保安寺街分體賦詩得九言》，《厚石齋詩集》卷七）

在京與祝維誥、錢載、汪孟鋗、謝墉等，集保安寺街寓舍聯句。（見《初至都下祝豫堂舍人周松巖孝廉東臯編修錢蘀石徵士姚蘆涇庶常汪厚石孝廉招同謝金圃舍人集保安寺街寓舍即席分體得七言絕句八首》）

十二月二十日，同錢陳羣、謝墉、祝維誥、汪孟鋗集雙樹軒，分韻賦詩。（見《立春日集雙樹軒詠盤中香櫞》，以及汪孟鋗《立春日香樹先生招同穀原金圃豫堂先生蘀石集雙樹軒詠盤中香櫞分韻得盤字》，《厚石齋詩集》卷七）

十二月廿四日，同祝維誥、汪孟鋗集城南謝墉、姚晉錫寓舍。（汪孟鋗《十二月廿四日同穀原豫堂先生集東臯蘆涇寓還蘀石不至用東坡韻》，《厚石齋詩集》卷七）

年底，詩人欲移寓梁相國第。（見《豫堂移寓雙樹軒二首》有『僕亦移琴冊，相呼便作羣』，句後自注『時予亦將移寓梁相國第。』）

壬申（乾隆十七年，公元一七五二年）四十七歲

正月初七，同諸友集保安寺街寓舍聯句。（見《人日集保安寺街寓舍同限七字》）

正月十六，同鄭鏡滂、謝金圃、梁沖泉等於寓齋飲酒聯句。（見《十六夜張太僕招同鄭鏡滂謝金圃兩舍人梁沖泉水部飲寓齋仍用三字韻》）

二月二日同梁沖泉酬和。（見《春雪和梁沖泉水部》、《二月二日同沖泉作限二字》）

同諸錦、錢載、祝維誥、周澧、周義洙、謝墉、汪孟鋗、姚晉錫，集周姚三所寓嘉樹齋，分韻賦詩。（汪孟鋗《花朝日同諸草廬編修周松崖孝廉王穀原舍人錢蘀石徵士周東皐編修謝金圃舍人姚蘆涇庶常家舅氏祝豫堂舍人集嘉樹齋用香山庭槐詩樹木猶復爾況見舊知親為韻分得見字賦八韻是日少司寇錢香樹先生啟事未至》，《厚石齋詩集》卷八）

附：　諸錦，字襄七，號草廬，秀水人。生於康熙二十五年，十五歲應童子試，甫冠，由舉人考授內閣中書。雍正二年進士。乾隆丙辰應博學鴻詞科，名列一等，授編修。官至左贊善。卒於乾隆三十四年。著有《毛詩說》、《夏小正注》、《絳跗閣詩稿》十一卷。參見《嘉興府志》卷五二。）

同吳杉亭遊澄懷園。（見《偕吳杉亭舍人遊澄懷園四首》）

同梁沖泉、馮孟亭、範結廬等於青乳軒飲酒聯句。（見《范結廬明經至京沖泉招同馮孟亭編修飲青乳軒分韻》）

附：　馮浩（一七一九—一八〇一），字養吾，號孟亭，桐城人。乾隆十三年進士。由編修官至御史。著有《孟亭詩文集》，注有《玉谿生詩評注》八卷，及《樊南文集詳注》八卷。

春暮，同謝墉等諸友至法源寺看海棠。（見《春暮同人集金圃同年新居步至法源寺看海棠各賦七古一首》）

四月廿日，同諸錦、周義洙、周澧、謝墉、汪孟鋗仲鈖兄弟、姚晉錫，集嘉樹齋，觀錢載所藏六和塔宋石刻四十二章經拓本。（見《四月二十日集嘉樹齋觀六和塔宋人書佛説四十二章經拓本各賦五言排律二十四韻》及錢載《集嘉樹齋題六和塔四十二章經拓本二十四韻》，《蘀石齋詩集》卷一三）

六月初三，錢陳羣解任回籍，調理疾病，王又曾同錢載、周義洙、周澧、謝墉、汪孟鋗、祝維誥賦詩送之。（汪孟鋗《送香樹先生予告歸里同穀原松崖蘀石東皐金圃蘆涇豫堂先生作分得四言》，《厚石齋詩集》卷八）

與周天度、錢載、謝墉、梁同書、趙佑等相酬和。（見《和周讓谷同年長安旅寓述懷韻四首》、《疊前韻簡錢蘀石謝金圃梁山舟趙鹿泉四庶常》）

附：

周天度，字讓谷，一字西隒，號心羅，錢塘人。乾隆壬申進士，歷官許州知州，有《十誦齋集》。

梁同書，字元穎，號山舟，晚自署不翁、新吾長，錢塘人。以書法著名。

趙佑，字啟人，號鹿泉，浙江仁和人。乾隆十七年進士，改庶吉士，授編修。督江西、安徽、福建、順天學政。官終都察院左都禦史。有《趙鹿泉全集》。

送濮顯仁南還。（見《送濮顯仁同年授教職南還二首》）

臘月，東皐移寓雙樹軒，詩人病，未赴。（見《東皐同年移寓雙樹軒諸公醵飲賦詩余病不赴奉同一首》，有『今年臘月寒太甚，我病杜門骨猶戰』句。）

癸酉（乾隆十八年，公元一七五三年）四十八歲

與諸錦、鄭鏡渟、劉景南、陸芑洲等相酬和。（見《和方廉水上舍移寓崇文門東述懷二首》、《諸艸廬編修屬和雙頭同心芍藥繡纓二詩即次其韻》、《題鄭鏡渟舍人春江曉渡圖二首》、《送劉景南舍人出為新安司馬》、《題錢唐陸芑洲寒山舊廬圖次張文端公韻》）

三月十日同袁守侗、錢大昕、陳鴻寶、紀昭、丁燾、紀昀等集陶然亭。（見《三月十日同袁愚谷錢辛楣陳寶所紀懋園丁海農紀曉嵐周筠谿集陶然亭補休禊事二首》）

附：

袁守侗，字執沖，號愚谷，乾隆年間舉人，入貲授內閣中書，充軍機處章京，遷侍讀。再遷吏部郎中，江西道御史，授浙江鹽驛道。娶王漁洋孫女為妻，與學士盧召弓、尚書紀曉嵐等有詩文往來。

陳鴻寶，字寶所，仁和人。乾隆辛未受賜舉人，由中書歷官工科掌印給事中。《晚晴簃詩匯》有記。

紀昭，字懋園，號悟軒，直隸獻縣人。乾隆年間進士，官內閣中書。著有《毛詩廣義》、《養知録》。

丁燾，字瑤圃，號海農。雍正乙卯科舉人，初任內閣撰文，中書舍人，升翰林院起居注主事，後任准葛爾方略館纂修。

三月廿一日，同錢載、諸錦、周義洙、周灃、謝墉、汪孟鋗、陳鴻寶、梁敦書、周震榮、李因培法源寺觀海棠。（見《同諸艸廬編修李鶴峯侍郎周東皐編修周松巖孝廉錢蘀石庶常謝金圃庶常陳寶所舍人梁沖泉比部汪厚石孝廉周青在孝廉過法源寺看海棠分賦三首》及錢載《同諸編修錦李閣學因培周孝廉翼洙王舍人又曾周編修澧謝起士墉汪孝廉孟鋗梁秋曹敦書陳舍人鴻寶周孝廉震榮法源寺看海棠分賦》，《蘀石齋詩集》卷一四）

四月九日，同莊存與、錢汝誠等集麗景軒聯句。（見《四月九日大司空汪夫子招同莊方耕學士錢東麓編修令嗣幼泉農部集麗景軒分韻得首字》）

附：

莊存與（一七一九—一七八八），字方耕，號養恬，江南武進人。著名經學家。官至禮部左侍郎，倡今文經學。

同梁沖泉、莊存與、錢汝誠、錢幼泉等飲酒聯句。（見《味初齋藤花盛放梁山舟沖泉招同讌集花下用朱竹垞先生紫藤花下醉歌同查上舍弟嗣瑮賦詩韻》）

五月廿四日直西苑同蔣晴墅賦詩。（見《五月廿四日直西苑同蔣晴墅同年賦四首》）

七月，陶西圃屬題《梅雪同清圖》，同錢汝誠賦詩。（見《陶西圃明府屬題梅雪同清圖同東麓編修用東坡李公擇梅花詩韻》，有詩『七月暑未退，凜覺寒氣動。』）

附：

錢汝誠，字立之，號東麓，浙江嘉興人。錢陳群長子。乾隆戊辰進士，以編修入直南書房，擢內閣學士。歷任兵部左侍郎、順天府府尹、戶部左侍郎、刑部左侍郎等職。以文學知名，兼工書畫。

七月十一日赴西苑與諸友賦詩。（見《七月十一日赴西苑見同直諸公垂和拙詩幾滿齋壁疊韻四首》）

八月至九月，同褚寅亮、錢大昕等一起食蟹。（見《褚鶴侶錢辛楣兩同年招同諸君食蟹作》）

附：

褚寅亮，字升，号鶴侶，乾隆十六年召試舉人，官刑部員外郎。傳惠氏之學，一以注疏為歸，精於天文及《三禮》，兼通《公羊春秋》。年六十餘乞假回吴，為龍城書院山長。

錢大昕，字曉征，一字辛楣，號竹汀，嘉定人。乾隆十六年因獻賦被賜舉人，官内閣中書。十九年中進士，翰林院侍講學士。三十四年，入直上書房，著有《十駕齋養新録》。

十二月初八，同諸友集味初齋聯句。（見《臘八日集味初齋同限八字》）

十二月二十三日金兆燕至京，同諸友集吴烺寓齋。（見《二十三日集杉亭寓齋喜金棧亭孝廉至都即席賦八首》）

附：吴烺，字荀叔，號杉亭，吴敬梓長子。乾隆十六年乾隆南巡，迎鑾詔試賜舉人，官中書舍人、寧武府同知。曾隨劉湘奎習天文算學，與江蘇吴縣褚寅亮常往來。有《杉亭集》、《周髀算經圖注》、《勾股算法》以及《五音反切圖說》等。

甲戌（乾隆十九年，公元一七五四年）四十九歲

四月，與王鳴盛、錢大昕、紀昀、朱筠、周義洙同登進士，列三甲第十四名。

六月十八日，同錢載、諸錦、周義洙、汪孟鋗俱將南歸，與朋友游南新門外，集飲分賦。（見《六月十八日同諸艸廬中允周松巖廣文錢擇石編修謝東君孝廉金圃編修汪厚石孝廉姚蘆涇比部錢葨齋孝廉周稚圭庶常遊南新門外集飲王氏園分賦得今字》）

送吳鞠田歸錢唐。（見《送吳鞠田孝廉歸錢唐六首》）

為徐以泰《綠杉野屋圖》題詩。（見《題德清徐陶尊綠杉野屋圖四首》）

附：

徐以泰，字陶尊，德清人，國子監生，乾隆二十二年官陽曲縣知縣，有《綠杉野屋集》四卷。

送汪秋汀至寧夏。（見《送汪秋汀之寧夏四首》）

送汪孟鋗南歸。（見《送厚石同年南歸四首即用令弟彡石送余北上韻兼簡彡石》）

七月至八月間，請假南歸。

九月十三日，至張家灣。（見《重九後四日同戴孟岑比部發張家灣阻風薄暮乘月舟行分韻》）

十月二十八日，至揚州，訪吳敬梓於吳一山家，吳敬梓薄暮回拜舟中，縱談今古。是夕，吳敬梓歸寓後無疾而終。是年吳敬梓五十三歲。（程晉芳《文木先生傳》定吳敬梓逝世在十月十四日；金兆燕《甲戌仲冬送吳文木先生旅櫬于揚州城外登舟歸金陵》詩定吳敬梓逝世在十月二十九日。見〔乙亥〕《書吳徵君敏軒先生文木山房詩集後》序云：『又曾自乾隆癸亥冬一至秦淮，嗣是丁卯、戊辰、己巳間，屢歲客遊於此耳。先生名最熟，徒為館扉所閡，望見顏色為難，然詩篇書尺或見之於他所，輒互為傾倒至矣。辛未春恭逢聖駕南巡，召試又曾與令嗣舍人烺均蒙異數，私心竊喜，以為天假奇緣，從此可一見先生。而牽挽北去，羈跡京華，與舍人共風雨數晨夕，至專且久，終以未見先生為憾。去秋取急南還，道出邗上，停舟館驛前，為十月之廿有八日，此間故有先生族人舍人曾為余言：先生每過維揚輒止。宿其廬，試走訪焉，則先生果在。薄暮，先生來舟中，相見如舊識，縱譚今古。且訂又曾作客底銷寒竭歡乃已，又曾敬諾不敢辭，是夕歸，先生竟以無疾終。凌晨而訃音至。』）

十月二十九日晨，轉告兩淮鹽運使盧見曾（號雅雨）為吳敬梓買棺而歸葬于南京。（程晉芳《文木先生傳》）

冬，歸嘉興，贍養老父。（錢載《重哭王五秋曹》詩有：『甲戌之秋我歸葬，甲戌之冬君歸養。』見《蘀石齋詩集》卷二五）

祝茅湘客八十大壽。（見《湘客今年八十矣同人分詠湘客平生所經勝地為壽得小孤山》）

十二月，同錢陳群、祝維誥等諸友聯句。（見《立春日香樹先生招同諸君集樂順堂分韻得樂字》、《後一日豫堂招集綠谿小築疊前韻》）

乙亥（乾隆二十年，公元一七五五年）五十歲

正月廿八日同諸友宿綠谿。（見《正月廿八日同人宿綠谿追懷朱偶圃明府陳乳巢明經》）

二月初一，同錢載、陳諒、張庚、張敬業、祝維誥等迴谿草堂醵飲，以「拔山傳諫草，遵海重清門」十字分韻賦詩。（錢載《自題澂湖二圖》，《蘀石齋詩集》卷一六）

同年旅淮安，與程晉芳及程茂等聚於晚甘園。

二月朔日，同錢載觀張篁村、張瓜田圖。（見《二月朔日蘀石招集迴谿草堂觀張篁村農部張瓜田徵士所畫澂湖二圖即用竹垞先生題迴谿聯語拔山傳諫草遵海重清門十字分韻得諫字》）

同盧雅雨、易松滋、馬嶰谷、程風沂、程午橋、閔玉井、陳竹町、陸渟川等相酬和。（見《邗上盧雅雨運使招飲二首》、《易松滋招集抱山堂偶話龍湫舊遊同人輒為題龍湫晏坐小景余亦繼作》、《馬嶰谷半查兄弟招同程風沂程午橋閔玉井陳竹町陸渟川集行菴同題東坡海外石刻像即用集中贈寫真何充秀才詩韻》）

附：

盧雅雨（一六九〇—一七六八），名見曾，字抱孫，號雅雨山人，山東德州人。康熙六十年進士，雍正三年出為四川洪雅縣知縣，九年補安徽蒙城縣知縣，遷六安州知州。後調亳州知州、江寧府知府。乾隆元年，擢兩淮鹽運使。官兩淮鹽運使間，金農、厲鶚、惠棟、沈大成、陳章等，皆為上客。著有《雅雨堂詩集》、《雅雨堂文集》。

易松滋，名諧，歙縣人，居揚州。工詩。築抱山堂，有《抱山堂詩選》。

馬嶰谷，名曰琯，字秋玉，號嶰谷，安徽祁門人，後遷揚州。清前期揚州徽商代表之一，與弟馬曰璐同以詩名，人稱『揚州二馬』。乾隆初舉鴻博，不就，好結客，所居園小玲瓏山館藏書甚富，四庫全書館設立，獻書七百餘種。

程風沂，名盛修，泰州人。雍正庚戌進士，歷官順天府尹。有《夕陽書屋初編》、《南陔松菊集》。

程午橋，名夢星，字伍喬，一字午橋，號洴江，江都人。康熙壬辰進士，改庶吉士，授編修。有《今有堂集》。

閔玉井，名華，字玉井，亦字蓮峰，江都人。工詩，著有《澄秋閣詩集》。

陸渟川，名鍾輝，喜刻書，多善本，著有《放鴨亭小稿》。

夏，同戴玉洲、程蕁江、李養恬等集南園分體聯句。（見《程蕁江漁門兄弟招同戴玉洲李養恬墨巢集南園分體》，詩中有『茲辰日短至，窺戶紅榴繁』句。）

附：

程蕁江，名茂，字蕁江，博覽群書，文為方苞賞識，於淮上築晚甘園，日種樹課書其中以終。著有《吟暉樓古文》、《晚甘園詩》。

六月二日雨中移寓秦淮張氏水榭。（見《六月二日雨中移寓秦淮張氏水榭感懷舊遊觸緒成詠用商寶意太守舊題青谿邀笛圖詩韻四首》）

同朱鏡堂等泛飲秦淮。（見《朱鏡堂上舍招同里中諸君泛飲秦淮次韻二首》）

夏，受吳敬梓之子吳烺所托，校閱《文木山房詩文集》，並為之作序。（見《書吳徵君敏軒先生文木山房詩集後》序：『今夏復來秦淮，值舍人居憂，里門握手感慟之餘，出先生詩集如干卷，將付梨棗，授又曾，且校且讀，悽愴舊懷，輒敘離合生死之故，為題集後十絕句。』）

同王孟亭、夏培叔、沈補蘿、秦澗泉等相酬和。（見《家孟亭太守招集池上竹下亭分賦》、《答夏培叔京口見懷之作》、《為沈補蘿司馬題李晴江明府水墨畫竹梅蘭三首》、《秦澗泉殿撰出示嵇錢兩侍郎平山堂倡和詩石刻追憶舊遊即和原韻寄雅雨運使》）

附：

沈補蘿，名鳳，字凡民，號補蘿，又號飄溟、樊溟、凡翁、謙齋、補蘿散人、補蘿外史，江陰人。書畫師王澍、工鐵筆，善山水。有《謙齋印譜》。

秦澗泉，名大士，字魯一，又字澗泉，號秋田老人。工書，包世臣《藝舟雙楫》列其為『能品』，著有《抹雲樓集》、《蓬萊山樵集》。

八月六日，同諸友訪隱仙菴看桂。（見《八月六日同人飯史家墩踰小倉嶺迤邐訪隱仙菴看桂遂上清涼山登翠微亭望江山清涼寺循南麓至龍潭小憩汪氏園亭》）

八月十五，同龔梧生、廖鶴餐等集晚翠軒。（見《中秋夜龔梧生同年招同合肥廖鶴餐舍人集晚翠軒

二首》）

同王孟亭等集不離西閣看晚桂。（見《孟亭太守招集不離西閣看晚桂同用桂字》）

丙子（乾隆二十一年，公元一七五六年）五十一歲

正月三日汎舟出北郭楞伽精舍。（見《正月三日汎舟出北郭遇楞伽精舍二首》）

夏，同汪孟鋗、陸元鋐曉醉遊楞伽莽。（見卷十七《四月四日同人出西郭憩資聖寺方丈遂泛舟爽溪至穆湖徧歷諸精舍返飲綠谿分韻得篠字》，有『佛前剩醉魂，述往心各愀』句，自注：『去歲楞伽莽被火，丙子夏，曾偕漁所、厚石、彡石曉醉於此。』）

附：陸元鋐，字冠南，號彡石，桐鄉人。乾隆丁未進士，官高州知府，有《青芙蓉閣詩鈔》。

二月二日，同諸友集范湖艸堂聯句。（見《花朝集范湖艸堂賦春陰得與字》）

詩人於此月啟程去南昌。

宿松毛場，過富陽，泊桐廬。（見《宿松毛場僧舍懷金圃編修》、《過富陽學舍凌康伯廣文留飲》、《泊桐廬》）

六月，至南昌。（見《將至南昌舟中寄蔣心餘舍人二首》、《過訪心餘不值疊前韻二首》）

六月十七日前後，與蔣士銓相互唱和，詩簡往來。（《心餘兩和拙詩再疊前韻》、《酬心餘夜坐見懷之作三疊前韻二首》、《心餘招飲即席四疊前韻二首》、《余將遊匡廬心餘賦詩促裝五疊前韻二首》、《心餘將偕友人避暑清泰寺有詩見別六疊前韻二首》、《奉新王泰元甘惟服兩茂才同寓僧舍邀余小集七疊

前韻二首》、《南昌龔畏齋雷存齋劉宣齋三同年招集龔氏祠屋遲心餘不至八疊前韻二首》、《訪豫章山長沈泊村九疊前韻二首》、《七夕後一日出豫章南郭行藕花菱葉間約五六里入清泰寺與心餘葦雲茗話而返十疊前韻二首》）

附：蔣士銓（一七二五—一七八四），字心餘、苕生，號藏園，又號清容居士，晚號定甫，鉛山人。乾隆二十二年進士，官翰林院編修。乾隆二十九年辭官後主持蕺山、崇文、安定三書院講席。著有《忠雅堂詩集》、《紅雪樓九種曲》等。

訪九江董榕，詩人欲遊廬山。（見《過九江董恒巖太守留飲郡齋兼訂暑退後同遊廬山次蔣舍人奉寄韻四首》）

附：董榕（一七一一—一七六〇），字念青，號恒巖、定巖、漁庵、謙山、漁山，別署繁露樓居士，豐潤人。編有《周子全書》、《洛學編》、《聖學入門》諸書，著有《芝龕記》、《庚洋集》、《庚陽篇集》、《繁露樓詩》。

游黃州、漢水、大別山、漢陽城。（見《黃州曉泊回望隔江武昌樊口諸山》、《初汎漢水》、《登大別山頂入桂香殿南軒望漢陽城》）

九月返至九江。（見《九月杪返至九江恒巖太守約天晴入山》）

同董榕遊廬山。（見《次日大霽同恒巖經甘棠湖踰嶺南望雙劍峯復從蓮花峯下緣溪度彴折入深隖遂登濂溪書院》、《曉出谿口循蓮花峯西麓入太平興國宮》、《憩東林寺三笑堂用壁間陽明先生從東林登山石刻詩韻二首》）

送沈退翁至睦州。（見《送沈丈退翁之官睦州廣文二首》）

丁丑（乾隆二十二年，公元一七五七年）五十二歲

偕周稚圭泊舟丹陽。（見《偕周稚圭同年泊舟丹陽次章融谷待御韻一首》）

附：周稚圭，名升桓，字稚圭，號山茨，嘉善人。乾隆十九年進士，官廣西巡撫。書法米蘇，著有《皖遊草》。

三月六日，同周穉圭、吳烺出遊。（見《上巳後三日同穉圭彡石武林返櫂雨中過半山桃花已落分韻三首》）

四月九日同錢慈伯、蔣春雨、諸蘭若聯句。（見《四月九日同錢慈伯蔣春雨兩茂才光達上人放舟出西郭過嚴陵西津諸蘭若限韻二首》）

附：

錢慈伯，名世錫，字慈伯，號百泉、雨樓，秀水人。錢載長子。乾隆三十三年舉人，四十三年成進士，官翰林院檢討。有《麂山老屋詩集》。

蔣春雨，名元龍，字乾九，一字雲鄉，號春雨，秀水人。乾隆三十九年副貢生。工詩文，精鑒賞。書擅鐵筆，嗜金石碑版。

六月六日集綠谿莊聯句。（見《六月六日集綠谿莊驟雨涼甚限冰字二首》）

同陳竹町、張嘯齋、閔玉井、張漁川、易松滋、盧雅雨等相酬和。（見《陳竹町張嘯齋閔玉井張漁川易松滋各以詩見懷依韻為答五首》、《盧雅雨屬和紅橋修禊詩四首》）

八月二十五日，同胡立堂、吳蘭陔等飲酒作詩。（見《中秋後十日當湖胡立堂茂才招同海鹽吳蘭陔同年登煙雨樓返飲毓秀道院用東坡種茶詩韻》）

附：吳蘭陔，名懋政，書齋名『斫冰軒』，海鹽人，工書畫，為乾隆十七年進士。編有《八銘塾鈔》。

同謝墉、汪澄齋、吳烺、祝嘉、陸元鋐等相酬和。（見《酬金圃同年園值歸途見懷次杉亭同年移居分賦詩韻二首》、《同汪澄齋乡石祝明甫看菊分效唐人體得劉昚虛潯陽陶氏別業韻》、《和澄齋得薛據出青門往南山下別業韻》、《和乡石得儲光義終南幽居獻蘇侍郎第二首韻》、《和明甫得祖詠田家即事韻》）

附：祝嘉，字明甫，號西澗，浙江秀水人，乾隆二十五年舉人。會試屢不中，閉門力學。善畫梅，工詩，有《西澗詩鈔》。

十一月二十四日於綠谿同諸友聯句。（見《十一月二十四日綠谿銷寒第一集即用明甫約同人作銷寒集詩韻二首》）

十二月十日於范湖草堂同諸友聯句。（見《十二月十日范湖草堂銷寒第二集和乡石用半山明州錢君倚眾樂亭韻賦新葺茅亭歌》）

十二月十四日，於桂花樓同諸友聯句。（見《十四日桂花樓銷寒第三集用東坡次韻吳傳正枯木歌韻賦鴨腳樹》）

戊寅（乾隆二十三年，公元一七五八年）五十三歲

正月十四日，同錢世錫、張庚、錢受穀、錢椒岩集錢載藥房小飲，分韻賦詩。（錢世錫《戊寅穀日張瓜田王穀原兩先生家沖齋椒岩遇藥房小飲兼訂雨霽郊外尋梅分韻得我字》，《麂山老屋詩集》卷一）

二月二日同祝嘉等人於綠谿作詩談藝。（見《二月二日銷寒第九集明甫招集綠谿題項聖謨海棠燕子畫幅三首》）

同盧雅雨、鞠未峯、蔣春農、張惠夫、王孟亭集蘇亭看芍藥。（見《盧雅雨運使招同鞠未峯太史蔣春農舍人張惠夫明經家孟亭太守集集蘇亭看芍藥即席送未峯遊楚》）

附：

鞠未峯，名遜行，字謙牧，號未峯，山東海陽人。乾隆己未進士，改庶吉士，授編修。有《核實書屋詩草》。

蔣春農，名宗海，字春岩，一字星岩，號春農，一號青農，晚號歸求老人。丹徒人。乾隆十七年進士，官內閣中書。工詩文，喜藏古籍，多善本。著有《春農吟稿》。

六月二日同盧雅雨泛舟。（見《六月二日雅雨招同泛舟至三賢祠登新構高樓小憩三過亭返飲江園荷花深處即席賦》）

同張軼青聯句。（見《張軼青招同小集分得園字》）

附：張軼青，名世進，字軼青，號嘯齋，顧書宣之甥，著有《名遊集》。《揚州畫舫録》有載。

秋，同陳鴻渚、查岩門、周松靄遊北寺。（見《秋日同陳鴻渚查巖門周松靄遊北寺觀石刻五百羅漢記因過放生池憩西菴用壁間韻二首》）

附：

查巖門，名岐昌：字藥師，號巖門。查慎行之孫。能紹其家學。纂有《拓城志》、《歸德府志》，著有《四庫讀字略》、《巖門詩話》、《巖門詩文集》。

周松靄，名春，字屯兮，號松靄，晚號黍穀居士、蓮弟。乾隆甲戌進士，官岑溪知縣，有《松靄遺書》行世。《海昌備志》載：『松靄潛心著述，所居著書齋，終歲不掃除，凝塵滿室，插架環列。臥起其中者三十餘年，四部、七略，靡不瀏覽。』

九月四日，入東寺，至怡菴。（見《重陽前五日泛舟城東步入東寺返至怡菴再用前韻二首》）

嘉定周牧山贈畫，以詩贈之。（見《嘉定周牧山寫古樹幽篁小景為贈賦此酬之》）

附：　周牧山，名笠，字牧山，周顥之侄。善刻竹，與周顥齊名。擅畫，山水師法元四家。晚寓揚州馬曰琯小玲瓏山館幾十年，六十歲病卒。

為于石薌詩草題詩。（見《題襄平于石薌詩草後》）

程春江以詩稿屬詩人刪訂。（見〔己卯〕《輓程春江二首》，詩有『平生至行堪千古，不僅遺詩棗木傳』句，自注：『去歲以詩稿屬余刪訂，將謀付梓，附令兄存菴遺稿後。』）

己卯（乾隆二十四年，公元一七五九年）五十四歲

為金農畫作題詩。（見《題金冬心徵士墨梅》）

附：　金農，字壽門，司農，號冬心，又號稽留山民、曲江外史、昔耶居士等。浙江仁和人，久居揚州。詩、書、畫、印俱佳，著有《冬心詩鈔》、《冬心隨筆》、《冬心畫梅題記》等。

春，於易松滋處送汪廷玙還朝賦詩。（見《抱山堂席上送汪持齋學士還朝分韻得删字》，詩有『見話春明牽昔夢，乞傳芳訊到西山』句。）

附：　汪廷玙，字衡玉，號持齋，鎮洋人。探花，授編修。升翰林院侍讀學士、少詹事、詹事，福建提督學院。後遷內閣學士、充江西主考官，督順天學政。乾隆四十四年廷工部右侍郎，改任左侍郎。

同盧雅雨泛舟，登平山堂看梅。（見《雅雨招同泛舟登平山堂看梅花返飲篠園即席紀事三十二韻》）

三月，錢載妻張夫人攜長子世錫、四子容錫、孫善元起程進京。詩人賦詩送世錫，兼簡錢載。（《送錢慈伯奉母入都並簡擇石編修二首》）

登硤山。（見《登硤山有感舊遊》）

四月八日，同諸友招集不可無竹居。（見《四月八日陳鬱為天中兄弟招集不可無竹居》）

訪陳萊孝。（見《同梧岡同年訪陳微貞以所刻三十六琴居詩集見贈輒題集後二首》）

附：陳萊孝，字微貞、維楨，號譙園，晚號竹貌翁，海寧人。詩文清綺，有《春燕》四首傳頌一時，時人稱之『陳燕子』。精金石之學，著有《春秋三傳經文異同考》、《談暇》、《譙園詩集》、《譙園詩話》。

詩人此間得病。（見《明甫招同人集綠谿賦新秋夜雨詩余病不赴遙和原韻五首》）

秋，陪錢陳群、姚晉錫、汪筠等泛舟南湖。（見《秋雨初晴陪少司寇錢香樹先生暨馮孟亭侍御汪幼泉農部姚蘆涇比部汪謙谷太守泛舟南湖觀稻同用昌黎南溪始泛韻三首時太守將北上》）

附：姚晉錫，字安伯，嘉興人。系出蘆涇張氏，自號蘆涇。有《鴛鴦湖棹歌》三十首。秀水沈叔埏撰有《姚蘆涇先生傳》。

立冬日，同祝嘉過綠谿觀嘉興陳遵畫作。（見《立冬日過綠谿明甫出觀吳郡陳遵枯木寒禽圖分賦得六言律》）

同傅雨田飲酒。（見《傅雨田上舍歸自楚中攜酒過余竹西寓齋言情敘往愴然感懷成詩四首並簡山

舟侍講金圃編修杉亭舍人》）

為徐麟趾詩集題詩。（見《題徐荔村詩集後》）

附：徐麟趾，字荔村，工詩。為尹元長制軍所知，晚居康山草堂。著有《荔村詩鈔》，《揚州畫舫録》有載。

庚辰（乾隆二十五年，公元一七六〇年）五十五歲

送姚晉錫入都。（見《送蘆涇同年入都並簡都下諸故人二首》）

三月五日，同錢陳群等諸友賦詩。（見《上巳後二日積雨初霽香樹先生偕同人過集齋中補修禊事用昌黎縣齋讀書韻》）

輓汪息園。（見《輓汪息園》）

三月三十日，同陸元鋐、祝嘉飲酒賦詩。（見《三月晦日彡石明甫春雨諸君過集齋中小飲以唐胡宿一春酒費知多少句中平字為韻各賦五律三首》）

四月四日同諸友泛舟至穆湖，返飲綠谿分韻賦詩。（見《四月四日同人出西郭憩資聖寺方丈遂泛舟爽溪至穆湖偏歷諸精舍返飲綠谿分韻得篠字》）

六月初九宿范湖草堂。（見《六月初九宿范湖草堂曉夢家蘭泉舍人以僧服數種見遺紀三絕句》）

夏，同陸元鋐、祝嘉飲酒賦詩。（見《夏夕彡石明甫同過小飲翌日明甫以詩來輒次其韻》、《彡石招同過白苧村看荷花晚泊釣鼇磯待月禁體得泊字二十韻》、《明甫命園丁籠促織見遺媵以二絕句奉荅三首》）

用鸜鵒螺換夏茂才舊藏匏尊二枚。（見《以鸜鵒螺易夏茂才舊藏匏尊二枚先之以詩》）

於揚州同盧雅雨觀芍藥。（見《揚州水南花墅芍藥繁盛雅雨運使入覲南還忽開並蒂十二枝賦詩紀異屬和四絶句》）

為項易菴、江西平、徐石滄畫作題詩。（見《題項易菴枯木竹石畫》、《為江西平題平安車圖》、《題徐石滄南山樵隱圖》）

同查香雨等集十八峯草堂賦詩。（見《查香雨明府招集十八峯草堂即席次橙里韻》）

同孔竹廬、潘潤蒼集寓樓看菊。（見《孔竹廬郡丞招同潘潤蒼比部集寓樓看菊即席同賦五首》）

詩人將往淮陰。（見《將往淮陰留别江橙里雲溪即用雲溪贈行詩韻三首》）

同蔣宗海、程晉芳等集柳衣園賦詩。（見《姚素山别駕招同蔣春農程蕺園集柳衣園二首》）

附：程晉芳，初名廷璜，字魚門，號蕺園，歙縣人。乾隆三十六年進士，由内閣中書改授吏部主事，遷員外郎。與商盤、袁枚、吴敬梓等常詩酒往來。著有《蕺園詩》、《勉和齋文》。

詩人舟中得病。（見《舟病》：『貧也真成病，栖栖更遠征。江湖非活計，衣食太勞生。有父辭家數，無醫託命輕。布帆風轉北，穩與送歸程。』）

冬，向姜恭壽乞篆書廳額。（見《題姜靜宰孝廉遺照四首》有『如今休話斯冰筆，題額傳來雪涕時』句，自注『余於去冬乞篆書廳額。』詩作於乾隆二十六年，辛巳。）

附：姜恭壽，字靜宰，號香巖，又號東陽外史，如皋人。乾隆丁卯舉人，善畫花草竹木，縱逸瀟灑，有《皋原集》傳世。

辛巳（乾隆二十六年，公元一七六一年）五十六歲

為查香雨畫作題詩。（見《題查香雨秀峯觀瀑圖》）

三月一日，同錢益銘等飲酒賦詩。（見《上巳前二日錢益銘招同家士會鎮之兄弟飲海棠花下分韻得馬字》）

詩人病重，於道院養病。（見《道院養痾》）

邗上逢老友陳鴻寶。（見《邗上逢寶所同年南還卻簡二首》）

為姜恭壽遺照題詩。（見《題姜靜宰孝廉遺照四首》）

是年年底，詩人將歸家。（見《歲暮將歸石滄寫邗江送別圖為贈橙里諸君並題詩其上同作一首》）

壬午（乾隆二十七年，公元一七六二年）五十七歲

三月初三，詩人歿於家，年五十七。（錢載《王五秋曹三月初三日歿於里閏五月初八日為位法源寺如意寮而哭之》，《蘀石齋詩集》卷二五。『時王又曾居鄉營養雙親，未畢而殤，遺命子復，以哀經殮』，錢載《校王五丁辛老屋集錢批本寄還其令子攝知縣事復於鄢陵》詩自注，《蘀石齋詩集》卷四八）

附録二　詩評選録

一、王又曾，字受銘，秀水人。乾隆十六年南巡召試，賜舉人，授內閣中書。十九年成進士，授刑部主事。同縣錢載論詩宗黄庭堅，務縋深鑿險，不墮臼科。又曾與朱沛然、陳向中、祝維誥和之，號『南郭五子』。又有萬光泰、汪孟鋗、仲鈖，皆與同時相鏃礪，力求捐棄塵壒，毋一語相襲取。為詩不異指趣，亦不同體格，時目為『秀水派』，而又曾與維誥、光泰尤工。

——《清史稿・王又曾傳》

二、嘗謂吾黨諸子皆不壽。其詩之已刻者，若王比部《丁辛老屋集》，萬孝廉《柘坡集》，君及弟《豐玉集》，陳明經《毓恬匏村集》，雖莫信其必傳，然異日采乾隆詩，不能舍此數家不收也，則其可傳者信在是已。

——錢載《汪孟鋗墓志銘》

三、君才本大而約之，以歸於切實；氣最盛而斂之，以底於和平。削膚郭而見性情，汰塵腐而存警策。於漢魏六朝及唐宋諸家外，能融匯變化，自成一家，而世之貌為李杜韓蘇者，卒莫能及焉。至於取材於眾所不經見，用意於前人所未及，發此又君之所獨到，而亦吾黨所共推者也。予嘗謂國朝之詩，浙中最盛，而浙中又莫盛於嘉禾，竹垞先生以沈博絕麗之才，主東南壇坫最久，不五十年而穀原與蘀石繼之，此三家者，均足以信今而傳後，可謂盛矣。

——畢沅《丁辛老屋集》十二卷刻本序

四、美哉，洋洋乎其牢籠萬象而麾斥八極也，可以驚風雨，泣鬼神，求諸古人成法，未嘗以一字規橅，而神明規矩，動與天合，其斯為精深華妙之詣乎。詩生於情，而寓於境。大抵廊廟之才，足以黼黻休明，而澄思渺慮，以窮夫天地山川雲物之變，則不若山林閒曠之士有獨得焉。

——吴泰來《丁辛老屋集》十二卷刻本序

五、穀原為人瀟灑，塵壒之外，一言一笑，皆有天趣，其詩不專一家，然真趣流溢，頗似其人。後之人讀穀原之詩，即可知穀原之人矣。

——金兆燕《丁辛老屋集》二十卷刻本序

六、穀原先生詩不名一體，而色色與古人相肖。《讀莊子》則似淵明之《讀山海經》，《遊廬山》則似靈運之《過始寧墅》。《五代史雜詠》則似王建《花蕊諸宫詞》。其他傷離贈别纏綿愷惻之語，無不直追古人而與之逼肖。然遺貌取神，非若有明王李諸人生吞而活剝之也。

——曹自鎏《丁辛老屋集》二十卷刻本跋

七、王進士又曾，字穀原，詩工遊覽。《同人看白蓮》云：『船窗六扇拓銀紗，倚槳風前落晚霞。依約前灘涼月曬，但聞花氣不看花。』『皋亭來往省年時，香飲蓮筒醉不辭。莫怪花容渾似雪，看花人亦鬢成絲。』《遊陶然亭》云：『岸蘆迸筍妨遊屐，林蝶翻灰涴袷衣。春濃轉怕形人老，官冷真宜伴佛閑。』皆傳誦一時。有《丁辛老屋集》。

——袁枚《隨園詩話》卷十

八、《菊坡詩話》：穀原《夢綠詩》云：『把袖驚看清淚新，酒闌香燼倍關人。君如華表歸來鶴，我是昆明劫後塵。絳蠟燈前尋舊夢，紫桐花下說殘春。一彈指頃三生事，只未消磨現在身。』末二句大有解悟。其自注云：壬子初夏宿綠谿莊，夢一道士自稱白松居士，贈余絕句云：『攜君入座愛君才，略話三生庾信哀。谿上小軒題夢綠，那年春盡見君來。』忽忽六年矣，偶憶前塵，感而賦此。真乃夢中說夢也。

——陶元藻《全浙詩話》卷四十八

九、穀原在都下極為陳文勤公、汪文端公稱許，釋褐後皆以為當得上第，既入三甲，人猶以秀水朱檢討為比，後用為主事，觀政禮部，又以王儀曹稱之，至補刑部主事，穀原以律例向非素習，且病，遂乞假歸。性善飲，談笑風生，神情瀟灑，雖漂泊江湖，而東南長吏晉接者多。賦詩鬥酒，凡十餘年，卒憔悴偃蹇而沒。作詩專仿宋人，信手拈來，自多生趣。休寧曹農部自鋆選刻其詩，子復再刻之，皆不及十之四五，而審擇未當。其全集六百餘番，予曾點定，今尚存其家。

——王昶《湖海詩傳》卷十六

一〇、先生讀書萬卷破，可憐一字不求餓。塊壘惟將杯酒澆，孤詠幽吟少人和。中年奔走向長安，長安熱客冷眼看。往來素心只三四，哀歌擊筑相嗚彈。久之入直中書省，涕長一尺衣衾冷。旋復對策改郎官，不樂文書樂閑靜。翻然便賦歸去來，老屋數間門不開。家徒壁立何所有，但有及榻青青苔。憶昔京華暫僑寄，我時幼小猶能記。頻向床頭索紙筆，東涂西抹供遊戲。悲哉轉瞬幾經秋，先生修文歸玉樓。人間萬事半陳跡，如露如電如水漚。留傳手稿千番紙，身後空名惟此耳。詩能窮人窮益工，自古才人皆若是。

——汪縉《讀王穀原比部遺稿》

一一、穀原師醧舫，原石學涪翁。兩人並石友，亦復我良朋。簃石克兼之，才大少爭鋒。

——周春《耄餘詩話》卷五

一二、都下有歌童工色藝，而特妙於口輔。梁山舟名之曰『笑渦兒』。秀水王又曾受銘填《沁園春》贈之云：『秋剪横波，蹙起微潮，輕圓有痕。想登臺擁袂，乍回舞雪，搴帷舉扇，細嬝歌雲。欲語欹鬟，佯羞弄帶，逗露靈犀一點春。天然韻，便啼眉齲齒，欠此風神。芳名錫自情人。更銷盡春風别後魂。任陳王賦好，輕憐翠靨，施家村遠，莫泥嫣臏。似水年華，拈花態度，歡喜偏成懊惱因。無聊甚，試圖成軟障，唤下真真。』

——毛大瀛《戲鷗居詞話》

一三、受銘《丁辛老屋集》云：李養恬有女僮名雙雁，年甫十二，歌舞並妙。乙亥五月，過訪淮上，索觀不得，蓋方侍其如夫人，暫詣梅里舊居也。養恬老懷寂寥，酒邊話及，輒形於詩，故拈《解語花》一闋以解之云：『朱闌卍字，暮雨巫峰，憑數年華小。髫丫梳了。纖明甚、是朵櫻桃開早。人前強笑。

怕背地、怨情都曉。何苦將，紅豆輕拋，作弄鶯聲惱。　名取雁兒恁好。盡雙飛雙宿，誰耐孤悄。雯時鴻爪。秋風未、一點楚雲先杳。書傳不到。應料得、誤人青鳥。如要他、行步相隨，但喚伊春草。』『終須買取名春草，處處相將步步隨。』劉禹錫《寄贈小樊》句。

——毛大瀛《戲鷗居詞話》

一四、楊梅竹斜街梁文莊公第清勤堂前藤花，汪文端公有詩。萬柘坡光泰館此，修《三通》，嚴海珊刺史遂成貽詩云：『滿架藤陰史局中，讓君一手定三通。』又青乳軒以寓王中書穀原又曾，文莊告養歸里，又曾送詩：『藤陰假館年華晚，潞水抽帆別思頻。』文莊終養來京，於此宣麻，旋卒於位。今久改旅店，藤花尚茂，車過時猶及見之。

——戴璐《藤陰雜記》卷五

一五、自竹垞歿後，檇李之言詩者，如錢（載）、王（又曾）、祝（維誥）、萬（光泰）及二汪（孟娟、仲鈖）諸公，大率以山谷為宗，操唐音者如《廣陵散》矣。

——陸元鋐《青芙蓉閣詩話》

一六、王穀原少日聚飲綠谿莊，薄醉而宿，夢人贈詩云：『攜君入座愛君才，略話三生庾信哀。溪上小軒題夢綠，那年春盡見君來。』穀原賦句：『芙蓉別後應無主，蝴蝶飛來不記誰。』後蘀石先生校《丁辛老屋集》，題句云：『蝴蝶芙蓉何處是，三生石上月全荒。』自注：『張孟載有《夢綠軒》詩：溪妨綠陰幽草，畫中春水人家。何處江南風景，鶯啼小雨飛花。』所謂溪上小軒者，非耶？

——法式善《梧門詩話》

一七、摘句：『折入最深處，高掛五百丈。近遠無定姿，變幻非一象。』（《觀大龍湫》）『趁墟人裹飯，畏虎客關門。』『秋生羣暑澹，月出眾星低。』『畫橋脫板低新漲，酒旆懸風淡舊題。』『橋外餳簫寒食路，柳邊蠡殼酒船窗。』

——張維屏《國朝詩人徵略》卷三十六

一八、當是時，錢王並稱。錢之博大，王之沉靜，各成家數，天下共相推服。王之才氣非不敵錢，時時流露李、杜、韓、蘇筆意，卻時時洗剔，不留渣滓，意在斂華就實。

——吴應和、馬洵《浙西六家詩鈔》

一九、金衍宗《論詩絕句寄李審言》：『先公（金德瑛）手變秀水派，善用涪翁便契真。』自注：『竹垞不喜涪翁，先公首學涪翁，遂變秀水派。蘀石、梓廬、丁辛、襄七皆以生硬為宗。』

——金蓉鏡《滮湖遺老集》卷二

二〇、穀原與錢蘀石侍郎同里，稱詩博大沉靜，各成家數。嘗語侍郎子百泉編修曰：『我詩適興而已，詩家手拈得，頗唐中見風致。古人佳處，往往在是。』其自道如此。今集為其子復所刻，即出侍郎選定。觀其詩境，所謂精深華妙，森嚴密栗，實已無愧古人。若頗唐中見風致，不過其一體，未可執此，謂盡其妙也。

——徐世昌《晚晴簃詩匯》卷八十三

二一、浙派時時起異軍，定庵爭詫定香薰。柘坡平淡丁辛脆，寂寞姓名無復云。

——陳衍《論詩絶句三十首》

沈子培（曾植）嘗論穀原詩勝於樊榭（厲鶚），余謂穀原固有老於樊榭者，然樊榭佳處較多。

——陳衍《石遺室詩話》

二二、其蹊徑別辟，門庭較廣者，高其倬、夢麟之澄曠，厲鶚、汪仲鈖之巉秀，翁方綱、謝啟昆之密栗，錢載、黎簡之拗折，黄景仁、王又曾之清新，祝德麟、姚鼐之雅正，皆與爾時詩家宗尚，迥然異趣，而詩名亦不亞趙蔣諸家。

——汪辟疆《近代詩派與地域》

二三、朱竹垞力非涪皤，而浙江後起詩人，如萬柘坡、金檜門、王穀原、汪豐玉、沈匏廬輩，皆稱山谷。……（金衍宗）《重遊泮宫》（《思怡堂詩稿》卷十）自注所稱諸作者，惟錢、江、王三人無慚鼎足。王即王穀原又曾，《丁辛老屋集》詩視《蘀石齋集》輕清爽利，律體以散為偶，於排比中見遊行自在，靳嚮相同。如二十卷本卷七（蘀石選定十二卷本卷五）《經天姥寺》：『天姥峯陰天姥寺，竹房澗戶窈然通。老僧敲磬雨聲外，危坐誦經雲氣中。禪榻茶煙成夙世，天雞海日又春風。回頭卻憶十年夢，夢與山東李白同。』

——錢鍾書《談藝録》

二四、撵石五言詩喜用拗句寫風景，但寫不過秀水王又曾《丁辛老屋集》，因撵石趣味少些。如《晚步吴羌山下三首》。山水詩自謝靈運始，王孟韋柳是一路；另一路是杜甫、韓愈，以雄奇勝。宋人山水，蘇東坡承杜韓而來，摻些白香山；山水詩第三路發展為南宋楊萬里，以七言絕句來寫。明人寫山水佳者為阮大鋮，走的是王孟一路；清人王又曾以七言寫風景極好，撵石亦為之，但不大好。

——錢仲聯《錢仲聯講論清詩》（魏中林整理）

二五、《呈朱梓琴丈裔昌》。金兆蕃為秀水人，秀水派以朱竹垞為宗。秀水派好黄山谷，朱竹垞之詩後期即好山谷。這首詩就是評秀水派之作。『南郭依舊繞郭流，詩人屋小南湖舟。詩心湖水恣吞吐，柳葉春早蘆花秋。當年南郭詩人五，撵翁廣大精微主。丁辛（王又曾）蒼勁乃勍敵，百傾煙波兩旗鼓。合志同方萬與祝，論詩亦復祖山谷。各憑江水出肺腑，不借廬山爭面目。大家小長蘆釣師，百年海日同朝夕。不名一家必己出，靈運晚擅瓊琚詞。太華層城幾千丈，援絙攀梯振衣上。雲中招手仙之人，青鳥銜書雲莽蒼。湖水到門雲覆廬，下簾日與古人居。憑誰傳語堯年鶴，城郭壽不詩卷如。』

——錢仲聯《錢仲聯講論清詩》（魏中林整理）

附録三　近藤元粹評點

《雨後入萬蒼山》『一穿嶺上雲，忽曠沙頭路。芒鞋滑不前，指點煙生處』句：『結欠妥。』

《題翁莊壁》吴應和、馬洵編《浙西六家詩鈔》評：『三四一聯，饒俊逸之致。』近藤元粹評：『未免清人陋習，評語過奬。』

《偶圃招同錢七犖石綠谿莊納涼》：『有句無詩，這樣詩即是也。』『坐若雪崖厂』句：『厂呼盱切，山石之厓，巖人可居。』

《鏡》吴應和、馬洵編《浙西六家詩鈔》評：『何等精切，何等沉靜，非學養兼到，不能有隻字。』近藤元粹評：『諛評可厭。』

《題元遺山詩集後二首》第一首評曰：『賴云兩首可與金史本傳並傳，撰詞下語斤兩畢合，使遺山有知，一一點頭地下矣。』第二首評曰：『比前首最淒切。』

《夢綠詩二首》『絳蠟燈前尋舊夢，紫桐花下説殘春』句：『賴云疑是前明遺民不仕在山谷間，而又曾逢之託之夢耳。』『歷歷仙凡原自隔，茫茫桑海暫相期』句：『後聯最妙，而前聯亦不凡。』

《同天台陳拜君宿曇華亭》『玉龍驚起一雙鶴，飛去月明何樹棲』句：『清冷。』

《觀石梁瀑布歌》：『短句起以單句承之，忽插入長句敘起，一奇瀑長篇妙訣操縱在手，穀原亦可謂作家。長句之下又忍插入短句，奇變可愛，形容處亦長短錯綜，句句靈活。玉京句忽押韻，是法自老杜來甚精練。結稍不颮，可惜。』

《下灘作》『乍經黄石朱顔改，可道三年一笑留』句：『「黄」、「朱」、「三」、「一」，各句中作對，亦一法也。』

《歲暮述懷二首》第一首『天低風緊得春遲』句：『得春字新。』『詩草無靈空祭汝』至『看爾癡獃賣與誰』句：『「汝」「爾」相犯似不妥。』第二首『比隣絲竹沸於蟬』句：『「沸於蟬」過巧，不雅。』『三四（「缸面結冰龜坼兆，竹丫脱葉鳥張拳」）奇想奇構，不脱清人之窠臼。第五句（「鼎鐘詎奪山林性」）太妙，雖然這翁官刑部主事非山林之人，蓋虛喝以粉粧其高也。』

《題餘舫》『狂來飛動江湖思，懶極生疏禮法心。枕上紅酣秋夢闊，窈然三十六陂深』句：『雖非無斧痕，亦自圓活自在，具有作家手段。』

《西泠送拜君還天台》：『清人陋派不成詩。』『細雨青氈投試院，西風黄霰打秋燈』句：『「試院」「秋燈」踈對。』『蝸角爭名僕漸冰』句：『「僕漸冰」，拙劣可笑。』

《張瓜田為畫石梁觀瀑圖因屬狄君寫小影置其前》（二十卷本題作《張瓜田為畫石梁觀瀑圖因屬狄君寫小影置其前賦二首》，本詩為第一首）：『後半筆端有舌，妙絶妙絶。』

《曉雪》：『清人徒以插入怪僻之字，為得意此等詩最甚，可謂鄙陋。』

《臨平道中》：『好用險怪字，而云鍊句鍊字，是清人陋習，殊背詩人溫厚高雅之意，學者不可不猛省。』

《張伯雨墓》：『賴云後聯意出題外尤妙，張雨當時高士學書於趙松雪，而論其人，明松雪有愧色，此詩月旦允當。』

《邱莽》：《浙西六家詩鈔》評：『屬對工細。』近藤元粹評：『未見工細。』

《曉坐冷泉亭》：『清人多唱古詩平仄論，而此詩「寥然」句（「寥然聞天雞」）五平，「霧釋」句（「霧釋日尚翳」）五仄者，何也？這翁或不從當時俗論歟？紀曉嵐謂出句五仄則對句第三字必平，唐人定格，今檢唐人詩未必然。此首「半規」句（「半規吐東嶺」）第三字仄，亦與紀說異然，則紀說未免為一家言也。』

《富陽縣》：『瀟灑有致。』

《桐江》『峯巒瞥眼青』句：『「瞥眼經」，生硬。』『來探群壑秀，一上合江亭』句：『「秀」字、「亭」字恐踈對，余則取後聯。』

《經釣臺下作》：『賴云以古風行排律，老手無敵。是蓋學坡翁《入峽》詩之類者也。』『「藥草」二句（「藥草香成霧，鷗鵁曬一汀」）稍踈對。』

《梭船小女歌》：『「灘危」二句（「灘危溜急挽不上，敢與風力爭贏虚」）敘來最奇絶』、『賴云樸而婉，讀之可涕，得古樂府遺意』、『單句結，餘韻不盡。』

《夢遊廬山歌》『丹崖翠壑生夢想，身輕一鳥飛翾翾。一雙白鹿導我上，屐齒已落南斗間』句：『比之「我欲因之夢吳越，一夜飛度鏡湖月」，其靈鈍之别，不啻天淵懸隔也。』『敘述非不佳，但覺少纖弱耳。前有太白鉅篇，後人實難著手也。』『比之「惟覺時之枕席，失向來之煙霞」，亦頗有逕庭。「百年」二句(「百年苦遭俗士俗，一日未領頑仙頑」)大妙。』『結自不凡，然比之「安能摧眉折腰事權貴，使我不得開心顔」，未知其氣格長短如何也，下評(吳應和馬洵編《浙西六家詩鈔》評：「太白《夢遊天姥吟》，真得仙氣，而一結意盡，此則末段若有神助，興會淋漓」)恐溢美。』

《蟬》：『詩則詠蟬，意則詠自家，古人詠物往往如此。』

《子夜歌三首》(二十卷本題作《子夜歌六首》，此詩為第一、三、四首)第一首『絃多音響雜，儂只一條心』句：『字少而意長。』第三首『促織鳴當窻，終夜不成匹』句：『心緒繚亂之狀寫出，甚切。』

《社日欲於齋前種竹臥病愆期悵然有詩》『脆響浮高秋，寒光盪深屋』句：『蓋寫出此君高趣。』『焉使單床夢，孤韻逗清淑。燒燈闔窻扉，晚飯愧食肉』句：『抑他揚此，是畫家繪月寫雪之法。「柴米油鹽醬醋茶，七般多在別人家」，是明人之句，可為此詩粉本。』

《贈商寶意》：『頸聯讀之可謂差強人意矣，足使俗豎名利之徒瞠若於數步外。』

《舟夜聞雁》：『感慨淋漓。』

《臨平道中看白荷花同朱冰壑陳漁所二首》(二十卷本題作《臨平道中同人看白荷花六首》，此詩為第二、六首)第二首評：『賴云七絶神境，宜乎使袁叟低頭。題中「白荷花」字宜著眼。』第六首評：『流麗寓感慨之意，絶調絶調。』

《潄玉亭》『萬折到平地，怒挾江流東。夢遊出仿像，淚灑鮫人宮』句：『句格雄渾。』

《三峽橋》：『押韻自在，不見次韻痕跡，才鋒可想。』『賴云尤要看不使氣處。』

《初至姑孰寶意留宿官齋兼辱贈詩》：『三四(「判牘少於書卷積，吏人稀為使君閑」)其高致使人想像不已。』

《題寶意樵風別業圖》『某邱某水雲而煙』句：『「雲而煙」，拙劣。』『千峯萬峯青菡萏，中有一鏡渟清漣。琉璃百頃入孤槳，水中印月月在天』句：『偉麗如覩畫，圖中恐無是觀。』

《蕪湖》（二十卷本題作《蕪湖懷古二首》，本詩為第二首）：『隨園稱這翁詩工於遊覽，洵然。』

《太白樓觀蕭尺木畫壁歌》『太白樓横楚江曲，太白樓中雲滿屋。蒼然四壁嵐嶂稠，誰其畫者蕭尺木』句：『起得突兀，足與蕭畫相抗敵。』『峨眉雪，匡廬瀑，砰訇照曜紛參錯。方丈之室羅萬里，直擬騰身出寥廓』句：『忽插入短句，句格甚靈。』『尺木曾作《太平三山圖》有名，其人品之高雅可想，後人推尊甚至，宜哉。』

《登報恩寺浮圖》『壯觀幻出於楮表』句：『方今清國，政綱衰頽，其不令士女悲滄桑者幾許？為之一歎。』

《秦淮絕句》『敲盡殘鐘百八乳，亂雲遮斷景陽樓』句：『「百八乳」，恐過巧。』

《上巳日雨中重過煙雨樓》：『使人不勝感愴。』

《清隱莽曉雨》（二十卷本題作《曉雨》）：『「蟲吟」十字（「蟲吟先在戶，山意不離雲」）真有沖淡之致，可謂名聯。五六（「涼覺田衣入，聲無藕葉聞」）不脫清人窠臼。王孟決無此晦澀之句法。』『釣舩如許借，蓑笠自鷗群』句：『「自鷗群」三字亦支綴矣。』

《酬桐石》『寒影蕭然簇一燈，雨峰應怪客來仍』句：『「簇」字大疵。』『第三（「稍緣病退秋情健」）絕佳，第四（「不為涼多酒力勝」）拙滯，不副。可惜。』

《登北高峰絕頂下憩韜光莽》『西來千萬峰，一峰插成障。東南截門戶，獨與南峰兩』句：『如對一雙畫山水屏風。』『為灣三十六，一灣呈一狀。賈勇登其顛，羣山辨背向。騰騰逸奔馬，滾滾輸駭浪』句：『有立馬吳山第一峰之概。』『憶夢了無痕，觀身悟為妄』句：『「憶夢」十字真是達人之語。』

《山中》（二十卷本題作《山中雜詩八首》，本詩為第二首）『初旭微烘射旭洞，綠雲濃抹歸雲莽』句：『「射旭洞」、「歸雲菴」，何等名對。』

《次茭道店》：『賴云旅况非踐其境者，不知其妙。今夕倒行宿片島驛，挑燈讀至此，疑此人豫為我寫情。辛卯十一月十九日，此日短，至山陽，在旅中讀此，故其言如此，余亦常踐其境，故善知其味矣。』

《春草池上作》『倒影浮空潭，光碎斜陽返』句：『「返」字湊韻。』『暝色銜春城，花香溢隣苑』句：『「暝色」二句稍近自然。』『彌望草連塘，迢迢夢中遠』句：『一結淡遠。』

《中秋夜半乘醉登華蓋山弄月作歌戲效李五峯》『九點蒼煙濕不收，一盃海水清堪掬』句：『「清堪掬」三字可取評此詩。』『插入單殺長句，結構老健。』

《九月既望過池上樓遲月》『清霜時序黃花獨，旅夢乾坤白雁雙』句：『「黃花獨」、「白雁雙」，用字太奇。』

《題林良九鷺圖》『瑟瑟空江煙霧滅，風漪百頃鋪纖葛。漁叉不響欸乃空，忽下前灘幾堆雪』句：『真個有聲畫矣，無聲詩恐不至此也。』『寫秋更得秋性情，色是秋色聲秋聲』句：『疊用數「秋」字，筆機靈活，亦具化工。記禽狀亦可謂一一變相無偶矣。』『疎雨欲來蓮葉暗，小洲初落蘆花明』句：『忽插入對句，結束記禽一段，何等妙手。』自『良乎良乎爾從何處得此態』至結尾：『長句喚起作雙縮以收全篇，神情暢然。』

《青田縣劉文成公廢祠》『師應黃石赤松是，名在伏龍雛鳳間』句：『對得無斧鑿痕。』『小隱南田猶膢臘，中原一鬼竟榛菅』句：『「膢」，力居切，飲食祭也。冀州八月，楚二月，河東俗奉之為大節，祭祀先人。』

《長至日度桃花隘》：『平穩之作，不似平生艱澀之態。』

《荊坑曉行寒甚》『天心何險易，山意有喧淒』句：『「天心」、「山意」，對太奇。』『第六(「霜深誤曉雞」句)生硬。』

《經天姥寺》『老僧敲磬雨聲外，危坐誦經雲氣中』句，《浙西六家詩鈔》評：『通體峭健，無對偶之跡，「老僧」十四字作一句讀，是律詩創格，結句尤奇橫，是律詩創調。』近藤元粹評：『頷聯是流水對，是諸家集中常有之體，何「創格」之有哉？且「老僧」、「危坐」不成對，未免為大疵。』

《度盤山嶺望雁宕諸峯雨止大荊旅店》『郛郭所包絡，望若披重鎧』句：『「郛郭」二句形容新。』『姑去夢煙村，稍伺雨聲息』句：『「雨聲息」何語？粗笨可笑。』

《照膽潭》『松風何迢迢，道客尋其源』句：『第二似難通。』『壁削岸已絕，屧滑身屢躋。披逕躪瑤草，沿流挹芳蓀』句：『「壁削」四句敘山行之狀甚切，選者批圈大誤，余為補之。』『青碧蓄古潤，泥沙拭新痕』句：『「青碧」二句幽深。』

《碧霄院》『仰面看靈峯，峯峯靈欲飛。俯首踏鳴澗，澗聲寒在衣』句：『起手有奇氣，但「踏」字不免為陋習，可惜。』『清鏘幽篁底，玉女闖紅扉』句：『「闖」，羽委切，闢門也，怪僻字不必為奇。』『煙際韻涼磬，風外飄虛幃。中韞太古春，逆鼻旃檀微』句：『「煙際」二句、「逆鼻」句，拙劣不成句，可笑。這樣惡作，削去為是。』

《暮投靈巖宿》：『陋劣至此，使人不勝捧腹。』

《龍鼻水》『薜磴甚於蚓，翠葛微攀翻』句：『「甚於蚓」，何語？「微」字生硬。』『仰首矯龍腹，諦審上髀髆』句：『「矯龍腹」，何事？「上髀髆」，粗俗。』「納納四瀛海，縮為一孔噴。移時始再滴，萬萬古不渾」等句：『大蘇集中何有此等惡作？況於老杜乎？宋哲宗朝宗室子有好為詩而鄙俚可笑者，作即事詩云：「日高看三織，風高鬭兩廂。蛙翻白出闊，蚓死紫之長。潑聽琶梧鳳，饅拋接建章。歸來屋裏坐，打殺又何妨。」清人這樣之作，無乃與此相類乎？』

《湖中桃花》（二十卷本題作《過湖上風甚不果登舟沿隄看桃花四首》，此詩為前二首）第一首『紅得桃花遽如許，更將底物作清明』句：『「紅得」二字亦陋派。』第二首：『生硬可厭。』

《宿冷仙亭》（二十卷本題作《宿冷仙亭二首》，此詩為第二首）『籬深遲磬出，松老得雲歸』句：『「遲磬出」，牽強，雖通，不知王生何苦作這樣惡詩乎？』

《句曲曉行望茅山》：『雖陋，稍可觀。』

《汎舟秦淮遂入青溪一曲得絕句》（二十卷本題作《汎舟秦淮遂入青溪一曲得絕句六首》，此詩為第一、四、六首）第一首：『穩而雅。』第四首：『比前詩輸一籌。』第六首『可是郤生才地薄，煙波一曲便迴橈』句：『郤生多才，故賦九曲詩，王生才地薄，故一曲「迴橈」耳。此首後半難通。』

《讀南華經》：『平平耳。』『不用險怪粗笨之字，稍可觀也。』

《和陶公飲酒》：『清人而和陶詩，無乃井蛙語海、夏蟲談冰乎？』第一首：『稍有高致。』第三首『吁嗟獨飲樂，獨飲計已成』句：『複「獨飲」字欠妥。』第四首：『託詞似學古樂府。』第五首『喧寂本一致，匪由地勢偏』句：『浮薄之人安解喧寂一致之理？』『孤雲任大化，來去終何言』句：『小兒為大人之言，不知者以為真矣。』第九首：『措詞甚妙，雖然，這翁生平之作無乃取適俗韻乎？敢問。』『且復養真氣，醉鄉不我迷。浩浩太古遊，遲遲清夢回』句：『頗似達人之語。』第十一首『饑凍熏人心，遞令形骸槁』句：『不歎窮蹙之人亦為饑凍所薰乎？』『生而不稱意，乃云死大好』句：『真人恐不云「死大好」也，生死本一理，而云「死大好」，則未解道理人之言耳。』第十五首：『古人云：一月人生，笑幾回相逢，相值且銜杯。洵然。』

《解說詞和寶意》（二十卷本題作《和寶意解脫詞六首》，本詩為第一首）：『竿頭進步之論。』

《秦淮歌席翫月達曙即送董会嘉入蜀》（二十卷本題作《七月十六夜秦淮歌席翫月達曙即送董君入蜀五首》，本詩為第五首）：『有「暮雨南陵水寺鐘」之遺韻，清調清調。』

《同張玉李登雨花臺作》：『第三（「人煙依塔上」句）欠妥，五六（「地險餘兵壘，時清笑霸才」句）清新。』

《憩普德寺外石橋》：《浙西六家詩鈔》評：『五六深細，前四句亦樸老。』近藤元粹評：『余則取三四（「山横寺前後，橋壓澗東西」句。）』

《遊寶光寺城南最幽勝處也》：『淡雅可誦。』

《雙清亭雙鶴歌》：『寓意託深。』

《冰壑書來知偶圃於四月七日歿於江西五月二十日櫬歸予未獲視其裘先為詩哭之》（二十卷本題作《朱韡原書來知偶圃於四月七日歿於江西五月二十日其家始扶櫬歸里哭之以詩六首》，本詩為第一、三、六首）第一首：『五六（「酒豈能蠲疾，官奚不療貧」句）痛切。』第三首：『使人愴然。』第六首：『後半人人常有之事，而未經人道，痛絕透骨。』

《八月二十六日宿白衲菴》：『奇氣襲人。』

《題綠筠閣》：『奇骨崚嶒，自是清人本色。』

《舟夜聽秋蟲同謝金圃作》（二十卷本題作《舟夜聽秋蟲同謝金圃作二首》，本詩為第一首）：『五六（「吟魂到處偏相攬，歸思何曾得自由」句）常情常語，寫來別有恣韻』、『七八（「為語霜華休造次，此聲先易白人頭」句）尤淒絕。』

《題錢唐陸芑洲寒山舊廬圖次張文端公韻》『江光冷傍紋簾瀉，琴語清兼翠瀑流』句：『楚楚可喜。』

《吳門與研北別兼示兒姪》：『頷聯（「惜別話長今夜酒，思家夢短異鄉鐘」句）調清語新，雖屬清人口吻，此等作自好。』

《三月十日同人補休禊事集陶然亭即席作》（二十卷本題作《三月十日同袁愚谷錢辛楣陳寶所紀懋園丁海農紀曉嵐周筠谿集陶然亭補休禊事二首》）第一首：『前聯（「岸蘆迸筍妨高屐」句）纖巧，後聯（「村蝶翻灰涴袷衣」句）流暢，卻好。』第二首『春濃轉怕形人老，官冷真宜伴佛閑』句：『清思嫋嫋，靜意可掬，不似近人俗手，貌為惝怳語，宜矣簡齋推服之。』

《法源寺看海棠》(二十卷本題作《同諸草廬編修李鶴峯侍郎周東皐編修周松巖孝廉錢葎石庶常謝金圃庶常陳賓所舍人梁沖泉比部汪厚石孝廉周青在孝廉過法源寺看海棠分賦三首》，本詩為前二首)第一首：『看花何佛恩之有。』第二首『道人春睡何曾著，簷角蠭聲鬧午衙』句：『為蠭聲所鬧，而不能著睡，亦俗道人耳。』

《題查梧岡京口渡江圖》(二十卷本題作《同年查梧岡農部屬題京口渡江圖》)『通潞河頭船未發，歸夢先落江之東。采蓴斫鱠百不省，惟念起居堂上翁』句：『冗長無他可觀之奇。』『長江之水空復空，津吏打鼓聲隆隆。翦江一笑趨庭亟，與子破浪乘長風』句：『似囈非囈，煩絮可厭。』

《易松滋招同張瓜田程午橋張嘯齋陳竹町閔玉井張漁川橙里家梅沜集抱山堂偶話龍湫舊遊同人輒為題龍湫晏坐小景余亦繼作》(二十卷本題作《易松滋招集抱山堂偶話龍湫舊遊同人輒為題龍湫晏坐小景余亦繼作》)『平生邱壑緣，頗笑謝康樂。經行屐齒雙，徧為佳處著』句：『蓋「吾耶馬神懸」之類。』『千峰骨瘦聳，寸土必湔削』句：『「千峰」二句，記得最簡健。』『龍湫吾耳熟，凌晨勇腰腳』句：『「勇腰腳」，生硬。』『飛流五千尺，劈面向我落』句：『奇觀可想。』『漫山繡芳草，踏處皆靈藥』句：『妙句喜人。「還就」一句(「還就塵坌縛」)收束上文一段遊記，甚簡勁有力。』

《馬嶰谷半查兄弟招同程風沂程午橋閔玉井陳竹町陸渟川集行菴同題東坡海外石刻像即用集中贈寫真何充秀才詩韻》『春夢無痕隨露電，精誠裂石同強箭。謫來海外殊蕭然，冷若饑鶴投空山』句：『起手甚蹙。』《浙西六家詩鈔》評：『作者定是坡翁再生，故有此神來之筆。譬如畫手臨摹時花美人，易到佳處，若是粗枝大葉，正不易到也。』近藤元粹評：『談何容易，坡翁豈易到乎？』

《再題補蘿意園圖》（二十卷本題作《題補蘿意園圖》）『老屋突兀來眼中，四面環以楓杉桐。山水奧曠備眾妙，輞川盤谷相包籠』句：『如展其畫。』『「那知」二句（「那知不費一錢直，子孫世守無毀時」）輕妙。《宕陰存稿》中有《丨橋先生傳》，蓋亦此意園類也。』『胸中我亦佔磎山，結隣願就東西瀼』句：『一結妙絕，余亦切欲結隣矣。』

《湯錬師道院納涼劇飲》『關門搖扇清涼借』句：『「清涼借」，不成語。』

《琴鶴樓》：『今春余省鄉飲於道後酒樓頗有與穀原同感者，今讀此序不勝悽然。』『我不復見何怨尤』句：『「我不」句單殺。』『下評（《浙西六家詩鈔》評：「追感舊遊，悲歌當泣，一結彌覺黯然魂銷」）先獲我心。』

《泊桐廬》《浙西六家詩鈔》評：『遙情逸致，飄然而來，不可思擬，嚴滄浪所謂羚羊掛角、無跡可求，殆指此種。』近藤元粹評：『過獎，可厭。』

《登琵琶亭》《浙西六家詩鈔》評：『即點染白傳歌行語，入詩乃得有此新警。』近藤元粹評：『未見新警。』

《蘄州》《浙西六家詩鈔》評：『每作地里詩，都不可移置他處，尤以筆力爽健，為不易得。』近藤元粹評：『穀原才在樊榭海珊之下數等，而撰者卻多溢美之評者，何也？豈阿其所好乎？』

《江行》（二十卷本題作《江行雜詩十首》，此詩為第八首）『江波流盡千年事，明月白鷗都不知』句：『宕逸。』

《禹碑》：『未足以為妙。』『晴川黃鶴晚來遊，大别山南一杯置』句：『「一杯置」，拙劣。』

《登大别山頂入桂香殿南軒望漢陽城》『鷗雛沙際明，荷柄鏡中短』句：『山頂亦有池乎？』『楚雲渺難極，塞雁涼呼伴』句：『「涼呼伴」，拙滯。』

《謁周元公祠》：『五六（「谿水有生意，蓮花無世顔」）清新。』

《憩東林寺三笑堂用壁間陽明先生從東林登山石刻詩韻》：『第四（「秋與住山僧共老」句）鄙俚不成語。年少拈卻幼學詩韻詩語粹金者，往往有這樣句。』『茗話蕭然立蘚庭，身隨旅雁度江汀。汲泉洗眼玩山色，比似龍眠畫更青』句：『何等拙陋，何等鄙俚。』

《鐵船白雲二峯》『一峯沉沉鐵光黑，一峯漠漠雲氣白。怪雨腥風龍虎居，碧林瑤草神仙宅』句：『起手稍佳。』『船耶雲耶遠莫窺，夜半神燈更可疑。一甌香茗維摩室，坐到猿鳴鐘動時』句：『畫虎不成卻類狗者，不抵一笑。』

《送退翁之睦州廣文》（二十卷本題作《送沈丈退翁之官睦州廣文二首》，本詩為第一首）：『第三（「雪晴孤艇白」句）佳，第四（「江遠一氊寒」句）難通。』『雙清好心跡，學舍小猶寬』句：『余下一轉語曰：天資愚鈍者能之。』

《治平寺》：『起二句（「古井隋猶字，慈門宋易名。觀空翻竹色，入定忽鐘聲」）何語？』《浙西六家詩鈔》評：『五律學唐易舊，學宋易薄，一篇之中，如得此三四之超卓，則通體因之生色，更何必論其是唐是宋？』近藤元粹評：『不論是唐是宋，即辮髮先生惡作也。』

《雨中集竹所賦春陰得煙字》《浙西六家詩鈔》評：『初夏光景如畫。』近藤元粹評：『是春陰之詩，非初夏之景，評者妄誕可笑。』

《憶與厚石別有持螯看菊之約歸舟多滯恐遂愆期悵然有作》：『頸聯（「寒燈孤艇懸鄉夢，白月清江照鬢絲」）有清趣。唐人遊寺寄僧詩多用白月字：『清池白月照禪心』『白月滿寒山』『空留白月在人間』類是也。此詩白月與寺僧無關，係可以為一例也。』

《六月六日集綠谿莊驟雨涼甚同限冰字》（二十卷本題作《六月六日集綠谿驟雨涼甚限冰字二首》，此詩為第二首）：『三四（「可知水閣本無暑，未信夏蟲難語冰」）有涼意。』『文語入詩，這翁慣手，蓋陋習之甚者。』

《九月四日泛舟城東步入東寺返至怡菴作》（二十卷本題作《重陽前五日泛舟城東步入東寺返至怡菴再用前韻二首》，此詩為第二首）『入萬竹陰涼佛面』句：『「涼佛面」，不成語。第六（「老病相催髩雪深」）絕佳。』

《舷公舊隱題壁》：『後半可誦。』

（據《評訂浙西六家詩鈔》青木嵩山堂明治三十九年本録）